Knaur.

Knaur.

Über den Autor:
Joel Ross, geboren 1968, studierte Geschichte am Hampshire College (USA) und arbeitete anschließend als Englischdozent im Ausland. Sein Vater und fünf seiner Onkel kämpften als Soldaten im Zweiten Weltkrieg. Ihre Schilderungen sowie neu zugängliche Dokumente zum »Double Cross«-Agentennetz bilden den Hintergrund zu diesem herausragenden Romandebüt. Joel Ross und seine Frau Lee leben in Yarmouth, Maine.

Joel Ross

Der Überläufer

Spionagethriller

Aus dem Englischen von
Karl-Heinz Ebnet

Knaur Taschenbuch Verlag

Die amerikanische Originalausgabe erschien 2005 unter dem Titel
»Double Cross Blind« bei Doubleday, New York.

Besuchen Sie uns im Internet:
www.knaur.de

Vollständige Taschenbuchausgabe Juli 2008
Knaur Taschenbuch.
Ein Unternehmen der Droemerschen Verlagsanstalt
Th. Knaur Nachf. GmbH & Co. KG, München

Die Hardcover-Ausgabe dieses Romans erschien unter dem Titel »Alias XX«.

Aus folgender Quelle wird im Roman zitiert:
Laurence Sterne, *Leben und Ansichten von Tristram Shandy, Gentleman*,
übersetzt von Michael Walter, Zürich 1984.
Redaktion: Claudia Alt
Umschlaggestaltung: ZERO Werbeagentur, München
Umschlagabbildung: Mauritius
Satz: Ventura Publisher im Verlag
Druck und Bindung: GGP Media GmbH, Pößneck
Printed in Germany
ISBN 978-3-426-63843-9

2 4 5 3 1

Für meinen Vater,
Sergeant Mark Ross,
den besten Menschen, den ich kenne.

I

1. Dezember 1941, 23.46 Uhr

Die junge Frau zog den Rock bis über die Oberschenkel und zeigte ihm ihre schlanken Beine in den Baumwollstrümpfen.

»Sie müssen schon entschuldigen, es ist leider keine Seide«, sagte sie zu dem Mann in der glänzend schwarzen Weste. »Die ist heutzutage ja so schrecklich schwer zu bekommen.«

Sie lüpfte den Rock noch ein Stück höher, und während der Mann auf ihre Strumpfhalter starrte, zog sie ihm das schwere Eisenrohr über den Schädel.

Er sackte auf die Knie und gab einen komischen Pfeifton von sich.

Ach, wie aufregend das alles war. Während der heftigen Phase der Luftangriffe war sie nicht in London gewesen, und wie sehr hatte sie die anderen um dieses Schauspiel beneidet. Das Heulen und Krachen der Brandbomben und Flugabwehrgeschütze, die gleißenden Leuchtspurgeschosse und die großen, schwerfälligen Sperrballone, die am Himmel schwebten. Mittlerweile hatte die Luftwaffe ihre Angriffe wieder verstärkt, und es erfüllte sie mit glühender Freude, am grandiosen Lauf der Dinge teilhaben zu können. Es war

wie in einem Berliner Glitzercabaret, wenn die hellen Scheinwerfer über die verdunkelte Bühne strichen – nur das hier war noch besser, ging es doch um wahre Tränen, um wahres Blut, um wahre Liebe.
Außerdem eigneten sich die zerbombten Gebiete hervorragend dazu, ehemalige Informanten zu schnappen und zu beseitigen. Der Mann in der glänzenden Weste bewegte sich wie eine komische Krabbe und versuchte über das Geröll davonzukriechen. Sie prüfte, ob die Nachricht, die er ihr gegeben hatte, unversehrt war. Sie wusste, dass zumindest einige im SD, dem Sicherheitsdienst der SS, sie für launisch und flatterhaft hielten und sich über ihren Spitznamen »Schmetterling« lustig machten. Aber sie war nicht flatterhaft. Sie war der Sache treu ergeben, hatte Grips und tat, was getan werden musste.
Sie hob das Eisenrohr, um ihn endgültig zu erledigen, wurde aber durch den Strahl einer Verdunkelungstaschenlampe gestört, der sich über den Schutt tastete.
Ein Luftschutzwart rief ihr zu: »Hallo? Miss? Sie sind hier im Gefahrenbereich.«
»Oh, dieser arme Mann!«, klagte sie. »Es hat ihn erwischt, er ist verletzt, oh, bitte, bitte helfen Sie!«
Sie kniete sich nieder, als wollte sie sich um ihn kümmern, und setzte ihm das Knie auf den Nacken.
»Was? Der Gentleman ist verletzt?« Der ältliche Luftschutzwart kam herangeeilt, während er weiter vor sich hin brabbelte.
Sie spürte, wie der knubblige Halswirbel unter ihrem Knie knackte und brach. Sie hörte den Mann pfeifen, ein letzter Laut, der alles andere als ein bühnenreifes Todesröcheln war, dann starb er.
Sie erhob sich und griff sich an den Hals, in ihren weit aufgerissenen Augen glitzerten Tränen.

Der Luftschutzwart geriet nun vollends außer sich, und sie begann zu weinen. Seltsam, dieser Geruch, der über zerbombten Gebäuden lag. Ziegelstaub so dick wie der Londoner Nebel, durchsetzt mit dem Mief von feuchtem Verputz, schwerem Lehm und dem bitteren Hauch des Gases, das aus geborstenen Leitungen zischte. Das Bukett eines dem Erdboden gleichgemachten Hauses. Sie bildete sich sogar ein, dass von dem Mann in der glänzenden Weste eine Art fleischlich-süßer Duft ähnlich einer Narzisse ausgegangen war, als der Tod eintrat.
Schniefend entfernte sie sich vom Luftschutzwart, murmelte, sie müsse jetzt unbedingt gehen, fuhr mit ihrem Fahrrad durch die dunklen Straßen und schlüpfte durch den Garten in Mr. Penthams Haus.
Sie prägte sich die Nachricht ein, die der Mann ihr gegeben hatte, und vernichtete sie. Handelte es sich um schlechte Neuigkeiten? Sie konnte es nicht beurteilen. Ein einziges Mal nur würde sie mit Hamburg Kontakt aufnehmen dürfen: ein erstes und letztes Mal, dann, wenn ihr Einsatz abgeschlossen war. Die Briten hatten ihre Peilsender, und es gab keinen Grund, die Aktion zu gefährden, indem sie voreilig ihr Funkgerät benutzte.
Der Agent, den sie »Buchbinder« nannte, war an Ort und Stelle. Nicht dort, wo ursprünglich beabsichtigt, aber verfügbar. Er würde nie versagen. Ihr Glaube an ihn hatte etwas Religiöses. Sie beide zusammen würden dafür sorgen, dass das Vaterland siegte. Es sollte nicht mehr lange dauern, höchstens noch zehn Tage.
Es war der aufregendste Einsatz ihrer Karriere, und sie fühlte sich unbeschreiblich wohl in ihrer Haut – wäre nicht hin und wieder der schwache Geruch des toten Mr. Pentham gewesen, der, wie sie fürchtete, langsam in Verwesung überging. Aber selbst das konnte sie in ihrem erregten Zustand

ignorieren. Erneut ließ sie sich die Nachricht durch den Kopf gehen. Sie hatte noch nie einen Yankee kennen gelernt, zumindest nicht richtig. Thomas Wall.
Vielleicht würde sie ihn Tommy nennen.

2

1. Dezember 1941, früher Morgen

Thomas Wall erwachte aus einem Zustand, der wenig mit Schlaf zu tun hatte. Die Nachttischlampe schmierte fahles Licht an die gemusterte Decke und die verschrammten Holzpfosten des Bettes. Er setzte sich auf, das Zimmer drehte sich um ihn. Er klammerte sich an die Matratze, und als ihm der Schmerz in die bandagierte rechte Hand schoss, stockte ihm der Atem.

Brüchige Erinnerungen an einen Fiebertraum blitzten auf und waren verschwunden. *England.* Er war in London. Im Rowansea Royal Hospital – in einem Krankenhausschlafsaal, einem Irrenhaus, in dem sich einst die Granatenschock-Opfer, die menschlichen Wracks des Weltkriegs, bis unter die Decke gestapelt hatten. Jetzt trommelte eine neue Generation lauthals gegen die Tore, nachdem sich die Armeen von Churchill und Hitler, nur getrennt durch den schmalen Ärmelkanal, gegenüberstanden.

Tom hatte ein Bett und einen halbprivaten Alkoven, dazu die Zwangsgesellschaft von hohläugigen Männern, die so steif und zerbrechlich wirkten wie Vogelscheuchen.

Alles, was er brauchte, waren Zeit, Ruhe, Kühle, Dunkelheit. Er brauchte Schlaf. Hatte zwei Tage nicht geschlafen und ...

Jemand kam. Er hörte Schritte auf dem Kachelboden, die die schnarchenden und röchelnden Insassen übertönten. Tom wandte den Kopf. Das Licht vom Flur blendete, leuchtete wie ein tödliches Signalfeuer in tödlicher Nacht. *Der Einsatz. Die Evakuierung. Der Flugplatz auf Kreta.* Er hob die bandagierte Hand, um die Augen zu beschatten, und hörte das Rascheln eines Rocks.

»Harriet?«, sagte er.

»Noch immer wach, mein Lieber?« Eine Schwester, matronenhaft, geschäftig.

»Das sind wir beide, Sie und ich, Mrs. Harper. Den Verderbten ist keine Ruhe vergönnt.«

»Den Müden, Mr. Wall. Den Müden ist keine Ruhe vergönnt.«

»Denen auch – aber woher wollen Sie und ich das schon wissen?«

Sie schnalzte mit der Zunge. »Na, scheint ja schon wieder aufwärts zu gehen!«

Aber es ging nicht aufwärts. Es ging überhaupt nichts. Er war wiederhergestellt – sah man von der Hand ab –, aber er blieb im Irrenhaus und fabrizierte Scherenschnitte. Alles, was er brauchte, waren Ruhe und Schlaf und ... Earl. Er brauchte Earl. Earl war eine wandelnde Zeitbombe, die nur er entschärfen konnte.

»... geht schon auf sieben zu«, sagte die Schwester. »Und Sie bekommen diesen Morgen doch Besuch.«

»Sieben? Es ist Morgen?« Auch hier Orientierungslosigkeit, weil die Verdunkelungsvorhänge die Morgendämmerung aussperrten.

Dann erst kamen ihre restlichen Worte bei ihm an: »Was? Ich bekomm *was?*«

Wieder schnalzte Mrs. Harper mit der Zunge. »Leise! Sie wecken ja noch die anderen.«
Er bekam Besuch. Seine Familie lebte in den Staaten. In England gab es nur Earl, Harriet und Chilton. Chilton, nein. Harriet, nie und nimmer. Earl? Er brauchte eine Waffe. Er brauchte seinen Colt. Er brauchte seine BAR, müsste das Zweibein umlegen und draufhalten, bis die Mündung glühte. Er zog die Decke weg. Die rechte Hand unter dem Verband pochte.
»Immer mit der Ruhe, mein Lieber«, sagte Mrs. Harper. »Sie werden nie gesund, wenn Sie sich so hetzen.«
»Was für ein Besucher? Ein Amerikaner?«
»Sie wissen, was der Direktor sagt, Mr. Wall – immer ruhig Blut.« Sie zog die Vorhänge vom Alkoven, ein Murmeln ging durch den Raum, als das Licht hereinsickerte. »Ich hab's ihnen immer wieder gesagt. Keinen Besuch. Aber wer hört schon auf eine alte Schwester, die die Burschen schon seit der Aisne pflegt?«
»Ich bin die Ruhe selbst«, sagte Tom. »Ich bin diensttauglich. Was für ein Besucher?«
»Ein Gentleman von der Home Guard ... Behauptet er jedenfalls. Hat nach Mitternacht angerufen, ich bitte Sie! Ich hab ihn natürlich abgewimmelt. Er wird um halb acht eintreffen, wir müssen uns also rasieren und anziehen, Mr. Wall.«
»Er ›behauptet‹, von der Home Guard zu sein?«
»Ein Mr. Davies-Frank, steht auf seiner Visitenkarte. Brandbekämpfung ... oder etwas in der Richtung.«
»Davis Frank?«
Sie bedeutete ihm, still zu sein, und führte ihn hinaus in den breiten Gang. Alle sechs Meter war eine Tür in der Wand, und alle drei Meter waren – falls Feuer ausbrach – Sandsäcke aufgebaut. »Mr. Davies-Frank«, sagte sie. »Ein Gentleman

Ihrer Generation, und warum er nicht in Uniform ist, weiß ich nicht zu sagen.«
»Also kein Amerikaner«, sagte er. Nicht Earl.
»Durch und durch britisch, unser Mr. Davies-Frank, und mit einem Akzent, mit dem man Kastanien rösten könnte. Nicht wie ...« Mrs. Harper schüttelte den Kopf. »Ich will kein Wort gegen euch Amerikaner hören, aber wenn ihr nicht gegen die Deutschen kämpft, wird der König sicherlich weiterhin Botschafter Winant beknien müssen, damit dieser seine Meinung ändert.«
»Dieser Davies-Frank, hat er Botschafter Winant erwähnt?«, fragte Tom. »Die Botschaft?« Wo Earl arbeitete – wenn er nicht woanders arbeitete.
»Also, jetzt, Mr. Wall«, sagte die Schwester. »Nichts mehr davon, wenn ich bitten darf.«
Sie sperrte eine Tür auf und führte ihn an der Kapelle und den aufgestellten Fahnen vorbei. Vier von ihnen waren amerikanische Flaggen, 1814 erobert, als die Briten das Weiße Haus in Brand setzten. Einige der Alten zogen Tom mit den eroberten Flaggen auf, also tat er so, als wären sie Veteranen aus dem Krieg von 1812, wofür er mit einem zahnlosen Greisenlächeln belohnt wurde.
Mrs. Harper führte Tom zum Direktoriumsflügel und schloss eine letzte Tür auf. »Ende des Ausflugs, Mr. Wall. Waschen und rasieren Sie sich und ziehen Sie sich an. Ich werde Mr. MacGovern sagen, dass er Ihnen eine Kleinigkeit zu essen bringt. Brauchen Sie noch etwas?«
»Dass Sie mir den Rücken schrubben?«
Amüsiert schnalzte sie mit der Zunge und war verschwunden.
Hinter der Tür lag ein kleines, ordentliches Schlafzimmer. Auf dem Bett war ein Anzug ausgebreitet, eine schmale Holztür führte zum angrenzenden Badezimmer. Drinnen

lag Rasierzeug, ein altmodisches Messer mit einem hübschen Elfenbeingriff. Was zum Teufel sollte das? Einem Insassen ein Rasiermesser statt einer Sicherheitsklinge in die Hand zu drücken?

Er konnte nicht denken. Sein Verstand war tranig, so erschöpft wie sein Körper. Er wollte schlafen, er wollte Earl, er wollte Harriet ...

Sich mit der linken Hand zu rasieren war schwierig genug, noch heikler war es mit einem Rasiermesser. In der schlimmsten Phase war er von einem Mädchen rasiert worden. Daran erinnerte er sich. Er erinnerte sich, dass ihr Atem nach Lakritz roch und ihre Vorderzähne schief standen, und sie hatte über seine Galanterien gelächelt, als müsste sie nicht tagein, tagaus unzählige solche Schmeicheleien über sich ergehen lassen, von unzähligen gebrochenen Männern, die unbedingt beweisen wollten, dass sie wieder auf dem Damm waren.

Er schnitt sich am Kinn, schnitt sich an der Wange. Zog sich aus und stellte sich unter die Dusche, bis der Gestank des Schlafsaals verschwunden war. Das Wasser war kalt und prickelnd – es erregte ihn, er spürte, dass er noch da war, dass sein Körper noch funktionierte, wenn es sein musste.

Er trocknete sich ab. Schüttete eine Schale Seifenwasser auf den Fliesenboden und ließ das Rasiermesser auf dem Waschbeckenrand liegen.

Er kleidete sich an. Der Anzug gehörte ihm – er hatte ihn letztes Jahr gekauft, in der Burlington Arcade, bevor sie von einer Bombe getroffen worden war. Im Jackett steckte keine Brieftasche, kein Geld, nichts. Ein leerer Anzug für einen leeren Menschen.

Die Tür ging auf, und MacGovern kam herein. Er war groß, gebeugt wie Ichabod Crane, mit knochigen Schultern und einem ausgemergelten Gesicht. Er war stärker, als es den

Anschein hatte, und waltete mit brutaler Jovialität über die Männer.
»Na, Sie haben sich hübsch gemacht«, sagte MacGovern und stellte ein Tablett auf den Nachttisch.
Tom ignorierte den Tee und die trockenen Kekse. »Hmm.«
»Sie sehen aus wie ein kleiner Schiffsjunge, der in seinem eigenen Anzug herumschwimmt.«
»Da haben Sie Recht, Mac.«
»Audienz beim König, hab ich den Jungs gesagt. Also, was wollen die von Ihnen?«
»Mein Rezept für Kaffeekuchen.«
Mac gab ihm einen Rempler. »Ihnen eher eine blutige Lippe verpassen. Hab gehört, der Kerl hat aus dem Kriegsministerium angerufen. Oder gehört er zur Spezialabteilung von Scotland Yard?«
»Zur berittenen Wache. Wollen Sie mitkommen? Sie sind auf der Suche nach einem Esel.«
»Besser als ein lahmer Köter. Verfluchter einarmiger Yank...«
Tom sagte »Hmm« und schlüpfte in die Schuhe. Nichts würde Mac beschwichtigen, nicht, wenn er das Gefühl hatte, Toms Vorzugsbehandlung untergrabe seine Autorität – eine Rasur, eine Dusche und eine geheimnisvolle Unterredung, ohne dass er dazu seine Erlaubnis erteilt hatte. Mac würde sich dafür revanchieren. Morgen, am nächsten Tag, dem Tag darauf.
Tom beugte sich vor, um die Schuhe zu binden, und endlich spähte MacGovern ins Badezimmer, endlich sah er das Rasiermesser.
»Diese dumme Kuh! Drückt jemandem wie Ihnen so ein Ding in die Hand.«
MacGoverns spindelige Beine klappten wie eine Stehleiter auseinander, dann war er bereits im Bad, bevor Tom überhaupt mitbekam, dass er sich in Bewegung gesetzt hatte.

»Kann von Glück reden, dass Sie mir kein frisches Grinsen verpasst haben, so von Ohr zu Ohr.«
Tom lächelte und schnellte aus seiner kauernden Haltung nach vorn. Er traf MacGovern mit der Schulter an der Hüfte, als dieser gerade den zweiten Fuß auf den seifigen Fliesenboden setzte.
MacGovern kam ins Rutschen, ruderte mit den Armen, versuchte sich noch am nassen Handtuch festzuhalten, das Tom an einen Haken gehängt hatte, fluchte und krachte mit nach oben schnellenden Beinen hart auf den Boden.
»Verdammte Scheiße!«, brüllte er, ausgestreckt wie eine entzweigegangene Steckfigur. »Ich werde dafür sorgen, dass Sie eine Woche ohne ...«
Tom ließ sich auf ihn fallen, rammte ihm den Ellbogen in den Bauch, und während Mac nach Luft rang, packte er mit der unverletzten Hand ein Haarbüschel und schlug ihm den Kopf auf den Boden. Dreimal, dann hörte MacGovern auf, sich zu wehren. Nach dem vierten Mal stöhnte er halb ohnmächtig vor sich hin, während sich seine ausgestreckte Hand öffnete und schloss.
Tom bog Mac die Arme um das Wasserrohr, vorsichtig, um auf den nassen Fliesen nicht auszugleiten, und band ihm mit seiner Krawatte die Handgelenke zusammen. Eine schmerzhafte Angelegenheit, Toms rechte Hand brannte, aber er schaffte es – er zog so fest zu, wie er konnte.
Er trat zurück. Seine Erschöpfung war der Euphorie gewichen.
Der erste Schritt war getan. Nun ging es um ihn und Earl in dieser lichtlosen, verwüsteten Stadt. Er nahm MacGoverns Schlüsselbund und Brieftasche, schloss die Badezimmertür und sperrte den Raum ab. Wenn er Glück hatte, war das Zimmer schalldicht. Wenn nicht, würde MacGoverns Geschrei Alarm auslösen.

Er konnte nichts dagegen tun. Nichts, außer Earl zu finden und ihn zu stoppen.

Tom huschte durch den Gang in Richtung Küchentreppe. Er bog falsch ab, fand sich in der Eingangshalle mit ihrer bemalten Decke und den schäbigen Kolonnaden wieder, die hier Hofsaal genannt wurde. Für einen Moment wurde ihm schwindlig, dann wusste er, wo er war. Er drehte sich um … Stimmen im Flur. Ihm schnürte es die Kehle zu. Wenn sie ihn jetzt erwischten, nachdem er MacGovern zusammengeschlagen hatte, würde er keine weitere Chance mehr bekommen.
Die Stimmen wurden lauter, dann wieder leiser und verstummten schließlich ganz.
Er brachte seinen pochenden Herzschlag unter Kontrolle. Sergeant Thomas Wall – Rosenblatt hatte ihn »Tommy Gun« genannt, ein Spitzname, der unter den anderen Männern die Runde gemacht hatte. So war er: furchtlos, flink, entschieden … und jetzt hatte er Angst vor den hallenden Stimmen plaudernder Schwestern.
Keine Zeit für Selbstmitleid. Er sperrte mit MacGoverns Schlüssel einen Türflügel auf und kam gut fünf Meter weit, bis eine Schwester den Flur betrat. Er nickte ihr zu, ohne ihr in die Augen zu sehen, und ging weiter.
Sie rief ihm etwas hinterher.
»Ja, danke«, sagte er, ohne seine Schritte zu verlangsamen.
Er bog um eine Ecke und öffnete eine weitere Tür. Er trat ein und fand sich in einer modrigen Garderobe wieder, in der es nach Kampfer stank. Wie lange noch, bis MacGovern gefunden wurde? Wie lange, bis Mrs. Harper zurückkehrte? Er ging die Kleiderbügel durch. Fand einen alten grauen Armeemantel, warf ihn sich über und öffnete wieder die Tür. Der Flur war leer. Er ging die Treppe hinunter und in die

Küche, vorbei an den Sandsäcken und durch die Seitentür nach draußen.
Frische Luft.
Tom blinzelte, atmete und zwang sich, langsam über die breite, windige Straße zu gehen. Seine Anspannung schmerzte wie Nadelstiche zwischen den Schulterblättern, als erwartete er, dass auf ihn geschossen würde. Er eilte die nächste Straße entlang, hastete im Laufschritt quer über die Kreuzung. Er stieg in eine Tram, und eine Viertelstunde später befand er sich auf einer Allmende – Streatham, Clapham, wo zum Teufel war er? Irgendwo in London.
Der Eisenzaun um die Allmende war weggerissen und vor langer Zeit schon zu Kugeln und Bombern eingeschmolzen. Dort, wo das Geländer gestanden hatte, waren lange, öde Furchen zu sehen. Die vordere Hälfte der Fläche war in Gartenparzellen aufgeteilt. Aus dem Holz, das man aus zerbombten Gebäuden beschafft hatte, war ein Schweinestall gezimmert worden, dahinter pickten Dutzende von schwarzen Leghorns und roten Rhodeländern im Dreck. Bei einem Sperrballon – silbermatt gestrichen und innerhalb eines weiten Drahtovals angebunden – bildeten ein schnurrbärtiger Corporal und seine Mannschaft mit einer Mischung aus Effizienz und Koketterie ihre Nachfolger aus, ein Dutzend Frauen der WAAF, der *Women's Auxiliary Air Force*. Etwas Häuslich-Gemütliches lag über der Szene, was Tom dazu veranlasste, langsamer zu werden, um schließlich ganz stehen zu bleiben.
Der morgendliche Wind wehte den durchdringenden, beruhigenden Geruch der Schweine herüber. Ein Grüppchen englischer Frauen grub auf den Parzellen den Boden um und unterhielt sich über Mr. Middletons Rundfunksendungen zum Gartenbau. Eine zierliche Frau fuhr auf einem Milchkarren über die Allmende, das Pferd wieherte. Zwei Büro-

mädchen kicherten über einer Packung Zigaretten. Einfache Mädchen, und hübsch anzusehen.

Er wollte nach dem Weg fragen. Er wollte sie lächeln sehen. Aber wenn er sie ansprach, würden sie wissen, wer und was er war – ein neurotischer, unter Schlafmangel leidender Entlaufener aus dem Rowansea.

»Fünfunddreißig Mädchen!«, sagte die Brünette und zündete sich hinter der schützenden Hand der anderen die Zigarette an. »Bei drei Verehrern pro Mädchen …«

»Im Martyn's wären es drei Mädchen auf einen Verehrer!«

Wieder kicherten sie, und die Brünette sah mit plötzlich forschem Blick zu Tom. »Kippe gefällig?«

»Ich hab mich verlaufen«, sagte er. »Bin auf der Suche nach einer U-Bahn in die Innenstadt.«

»Kanadier?«, fragte die Brünette. »Hör ich immer gleich raus. Kann nur nicht zwischen Neuseeländern und Australiern unterscheiden – die klingen immer gleich, was?«

Er lächelte. »Amerikaner, eigentlich.«

»Eagle Corps!«, kreischte die Blonde. »Und auch noch verwundet!«

Sie klang so erfreut, dass er erneut lächeln musste. Das Eagle Corps bestand aus amerikanischen Piloten, die sich trotz der Neutralitätsverpflichtung – und zur Hölle mit den Isolationisten zu Hause – freiwillig zur Royal Air Force gemeldet hatten.

»Ganz gewöhnliche Armee, Miss«, sagte er. »Beim Kamelkorps – der Infanterie.«

»Dann besteht die ganze Armee aus Ihnen? Es sei denn, die Staaten wären letzte Nacht in den Krieg eingetreten.«

»Bin nach Kanada und hab auf der gestrichelten Linie unterschrieben. Ich gehöre jetzt zum Commonwealth.«

»So viel also zum Aufstand der amerikanischen Kolonialisten!«

»Dem Unabhängigkeitskrieg«, korrigierte er streng, und alle drei lachten, worauf er sich vollends daneben fühlte. Es war ein heiterer, klarer Tag. Der kalte Wind strich ihm über das Gesicht. Er lächelte den Mädchen zu und hörte nicht, was sie sagten. Alles, woran er sich noch klammern konnte, war seine Eile, und auch die schwand zusehends. Wenigstens konnte er sich noch annähernd normal benehmen, er konnte sich durchschlagen, ohne Argwohn zu erregen. Sie sagten ihm, er solle den Bus 16 bis zum Bus 88 nehmen, oder gleich mit dem Zwölfer durchfahren. Sie erzählten ihm, sie konnten beim örtlichen Tabakladen keine Woodbines kaufen, der Händler verkaufe nur an Männer, sie mussten daher am Morgen erst zwanzig Minuten laufen, um an ihre Woodies zu kommen.

Sie erklärten ihm, worüber sie so kicherten, einen Artikel in der Zeitung: »Fünfunddreißig Mädchen in der Stadt haben ihre Hutschachteln und Andenken durchwühlt«, sagte die Brünette. »Und ihre alten Liebesbriefe ausgegraben …«

»Ackern für den Sieg!«, sagte das andere Mädchen und kicherte wieder.

»… ihre alten Liebesbriefe ausgegraben und sie für die Rohstoffwiederverwertung gespendet, aber wie viele Verehrer muss man denn haben, auch wenn man zu fünfunddreißigst ist, damit sich das nur einen Deut auf den Krieg auswirkt? Sogar Daph hier bringt nicht mehr als vier oder fünf zusammen …«

Daph kreischte auf, und Tom lächelte zurückhaltend. Es war, als würde er alles aus drei Metern Höhe wahrnehmen, als sie ihn fünf Straßenzüge weit begleiteten und dann zur Bushaltestelle deuteten.

»Dort ist Ihr Bus«, sagte das Mädchen. »Aber er fährt vom Rowansea weg. Ist das wirklich die Richtung, in die Sie wollen?«

Tom stieg am Tooting Broadway zu. Jemand riet ihm, auf die Piccadilly Line umzusteigen, also hielt er sich daran. Mütter und Kinder drängten sich in Scharen in die U-Bahn-Stationen – jede Woche verließen zehntausend Evakuierte London, und zweitausend kamen auf dem gleichen Weg zurück. Sie schienen regelrecht in Festtagsstimmung, und Tom ertappte sich dabei, wie er einem frisch geschrubbten Gesicht zulächelte, einem Mädchen mit einem roten Band im Haar, das zu einer komplizierten Schleife gebunden war.

Statt Schultaschen trugen sie Pappkartons mit Gasmasken. London hatte bereits fünfzehntausend Tote zu beklagen, das übrige England die doppelte Zahl. Erst die Tagesangriffe, dann die Nachtangriffe. Hunger und Angst und Mütter, die ihre Kinder zu Fremden weggaben, das alles gehörte zum alltäglichen Leben. Aber es schlich sich zusehends Verzweiflung in die liebevollen Abschiede. Die kühle Fassade zeigte erste Risse, was die Briten für Tom sympathischer machte. Bislang hatte er sich immer an Harriets Stärke erinnert gefühlt, diese törichte Neigung, sich höflich, aber bestimmt durch nichts aus der Ruhe bringen zu lassen.

Der Himmel über ihm war wieder meeresgrau, genauso wie vor einem Jahr, als er in London eingetroffen war, nachdem er sich mit dem größten Teil seiner Kompanie in Kanada eingeschifft hatte. Er erinnerte sich an die Fliegeralarme, das Heulen der Sirenen, die deutschen Bomber, die langsam und unbeirrt angriffen und Dunststreifen zurückließen, die sich ausdehnten und auflösten. Er erinnerte sich, dass sich diese weißen Streifen mit einzelnen Wolken verwoben hatten, erinnerte sich an die aufsteigenden und herabstürzenden Nachtjäger der RAF. Schwache, von Rauch und Abgasen gezeichnete Blaupausen, die über Londons Feuerschein hingen. Die ferne Geometrie war ihm dunkel, zweideutig vor-

gekommen, tausendfünfhundert Meter über der Erde von waghalsigen Piloten in den Himmel gezeichnet.
Das hatte Tom auch zu seiner Einheit gesagt, und sie hatten leicht nervös gelacht und ihn »Einstein« genannt. »Tommy Gun« aber war ihnen lieber. Als Manny aus Montreal nach heftigen Anfällen von Flatulenz »Gasmaske!« brüllte, war das der Gipfel ihres Humors. Sie hatten wie Kinder losgeprustet.
Es war im November gewesen, als er diesen stahlgrauen Himmel zum letzten Mal gesehen hatte. War es wieder November? Dezember? Er beugte sich auf seinem Sitz vor, um das Datum der Zeitung erkennen zu können, die eine alte Frau las. Montag, 1. Dezember 1941. Also doch. Eine unumstößliche Tatsache: 1. Dezember 1941.
Er hörte jemanden »Hyde Park Corner« sagen, dann war er plötzlich auf den Beinen und schwankte mit den Bewegungen des Zuges. Er war im Stadtzentrum. Als er das letzte Mal hier gewesen war, hatte Harriet ihm behutsam die Hand auf den Arm gelegt. Er konnte noch immer ihre Finger spüren.
Er ging den Piccadilly hinauf. Er wusste, wo Earl wohnte. Er kannte seine Privatadresse.
Er ging am Apsley House vorbei. Vorbei an einem stattlichen Herrenhaus, dessen Fenster herausgebrochen waren, das Dach war fort, die Mauern verrußt und eingefallen. Dahinter war der In and Out Club in Mitleidenschaft gezogen, aber er stand noch, die Mauern wurden von einem Holzgerüst gestützt. Tom blieb kurz stehen. Der Zustand kam ihm irgendwie bekannt vor. Dann bog er links in die White Horse Street ein, wieder machte sich die Anspannung zwischen den Schulterblättern bemerkbar, seine bandagierte Hand pochte.
Shepherd Market bestand aus einem Gewirr schmaler Gassen. Zwischen der Curzon Street und dem Piccadilly

gelegen, war es ein enges, heruntergekommenes Labyrinth knarrender alter Häuser und bescheidener Läden. Das Haus war ein hübsches, kleines Gebäude aus rotem Backstein, etwas komfortabler als die der Nachbarn. Zwei Geschosse, schräges Dach, unten kein Laden. Zwei Stummelkamine. *Seiner und ihrer.* Die Eingangstür hielt einen ordentlichen Sandsackstapel zur Begrüßung bereit. Die Fenster waren mit kreuzweise angebrachtem, weißem Klebeband gegen Explosionen geschützt. Die Verdunkelungsvorhänge waren zurückgezogen, die Gardinen hell und einladend.

Ein niedriger Eisenzaun stand um das Haus. Tom öffnete das Gartentor. Einfach anklopfen und eintreten? Er hatte keine Waffe. Ihm blieb nichts anderes übrig, als anzuklopfen oder ein Fenster einzuschlagen oder durch den Garten zu gehen – er wusste, es gab einen Garten, sehr gepflegt, sehr geliebt. Er hob die linke Hand, und eine Frauenstimme ertönte zwischen den Sträuchern des angrenzenden Grundstücks. »Niemand daheim.« Sie war eine ältliche, elfenhafte Frau mit einem roten Kopftuch und einer Blechkanne, die sie mit ihrer knöchernen Hand am Henkel hin und her schwang.

»Ja.« Natürlich war niemand daheim. Hatte er geglaubt, Earl würde sich den Tag freinehmen? »Er muss im Büro sein.«

»Sie meinen die amerikanische Botschaft«, sagte die Frau. »Er ist zweiter Amtsgehilfe des Staatssekretärs von irgend so 'nem Dingsbums, glaub ich. Und sie natürlich eine FANY.« Die *First Aid Nursing Yeomanry*, Frauen, die Krankenwagen fuhren und Laster beluden – und für die SOE arbeiteten, die *Special Operations Executive*, von der aber nur wenige wussten, dass es sie überhaupt gab. »Eine reizende junge Frau, und das sag ich nicht einfach so. Keiner von beiden ist im Augenblick hier. Sie ist vielleicht bei seiner Lordschaft. Lord Chilton hat ein … Pardon?«

»Nichts. Hab ich was gesagt?«
»Ich dachte doch.«
»Gut, Chilton.«
»In der Tat.« Sie stellte die Gießkanne ab. »Und er – ich meine ihren Ehemann, nicht ihren Vater – ist nicht selten auf Geschäftsreise. Ich hab ein Auge drauf, heutzutage kann man ja nicht vorsichtig genug sein – außer natürlich, man ist *übervorsichtig*, meinen Sie nicht auch? Zu viel Vorsicht ist genauso gefährlich wie zu wenig. Gott segne den König, dass er sich geweigert hat, nach Windsor zu flüchten ... und auch die Königin. Sie wissen ja, man hat ihr geraten, London zu verlassen.«
»Mir erzählt keiner was«, sagte er und ging durch das Tor.
»Oh!«, sagte sie, als es ihr plötzlich auffiel. »Sie sehen ihm sehr ähnlich. Hätte ich gleich bemerken müssen, aber meine Augen sind auch nicht mehr das, was sie mal waren.«
»Nichts ist mehr, was es mal war«, sagte Tom.

3

1. Dezember 1941, Morgen

Rupert Davies-Frank saß im Rowansea Royal Hospital im Büro des Direktors und hätte den Überbringer der Nachricht am liebsten erwürgt. »Er ist fort?«, fragte er. »Zwischen meinem Anruf letzte Nacht und meiner Ankunft heute Morgen?«

»Er hat sich für Ihren Besuch zurechtgemacht«, sagte der Direktor. »Und ist dabei einem Pfleger zu Leibe gerückt.«

»Wann ist er ausgebrochen?«

»Ausgebrochen?« Die buschigen Brauen des Direktors gingen nach oben. »Keineswegs. Häftlinge brechen aus. Aber Patienten? Doch sicher nicht.«

Davies-Frank wartete mit unbewegter Miene. Sollte er Sergeant Wall heute nicht finden, könnte die ganze Sache in sich zusammenstürzen.

»Allerdings«, sagte der Direktor, »hat er sich … ähm, davongemacht. Oder sich abgesetzt.«

»Wie lange ist es her, dass er sich davongemacht oder abgesetzt hat?«

»Keine halbe Stunde.«

»Hat er erwähnt, wohin er wollte?«

»Nicht dass ich wüsste. Allerdings habe ich noch nicht mit Mr. MacGovern gesprochen – dem Pfleger.«
»Er ist hoffentlich nicht schwer verletzt?«
»Mehr verschreckt als verletzt. Man kümmert sich jetzt um ihn.«
»Ich muss mit ihm sprechen. Und mit allen anderen, die in letzter Zeit mit Sergeant Wall Kontakt hatten.« Ein Gedanke kam ihm. »Hat die Neuigkeit von meinem Besuch ihn dazu bewegt, sich davonzumachen? Er ist doch erst fort, als er hörte, dass ich komme?«
»Mir scheint, er hat lediglich die Unterbrechung des gewohnten Tagesablaufs genutzt. Ihr Besuch lieferte nicht den Grund, sondern sozusagen die Gelegenheit. Als uns Mr. Wall das letzte Mal verlassen hat ...«
»Das letzte Mal?«
Diese Information fehlte im hastig zusammengestellten Bericht, den Davies-Frank um Mitternacht überflogen hatte.
»Er hat das schon mal gemacht?«
»Mr. Wall war in Griechenland im Einsatz. Er war ziemlich angeschlagen, als er bei uns eintraf, nicht nur körperlich.«
»Und er hat sich abgesetzt?«
Der Direktor nickte. »Kurz nach seiner Ankunft. Sechs Monate Kampfeinsatz, Mr. Wall war Gruppenführer und der einzige Überlebende ...«
»Wie lang war er damals fort? Nein – wo hat man ihn gefunden?«
Der Direktor schlug eine mit Karteireitern versehene Akte auf, die auf seinem Schreibtisch lag. »Muss ich nachsehen. Man wollte ihn nach der Evakuierung Kretas in die Staaten bringen. Aber er untersteht dem Militärgesetz, und ...«
»Direktor«, unterbrach Davies-Frank in mildem Tonfall. »Ich muss wissen, wohin er damals ist, und ich muss es jetzt wissen.«

»Hab's gleich.« Er blätterte durch die Seiten. »Sie wissen von seiner Zwangsvorstellung?«
Davies-Frank schüttelte den Kopf, aber bevor er etwas sagen konnte, klopfte der Direktor mit seinem dicken Finger auf die Akte. »Ah! Er wurde vor dem Eingang zu Burnham Chase aufgegriffen. Dort wohnt Lord Chilton. Davor war er am Shepherd Market, wo ...«
Mehr brauchte Davies-Frank nicht zu hören. Walls Zwangsvorstellung, natürlich. Tom Wall war hinter Earl her. Nun, da war er nicht der Einzige.
»Ich muss Ihr Telefon benutzen, Direktor. Und Ihr Büro ...« Davies-Frank drängte den Direktor höflich aus dem Raum und ließ sich durchstellen.
»Ist Highcastle da ... Gut, suchen Sie ihn und richten Sie ihm aus, dass Wall verschwunden ist. Vor nicht ganz einer Stunde abgehauen ... Ja, zufällig weiß ich es – er ist auf der Suche nach Earl. Nein, Sergeant Wall einzufangen sollte nicht schwierig sein. Aber ihn zu verwenden ...« Davies-Frank schüttelte den Kopf. Wall gegen Sondegger zu verwenden war, als würde man eine Stubenfliege auf eine Spinne ansetzen. »Wir müssen ihn nach Hennessey schaffen, bevor unser Gast seine Meinung ändert. Schicken Sie Tipcoe rein, sagen Sie ihm, er soll unseren Gast bei Laune halten, bis wir ... Was?«
Der diensthabende Offizier erklärte es ihm. Weitere Neuigkeiten. Weitere Albträume.
»Tipcoe hat *was* getan?« Davies-Frank drehte sich der Magen um. »Wann?«
Großer Gott. Was war Sondegger bloß für ein Unmensch. Davies-Frank drückte sich den Handballen gegen die Schläfe. Die ganze Kunst des Nazi bestand darin, die anderen von seiner Macht zu überzeugen – alles andere war Verschlagenheit und Tücke. Auch wenn seine Verschlagenheit von

mörderischer Effizienz war. Und obwohl es ihn selbst beschämte, musste Davies-Frank sich eingestehen, dass er sich erst in aller Stille zwei Minuten vorbereitete, bevor er den Raum – die Kammer – betrat, in der Dietrich Sondegger festgekettet war. Dass er sich erst wappnen musste, bevor er sich den hellblauen Augen und der rhythmisch-sonoren Stimme stellte.

»Sagen Sie den Leuten von der Spezialabteilung, sie sollen Tipcoe nicht zu hart anfassen«, sagte er. »Mildernde Umstände …«

Er atmete tief durch und entspannte die verkrampfte Hand, mit der er den Hörer hielt. Er war jemand, der auf seine Intuition hörte, und seine Intuition sagte ihm, dass alles zusammenbrechen würde.

Der Anruf war letzte Nacht eingegangen: Sondegger würde seine Geheimnisse preisgeben, aber nur einer bestimmten Person. Davies-Frank war vom Abendessen aufgestanden, hatte den Hörer ans Ohr gelegt und war vom Ehemann und Familienvater zu einem dunklen Priester auf der Suche nach dem jungfräulichen Opfer geworden. Er versuchte die Zeit, die er im Kreis der Familie verbrachte, heilig zu halten. Er schätzte die Abende mit Joan und den Zwillingen, nicht nur ihnen zuliebe, sondern auch um seinetwillen. Falschheit gehörte zu seinem Beruf, aber sobald er sie in sein Privatleben ließ, wäre er verloren. Beim Abendessen zu sitzen, dem Geplauder seiner Familie zu lauschen gab ihm die Kraft, weiterzumachen. Dann war der Anruf gekommen und mit ihm die schrille, beunruhigende Vorahnung: Es würde nicht standhalten.

Nein. Es würde standhalten. Er selbst würde die verdammte Sache zusammenhalten. Er teilte dem diensthabenden Offizier mit, er solle Tipcoe vergessen. »Wir brauchen Tom Wall. Informieren Sie Yard, die Home Guard … Schnappen

Sie sich den Dreckskerl – es ist verdammt dringend. Nein, ich werde hier bleiben. Ich muss noch eine Akte lesen.«
Er würde auch mit den Insassen und den Angestellten reden müssen. Er klammerte sich an Strohhalme – und unter allen Strohhalmen war Tom Wall der zerbrechlichste, derjenige, der beim kleinsten Funken sofort in Flammen aufgehen würde.

Tom erkannte die Gebäude. Grosvenor Square – den man zu Ehren der US-Botschaft »Klein Amerika« nannte. Er wusste, was er zu tun hatte, aber er hatte keine Waffe. Er konnte die Augen schließen und sich das Gewicht einer Waffe vorstellen. Er konnte die Hitze spüren, die seine BAR abstrahlte und die gegen sein Gesicht und gegen seinen Hals schlug, ihm die Hände verbrannte, die Arme schmerzen ließ, während der Schweiß in den Augen stach.
Langsam, im Zickzack näherte er sich der Botschaft. Er kniete sich nieder, und als er sich aufrichtete, hatte er einen zertrümmerten Ziegelstein in der Hand, dessen eine Kante abgesplittert war. Ein rotes Steinmesser. Ihm gefiel das Gewicht.
Er setzte sich auf eine Bank. Musste sein Gehirn von den Spinnweben befreien, aber die Spinnweben waren das Einzige, was es noch zusammenhielt. Lange saß er da, in seinem Kopf herrschte absolute Leere, dann stand er auf und näherte sich der Botschaft. Er nickte den Wachen zu und starrte auf die Tafel. Konnte Earls Namen nicht finden, aber seine Abteilung. Ein Frontalangriff? Ja. Er war nur zu einfachen Dingen in der Lage, und die einfachen Dinge waren immer die besten.
Dann wurde es sehr schnell sehr kompliziert. Ohne Probleme erreichte er den ersten Stock, als Ausweis genügten ihm sein vorgetäuschtes Selbstvertrauen und sein authentischer

Akzent. Eine Frau saß an einer langen Empfangstheke neben einer mit einem Teppich ausgelegten Treppenflucht. Tom sagte ihr, er wolle Earl sprechen.
»Haben Sie einen Termin?«, fragte sie.
»Nein – es geht um Familienangelegenheiten.«
Etwas in ihrem Gesicht veränderte sich. »Sie sind sein …?«
»Bruder.«
Sie winkte ihn zu einer gepolsterten Bank. »Einen Moment.«
»Es ist dringend«, sagte er.
»Bitte, wenn Sie Platz nehmen wollen.«
»Könnten Sie … welches Büro hat er?« Er versuchte entschuldigend zu lächeln. »Bevor Sie es überhaupt bemerken, bin ich auch schon wieder fort.«
Sie griff sich einen Hefter. »Ich rufe ihn an und …«
»Ist das ein Mitarbeiterverzeichnis?« Er packte den Hefter und entdeckte unter dem lauten Protest der Rezeptionistin Earls Namen. Amtsgehilfe eines Konsuls für besondere Angelegenheiten namens Bloomgaard. Klar. Zweiter Stock. Wenigstens das stimmte wahrscheinlich. Tom berührte den Ziegel in seiner Tasche und wandte sich zur Treppe.
Vor Bloomgaards Büro sagte ihm das Mädchen, dass er erwartet werde. Das hätte ihn beunruhigen sollen, aber alles, was er brauchte, waren fünf Sekunden mit Earl allein. Fünf Sekunden, damit die scharfe Kante des Ziegelsteins ihrer wahren Bestimmung zugeführt werden konnte.
»Gehen Sie ruhig rein«, sagte das Mädchen.
Bloomgaards Büro war für Kriegszeiten vornehm ausgestattet. Auf dem Schreibtisch stand eine grüne Glasvase mit einer roten Blume. Einige Blütenblätter, die Tom an Blutstropfen erinnerten, waren auf die glänzende dunkle Holzoberfläche gefallen.
»Henry Ford, Charles Lindbergh, Father Coughlin.« Bloomgaard deutete Tom an, Platz zu nehmen. »Die Senatoren

Wheeler, Taft, Nye und Vandenberg. Stramme amerikanische Patrioten, und alle sind sie gegen den Kriegseintritt der USA. Möchten Sie noch mehr hören?«

»Ich möchte Earl sehen.«

»Wie steht's mit der Mehrheit der Amerikaner? Und der Senatoren – auch wenn die zu hasenfüßig sind, um sich gegen Roosevelt aufzulehnen. Zum Teufel, selbst er wäre nicht wiedergewählt worden, hätte er nicht versprochen: ›Kein amerikanischer Bursche wird in einem fremden Krieg kämpfen.‹ Das hat Ihr Präsident Rosenfeld versprochen. Meine Aufgabe – die Aufgabe jedes verantwortungsbewussten Mitarbeiters im diplomatischen Dienst – ist es, dafür zu sorgen, dass dieses Versprechen nicht gebrochen wird.«

Wovon zum Teufel redete er? Dachte Bloomgaard, dass sie sich hier über Politik unterhalten wollten? »Ich hab Ihrer Sekretärin gesagt, ich möchte Earl sehen«, sagte Tom. »Ich brauche keinen Vortrag zur Staatsbürgerkunde.«

»Sie wollten ihn schon mal sehen, und Sie wissen, was dabei herausgekommen ist.«

Er wusste es nicht, alles verschwamm irgendwo in der Ferne. Hatte er wirklich schon mal Earl sehen wollen? Hatte er nach der Rückkehr von Kreta nach Earl gesucht? Er konnte seine Gedanken nicht ordnen – die Kämpfe, die Operationen, die Stunden, in denen er um Schlaf gebetet hatte. Er erinnerte sich an ein Brotmesser mit gezackter Schneide. Falls er ihn gesucht hatte, war er nicht erfolgreich gewesen. Earl hatte sich aus dem Staub gemacht.

Vielleicht sollte er Bloomgaard erzählen, was er wusste. Vom Flugplatz auf Kreta, von Earls Verrat. Die Einheit, die in einem blutigen Gemetzel aufgerieben worden war, umgebracht durch einen Verrat, der schlimmer war als das Flankenfeuer der Nazis. Hanner der Knirps, Manny aus

Montreal. Rosenblatt und der immer gut gelaunte Lifton und O'Rourke und Tardieu.
Sollte er Bloomgaard davon erzählen? Natürlich hielt Bloomgaard ihn hin, er sprach von Präsident Rosenfeld und Charles Lindbergh, aber Tom wusste nicht, warum. Als Vorbereitung auf Earls Kommen, oder um seine Flucht zu decken? Eher war es doch wohl so, dass Bloomgaard mit Earl unter einer Decke steckte. Man musste kein großes Netz auswerfen, um in der US-Botschaft einen Faschisten an Land zu ziehen. Die reichen Männer in ihren reich ausgestatteten Zimmern, altmodische amerikanische Patrioten, die für Franco, für Mussolini, für Hitler waren.
»… wenigstens schlagen Sie Ihre eigenen Schlachten«, sagte Bloomgaard. »Das muss ich Ihnen lassen. Die Briten, die Juden und Rosenfeld, das sind doch diejenigen, die unsere Burschen in den Krieg schicken wollen. Hören Sie doch nur mal auf William Regnery, auf das America First Committee – zum Teufel, hören Sie auf die Meinungsumfragen. Siebzig Prozent unserer Mitbürger sagen, haltet euch verdammt noch mal raus aus dem Krieg.«
»Und wie war die Frage formuliert?«, fragte Tom. »›Wollen Sie, dass Ihr Sohn in Europa stirbt?‹«
»Das stammt nicht von mir, sondern von Gallup – diesen Juni. Sieben von zehn. So, und einer von fünf sagt, Hitler leistet verdammt gute Arbeit. Einer von dreien sagt, die Juden bekommen nur das, was sie verdient haben, und einer von zehn sagt, dass wir es mit ihnen genauso machen sollten.«
»Sie sind ein verbohrter Hohlkopf«, sagte Tom müde und gleichgültig. Alles, was er wollte, war Earl. »Arbeiten Sie für Winant oder für Kennedy?«
Joe Kennedy, der vorherige US-Botschafter, hatte die »polnische Unnachgiebigkeit« gegenüber den Nazis gebrand-

markt und Großbritannien als »verloren« und dem »Untergang geweiht« bezeichnet. Die Demokratie, hatte er gesagt, sei in England am Ende, und in den USA wahrscheinlich auch. Worauf Roosevelt seinen Arsch vor die Tür gesetzt hatte, keine Sekunde zu früh.
»Ich bin Berufssoldat«, sagte Bloomgaard. »Ich arbeite für Berufssoldaten. Roosevelt kann Amerika nicht in einen Krieg führen, den keiner will, also zerrt er uns hinein, obwohl sich alle mit Händen und Füßen dagegen wehren. Bis auf die wenigen, die so scharf drauf sind, dass sie sogar nach Kanada abhauen und sich für eine fremde Armee verpflichten. Wie die Nigger, die von den Plantagen abgehauen sind. Nur dass Nigger schwarz sind – diese Männer aber, das sind Rote.«
Bloomgaard hielt Tom also für einen Kommunisten, weil er sich bei den Kanadiern verpflichtet hatte. Deswegen hielt er ihn hin – zumindest erklärte es, warum er es auf diese Weise versuchte. Aber wenn Earl nicht hier war, warum mauerte er dann überhaupt?
»Mr. Bloomgaard«, sagte Tom, »alles, was ich will, ist Earl.«
»Man hat Ihnen gesagt, dass er nicht da ist.«
»Man hat mir viel erzählt.«
»Da ergeht es Ihnen ebenso wie mir, Mr. Wall.«
»Er gehört zu Ihrer Abteilung. Wenn er nicht da ist, werden Sie wissen, wo ich ihn finden kann.«
Bloomgaards Blinzeln sagte Tom, dass Earl doch da war. In einem Büro, irgendwo auf diesem Gang? War er vor Toms Besuch gewarnt worden? Es spielte keine Rolle. Fünf Sekunden.
Tom stand auf. »Ich werde ihn selbst suchen.«
»Wagen Sie es nicht ...«
Tom fasste über den Schreibtisch und packte Bloomgaard am Hemd, bekam eine Hand voll Kragen und Krawatte zu

fassen, riss ihn gegen die Schreibtischkante, beugte sich vor, und dann fiel ihm nichts ein, was er ihm sagen sollte. Er drückte ihn zurück in seinen Schreibtischsessel und verließ den Raum.

Das Mädchen saß an seinem Schreibtisch. Sie sah nicht auf, als er eintrat, und sprach ins Telefon. »... er kommt gerade heraus, ja, er ...«

Tom ging in den Flur und öffnete die nächste Tür, ein Zimmer voller Akten, dann die nächste Tür, die zu Earls Büro führte. Es war halb so groß wie das von Bloomgaard. Darin stand ein ordentlich aufgeräumter Schreibtisch. Eine Kladde. Ein Brieföffner. Ein Bücherregal mit einer Reihe von Nachschlagewerken. Eine Lampe, ein Telefon, eine Zigarrenkiste. Ein Bild von Earl und seiner Frau. Aber keine Asche im Aschenbecher, keine Jacke an der Rückseite der Tür. Ein dünner Staubfilm auf der Schreibtischoberfläche. Earl war fort.

Davies-Frank tauschte die Räumlichkeiten des Direktors gegen die bescheideneren Arbeitszimmer der Angestellten ein. Das Personal würde offener sein, wenn es ihm in einer weniger förmlichen Umgebung gegenübertrat. Er wollte ihren Klatsch hören, nicht ihre Untergebenheit einfordern. Es klopfte an der Tür, und die Schwester, Mrs. Harper, trat ein. Davies-Frank erhob sich hinter dem überfüllten Schreibtisch, wies auf einen Stuhl und bat sie, Platz zu nehmen.

»Was für eine Schande«, sagte sie zur Begrüßung. »Sie in Kirrages Büro unterzubringen.«

»Das geschah auf meinen ausdrücklichen Wunsch, Mrs. Harper«, sagte er, während sich die Schwester auf der Stuhlkante niederließ. »Ich habe einige Fragen zu Sergeant Wall, und man sagte mir, Sie wären genau die Richtige dafür.«

»Nun, zur Krankheitsgeschichte wissen die Ärzte wohl

mehr als ich. Aber es stimmt schon, Mr. Wall und ich sind immer gut miteinander ausgekommen. Er war immer ein Gentleman – hatte immer ein Lächeln und einen Scherz auf den Lippen, ein sehr anständiger Mensch.«

»Mr. MacGovern sieht das vielleicht etwas anders.«

»Mr. MacGovern ist ein unangenehmer Mensch.«

Er neigte den Kopf. »Ich würde gern wissen, in welchem Gesundheitszustand sich der Sergeant befindet. Körperlich, geistig. Ich habe die Berichte gelesen, aber die erscheinen mir nach den jüngsten Ereignissen überholt zu sein. Erlitt er einen Rückfall?«

»Ich kann Ihnen nur meine persönliche Meinung sagen, Mr. Davies-Frank. Ich habe keine tollen Diplome an der Wand hängen, falls Sie danach fragen sollten. Trotzdem, man kann sagen, dass meine Meinung nicht aus der Luft gegriffen ist.«

»Ja ... ich würde sie gern hören.«

Sie sah ihm in die Augen, dann nickte sie. »Mr. Wall leidet nicht an Kriegsneurose – zumindest jetzt nicht mehr, zumindest nicht als Hauptleiden.«

»Kriegsneurose – Granatenschock?«

Sie warf ihm einen vorwurfsvollen Blick zu. »Da kommen Sie einen Krieg zu spät, Mr. Davies-Frank.«

»Einen Krieg und vier Stunden, wie mir scheint.«

»Sie werden von mir keine Rechtfertigung zu hören bekommen«, sagte sie trotzig. »Ich weiß sehr wohl um meine Pflichten. Einen Patienten in den frühen Morgenstunden ...«

»Mrs. Harper, bitte. Es steht außer Frage, dass Sie korrekt gehandelt haben. Kriegsneurose ist also nicht sein Hauptleiden?«

Sie hielt inne und dachte nach. »Ich will nicht sagen, dass Mr. Wall nicht die entsprechenden Symptome aufweist – Schlaflosigkeit, Paranoia, Trauer und Wut ... Jetzt werde ich psychologisch, das sollte ich nicht. Ich weiß hoffentlich, wo ich hingehöre.« Die Andeutung eines Lächelns umspielte ihren Mund. »Mr. Wall nennt mich sein ›Bettpfannen-Kommando‹.«

»Immer ein Lächeln und einen Scherz auf den Lippen«, sagte Davies-Frank. »Er zeigt also Symptome, aber sein Hauptleiden ist …?«

»Er zeigte Symptome. Als er eingeliefert wurde, hatte er, was ich eine breitgefächerte, aber wenig gravierende Kriegsneurose nenne. Aber meiner Meinung nach war er …«

»Auf dem Weg der Besserung?«

»Wiederhergestellt.«

»Klingt das, in Anbetracht seines heutigen Verhaltens, nicht ein wenig zu optimistisch, Mrs. Harper?«

»Sie sind ihm nicht unähnlich«, sagte sie. »Sie nehmen kein Blatt vor den Mund, nicht wahr? Aber er hat sich wieder gefangen. Er war wiederhergestellt. Bis zur letzten Operation.«

»An seiner Hand?«

Sie nickte. »Sie war nicht richtig zusammengenäht. Sein Brustkorb und sein Bein heilten, aber seine Hand … die erste Operation war kein Erfolg. Also musste er wieder auf den OP-Tisch. Die Narkose, die Operation – die haben ihn weit zurückgeworfen. Es geht ihm kaum besser als bei seiner Einlieferung.«

Als er Monate gebraucht hatte, um gesund zu werden. Nun, das Zwanziger-Komitee konnte nicht monatelang warten – es konnte noch nicht mal bis zum nächsten Nachmittag warten. Davies-Frank empfand Mitgefühl für den Amerikaner. An der Front zu kämpfen, mit ansehen zu müssen, wie einem die Männer wegstarben. Aber Davies-Frank hatte seine eigene Last zu tragen. Seine Arbeit entschied nicht über das Leben oder den Tod eines Trupps, eines Zugs, einer Kompanie – sondern über den Ausgang einer Schlacht, über das Schicksal eines Schiffskonvois, einer ganzen Stadt. Sie war weniger persönlich, er sah nie die Gesichter der Leute, die er verlor. Aber sie trieb ihn an, trieb ihn dazu, Mitleid mit diesem armen Dreckskerl Wall zu haben, und trieb ihn dazu, in ihm nicht mehr zu sehen als ein Mittel zum Zweck.

»Wie viel besser ist dieses ›kaum besser‹?«, fragte er.

»Oberflächlich betrachtet nicht viel. Aber darunter? Er ist sehr viel stärker als früher. Wenn er nur eine einzige Nacht durchschlafen könnte ...«

»Würde er sich wieder fangen?«

»Meiner Meinung nach ja.« Sie wischte sich einen imaginären Krümel vom Schoß. »Aber diese eine Nacht werden Sie ihm nicht gönnen, nicht wahr, Mr. Davies-Frank?«

»Hätte sich Sergeant Wall nicht abgesetzt, hätte ich ...«

»Abgesetzt? Hätte er sich nicht *abgesetzt?*«

»Die Worte des Direktors«, sagte er und lächelte über ihren Gesichtsausdruck. »Ich verspreche Ihnen, wenn wir Wall finden, werde ich dafür sorgen, dass er so schnell wie irgendwie möglich hierher zurückkehrt.«

Es schien sie zu beruhigen, obwohl seine Worte gänzlich ohne Belang waren. *Irgendwie möglich.* Ein vergebliches Unterfangen. Mit den Hoffnungen, die er in Thomas Wall setzte, machte er sich doch zum Narren. Schlaflosigkeit, Paranoia, eine breitgefächerte, aber wenig gravierende Kriegsneurose. Thomas Wall gegen Dietrich Sondegger, das war wie ein Weizenhalm gegen eine Sichel.

Dennoch, entweder so, oder er musste – nicht irgendwie, sondern ganz konkret – damit rechnen, das Zwanziger-Komitee zu verlieren.

4

Das Zwanziger-Komitee begann mit »Sleet«, einem Maschinenbauingenieur, der bei einem Zulieferbetrieb für die Admiralität angestellt war. Anfang der dreißiger Jahre reiste Sleet häufig geschäftlich nach Deutschland und kehrte gelegentlich mit technischen Informationen für die Admiralität und den MI6 zurück. Ein Gelegenheitsspion, anspruchslos und eher unergiebig. Trotzdem hielt man sich an die Richtlinien – seine Informationen wurden überprüft, die Kontakte kontrolliert, wiederholt überwachte man seinen Alltag.

1936 trugen diese Bemühungen Früchte. Der militärische Geheimdienst fing einen Brief ab, den Sleet an einen deutschen Agenten in Hamburg geschrieben hatte; es stellte sich heraus, dass der Maschinenbauingenieur sein Brot auf beiden Seiten butterte. Man erwog, Sleet festzunehmen, aber wozu? Unter welchem Vorwand? Er hatte lediglich Briefe an einen Bürger eines Landes geschrieben, das mit England nicht im Krieg war.

Die Geduld zahlte sich aus. Einige Monate später kontaktierte Sleet den MI6 und erzählte, er sei vom deutschen Geheimdienst, der Abwehr, angeworben worden. Er habe zugestimmt, für die Nazis zu arbeiten, um – so sagte er – als britischer Agent in die Abwehr einzudringen. Und so betrieb Sleet von 1936 bis 1939 sein doppeltes Spiel. Oder war es ein dreifaches? Das war die Frage, auf die es keine Antwort gab – und, ging es Davies-Frank durch den Kopf, eine Frage, die sich niemand stellte. Sleet war kaum als Agent eingestuft worden, der von weltbewegender Bedeutung sein könnte.

Aber er werkelte weiter vor sich hin. Er reichte Informationen an die Engländer weiter, falsche Namen, die sich unmöglich bestätigen ließen, Gesprächsfetzen, Einblicke in die Arbeitsweise seiner Kontakte. Er lieferte seinen deutschen Gewährsleuten Aufzeichnungen zum britischen Schiffsbau oder zur Stimmung in der Bevölkerung. Und er suchte, auf die Bitte seines Abwehr-Führungsoffiziers, Anschluss an die zunehmend beliebter werdende *British Union of Fascists* des Sir Oswald Mosley.

Er wurde angewiesen, Informationen über die BUF zu sammeln, herauszufinden, welche Mitglieder über genügend Einfluss oder Macht verfügten, damit sich eine direkte Kontaktaufnahme lohne. Er wurde instruiert, mit der BUF die Inbetriebnahme und Nutzung von vier Funkgeräten auszuhandeln. Berichte wurden verfasst. Informationen gesammelt. Protokolle geschrieben. Und Sleet operierte weiterhin unter der eher nachlässigen Führung sowohl der Engländer als auch der Deutschen. Es kam wenig dabei heraus, er richtete wenig Schaden an.

Im Januar 1939 wurde einem gelangweilten untergeordneten Agenten, der die Geduld seines Vorgesetzten ausgereizt hatte, befohlen, Sleet zu beschatten. Zwei Tage lang folgte er ihm auf dessen Weg von seinem Zuhause zum Büro und zurück. Am dritten Tag fuhr Sleet zur Victoria Station, wo

er in der Gepäckaufbewahrung einen gelben Pepita-Koffer abholte. Darin befand sich, als Grammophon getarnt, ein drahtloses Sende- und Empfangsgerät. Sleet installierte es auf seinem Dachboden und nahm die Verbindung mit Hamburg auf.
Ein weiterer Bericht wurde verfasst. Er sorgte für leichte Verwunderung, aber kaum mehr. Dann kam die Kriegserklärung – und Sleet wurde in Gewahrsam genommen.
Sein Funkgerät wanderte mit ihm ins Wandsworth-Gefängnis und wurde in seiner Zelle aufgebaut. Aus dem Gefängnis heraus nahm er erneut Kontakt mit Hamburg auf und nahm Befehle und Anfragen nach bestimmten Informationen entgegen. Unter Anleitung seiner britischen Gastgeber erstellte er darauf fingierte Antworten.

Das Zwanziger-Komitee war zu jenem Zeitpunkt, als das gesamte unter englischer Kontrolle stehende Spionagenetz der Deutschen einzig und allein aus Sleet bestand, noch nicht gebildet worden. Aber auch damals, in dieser ersten ungewissen Zeit, ging es ausschließlich um das eine: die Wahrheit. Die Wahrheit war das Fundament, auf dem das ganze Lügengerüst errichtet wurde. Sie war das Sandkorn, um das sich die unschätzbare Perle bildete – und wie ein Sandkorn sorgte die Wahrheit für Irritationen. Man wusste sie zu handhaben, bekam sie aber nie ganz unter Kontrolle.
Dennoch, die Abwehr überprüfte diese Zuchtperle und stufte sie als echt ein. Sie hielt Sleet für loyal und handelte gemäß seinen Berichten. Das Doppelspiel war erfolgreich – jedenfalls im Moment. Das Umdrehen eines Agenten war eine heikle Angelegenheit. Im besten Fall war es eine Verführung: vertraulich, behutsam, leidenschaftlich. Im schlimmsten Fall eine Vergewaltigung.
Sleet, verführt und als loyal erachtet, wurde mit einem MI6-

Agenten, der als Mitglied der *Welsh Nationalist Party* auftrat, nach Antwerpen geschickt. Man gab ihnen Kontaktinformationen für »Thrush«, eine in Deutschland geborene, in Großbritannien lebende Fotografin, die bei der Entwicklung von Mikrofotografien helfen würde – Bilder in der Größe von Briefmarken oder noch kleiner, mit denen Informationen übermittelt wurden. Thrush, obwohl durch Drohungen erpresst, die sich gegen ihre Neffen in Deutschland richteten, ließ sich leicht umdrehen. Danach kam »Bitters« – ein vormaliger Drogenschmuggler und Gauner, den Sleet als Agenten rekrutierte, der in Deutschland ausgebildet werden sollte. Bitters stürzte sich auf die Spionage wie der Wurm auf den Morast und erfuhr kurz darauf von drei weiteren deutschen Agenten, die über England abspringen sollten. Zwei von ihnen ließen sich umdrehen und blieben am Leben. Einer weigerte sich und wurde gehängt.

So nahmen die Dinge ihren Lauf. Ein Agent führte zum nächsten und zum nächsten und wieder zum nächsten, so dass Ende 1941 das gesamte Netz der Abwehr in England von den Briten geleitet wurde.

Es war ein Doppelspiel von monumentalem Ausmaß; die Deutschen, die die Briten aufs Kreuz legen wollten, wurden von ihnen selbst aufs Kreuz gelegt. Ein doppeltes Kreuz: XX. Das Zwanziger-Komitee. Damit beauftragt, ein Lügengespinst zu entwerfen, das in sich so stimmig und überzeugend war, damit die Nazis niemals dahinterkamen, dass sie ihr eigenes Agentennetz nicht im Griff hatten.

5

1. Dezember 1941, Morgen

Earl war fort.

Tom nahm das gerahmte Bild vom Schreibtisch. Earl hatte sandfarben-blondes Haar, helle Augen, ein zufriedenes Lächeln im Gesicht. Einen Arm hatte er fest um seine Frau geschlungen, den anderen zu einer überschwänglichen Willkommensgeste erhoben. Seine Frau: Sie hielt den Kopf leicht abgewandt und nach unten geneigt, scharf zeichnete sich der Schatten ihres Kiefers vor dem blassen Gesicht ab.

Das Bild krachte gegen die Wand, Glassplitter fielen zu Boden.

Tom hörte Männer im Flur. Sie kamen seinetwegen. Es gab nur eine Tür, das Fenster war vergittert. Es war keine Zeit mehr. Earl war fort.

Er trat in den Flur. Zwei Männer zu seiner Rechten, drei Männer fünf Meter zu seiner Linken. Er öffnete die Tür zu Bloomgaards Vorzimmer. Das Mädchen saß hinter seinem Schreibtisch, Bloomgaard stand daneben. Bloomgaard sagte etwas. Tom hob den Arm, und Bloomgaard wich zurück.

Tom ging ins Büro mit der blutroten Blume und der grünen Glasvase. Er verriegelte die Tür und ließ den Blick durch den Raum schweifen. Dort war das Telefon. Der Schreibtisch und der Schreibtischstuhl. Auch dieses Fenster war vergittert. Tom hörte die Männer ins Vorzimmer eindringen und mit Bloomgaard sprechen. Er musste weg, musste Earl finden. Er konnte nicht mehr denken. Er musste es mit Burnham Chase versuchen. Er ging zwischen Tür und Schreibtisch auf und ab. Dort war das Bücherregal, die hohe Decke ...

»Mr. Wall?« Eine Männerstimme drang durch die Tür. Er sagte, er heiße Knudson. Er sagte, er habe einen Schlüssel. Er sagte, es werde nichts Schlimmes passieren, und er werde jetzt die Tür öffnen, und Tom solle sich keine Sorgen machen. Bald wäre alles vorbei, und alles wäre wieder Friede, Freude, Eierkuchen.

Das Schloss schnappte auf, und die Männer stürmten herein – eine unüberwindliche Wand.

Als Nächstes erschien in Davies-Franks schäbigem Raum ein alter Patient, dem Wall anscheinend gewisse Sympathien entgegengebracht hatte. Captain Bayliss war ein zahnloses, verschrumpeltes Männlein, dessen Geist umnebelt und dessen Worte nahezu unverständlich waren.

Davies-Frank erwärmte sich für Wall, weil er sich dieses alten Mannes angenommen hatte, konnte es sich aber nicht leisten, den Captain gewähren zu lassen. Er entließ ihn zugunsten eines von Walls Ärzten, der doppelt so zungenfertig und fast ebenso gut informiert war wie Mrs. Harper. Er hielt ihm eine Vorlesung über Schlaflosigkeit, Albträume, postoperative Erregungszustände und Toms Reaktion auf Morphium.

»Eine Morphinvergiftung?«, fragte Davies-Frank.

»Von Vergiftung würde ich nicht sprechen«, sagte der Arzt. »Empfindlichkeit trifft es vielleicht besser. Sergeant Wall scheint in einem Feldlazarett zu hoch dosiert worden zu sein, und das Morphium, das ihm während der Operation vergangener Woche verabreicht wurde …«

Davies-Frank hatte die Akte gelesen. »Ich hab gehört, er wäre so gut wie geheilt, wenn er eine Nacht lang durchschlafen könnte.«

»Sie haben mit den Schwestern gesprochen«, sagte der Arzt. »Haben sie behauptet, Mr. Wall würde ›Amok laufen‹? Sie entwickeln Vorstellungen, die jenseits ihrer fachlichen Kompetenz liegen.«

Schlaf würde ihn also nicht wieder auf die Beine bringen – was sowieso keine Rolle spielte, weil Wall kaum zum Schlafen kommen würde. »Ich brauche den Sergeant mit einem klaren Kopf, Doktor. Für einen Tag, vielleicht zwei. Gibt es irgendwas, was Sie ihm geben könnten?«

Der Arzt legte die Fingerspitzen aneinander. »Nichts.«

»Keine Medikamente? Keine Notfallmaßnahmen?« Davies-Frank beugte sich vor. »Es gibt, rein theoretisch, also nichts, damit Wall zumindest zeitweise wieder funktioniert – koste es, was es wolle?«

»Nein, gibt es nicht.«

Davies-Frank fragte ihn weitere zehn nutzlose Minuten aus, bevor er ans Telefon gerufen wurde. Er nahm den Anruf im Büro des Direktors entgegen, den Blick auf die beschauliche Rasenfläche gerichtet. Highcastle war dran, seine schroffe Stimme störte den beruhigenden Anblick.

»Sie haben ihn geschnappt«, sagte Highcastle. »In der amerikanischen Botschaft.«

»Die Yanks liefern ihn aus?«

»Sind froh, wenn sie ihn loswerden. Ist schon unterwegs zum Rowansea.«

»Gut.« Davies-Frank sah auf seine Uhr. Er hatte noch Zeit. »Irgendwas in Erfahrung gebracht?«

»Nichts Weltbewegendes. Er ist allergisch auf Morphium, hat einen Granatenschock-Rückfall ...«
Highcastle schnaubte. Diagnosen wie Granatenschock ließ Highcastle nicht gelten. Während seiner neunundfünfzig Lebensjahre hatte Highcastle noch nie einen Grund gesehen, an seelische Leiden zu glauben. Wahrscheinlich glaubte er noch nicht mal an körperliche Leiden.
»Behalten Sie das lieber mal für sich«, sagte Davies-Frank, obwohl Highcastle in der Rangstufe über ihm stand. Er nahm sich diese Freiheit heraus, weil Highcastle keine Männer brauchte, die mit ihrer Meinung hinterm Berg hielten, und weil Davies-Frank sowieso nicht zu diesen Männern gehörte.
»Ich kann den Mund halten«, sagte Highcastle.
»Obwohl Sie doch so eine Plaudertasche sind.« Davies-Frank sah unnötigerweise auf seine Notizen. »Walls Rückfall ist möglicherweise nur temporär, möglicherweise auch nicht. Er leidet unter Schlaflosigkeit – ist auf jeden Fall erschöpft und fantasiert vielleicht.«
»Warum hat er sich gemeldet?«
»Zu den Kanadiern? Er ist Idealist, nehme ich an. Ein Antifaschist.«
»Bolschewik?«
»Keine Ahnung. Darüber steht nichts in den Akten ...« Er sah den weißen Lieferwagen auf die lange, kreisrunde Auffahrt einbiegen. »Ah, der verlorene Sohn kehrt heim.«

Tom sah zum Wachmann, der hinten im Lieferwagen neben ihm saß. Er wurde »Ginger« genannt – und sah aus, als wäre er aus einem grauen Felsblock herausgemeißelt, dem der rote Haarschopf erst nachträglich hinzugefügt worden war. An einem guten Tag hätte Tom es mit ihm aufnehmen können.
»Denk noch nicht mal dran, Kumpel«, sagte Ginger.

»Heute nicht.«
Ginger musterte ihn. »In Frankreich gekämpft?«
»In Griechenland und auf Kreta.«
»Gegen Mussolini also.«
»Und nach Mussolini«, sagte Tom. »Wir haben an der Seite der Griechen gekämpft, bis die Politik verrückt spielte.«
»Wusste gar nicht, dass wir Leute dort hatten, bis dann die Jerrys auftauchten.«
»RAF und ein Verbindungskommando, das war alles. Wir haben uns an der Aliakmon-Linie eingegraben. Die Vierzigste der Deutschen löschte die Jugos aus, umging unsere Linie und machte den Griechen Feuer unterm Arsch.«
»Und ihr habt euch zurückfallen lassen? Hab gehört, ihr habt den Jerrys ziemlich zugesetzt?«
Tom lächelte beinahe. »Die verdammten Kiwis. Wo haben die bloß so zu kämpfen gelernt?«
»Dann wurdet ihr nach Kreta evakuiert? Gegen die Fallschirmjäger?«
»Das Fliegerkorps.« Der Flugplatz von Máleme. Earls Verrat. »Ist schon lange her.«
»Sechs Monate. Mensch, Kumpel, lass es gut sein.« Ginger wurde richtiggehend jovial. »Interessierst du dich für Rugby? St. Mary hat Oxford vierzig zu drei geschlagen, hast du das gehört? Und was soll Oxford schon machen, wenn Colsons Knie kaputt ist?«
Der Wagen hielt an, die Tür wurde geöffnet. Wieder im Rowansea Royal Hospital. Draußen wartete MacGovern, auf der Stirn klebte ein Pflaster, die Augen waren blutunterlaufen. Er grüßte den Rotschopf mit einem unterwürfigen Lächeln.
»Unser missratener Sohn«, sagte Mac und half Tom vom Sitz. »Unser Sonnenschein. Gibt's eine Empfangsquittung zu unterschreiben, Sir?«

Ginger schüttelte den Kopf. »Ist den Papierkram nicht wert.«
»Sie gehören zu Whitehall, oder?«
»Mr. Wall soll ins Büro des Direktors gebracht werden.«
»Ich werde gut auf ihn aufpassen. Wir sind ja alte Freunde. Stimmt doch, Mr. Wall?«
Tom sah zu MacGovern, dem die Sehnen am Hals hervortraten.
»Das stimmt«, sagte Tom.
»Sie haben alles unter Kontrolle?«, sagte Ginger.
»Darauf können Sie Gift nehmen.« Mac umklammerte Toms Arm. »Kann Ihnen gar nicht sagen, wie sehr es mich freut, Mr. Wall wieder zu Hause begrüßen zu dürfen.«

Die Frage lautete: Wie stellt man es an, dass man etwas vergisst? Die Antwort lautete: Es geht nicht. Vergessen ließ sich nicht erzwingen. Man konnte nicht einfach ausblenden, dass man ein Gewehr zu zerlegen wusste, konnte nicht einfach eine Glenn-Miller-Melodie aus dem Gedächtnis streichen. Daher lebte man ständig mit dem Getöse der eigenen Vergangenheit – und wenn es zu laut wurde, wenn es einen Zentimeter hinter dem Ohr gellend kreischte, litt man darunter. Alles, was Tom wollte, war amnesische Stille. Er wollte von der Welt der Gegenstände, von seinen Erinnerungen alleingelassen werden. Wollte sich in seinem Bett zusammenrollen und von der schlaflosen Dunkelheit überwältigt werden.
MacGovern zerrte ihn hinein, zog ihn am Schlafsaal vorbei, weg vom Büro des Direktors. »Seife auf den Kacheln. Ganz schlaues Kerlchen, muss ich schon sagen. Aber wie steht's mit der Disziplin, mit der Ordnung? Glauben Sie, unsere alten Insassen wollen mitansehen, wie MacGovern zu Fall gebracht wird?«
»Ich glaube ...«

Mac rammte ihn gegen die Wand, Toms bandagierte Hand stieß gegen eine harte Kante, er schnappte nach Luft. »Sie wollen mich aufs Podest stellen«, sagte Mac. »Dass ich unantastbar bin. Verdammt noch mal un-an-tast-bar. Ich mag ein schäbiger Gott sein, aber ich bin ihr Gott. Sonst haben sie doch nichts!«

Mac riss an einem Türgriff und zog Tom nach draußen, über einen Weg zum sogenannten Pförtnerhaus. Sie waren allein. Es war kalt. Mac schob Tom in einen leeren Raum. Boden und Wände waren gefliest, auf Kopfhöhe waren Wasserhähne angebracht, eine Wand war mit rechteckigen Metallbecken versehen. Um Schafe zu scheren? Zum Kalben, zum Schlachten? Über einem der Hähne hing an einem Drahtbügel ein modriger Fuchspelzmantel.

»Also, runter damit«, sagte MacGovern.

Tom verstand nicht. Der Raum roch nach Fäulnis und Schimmel.

Mac verpasste ihm einen Schlag. »Die Kleidung, den hübschen Sonntagsstaat. Runter damit.«

Unbeholfen löste Tom die Schnürsenkel, zog die Socken aus. Er knöpfte das Hemd auf – der Mantel war längst schon verschwunden, genau wie MacGoverns Brieftasche – und legte es sich über die bandagierte Hand. Er sah zum Fuchsmantel am Drahtbügel. »Soll ich's dort aufhängen?«

»Dafür haben wir eine andere Verwendung.«

Tom faltete das Hemd und legte es über die Schuhe. Er zog Hose und Unterhose aus und packte sie ebenfalls auf den Stapel.

»Ist Ihnen schon kalt?«, fragte MacGovern. Seine Stimme hallte von den Fliesen wider.

»Ich hab ganz andere Kälte erlebt, Mac.«

MacGovern riss das Fenster auf. Dezemberluft strich herein. »Sagen Sie es mir, Mr. Wall, wenn Ihnen fröstelt.« Er drehte einen Hahn auf, die Leitung klopfte, und ein nadelscharfer Wasserstrahl kam heraus. »Passen Sie auf Ihre Hand auf, damit sie schön trocken bleibt – wer weiß, wie es darunter eitert, wenn der Verband nass wird.«

Tom hob den Arm vom Wasser weg. *Wie es darunter eitert.* Er durfte nicht daran denken.

MacGovern warf den Pelzmantel auf den nassen Boden, nahm den Drahtbügel vom Hahn und prüfte ihn auf seine Festigkeit. »Ordnung, Disziplin. Es ist an der Zeit, dass Sie deren Wert zu schätzen lernen.« Er trat auf Tom zu. Von draußen kam ein Geräusch.

Die Tür ging auf. »Mr. MacGovern!« Es war Mrs. Harper. Hinter ihr stand ein englischer Gentleman mit dunklem, zerwühltem Haar und harmlos-friedfertiger Miene. Musste Davies-Frank sein.

»Verpass Mr. Wall eine Dusche«, sagte MacGovern, »nach seinen jüngsten Eskapaden.«

»Im Pförtnerhaus?«, sagte Mrs. Harper.

»Hier gibt's wunderbar heißes Wasser, wenn es erst mal fließt. Ist doch so, Mr. Wall?«

Ein langes Schweigen.

»Das stimmt«, sagte Tom.

»Da sehen Sie es.« MacGovern warf dem Gentleman einen fahrigen Blick zu. »Wenn Sie uns jetzt entschuldigen, Sir? Und Sie auch, Schwester.«

»Mr. Wall kann sich selbst waschen«, sagte Mrs. Harper.

»Ich muss ihm die Schrammen reinigen, an die er selber nicht rankommt, Mrs. Harper.«

Der Gentleman sagte: »Ziehen Sie es vor, hier Ihr Bad zu nehmen, Sergeant, oder woanders?«

In seinem Tonfall lag nichts Herablassendes, nur höfliches Interesse, als wäre dies eine Situation, in der man sich häufig wiederfand, und als tue er nur das, was getan werden musste.

»Was ich will?«, sagte Tom. »Ich will alleingelassen werden.«
»Dieser Bitte, fürchte ich, Sergeant, kann ich nicht nachkommen. Allerdings …« Er sah zu Harper und MacGovern.
»Wir werden draußen warten.«
»Ich werde nicht die Verantwortung …«, begann MacGovern.
»Es reicht«, sagte der Gentleman.
»Sie wollen was von mir?«, fragte Tom.
»Eine persönliche Angelegenheit.«
Tom breitete fragend die Arme aus. Er stand hier mit nacktem Arsch – wie persönlich konnte die Angelegenheit noch werden?
»Trotzdem«, sagte Davies-Frank.
»Wenn Sie was von mir wollen«, sagte Tom, »lass ich mich lieber auf Mac ein.«
»Sie werden sich schon anhören müssen, was ich Ihnen zu sagen habe«, sagte er. »Was anderes bleibt Ihnen nicht übrig. Und mir auch nicht.«

6

1. Dezember 1941, Nachmittag

Tom trocknete sich mit dem fadenscheinigen Handtuch, das Mrs. Harper auf den Milchschemel vor der Tür gelegt hatte. Sein Anzug war gebürstet worden. Eine neue Krawatte lag bereit, so schreiend bunt, dass es ihm in den Augen schmerzte. Er zog sich an und fummelte an der Krawatte herum, bis ihm der Knoten passabel erschien, dann schob er den Draht in die Tasche. Ein abgebrochener Ziegel, ein alter Draht … langsam benahm er sich wie ein Lumpensammler.
Mrs. Harper klopfte an und trat ein. »Fertig? Dann werfen wir noch einen Blick auf Ihre Hand.«
Tom drehte sich weg, als sie den Verband abwickelte. Die kalte Luft auf der empfindlichen Haut trieb ihm Ekelschauer über den Rücken. Bei seinen Kriegsverletzungen war er kaum zusammengezuckt, jetzt konnte er den Anblick seiner eigenen Hand nicht mehr ertragen. Er wollte noch nicht mal daran denken – an die knotigen, schwärenden Narben, die runzlige, tote Haut um die weißgeränderten Wunden.
»Na also«, sagte Mrs. Harper, während sie den Verband wieder anlegte. »Gerötete Stellen, es heilt. Sie müssen behutsamer damit umgehen. Und mit sich auch.«

»Das von einer Frau, die sich weigert, mir den Rücken zu schrubben.«
Sie schnalzte mit der Zunge, dann traten sie hinaus in den Gang. Niemand war zu sehen. Obwohl er MacGovern den Schädel gegen den Boden geschlagen hatte, ließen sie ihn mit Mrs. Harper allein.
»Wo … sind alle?«, fragte er.
»Ich hab ihnen gesagt, sie sollen sich doch nicht lächerlich machen«, sagte sie scharf.
»Sie sind ein Engel, Mrs. Harper.«
»Das bin ich, Sergeant.«
Sie brachte ihn zu Kirrages Büro. Drinnen las Davies-Frank an einem kleinen Schreibtisch einen Bericht, noch immer vermittelte er einen äußerst umgänglichen Eindruck – er erinnerte Tom an einen jungen Gelehrten in einem Oscar-Wilde-Stück, den netten, etwas unscheinbaren besten Freund des Hauptdarstellers. Aber als Davies-Frank Tom begrüßte, wich jegliche Ausdruckslosigkeit aus seinem Gesicht. »Würden Sie bitte die Tür schließen, Sergeant?«
Tom kam der Aufforderung nach und musterte den tristen Raum. »Soll mich das beruhigen?«
»Klappt es nicht?«
»Hab mich nie lockerer gefühlt.«
Davies-Frank nickte ernst. »Ausgezeichnet. Natürlich werden Sie sich fragen, Sergeant, warum ich …«
»Nennen Sie mich Tom. Ich bin niemandes Sergeant.«
»Dann müssen Sie mich Rupert nennen.« Er schob die Akte, in der er gelesen hatte, über den Schreibtisch. »Das sind Sie.«
»Ja? Sie haben mich nicht unbedingt in Bestform erwischt.«
»Das trifft auf mich ebenfalls zu.« Davies-Frank beugte sich vor. »Ich brauche Ihre Hilfe. Wir brauchen Ihre Hilfe.«
Tom hätte beinahe laut aufgelacht. »Ich? Da haben Sie sich den Falschen ausgesucht.«

»Thomas Stuart Wall, im Oktober 1912 geboren als Sohn von Farley und Eugenia Wall. US-Army ab '32, Einsätze in Haiti und China, befördert, ehrenvoll entlassen und Anfang '40 den kanadischen Streitkräften beigetreten, dort aufgrund des alten Dienstgrades zum Sergeant erhoben. Führer einer Einheit aus US-Freiwilligen und Kanadiern in Griechenland und auf Kr…«

»Großartig. Reicht schon.«

»Das ist der Mann, dessen Hilfe wir brauchen.«

»Sie glauben, dieser Mann kann Ihnen helfen?«

»Genau das ist die Frage.«

Davies-Frank tastete sein Jackett ab, zog ein Zigarettenetui heraus und hielt es Tom hin. Tom nahm eine Zigarette, beugte sich vor, als Davies-Frank das Feuerzeug aufschnappen ließ, und sog die Flamme zu sich heran. Englische Zigaretten, mit nichts gefüllt. Trotzdem, ein Lungenzug, und er fühlte sich ruhiger, klarer.

»Was ich glaube?«, sagte Davies-Frank. »Ich glaube, es ist nicht in Ihrem Interesse, uns zu helfen, Tom. Ich glaube, es könnte Ihnen schaden – es könnte sogar *uns* schaden. Ehrlich gesagt beunruhigt mich das zweite mehr als das erste. Ich glaube, Sie sind der Einzige, der uns helfen kann, und die einzige Möglichkeit, Ihre Hilfe zu bekommen, besteht in einem Täuschungsmanöver – indem wir uns Ihre Krankheit zunutze machen.«

Tom schüttelte den Kopf. »Ich bin müde, ich bin ausgelaugt. Ich kann mir noch nicht mal selbst helfen.«

»Sie sind zum Shepherd Market und zur amerikanischen Botschaft.«

»Um mir eine neue Krawatte zu besorgen.«

»Um Earl zu finden.«

»Sie wissen, wo er ist?«

»Ich weiß, wo er nicht ist.«

Tom blies den Rauch aus. »Großartig.«

»Er ist nicht dort, wo man ihn sonst finden könnte. Er war nicht zu Hause, er war nicht im Büro. Soweit ich es zu sagen vermag – und glauben Sie mir, Mr. Wall, ich hab deswegen einige Mühen auf mich genommen –, ist er einfach verschwunden.«

»Ist das Ihr Täuschungsmanöver? Indem Sie mir sagen, Earl sei verschwunden?«

»Nein, das ist die Wahrheit. Er ist seit über einer Woche fort.«

Woher wollte Davies-Frank das wissen? Natürlich gehörte er zum britischen Geheimdienst – zu einem seiner vielen Zweige –, und Earl war sein amerikanisches Pendant im COI, dem neugegründeten Büro des *Coordinator of Information*. Der Informationsaustausch zwischen den beiden Ländern allerdings fand so gut wie nicht statt. Anders als die Briten oder Deutschen, die auf eine lange Erfahrung in diesem Spiel zurückblicken konnten, verfügten die USA über keine zentrale Geheimdienstorganisation, sondern hatten eine Reihe einzelner Einrichtungen – im Außenministerium und dem Militär, das *Office of Naval Intelligence*, ONI, der Marine und das *Military Intelligence Detachment*, MID, der Armee. Sie waren allesamt unterfinanziert und unterbesetzt, stritten sich um ihre jeweiligen Einflusssphären und betätigten sich mehr in bürokratischen Grabenkämpfen als im Sammeln von Informationen.

Trotz der Einwände von einem Dutzend unterstellten Einrichtungen hatte Präsident Roosevelt vor kurzem »Wild Bill« Donovan zum neuen Leiter des COI ernannt. Donovan war einer, der sich nicht gleich in die Hosen machte, aber noch hatte der COI seinen ersten Jahrestag nicht hinter sich. Die Beziehungen zu den Briten waren eher herzlich als effektiv, aber selbst diese Herzlichkeit war gewissen Spannungen ausgesetzt. Der COI informierte die Briten nicht über verschwundene amerikanische Agenten, und die Briten konnten nicht jeden COI-Offizier in England beschatten. Oder vielleicht doch?

»Ich versteh nicht ganz«, sagte Tom. »Was ist zwischen Ihnen und Earl?«

»Nichts – er ist verschwunden. Und wenn wir ihn nicht finden konnten, werden Sie ihn erst recht nicht finden.«

»Er ist keiner, den Sie finden könnten.«

»Wir haben mit den Amerikanern zusammengearbeitet«, sagte Davies-Frank. »Sie hatten noch weniger Glück als wir. Ich vermute, Ihr Bruder ist in COI-Aktivitäten verstrickt, ohne dass der COI davon weiß.«

»Earl hat schon immer gern sein eigenes Ding gedreht.«

»Wäre nicht das erste Mal, nach allem, was mir zu Ohren gekommen ist.«

»Er ist verschwunden?«, sagte Tom. »Earl ist verschwunden?«

»Wie vom Erdboden verschluckt.«

Klang glaubhaft und passte zu dem leeren Haus und dem leeren Büro. Aber wohin verschwunden? Warum? Und wie konnte Tom ihn finden, wenn die Briten und der COI dazu nicht in der Lage waren?

»Sind Sie bereit für das Täuschungsmanöver, Tom?«, fragte Davies-Frank. »Wenn Sie uns helfen, werden wir Earl finden und ihn vor Gericht stellen.«

»Jetzt lügen Sie, oder?«

»O ja. Wir werden ihn finden – darauf haben Sie mein Wort. Aber ihn vor Gericht stellen?« Davies-Frank drückte seine halbgerauchte Zigarette im Aschenbecher aus. »Nein. Er hatte nichts mit Kreta zu schaffen.«

»Sie wissen einen Scheiß über Kreta.«

»Ich weiß, dass Sie Ihren Trupp verloren haben. Und ich weiß, dass Earl nichts damit zu tun hatte.«

»Aber Sie werden mich zu ihm führen?«
»Richtig.«
»Dann schießen Sie los«, sagte Tom. »Was wollen Sie?«

Was wollte er? Davies-Frank fiel es schwer, darauf zu antworten. Außer dass der Einmarsch in Polen rückgängig gemacht, Hitler wieder abgewählt und das Abendessen mit Joan und den Zwillingen nicht gestört werden sollte?
Er sah Tom in die unruhigen Augen. Der Amerikaner stand neben sich, er war verwundet – dennoch hatte er noch etwas Gefestigtes in sich. Vielleicht saß vor ihm nur der müde Abklatsch des Mannes, der Tom einst gewesen war, aber Davies-Frank vertraute seinem Eindruck. Er wollte Tom. Zunächst, um Informationen aus Sondegger herauszuholen, dann, um den Nazi-Agenten zu töten. Davies-Frank war von Sondegger ebenso fasziniert wie abgestoßen – und er hatte Angst vor ihm. Er hatte allen Grund, Angst zu haben. Tausend Menschen, die er nie zu Gesicht bekommen würde, müssten sterben, wenn er versagte. Also würde er nicht versagen. Nicht bei Sondegger, nicht bei Tom.
Aber jemanden vom Krankenbett zu rekrutieren erforderte eine andere Vorgehensweise – jedenfalls eine andere als jene, die bei ihm angewandt worden war. Davies-Franks Vater war Dean in Oxford gewesen. Ein Mann von enormer Intelligenz, dem sein ebenso enormes Ego allzu oft im Weg stand. Bei seiner Pensionierung hatte er verkündet, dass ihn nun nichts mehr aus seiner Bibliothek vertreiben könnte. Als Highcastle ihn wegen des Zwanziger-Komitees kontaktierte, war er seinem Schwur treu geblieben und hatte abgelehnt. Aber, hatte er gesagt, er habe etwas Besseres anzubieten: seinen Sohn.
Also wurde Rupert Davies-Frank ein Besuch abgestattet. Ein Pochen an der Tür, und Highcastle hatte davor gestanden. Er

hatte den Hut gelüpft und ihn finster angesehen – ein stämmiger Mann mittleren Alters mit graumeliertem Haar.

»Rupert Davies-Frank?«, hatte Highcastle gefragt, obwohl er sich natürlich bereits eingehend mit ihm beschäftigt hatte.

»Ja. Was kann ich für Sie tun?«

»Der Dean schickt mich.«

»Mein Vater?«

Highcastle hatte genickt.

»Ein Jammer.«

Highcastles Blick wurde noch finsterer. Er starrte Davies-Frank an und sagte: »Sie werden es machen.« Und durch eine Art alchimistischen Impuls, der Klassen- und Altersunterschiede und ihre gegensätzlichen Charaktere überwand, begründeten sie in diesem Augenblick ihre Partnerschaft.

Die Aufgaben des Zwanziger-Komitees waren mit dem anhaltenden Erfolg exponentiell gewachsen. Jeder zusätzliche Agent stellte einen weiteren Komplikationsfaktor dar. Wenn ein einziger Agent einem banalen Punkt einer längst vergessenen Tatsache widersprach, konnte dies das gesamte System zum Einsturz bringen. Jede Nachricht, jeder Fakt, jede Meinung musste überprüft und gegengeprüft werden. Jeder Punkt musste nicht nur glaubwürdig klingen, sondern auch mit allen anderen gefälschten Tatsachen – den vergangenen, gegenwärtigen und zukünftigen – übereinstimmen. Sie mussten den Nazis ein durcheinandergewürfeltes, aber perfektes Puzzle liefern und darauf vertrauen, dass die Analytiker der Abwehr es selbst zusammensetzten und es als ihre Arbeit ansahen.

Den Nazis durften nie Zweifel an der Integrität ihres britischen Geheimdienstnetzes kommen. Auch wenn dies hieß, dass man Gelegenheiten, sie in die Irre zu führen, ungenutzt verstreichen ließ, dass man Verluste an Soldaten und Zivilisten, an Material und Moral in Kauf nahm. Sie durften

keine Zweifel hegen. Das Zwanziger-Komitee wollte keine schnellen Erfolge auf Kosten der zukünftigen Integrität des Netzes.
Dahinter stand der begründete Glaube, dass der Tag kommen würde, an dem das gesamte Netz, zentral gesteuert, zum vernichtenden Schlag gegen die Nazis ausholte – der, zum perfekten Zeitpunkt geführt, die Waagschalen so entscheidend zu ihren Gunsten ausschlagen ließ und alle bis dahin ungenutzten Gelegenheiten, alle verlorenen Menschenleben nicht nur rechtfertigten, sondern ihnen zur Ehre gereichen würde.
Die Männer und Frauen, die im Feld ihr Leben aufs Spiel setzten, durften von der Wahrheit nichts erfahren. Sie waren diejenigen, die in Deutschland, Frankreich und Polen die falsche Perle polierten, bis sie glänzte. Sie wurden von der *Special Operations Executive* – der SOE – ausgebildet, um nicht nur den Feind zu infiltrieren, Sabotageakte auszuführen, Agentennetze aufzubauen und Informationen zu sammeln. Sie wurden ausgebildet, um unwissentlich falsche Fährten zu legen, um einen Rahmen zu schaffen, der dem Zwanziger-Komitee als Gerüst für die eigene Arbeit diente.
Sie stellten ihre Ideale über das eigene Leben. Sie hatten keine Angst vor dem Tod, sondern vor dem Versagen. Und wenn es Thomas Wall nicht gelingen sollte, Sondegger die Informationen zu entlocken, würden sie reihenweise sterben … für nichts.

Tom spielte mit dem Draht in seiner Tasche. Earl hatte sie alle hinters Licht geführt – Davies-Frank sagte, er hätte nichts mit Kreta zu schaffen. Earl war für seinen Verrat nicht zur Rechenschaft gezogen worden.
»Ich muss wohl kaum betonen, dass das vertrauliche Informationen sind«, sagte Davies-Frank.

»Dann tun Sie es nicht. Durch den Fleischwolf bin ich schon gedreht worden.«

»Gut. Die Amerikaner haben Sie natürlich auf Herz und Nieren geprüft«, sagte Davies-Frank. »Wegen Ihrer Verwandtschaft zu Earl. Und zu Ihrem ... Onkel, oder?«

»Ja«, sagte Tom. Sein Vater, ein Arzt, hatte sich gewünscht, dass seine Söhne ebenfalls Mediziner würden. Stattdessen waren sie seinem Bruder zum Militär gefolgt – Earl zum Geheimdienst, Tom zur Armee. »Mein Onkel Sam.«

»Wir haben Sie ebenfalls unter die Lupe genommen, wegen der Frau Ihres Bruders.«

Harriet. Die Frau seines Bruders. Tom spürte, wie die Erinnerungen an ihm zehrten. Er schüttelte sie ab, konzentrierte sich. Vor ihm saß der Mann, der ihn zu Earl führen könnte.

»Außerdem bieten Sie, was den Sicherheitsaspekt anbelangt, den großen Vorteil ...« Davies-Frank hielt kurz inne. »Dass Sie als nicht ganz zuverlässige Quelle gelten ...«

»Dass ich einen Dachschaden habe«, sagte Tom.

»Genau. Es verringert das Sicherheitsrisiko, wenn keiner glaubt, was Sie sagen. Noch eine Zigarette?«

Tom nahm sie. »Sie verwöhnen mich.«

»Vielleicht. Also. Das Zwanziger-Komitee begann 1936 mit einem Mann, den ich Sleet nennen werde. Er war ein Maschinenbauingenieur ...«

Davies-Frank sprach mit weicher Stimme, flüssig, und Tom spürte, wie der Schleier der Erschöpfung sich träge hob, er bemerkte, wie sein Interesse erwachte. Wie lang war es her, dass er instruiert, beauftragt, geführt worden war?

Sleet, Thrush, Bitters, Reindeer, Cardigan. Das gesamte Netz der deutschen Abwehr zu einem hübschen Päckchen geschnürt: ein umgedrehter Zahlmeister, der zu einer weiteren Zelle führte, ein Doppelagent, der flüchtete, ein Ruderboot klaute und nur knapp daran gehindert werden konnte, den Ärmelkanal zu überqueren und Nazi-Gebiet zu erreichen. Geheime Schreiben und drahtlose Funkübertragungen, tote Briefkästen in Oslo, Paris, Brest, auf der Iberischen Halbinsel. Das Kriegsministerium, das W-Board, die *Home Defence Executive*, der MI5 und MI6, sie alle wirkten daran mit, häufig ohne davon zu wissen.

Tom war mit Spionage und Gegenspionage vertraut – schließlich war sein Onkel Sam beim militärischen Geheimdienst gewesen –, aber ein ganzes Netz, das umgedreht wurde? Und Earl, der irgendwie daran beteiligt war? Es war einfach zu unglaublich.

Davies-Frank bemerkte Toms Miene. »Ja?«

»Warte nur darauf, dass Sie sagen: ›Diese Sendung wurde Ihnen von Blue Coal präsentiert …‹«

»Blue Coal?«

»Die beste Kohle in Amerika«, sagte Tom. »›Wer weiß, welches Übel in den Herzen der Menschen lauert? Der Shadow weiß es.‹«

Davies-Frank lächelte verhalten. »Sie sind früher als Komiker aufgetreten, was? Bin froh, dass ich Sie damals nicht gekannt habe.«

Sein Ton entfachte etwas in Tom, einen Funken, das Gefühl, einer verschworenen Gemeinschaft anzugehören. Er hatte schon zu lange nicht mehr mit Menschen zu tun gehabt, die nicht fürchteten, dass er zerbrechen würde. »Ich bin ein richtiger Jack Benny«, sagte er. »Wie ist Earl darin verwickelt?«

»Es gibt jemanden, der nennt sich Dietrich Sondegger. Ein Nazi-Agent. Sondegger ist … Sondegger ist …«

»Von der Abwehr?«

»Nein, vom SD. Dem Sicherheitsdienst der NSDAP. Sie haben davon gehört?«

Tom schüttelte den Kopf.

»Vom RSHA?«, fragte Davies-Frank.
»Himmlers neuer Geheimpolizei?«
»So neu ist die nicht mehr. Im Reichssicherheitshauptamt sind Gestapo, Kripo und SD zusammengeschlossen.«
»Und was ist mit der Abwehr?«
»Das genau würde Admiral Canaris – der Chef der Abwehr – auch gern wissen. Der SD gebietet über in- und ausländische Aktivitäten, und für die Abwehr hat man nur Verachtung übrig, ein Gefühl, das auf Gegenseitigkeit beruht.«
»Und Dietrich …?« Tom hatte den Namen keineswegs vergessen, er wollte nur sehen, ob er sich die Anspannung in Davies-Franks Stimme, als dieser den Namen aussprach, nur eingebildet hatte.
»Sondegger.«
Schwer zu sagen. »Gehört er zum SD? Ist er die Verbindung zu Earl?«
»Ja. Und er ist hier.«
»In England?«
»In London. In einem ›sicheren Haus‹, wie wir es optimistisch nennen.«
»Er ist gefasst worden?«
»Er hat sich selbst gestellt …«
»Ein Fertig-Doppelagent – Wasser zugeben, umrühren …«
»Er hat sich schnappen lassen, sollte ich vielleicht besser sagen. Ich behaupte nicht, seine Motive oder Ziele zu verstehen – oder diesen Abgrund, den er Geist nennt.«
»Wo liegt das Problem? Sie haben ihn in Gewahrsam.«
»Warum schickt der SD einen Agenten? Um das Agentennetz der Abwehr zu überprüfen? Hegen Sie den Verdacht, dass es uns gehört? Schlimmer noch, er kam mit einem weiteren Agenten – der noch frei herumläuft. Seinem Funker, Deckname ›Abendammer‹.«
»Das hat er zugegeben?«

Ein wehmütiges Glitzern huschte über Davies-Franks Augen. »Er stand kurz davor, gehängt zu werden. Er hat seinen Partner nur verraten, um seinen Hals zu retten. Abendammer kann das Zwanziger-Komitee vernichten – ein abgesetzter Funkspruch, und das Ganze bricht in sich zusammen. Und Sondegger ist unsere einzige Spur zu Abendammer.«

»Dann folgen Sie doch der Spur.«

»Sondegger zeigt sich nicht sehr … entgegenkommend.«

»Dann fragen Sie ihn nett. Und dann fragen Sie ihn noch mal.«

Plötzlich wirkte Davies-Frank alt. »Warten Sie, bis Sie ihn kennen gelernt haben.«

Tom würde ihn *kennen lernen?* »Man kann jeden Menschen brechen.«

»Das habe ich auch immer gedacht.«

»Wenn das alles ist – was hat das mit mir zu tun?«

»Uns will Sondegger nicht verraten, wo Abendammer zu finden ist. Er will nur mit Earl reden.«

»Earl?« Tom schüttelte den Kopf. »Er kennt Earl?«

»Behauptet, mit ihm seit einiger Zeit in Kontakt zu stehen. Keinen persönlichen – sie haben sich nie getroffen –, aber Briefe wurden ausgetauscht. Eine ganze Menge, wenn man sieht, was er alles über das Leben Ihres Bruders weiß. Er behauptet, er sei mit Earls Wissen hier.«

»Und Earl ist verschwunden?«

»Genau.«

»Also stecken Sie fest.«

»Deshalb trifft es sich ja so wunderbar«, sagte Davies-Frank, »dass wir Sie haben.«

So tun, als wäre er Earl. Tom hatte den gleichen Akzent, die gleiche Vergangenheit. Er sah ihm ähnlich. Earl war drei Jahre älter, aber manchmal waren sie für Zwillinge gehalten worden. So tun, als wäre er Earl. Earl finden. Ihn stoppen. Es ging über seine Vorstellung. Konnte er Davies-Frank vertrauen? Wahrscheinlich nicht, aber er tat es. Konnte er sich für Earl ausgeben? Wahrscheinlich nicht …

Er ließ sich den Gedanken durch den Kopf gehen. So tun, als wäre er Earl. Mit heiterer Sorglosigkeit grinsen und lachen. Gehen, als gehörte die Straße ihm. Als befände er sich auf dem Nachhauseweg zu Harriet. Konnte er so tun, als wäre er Earl?

Nein.

»Wenn dieser Nazi Earls Verbindungsmann ist«, sagte Tom, »dann hat der COI Aufzeichnungen darüber. Warum ist das nicht Sache der Amerikaner?«

»Wir sind hier nicht in Amerika«, sagte Davies-Frank.

»Wenn Sie mich bitten sollten, gegen die Staaten zu arbeiten …«

»Die Abwehr hat ein funktionierendes – sehr aktives – Netz in den USA. Sie gehören jetzt zu dem halben Dutzend Amerikaner, die vom Zwanziger-Komitee wissen. Wenn wir die Amerikaner einweihen, können wir es auch gleich der Abwehr auf die Nase binden.«

»Sie haben mich eingeweiht.«

»Weil es notwendig ist. Weil Sie, was Ihre Glaubwürdigkeit anbelangt, eine einzigartige Stellung einnehmen. Weil Sie dem Militärgesetz des Commonwealth unterstehen – wenn es nötig sein sollte, können wir Sie hinter Schloss und Riegel bringen.«

»Dann fragen Sie doch den COI, was Sondegger hier treibt, ohne das Zwanziger-Komitee zu erwähnen.«

»Das haben wir getan. Sie haben keine Ahnung. Earl behält sein Wissen für sich, und der COI ist nicht unbedingt …« Davies-Frank sah aus, als würde er gleich mit den Schultern zucken.

Tom verstand. Die US-Armee nahm weltweit den neunzehnten Rang ein – sogar die Königlich-Niederländischen Streitkräfte waren größer –, und der COI rangierte sogar noch weiter unten auf der Liste. Wild Bill Donovan hatte Roosevelts Unterstützung, der COI aber lag noch in den Windeln, wie Mrs. Harper sagen würde, und die Briten sahen keinen Grund, ihm zu trauen.
»Wenn Sondegger nicht lügt«, sagte Tom, »dann geht das alles auf Earls persönliche Initiative zurück?«
»Earl genießt einen gewissen Ruf.«
»Ich soll da rein, ohne dass ich irgendwas in der Hand habe? Ich weiß einen Scheißdreck über die Sache, ehe ich mich versehe, hab ich mich in Widersprüche verstrickt.«
»Spielt keine Rolle. Earl weiß vermutlich auch nicht mehr. Der Kontakt wurde hergestellt – das hat Sondegger bestätigt –, und vielleicht wurde ein Treffpunkt vereinbart. Aber wenn es sehr viel weiter gediehen sein sollte, würde mich das überraschen.«
»Sie meinen, Sondegger hat ein Treffen mit Earl arrangiert?«
»Scheint mir plausibel.«
»Warum geht er das Risiko ein, nach England zu kommen? Warum nicht in einem neutralen Land? Ergibt doch keinen Sinn. Warum stellt er sich Ihnen? Warum nicht ...«
»Tom, ich weiß es nicht. Wir agieren hier blind. Unser einziges Ziel ist, das Zwanziger-Komitee zu retten. Ich erwarte nichts von Ihnen – kein Verständnis, keinen Erfolg –, nur dass Sie es versuchen. Werden Sie es tun?«
»Es wird nicht funktionieren.«
Davies-Frank räusperte sich. »Wir haben einen Mann in Berlin, einen unserer höchstrangigen Mitarbeiter. Er hat Frau und drei Kinder, zwei Jungen und ein Mädchen. Sein Deckname lautet ›Whiskbroom‹, und falls Abendammer seinen Funkspruch absetzt, falls das Zwanziger-Komitee

auffliegt, wird seine Frau umgebracht, werden seine Kinder umgebracht, und wenn er Glück hat, wird auch er umgebracht.« Er hielt kurz inne. »Was sind Sie, Tom? Invalide oder Soldat?«
»Es muss eine andere Möglichkeit geben.«
»Nicht für Sie.«
»Wenn ich bei Sondegger scheitere«, sagte Tom, »führen Sie mich dann auch zu Earl?«
»Ja«, sagte Davies-Frank.
»Nie und nimmer wird es funktionieren.«
»Eine Frage, Tom – der Draht?«
Tom schüttelte den Kopf.
»Unter der Dusche. Dieser Draht.«
»Das haben Sie gesehen?«
»Ich hab Sie gesehen.« Davies-Frank streckte die Hand aus. »Kann ich ihn haben?«
Es war eine Art Test. Er wollte sehen, ob Tom vorhatte, zu fliehen, ob er verrückt genug war, sich mit Müll die Taschen vollzustopfen. Er fasste in die Tasche und legte Davies-Frank den Draht in die Hand.
»Sie sind Soldat, Sergeant«, sagte Davies-Frank. »Was will ein Invalide damit?«
Wieder dieser Funken, wieder wurde ihm warm dabei. Tom sah auf seine Hände, die gesunde, die verbundene. So tun, als wäre er Earl. Mit Harriet und Chilton auf der einen, seinem Trupp auf der anderen Seite. So tun, als wäre er Earl. Einen langen Augenblick verlor er sich in der Vorstellung.
Dann hob er den Kopf und lächelte – ein sorgloses, überzeugtes Lächeln. »Führen Sie mich zu ihm, Bruder.«

7

1. Dezember 1941, Nachmittag

Harriet Wall strich sich eine feine Strähne ihres braunen Haars aus der Stirn und kniete sich auf den kalten Boden in ihrem Garten. Sie grub die Finger in die Erde, um deren Duft zu wecken, atmete ein, atmete aus: der erste bewusst wahrgenommene Atemzug, seit sie im Morgengrauen aufgewacht war. Die Knie schmerzten vor Kälte, nachdem die Feuchtigkeit durch Rock und Strümpfe drang. Der Rücken schmerzte nach zwölf Stunden am Schreibtisch – denen vier weitere zu Hause folgen würden. Ihr Kopf schmerzte von der Fülle an Informationen, der schrecklichen Nähe zum Tod.

Die Zeit jetzt gehörte ihr. Zwischen Baker Street und Shepherd Market.

Sie war noch nicht zu Hause, sie war irgendwo dazwischen. Sie war ins Haus gegangen, hatte die Verdunkelungsvorhänge zugezogen, festgestellt, dass Earl nicht zurückgekehrt war, und war sofort wieder hinaus, bevor der Papierberg sie in Versuchung führen konnte. Sie hatte sich noch nicht mal umgezogen. Sie hatte das dicht bepflanzte Beet am Spalier geharkt und mit Knochenmehl gedüngt und ruinierte sich nun beim Pflanzen der Tulpenzwiebeln ihren Crêpe-de-Chine-Rock.

Trotzdem, sie brauchte die Zeit, den Geruch und die Gewissheit ihres lächerlich kleinen Gartens. Dieses handtuchgroßen Fleckens, der, größtenteils gepflastert, aus der Anfahrt zum angrenzenden Stallgebäude geschaffen worden war. Deshalb hatte sie sich für dieses Haus entschieden. Hier, in der Nähe des Shepherd Market, war ein schmaler Streifen Erde eine Seltenheit – aber er bewahrte sie davor, den Verstand zu verlieren.

Sie nahm eine Hand voll dunkler Erde auf. Ihre Hände waren das Beste, was sie hatte. Wohlgeformte Finger, schmale Handgelenke, unlackierte Nägel mit kleinen Halbmonden. Ihre Hände gestatteten ihr nicht, dass sie vergaß.

Sie hob die Erde aus. Es war zu spät im Jahr, um noch anderes zu pflanzen als Tulpen oder Vergissmeinnicht. Sie wollte es auch mit Narzissen versuchen. Besser im Boden als in der Tüte – wenn sie im kommenden Frühling nicht austreiben sollten, würden sie im darauffolgenden Frühjahr kommen. Ein harter Anfang, aber sie würden blühen. Manche Dinge wurden wiedergeboren, nachdem sie abstarben. Andere nicht.

Es war ihr heimliches Ritual. In einer Welt der Geheimnisse gehörte das hier ihr: Sie pflanzte Blumenzwiebeln für die Frauen, die sie in die Nacht hinausschickte. Sie versuchte sich einzureden, wenn sie sich um die Zwiebeln kümmerte, wenn sie sie schützte und hegte, würden ihre Agentinnen lebend zurückkehren. Sie würden nicht durch Verräter, durch Fehler oder unglückliche Umstände gefangengenommen, würden nicht in eine Kellerzelle gebracht werden.

Harriet drehte eine anders geformte Zwiebel in der Hand hin und her. Eine Anemonenzwiebel, die zwischen die Narzissen geraten war. Sie würde sie wässern, in einen Topf

pflanzen und ins Schlafzimmerfenster stellen. Sie legte sie zur Seite und hielt inne, den Blick auf das Beste gerichtet, was sie hatte: ihre Hände. Sie hielt sie ausgestreckt, die Nägel waren verdreckt, aber nicht eingerissen.
Die erste Agentin, mit der sich Harriet angefreundet hatte, hieß mit Decknamen »Governess«. Ein Mädchen aus der Arbeiterschicht, zweiundzwanzig Jahre alt, mit schelmischen grünen Augen und dunklem Bubikopf. Vage erinnerte sie an die amerikanischen Mädchen der »Roaring Twenties«, dazu kamen ihr burschikoses Auftreten und ihr Mut. Aber in Essex im Jahr 1940 bedeutete ihr Bubikopf nur, sich durch nichts aus der Fassung bringen zu lassen – und dass dazu auch kein Anlass bestand, dafür sorgte ihr Mut.
Ihre Mutter war Französin, weshalb Governess die Sprache perfekt beherrschte. Sie besaß die schnelle Auffassungsgabe einer erfolgreichen Agentin, zeigte Engagement, verstand zu flirten und wusste, wann sie sich aus dem Staub zu machen hatte. Nach der Ausbildung – Waffen, Dokumente, Codes, die Zyankalikapsel – war sie nach Osten geflogen worden. Harriet hatte allein am grasbestandenen Flugfeld der Moon-Squadron-Basis in Tempsford gestanden und der dröhnenden Lysander nachgewunken, als diese im Nachthimmel verschwand.
Eine Stunde später war Harriet zu Hause gewesen. An ihrem Esstisch hatte sie sich mit dem Papierkram befasst, den sie mit nach Hause nehmen durfte – Papiere, die, versehen mit dem Briefkopf des *Inter-Services Research Bureau*, auch Arbeiten für eine Bank oder eine Reederei hätten sein können. Aber sie hatte sich nicht konzentrieren können, hatte immer wieder auf die Uhr gesehen: Jetzt hielt Governess' Pilot nach den Lichtern am Boden Ausschau, dem spiegelverkehrten »L« der Absprungzone. Jetzt wartete er auf die Signallichter, während Governess, ihre schlanken Beine

baumelten in der Luke im Flugzeugrumpf, darauf wartete, dass das rote Licht grün wurde. Jetzt fiel sie durch die Luft, jetzt wurde sie nach oben gerissen, nachdem die Aufziehleine ausgelöst wurde. Harriet betete, dass der Fallschirm sich öffnete. Dass der Sprung problemlos vonstatten ging. Ihre Gebete wurden erhört: Governess war sicher über Frankreich abgesprungen.

Direkt in ein umgedrehtes Agentennetz hinein.

Zwei Monate später konnte ein Mann mit dem Decknamen »Aubergine« aus einer Nazi-Zelle fliehen. Harriet las seinen Bericht in Mr. Uphills Büro, hinter verschlossenen Türen. Governess hatte keine Zeit mehr gehabt, die Zyankalikapsel zu schlucken. In einem Zeitraum von zehn Tagen verlor sie ihre zehn Fußnägel, dann ihre Fingernägel.

Trotzdem verriet sie nichts, was die Nazis nicht schon wussten. Sie wurde durch einen Schuss in den Nacken getötet. Sie war die erste von Harriets Frauen, die starb. Und nicht die letzte.

Hennessey Gate war ein einstöckiges Bauernhaus außerhalb der Vororte von London, geduckt lag es auf zehn bis fünfzehn Hektar hügeligen Weidelands. An der von Schlaglöchern übersäten Schotteranfahrt standen eine Hand voll Außengebäude – ein langer, niedriger Kuhstall, ein verfallener Hühnerstall und die Überreste dessen, was vielleicht einst ein Milch- oder Getreideschuppen gewesen war.

Das Bauernhaus selbst war ein heruntergekommener, notdürftig zusammengeflickter Bau – alte aschefarbene, vom Regen ausgewaschene Schindeln auf dem Dach, an die Wände waren neue, breite, flüchtig weiß gestrichene Bretter genagelt. Die von Sandsäcken flankierte Eingangstür, früher leuchtend rot, war zu einem blassen Rosa ausgebleicht. Es gab keine Hühner, keine Gänse, keine Hofhunde.

»Schön, wenn man so einen Landsitz hat«, sagte Tom.

»Nicht wahr?«, sagte Davies-Frank. »Unser reizendes, ländliches Versteck.«

»Erinnert mich an Burnham Chase. Nur ist es hier lauschiger.«

»Bin von Chilton noch nie eingeladen worden.«

»Vergießen Sie bittere Tränen, Rupert. Ihnen sind kalte Böden, kaltes Essen und eine eiskalte Gesellschaft entgangen.«

Tom spürte Earl in sich, sein Bruder machte sich in ihm breit wie ein Grippeerreger, ein wirbelndes schwarzes Virus, das seine Worte und seine Gesten bestimmte.

Davies-Frank hatte ihn während der Fahrt über Earls Leben beim COI unterrichtet, über die Zwistigkeiten innerhalb der Abteilungen, über das Personal. Tom erfuhr, dass Earl nach Kairo und Lissabon gereist und einem Kricket-Team beigetreten war. Er prägte sich die Namen und Orte ein, war ansonsten jedoch völlig unvorbereitet. Aber er war Earl – er würde alles auf die leichte Schulter nehmen und sich der Last unter dem Beifall aller elegant wieder entledigen. So wie Earl es immer tat.

Sie stiegen aus dem Daimler. Gelb und rund stand die Sonne hinter einer dünnen grauen Wolke, wie der Fettfleck auf dem neuen Spielzeug eines Kindes. Halbherzig krächzte eine einsame Krähe, die Luft roch nach Brachfeldern und Lehm. Im Schatten des Kuhstalls sah Tom zwei Wachen.

»Für die Öffentlichkeit geschlossen?«, fragte er und deutete in ihre Richtung.

»Wie die Kew Gardens während der Luftangriffe«, sagte Davies-Frank. »Geschlossen und streng bewacht, eine Bombe in die Palmhäuser, und es wäre ein Schauer aus Glassplittern niedergegangen – tausend Guillotinemesser, die durch die Luft schneiden. Und trotzdem wäre das weniger gefährlich gewesen als das, was wir in Hennessey haben.« Er drehte

sich um, ein Mann trat aus dem Haus. »Ah. Highcastle. Hier ist Mr. Wall.«
»Earl Wall.« Highcastle war klein und gedrungen, mit einem Schädel wie ein Stier und einem kampflustigen Kinn. Er trug einen braunen Anzug, einen braunen Hut und eine gelbe Krawatte.
Mit finsterem Blick streckte er seine Hand aus. »Sie sind gekommen.«
Tom hob entschuldigend seine bandagierte Hand. »Und jetzt habe ich gesehen. Und dann werde ich siegen.«
Highcastle grunzte. »Ich kümmere mich um Wall«, sagte er zu Davies-Frank. »Rufen Sie Yards Spezialabteilung an. Wegen Tipcoe.«
»Um ihnen was zu sagen?«
»Lassen Sie sich was einfallen.«
»Wozu?«
»Damit sie ihn uns überstellen.«
Davies-Frank nickte. »Ich werde mit Illingworth reden …«
»Kommen Sie«, sagte Highcastle zu Tom.
Das Haus bestand aus einem Labyrinth kleiner dunkler Räume, vollgestellt mit ehemals farbenfrohen, kitschigen Möbeln. Highcastle sah zur Treppe, sagte: »Er ist oben«, und führte Tom in eine Stube, die in ein Büro umgewandelt worden war. Er schloss die Tür und drückte Tom in einen Sessel.
»Rupert und ich wissen, wer Sie sind. Wir sind die Einzigen.«
»Alle anderen glauben, ich sei Earl?«
»Genau.«
»Weil Sie mir nicht trauen, oder weil Sie den anderen nicht trauen?«
»Ist so beschlossen worden.«
»Nein«, sagte Tom. »Sie haben Angst.«

Highcastle setzte sich eine Drahtgestellbrille auf die Nase, öffnete eine Schublade am Schreibtisch und betrachtete den Inhalt.

»Man riecht es«, sagte Tom. »Sie und Davies-Frank, Sie verströmen beide diesen Gestank.«

Highcastle schloss die Schublade und hob den Kopf. Seine Augen schimmerten fast gelblich. »Hab gehört, Sie waren im Rowansea. Als Patient, nicht als Arzt.«

»Ich bin nicht derjenige, der um Hilfe bittet.«

»Nein?«

»Highcastle, mögen Sie Swing? Benny Goodman? Sie geben den Takt vor, als hätten Sie nicht die leiseste Ahnung, und genauso folge ich Ihnen – können Sie mir folgen?«

»Vor eineinhalb Wochen«, sagte Highcastle, »haben zwei Aushilfsfeuerwehrleute am Grand Union, hinter den Stallen, seltsame Geräusche gehört. Dachten, es wäre ein leichtes Mädchen bei einer schnellen Nummer. Sie warteten eine Weile – sind ja höfliche Leute –, aber was sie dann zu hören bekamen, war Gesang. Eine Oper. Der Hunne saß auf einer Bank und sog an einem Stumpen.«

»Er hat sich den Feuerwehrleuten gestellt? Hatten die Keystone Cops an dem Tag zu viel zu tun?«

»Versuchen Sie erst gar nicht, einen Sinn darin zu suchen. Sie werden keinen finden. Er war bereits seit mindestens zwei Tagen im Land. Wahrscheinlich sogar länger.«

»Sie wissen nicht, wie er reingekommen ist?«

»Nichts. Außer, dass man ihm einen hässlichen Schlag ins Gesicht verpasst hat.« Highcastle hob die Hand, um Toms Frage zuvorzukommen. »Keine Ahnung, wie es passiert ist. Wir sind noch dran, es zurückzuverfolgen.«

»Für jemanden, der sich selbst stellt, scheint er nicht besonders entgegenkommend zu sein.«

»Wäre er entgegenkommender, bräuchten wir Sie nicht. Der

Hunne behauptet, er würde uns Abendämmer aushändigen – seinen Funker –, falls wir ihm Earl liefern.«
»Earl *liefern?*«
»Zum Plaudern. Keine Ahnung, was er mit Earl zu schaffen hat. Interessiert mich auch nicht. Alles, was mich interessiert, ist das Zwanziger-Komitee.«
»Sie meinen, um Earl zu treffen, war es für ihn das Beste, wenn er sich stellt? Ein paar Feuerwehrmännern? Er hätte nicht einfach den Sechzehner zum Zwölfer nehmen und mit ihm zum Shepherd Market fahren können, um dort an die Tür zu klopfen?«
»Weiß ich nicht, interessiert mich auch nicht. Solange er uns den Funker liefert.«
»Und wenn er es tut?«
Ein grimmiges Lächeln. »Dann werden wir ihn auf die wirklich wichtigen Themen ansprechen.«
»Ich soll Sondegger die Kontaktinformationen mit dem Funker aus der Nase ziehen, ohne auch nur ein Wort darüber zu wissen, was er mit Earl zu schaffen hat?«
Highcastle grunzte. »Wenn Sie versagen, werden Menschen sterben.«
»Großartig«, sagte Tom unbekümmert. Er spürte, wie sich Earl in ihm entfaltete. »Na, solange es Spaß macht.«
»Wenn Menschen sterben, schicken wir Sie wieder zum Körbeflechten. Ich werde persönlich dafür sorgen, dass Sie Earl nie finden. Mich persönlich dafür einsetzen, dass Sie das Rowansea nie mehr verlassen. Sie haben unterschrieben, jetzt unterstehen Sie dem Militärgesetz. Ihr Land hat Angst vor dem Krieg – aber Sie haben unterschrieben, Sie gehören mir. In Behandlung wegen Granatenschock. Sie kennen die Bezeichnungen dafür. Granatenschock, Kriegsneurose, Feigheit, Desertion.« Highcastle senkte den Kopf, als wollte er jeden Moment auf ihn losgehen. »Es interessiert mich

nicht, ob Sie ein kleinmütiger Waschlappen sind. Dass Sie keinen Mumm haben und sich hinter ›Granatenschock‹ verstecken. Mich interessiert nur, dass Sie, Soldat, diese verdammte Treppe hochsteigen, mit dem verfluchten Hunnen reden und aus ihm die beschissenen Kontaktinformationen rauskitzeln. Dann können Sie sich wieder in Ihr Loch verziehen, und ich werde Sie nie wieder behelligen.«

Tom streckte die vor Müdigkeit bleischweren Beine. Sollte Earl sich darum kümmern: »Die Antwort lautet also, nein, Sie mögen keinen Swing.«

»Sie wollen wissen, was mir Angst einjagt?«, fragte Highcastle. »Es gibt einen Mann, Simon Tipcoe. Vor dem musste man sich zu seiner Zeit, vor dreißig Jahren, in Acht nehmen. Mittlerweile ist er klapperdürr und hat entzündete Augen.« Highcastle runzelte die Stirn. »Ein kluger Kopf. Wir haben ihn in einen Overall gesteckt, ihm einen Besen in die Hand gedrückt, und jetzt lassen wir ihn in den sicheren Häusern auffegen. Ein kluger Kopf mit einem scharfen Gehör. Nichts Bedrohliches geht von ihm aus, dem alten Simon Tipcoe.«

»Sie haben ihn als Hausmeister verkleidet, damit er das Gerede nach Dienstschluss aufschnappt? Die Agenten wissen nicht, dass er alles weitergibt?«

»Und selbst wenn.« Highcastle zuckte mit den stämmigen Schultern. »Sie reden trotzdem.«

»Dann haben Sie ihn auf Sondegger angesetzt, mit seinen entzündeten Augen und so.«

»In der letzten Phase des *Blitz*«, sagte Highcastle, »waren Tipcoes Frau und Tochter bei einem Angriff gezwungen, einen öffentlichen Schutzraum aufzusuchen. Sie waren beim Einkaufen und fanden sich in Balham im U-Bahn-Tunnel wieder, als die Bomben fielen.«

Tom kannte den Rest der Geschichte – sie hatten im Rowansea Zugang zu Zeitungen. Eine Bombe hatte in Balham eingeschlagen, hatte ein Loch in den Boden gerissen und war mit einem dumpfen Schlag explodiert. An der Oberfläche hatte sie wenig Schaden angerichtet, so dass die Rettungskräfte einen Blindgänger vermuteten. Zwei Stunden später aber brach die Straße ein, die Hauptwasserleitungen platzten und überfluteten die darunterliegende U-Bahn-Station. Siebzig Menschen ertranken im zähen Londoner Schlick, wurden unter den Wassermassen und dem einsickernden Schlamm begraben.

»Balham«, sagte Tom. »Also haben Sie sich seiner angenommen?«

»Er zog in eine Pension. Ein geselliger Mensch, dieser Mr. Tipcoe. Lebte sich gut ein. Beschwerte sich nie. Nicht so wie manche, die sich an der Front wiederfinden und plötzlich feststellen, dass die Hunnen zurückschießen – und dann mit vollen Hosen nach Hause laufen und nicht schlafen können.«

Tom hob die bandagierte Hand. Scheiß-Highcastle. Es war kein Granatenschock, sondern Schrapnell. Er hatte sich Blei eingefangen, und vielleicht hatte er Schlafprobleme, vielleicht hatten sie ihn zu den Geistesgestörten gesteckt, aber es war kein Granatenschock. Viele hatten Schlafprobleme, wenn sie unter der Haut Metallsplitter mit sich herumschleppten.

»Nein, Tipcoe ist keiner, der sich beschweren würde«, sagte Highcastle. »Das Einzige, was ihm nicht so recht gefiel, war die Wirtin, die den Haushalt nicht so führte, wie er es von Mrs. Tipcoe gewohnt war. Meinen Sie, wir können dem Mann diese Beschwerde nachsehen?«

»Ich erlaube mir kein Urteil über etwas, was ich nicht verstehe«, sagte Tom.

Highcastle grunzte. »Dann werden Sie nicht viel zum Beurteilen haben. Der Hunne brachte Tipcoe zum Reden, oder umgekehrt. Tipcoe verbrachte ein paar Minuten mit ihm, dann noch ein paar Minuten. Der Hunne spricht perfekt Englisch – und Russisch, Französisch, Latein, Griechisch. Der Hunne hat so eine Art mit den Worten.«

Die Antwort, endlich. Sie hatten Angst vor Sondeggers Worten.

»Vor vier Tagen«, sagte Highcastle, »beginnt der Hunne von Raskolnikoff zu erzählen. Der Name ist Ihnen vertraut?«

»*Schuld und Sühne*. Der Mann, der ...« Tom hielt inne. Der Mann, der seine Hauswirtin umbringt.

»Der Anruf kam heute Morgen. Tipcoe hat dem Hunnen zu gut zugehört – es war verdammt noch mal Mord.«

Tom folgte Highcastle nach oben in einen Flur, der nach Moder und Schweinefett roch. Die grünweißen Tapeten waren verblichen und kräuselten sich an den Rändern. Nackte Glühbirnen hingen von der Decke, Sandeimer reihten sich entlang der Wände. Zu beiden Seiten des ausgetretenen braunen Läufers, der sich durch den Flur zog, befand sich jeweils eine Holztür, eine weitere, schmalere Tür lag am Ende des Flurs, nur unzureichend durch die Tapete getarnt – eine Besenkammer, vielleicht auch der Zugang zum Dachboden. Eine vierte Tür lag direkt gegenüber der Treppe. Sie war leuchtend weiß gestrichen.

Ein wuchtiger Schreibtisch blockierte fast den gesamten Flur und ließ nur einen etwa halben Meter breiten Durchgang. Auf dem Tisch stand nichts weiter als eine Kaffeetasse und ein Klingelknopf. Dahinter saß ein hagerer junger Mann, er trug eine blaue Jacke und eine Seitenwaffe.

Highcastle blickte ihn finster an. »Was Neues?«

»Nichts, Sir. Ging den ganzen Morgen noch so.«

»Über den Schlüssel?«

»Und alles andere.«

Highcastle schnaubte. Er öffnete die Tür zu seiner Rechten, und Tom trat ein. An einem überfüllten Schreibtisch sah Davies-Frank von einem Stenoblock auf und fragte Highcastle: »Sie kommen mit rein?«

»Ihre Entscheidung.«

»Dann lieber nicht.« Davies-Frank zog einen dicken Manila-Umschlag aus der obersten Schublade. »Sondegger weiß Highcastles Gesellschaft nicht besonders zu schätzen, wie Sie sich vielleicht vorstellen können.«

»Haben Sie sich um Tipcoe gekümmert?«, fragte Highcastle.

»Er wird uns überstellt.« Davies-Frank wandte sich an Tom. »Brauchen Sie noch was vor der Sicherheitseinweisung?«

»Was könnte ich noch brauchen?«

»Das.« Davies-Frank warf Tom den vollgepackten Umschlag zu. »Den Diplomatenpass Ihres Bruders haben wir nicht hingekriegt, alles andere aber ist gut.«

Im Umschlag befanden sich eine Armbanduhr, eine Brieftasche und ein Ehering. In der Brieftasche einige Scheine und ein Ausweis auf Earls Namen. Tom ließ die Geldbörse in die Brusttasche gleiten, legte sich die Uhr über das linke Handgelenk, konnte das Armband aber nicht schließen.

»Sie werden dafür eine Erklärung finden müssen.« Davies-Frank nahm Tom am Ellbogen, drehte die Handfläche nach oben und befestigte ihm die Uhr. »Für Ihre Hand.«

»Earl erklärt nichts.« Er warf den Ehering in den Umschlag zurück. »Und trägt auch keinen Ring.«

Highcastle grunzte, Davies-Frank nickte. Das, dachte sich Tom, war wohl alles, was er an Motivation zu hören bekommen würde.

»Sicherheit ist nichts, was sich ein für allemal festlegen lässt«, sagte Davies-Frank, während er Tom eine Packung Capstan und ein Feuerzeug reichte. »Bei uns fängt es mit der Gruppe eins an, den neuen Agenten. Die sind meist noch im Gefängnis und werden behandelt, als wären sie Feinde. Am Ende steht – so unsere Hoffnung – die Gruppe fünf, Agenten, an deren Loyalität kein Zweifel besteht. Die schicken wir in neutrale Länder, wo sie, ohne jede Überwachung, nur ihrem Gewissen verpflichtet sind.«

»Und was ist Sondegger?«

»Null«, sagte Davies-Frank. »In seinem Zimmer ist eine Linie gezogen, die Sie auf keinen Fall überschreiten dürfen ...«

»Gilt nicht für Earl«, sagte Highcastle.

»Ja, natürlich.« Davies-Frank schüttelte den Kopf. »Sondegger verlangt ein Gespräch mit Earl unter vier Augen, Nähe, Vertraulichkeit. Wir fangen mit der Nähe an, ignorieren den Sicherheitsabstand. Und arbeiten uns langsam zur Vertraulichkeit vor.«

»Dafür ist keine Zeit«, sagte Highcastle. »Soll der Hunne seine Vertraulichkeit haben.«

»Zu gefährlich«, sagte Davies-Frank. »Wir sollten nichts überstürzen ...«

»Highcastle hat Recht«, sagte Tom. »Manche Dinge können nicht warten.«

8

1. Dezember 1941, Nachmittag

Sondeggers Bühne wurde nicht durch die Länge der Eisenkette beschränkt. Die Kraft seiner Gefühle ließ sich nicht durch Beinschellen bändigen. Sie alle waren lediglich Requisiten: die Kette und die damit gefesselten Fußknöchel, der Holzstuhl und der Tisch, das Mikrofon, das fachmännisch in der Glühbirnenfassung darüber versteckt war.

Sie waren unzulänglich und porös. Er streifte sie ab und überwand sie, mit seinem Geist, seinem Willen, mit seinen Worten. Er redete. Verführte einen Menschen, von dem er erst seit kurzem wusste, dass er überhaupt da war. Ein vorsichtiges Klopfen gegen die Wand vergangene Nacht, und er wusste, dass der Gegenstand seiner Aufmerksamkeit mürbe wurde. Der Inhalt seines Monologs spielte keine Rolle – die Worte dienten nur als Träger für den warmen Klang seiner Stimme.

»… betrachten wir diese Vorstellung doch etwas eingehender, die ›Dauer der Zeit‹, nicht wahr? Der Autor sagt, sollte ein Kritikaster am Ende doch entschlossen sein, ein Pendel herzunehmen …«

In den Pausen, die er zwischen seine Worte einfließen ließ, hörte er Schritte im Gang. Er erkannte das charakteristische Stampfen von Highcastle, gezüchtet wie ein Jagdhund wegen seiner Treue und Ausdauer, von einer Gesellschaftsschicht, die verweichlichter und dümmer war als er selbst. Die Schritte des zweiten Mannes kannte er nicht. Ein neuer Wachmann? Ein Hausmeister, der Nachfolger Tipcoes?
»... und die wahre Zeitdifferenz zwischen dem Ziehen der Glocke und dem Klopfen an der Tür auszumessen; – und nachdem er befunden hätte, sie betrage nicht mehr als zwei Minuten und dreizehn Sekunden ...«
Der arme, von Frau und Tochter verlassene Mr. Tipcoe mit seinem Putzkübel und seinen tränenden Augen, in denen Scham über die Vergangenheit und Angst vor der Zukunft zu lesen waren. Sondegger hatte Tipcoes fadem Auftritt Leben eingehaucht. Soll ein Mensch leben und sterben, ohne jemals das Schicksal in die eigenen Hände genommen zu haben, die in mörderischem Eifer den Stiel einer Axt umklammerten?
»... vielleicht sogar mehr als zwei Minuten und dreizehn Sekunden ... aber ich bitte Sie!« Ein geisterhaftes Glucksen war zu hören. »Für unsere Zwecke sollte dies doch von ausreichender Genauigkeit sein!«
Könnte das zweite Schrittepaar Wall gehören? Dem Mann, dessen Anwesenheit unumgänglich war. Wall, der Übermittler. Wall, der Katalysator, der in den Seitenkulissen wartete ... Sondegger versuchte sich den Flur vor seiner Tür vorzustellen. Weiß gestrichen, damit er, Sondegger, sich klar davon abhob, falls er während eines Stromausfalls flüchten sollte. Aber wenn er sich der Kette entledigte, würde er auf keinen Fall so unspektakulär bereits auf der eigenen Schwelle erschossen werden.
Sollte er sich der Kette entledigen?

»Einigen wir uns darauf, dass exakt zwei Minuten und dreizehn Sekunden vergangen seien, laut unserem Pendel, zwischen dem Ziehen der Glocke und dem Klopfen an der …«

Noch nicht. Highcastle war zu vorsichtig. Innerhalb der Grenzen seiner apokopierten Welt war er durchaus tüchtig. Davies-Frank war da schon vielversprechender. Geistesgegenwärtig, beherrscht, eine züngelnde Flamme innerhalb des geschwungenen Laternenglases. Davies-Frank hatte Angst. Er hatte zwei Kinder, wie er anhand eines Sirupflecks am Ärmel und des beschleunigten Pulsschlags erkannt hatte, als er die extemporierten Auslassungen zur hypothetischen Familie über sich ergehen lassen musste, eine inspirierte Abwandlung der Rachetragödie.

»… dass sich der Begriff der Dauer lediglich vom Gang und von der Folge unserer Gedanken herleitet, – und dass dies das wahre Pendel ist, das jedwedem anderen Pendel abschwört.« Durch den Raum hallte der satte Bariton seines Gelächters. »Wenn Sie das Wort entschuldigen wollen. *Pendel.* Aber worauf es ankommt, mein Freund …«

Der dritte Mann im Raum musste Wall sein. Ausgezeichnet. Sondegger hatte verlangt, dass er heute eintreffe, und sie hatten geliefert. Er schätzte Gehorsam, wenn er eine solch komplizierte Aufführung gab. Wie nun allerdings weiter? Die Informationen, die er bei sich führte, waren bei den Briten nicht sicher. Die Briten waren von der Roten Kapelle infiltriert und schädigten sich mit ihrer lächerlichen Schuljungenvorstellung von Fairplay nur selbst. Er brauchte Wall. Er konnte Wall noch nicht mit der Lieferung seines Pakets betrauen. Ein neues Skript war erforderlich. Er musste improvisieren, die Umstände seiner Mission hatten sich, von einem Augenblick zum nächsten, unwiderruflich geändert.

»… dass unsere Wahrnehmung der Zeit, was gemeinhin als starre und festgelegte Zeitdauer betrachtet wird, von der Schnelligkeit unserer Gedankengänge abhängt. Deshalb …«

Zum Glück liebte er es, zu improvisieren. Trotz seiner mangelhaften Informationen, des Schlags ins Gesicht und der sich nähernden Schritte war der dritte Akt klar: Er musste Wall benutzen. Wall musste seine Rolle lernen und für seine Kunst leiden. Wie ihn anleiten und führen? Wie ihn zwingen, dass er sich bemühte – und schließlich sein Ziel erreichte? Von Walls Leistung hing es ab, ob Sondeggers Aufführung Erfolg beschieden sein würde. Seiner vorrangigen Aufführung. Eine zweite war jetzt noch hinzugekommen: dieses fingierte Funkspiel aufzudecken. Dieses Schmierentheater, bei dem gefangengenommene deutsche Agenten zu Verrätern umgedreht worden waren.

Wie sehr war das Netz der Abwehr untergraben? Sondegger waren die Decknamen von drei Agenten genannt worden, die es zu überprüfen galt: Digby, Gerring und Kruh. Sollten sie ebenfalls übergelaufen sein, würde das marode Netz der Abwehr durch eines ersetzt werden, das treu zum Führer, der Partei und dem Amt VI des SD stand.

»… geben wir uns ausgiebiger und mannigfaltiger Gedanken hin, vermögen wir in der Zeitspanne zwischen zwei Schritten durch ganz Flandern nach England zu reisen, wir vermögen …«

Im Flur war eine gedämpfte Unterhaltung zu hören. Die Tür ging auf. Er geriet nicht ins Stocken. Seine halb geschlossenen Augen blieben starr auf die Decke gerichtet. Er roch Capstan-Zigaretten und Bardil-Heftpflaster. Er spürte einen Luftzug am Hals und hörte die nervösen, zögerlichen Schritte von Davies-Frank.

»… die Dauer unserer Tage zu verlängern.«

Zwei Aufführungen also.
Die minder wichtige: den SD in Kenntnis zu setzen, dass das Netz der Abwehr unterwandert war.
Die wichtige: Thomas Stuart Wall.

9

1. Dezember 1941, Nachmittag

Als sie näher traten, glaubte Tom, die weiße Tür würde noch heller werden, als würde sie leuchtend weiß glühen. Ja, er war die Ruhe selbst. Er war großartig. Er schüttelte den Kopf, und die Tür wurde wieder matt.

Davies-Frank fasste nach dem Türknauf. »Kein Schloss?«, sagte Tom.

»Er ist angekettet.«

»Warum dann die Tür?«

»Damit die Wachen die Stimme nicht hören«, sagte Davies-Frank. »Wissen Sie, wodurch der Schwarze Tod verbreitet wurde?«

»Die Pest? Ratten.«

»Flöhe. Kleine Plagegeister, lästig, aber harmlos. Hören Sie!«

Tom lauschte. Von drinnen erklang eine Unterhaltung, ein tiefes Baritongebrumme. »Wird er verhört?«

»Er ist allein.«

»Er spricht mit sich selbst?«

»Wenn Sie es so nennen wollen.«

»Wie würden Sie es nennen? Steptanz?«

»Ich nenne es lästig, aber harmlos. Er redet stundenlang, ohne Pause. Erinnert mich sehr an die Odyssee.«

»Hab James Joyce nie gelesen.«.

»Die andere Odyssee«, sagte Davies-Frank fast entschuldigend. »Odysseus wollte die Sirenen hören, die mit ihrem verführerischen Gesang die Seeleute in den Tod rissen. Sie lagen auf ihren blumengeschmückten Wiesen, umgeben von Leichen. Also verstopfte er seiner Mannschaft die Ohren mit Wachs, damit sie nichts mehr hörten, und segelte an ihnen vorüber. Er war der einzige Mensch, der ihren Gesang hörte und dennoch mit dem Leben davonkam.«

»Wie hat er es angestellt?«

»Er hat sich am Mast festbinden lassen. Sollen wir?«

Davies-Frank öffnete die Tür. Tom trat ein.

Der Raum war lang und schmal. An der rechten Seite standen zwei gepolsterte Armsessel und ein Lehnstuhl, dazwischen ein niedriger Kaffeetisch auf einem fadenscheinigen Teppich. Eine nackte Glühbirne hing über dem Tisch, weiter hinten befand sich ein vergittertes Fenster. Hinter den Gitterstäben waren Kiefernlamellen angebracht, die Licht hereinließen, den Blick nach draußen aber verwehrten.

An der linken Zimmerseite lag auf dem Boden eine Matratze mit einer ordentlich gefalteten Decke. In einer Ecke stand ein Nachttopf, in der anderen ein Eimer Wasser, darüber ein Regalbrett mit einer Keramiktasse. An der Stirnseite waren ein Stuhl und ein einfacher Holztisch am Boden festgeschraubt. Auf dem Tisch lag ein Papierstapel, daneben ein speckig schimmernder Holzteller und ein Becher.

Der Mann auf dem Stuhl war etwa Ende fünfzig, untersetzt, mit einem angenehmen, runden Gesicht und zerzaustem blonden Haar. Er starrte an die Decke, hatte die Hände auf dem Bauch verschränkt, zwischen den Fingern hielt er locker einen Stift. Seine Füße ruhten bequem auf der aufgeschossenen Eisenkette, als wäre sie ein Fußschemel. Eine Schelle lag um seinen Fußknöchel, die Kette war mit einem Bolzen an einem Holzbalken befestigt.

Er redete. Seine Stimme schwebte in der Luft, ruhig, verführerisch, sämig. Wie die Stimme von Toms Vater, mit der er ihn am Abend vor Weihnachten ins Bett schickte.

»Mr. Sondegger«, sagte Davies-Frank.

Sondegger setzte sich aufrechter hin, und Tom bemerkte die Prellung an seiner Schläfe. »Rupert, meine Frau und ich hatten vier Töchter«, sagte er. In seinen blauen Augen war nichts Auffälliges zu erkennen. »Hab ich das schon mal erwähnt?«

»Nein«, sagte Davies-Frank.

»Und keinen einzigen Sohn.«

Davies-Frank setzte sich in einen der gepolsterten Armsessel. »Wie heißen sie?«

»Nur eine überlebte die ersten Jahre«, sagte Sondegger. »Hannelore.«

Tom schlenderte auf Sondegger zu und lehnte sich mit der Hüfte gegen den Tisch. Er nahm seine Capstan aus dem Jackett und öffnete mit dem Daumen die Packung. »Zigarette?«

»Earl Wall, nehme ich an?« Sondegger streckte ihm seine Hand hin. Sie war gerötet und glatt; Tom ignorierte sie.

»Ich bin Wall.«

»Endlich sehen wir uns.« Sondegger lehnte mit einer wegwerfenden Handbewegung die angebotene Zigarette ab. »Ich rauche nicht. Hab ich das nicht erwähnt?«

Der erste Schnitzer. Er überspielte ihn mit Earls Sarkasmus. »Soll ich in meinem Tagebuch nachsehen?«

Kurz ruhte Sondeggers Blick auf Toms Gesicht. »Trotzdem, ich danke Ihnen für das Angebot, auch wenn ich mich nicht

erkenntlich zeigen kann.« Er deutete auf den Holzbecher. »Es sei denn, Sie möchten einen Schluck von dem Zeug, das sie hier Rum nennen.«
»Ich bin mehr für Bier zu haben.« Tom hob die Packung zum Mund und zog mit den Lippen eine Zigarette heraus. »Hab ich das schon mal erwähnt?«
»Sie ertränken mich mit hochprozentigem Rum, in der Hoffnung, dass ich im betrunkenen Zustand vertrauliche Informationen ausplaudere.« Er stellte den Holzkrug vom Boden auf den Tisch. »Obwohl sie wissen, dass ich Brandy bevorzuge.«
»Brandy und die Oper.«
»Die Oper ist Balsam für die Seele, Mr. Wall. Sie ist, wenn Sie mir eine doch etwas rohe Metapher gestatten wollen, Öl im Getriebe des Bewusstseins.«
»Ich gestatte Ihnen die Metapher – und das Wortspiel.«
»Das Wortspiel?« Sondeggers Blick schweifte an Tom vorbei, er schmunzelte. »Rohes Öl, Rohöl. Sehr gut, Mr. Wall, obwohl das Wortspiel natürlich die niedrigste Form der rhetorischen Figuren darstellt.«
Tom steckte die Zigaretten in seine Tasche. Die Stimme des Mannes war wie ein Basssaxophon, das einen tiefen, satten Grundton spielte – aber er hatte keine Zeit, sich von den Worten davontragen zu lassen, er brauchte die Daten zum Treffen mit Abendammer, dem Funker. Hol dir die Informationen, hol dir Earl und ... Und dann? Seine Müdigkeit, seine Erinnerungen und Sondeggers Opiumstimme machten ihn ganz benommen.
»Sie denken, dass ich Wagner wertschätzen muss, weil ich Nationalsozialist bin?« Ein Funkeln zeigte sich in Sondeggers Augen. »Ich hoffe doch, mein Geschmack zeugt nicht von solcher Engstirnigkeit. Obwohl ich es bedauere, der ersten Aufführung des *Ring* in Bayreuth nicht habe beiwohnen zu

können. Zu spät geboren, um Wagner noch dirigieren zu sehen – im Januar seines Todesjahres. Allerdings habe ich seine Werke in Magdeburg und bei den Festspielen gesehen. Ich bewunderte den Ehrgeiz des armen Siegfried, aber Genie wird leider so selten in direkter Linie vererbt.«

Tom drehte ein Blatt Papier auf dem Tisch zu sich. Es war das Bleistiftporträt eines vier- oder fünfjährigen Mädchens. Eines hübschen Kindes.

»Meine jüngste Tochter – Cosima, sie starb an Blutvergiftung. Siegfried war, wie Sie wissen, Liszts Enkel und Wagners Sohn. Von makellosem Blut. Aber der *Bärenhäuter?* Zu hart und zu weich zugleich, wie eine Muschel, die unter der Schuhsohle zertreten wird. Sie kennen doch den *Bärenhäuter?«*

Tom antwortete nicht, Sondeggers Stimme lullte ihn ein.

»Ich stelle mir vor«, sagte Sondegger, »dass *Tristan und Isolde* mehr nach Ihrem Geschmack ist, Mr. Wall. Gift wird zum Liebestrank, Seelenangst verwandelt sich in Glückseligkeit – es ist die drittintensivste erotische Oper, die jemals geschrieben wurde.« Mit noch tieferer Stimme begann er zu singen: *»Was ist? Isolde?«*

»Ich ziehe«, unterbrach Davies-Frank, »ich ziehe *Das Liebesverbot* vor.«

Tom hatte ganz vergessen, dass Davies-Frank auch noch da war. Mit einem Ruck riss er sich aus seinem schläfrigen Zustand, wie er ihn seit Tagen nicht erlebt hatte.

Sondegger fuhr zu Davies-Frank herum. »Verbotene Liebe, Sie als Familienvater? Gehen Sie mit Ihren Kindern in die Oper? Ihren Töchtern? Erzählt die Ältere nicht ihrer kleinen Schwester … ach, ich verstehe. Natürlich. Sie sind Zwillinge. Zehn, elf Jahre alt? Bald werden sie Frauen sein, wie meine Hannelore. Und Ihre Frau – Jane? June? Joan?«

»Also«, sagte Tom. »Wo zum Teufel treffen Sie sich mit Abendammer?«
Sondeggers Lachen ergoss sich in den Raum wie Sahne in eine Flasche. »Sie müssen mich entschuldigen, Mr. Wall. Man gönnt mir hier so wenig Abwechslung. Ich lebe von Rum und Spekulationen.«
»Und dem Klang Ihrer Stimme. Wo ist Abendammer?«
»Ich weiß nicht, ob ich es Ihnen sagen werde.«
»Kommen wir zum Geschäft – ich geb einen Scheiß auf Ihre Oper.«
»Wir sind schon beim Geschäft.«
Sondegger teilte seinen Papierstapel in zwei Stöße, dann vier, die er präzise auf der Tischplatte ausrichtete. »Es wächst geometrisch.«
»Sie kennen die Vereinbarung. Die Briten wollen erst den Treffpunkt – dann reden wir.«
»Ein intraartikulärer Bruch?« Sondeggers Blick schoss zum Verband. »Wobei haben Sie sich die Hand verletzt, Mr. Wall?«
»Beim Klarinettenspiel. Wie haben Sie sich im Gesicht verletzt?«
»Jemand hat mich hintergangen. Und Ihre Hand entzündete sich nach der Operation? Chirurgen. Sie schneiden einen auf und sehen zu, wie man blutet. Werfen Sie jemals einen Blick darauf, was sie angerichtet haben? Nein? Angst, Mr. Wall, ist hinderlich für die Heilung. Sie dürfen der Angst nicht erlauben ...«
»Sie haben drei Minuten«, sagte Tom. »Sagen Sie es mir, oder zum Teufel damit.«
»Sie werden sich schon mit mir gedulden müssen.« Seine einschmeichelnde Stimme wurde schneidend. »Sie wissen, dass Ihnen gar nichts anderes übrigbleibt.«
»Wollen Sie darauf wetten?« Tom ließ ihn einen Anflug

von Earls Sorglosigkeit, seiner eigenen Unberechenbarkeit spüren.
Eine Sekunde lang zögerte Sondegger. Nur eine Sekunde. »Ich bin ein Mensch, der von vielen Sorgen geplagt wird, Mr. Wall. Ein nervöser, kummervoller, ängstlicher Mensch.« Seine Stimme blieb felsenfest.
Er schob sich den Bleistift hinter das Ohr. »Darf ich mich von meiner Last befreien?«
Tom sah auf seine Uhr. »Zwei Minuten dreißig.«
»Ich mache mir Sorgen, dass ich während eines Luftangriffs geopfert werde, da die Wachen keinen Schlüssel haben, um meine Kette zu lösen. Ich mache mir Sorgen um das, was in dem Kabinett im Flur ist. Es bedrückt mich ...« Sondegger hob den Rumkrug und schenkte sich den Becher voll. »... dass ich gehängt werde, wenn ich den Treffpunkt mit Abendammer nicht preisgebe – und dass ich erschossen werde, wenn ich es tue.«
»Liefern Sie ihnen den Funker«, sagte Tom. »Wenn Sie sich als nützlich erweisen, wird man Sie hier lassen.«
»Ich bin besorgt wegen ...« Seine Stimme wurde zu einem Flüstern. »... eines Überraschungsangriffs auf die Vereinigten Staaten.«
Und dann lauter, getragen von ehrlicher Rechtschaffenheit: »Ich sorge mich darum, dass wir nicht mehr übers Geschäft reden können, wenn ich die Kontaktinformationen mit Abendammer verrate.«
Er drehte den Krug um. Rum ergoss sich über den Schreibtisch, durchtränkte die Papierstapel, spritzte auf Sondeggers Arm und Brustkorb – es roch nach Melasse und Moschus –, und dann entzündete er Toms Feuerzeug, das plötzlich in seiner Hand auftauchte. Er hielt die Flamme an den Rand des Papiers, von wo sich das Feuer wie eine Welle ausbreitete.

Erschrocken sprang Tom zurück. »Scheißkerl!«
Davies-Frank schrie auf und stürzte zur Tür.
»Sie können gegen mich nichts unternehmen, Mr. Wall, solange die Informationen nicht bestätigt sind.« Sondegger blieb völlig ruhig, während sich das Papier runzelte, verkohlte und auf dem Tisch lodernde Flammen emporschlugen. »Bis morgen Abend um Viertel nach zehn.«
Im Flur brüllte Davies-Frank: *»Feuer, die Eimer, die Eimer.«*
Sondegger erhob sich, die Kette rasselte. Das Feuer fraß sich durch seine Zeichnungen, blies Asche in die brennende Luft. Sein linker Ärmel stand in Flammen. »Der Treff«, sagte er ruhig. »In der All Souls Church – die mit dem beschädigten Kirchturm. Viertel nach zehn, morgen Abend.«
Ein schwarzer Fleck erschien auf seinem Ärmel, nachdem sich das Feuer durch den Stoff gefressen hatte. Dünner, bitter riechender Rauch stieg auf, während der Brandfleck immer größer wurde. Er musste Schmerzen haben, aber seine Stimme war nur ein Wispern, ein Kuss. »Klarzeichen ist ein vertikales weißes Klebeband in der Null der Drei-Null-Neun, der Hausnummer des Polytechnischen Instituts. Bestätigung außerhalb der Kirche, Erkennungszeichen ein weißer Schirm, zweiter Treffpunkt ist die Ruine der Queen's Hall.«
»›Klarzeichen‹? Einen Moment …«
»Und wenn Sie zu Earl wollen, Thomas, empfehle ich Ihnen, es mit dem Rapids zu versuchen.«
»Ich … was?«
»Das Zuhause Ihres Bruders, wenn er nicht zu Hause ist.« Sondeggers Gesicht glühte vom reflektierten orangefarbenen Licht. »Das Rapids.«

Schreie ertönten, Eimer schepperten, Sand flog durch den Raum. Tom bekam keine Luft mehr. Er sah nichts mehr. Der Rauch erstickte ihn, ihm wurde schwindlig. Sondegger wusste, dass er nicht Earl war. Sondegger nannte ihn Thomas.

Unmöglich. Sollte er Davies-Frank und Highcastle darüber in Kenntnis setzen? Wussten sie es bereits? Nein – wenn er es ihnen erzählte, würde er nie wieder mit Sondegger reden können. Sein einziger Weg zu Earl wäre ihm versperrt.

Sondegger wusste, dass er Tom war, er wusste, dass er nach Earl suchte. Das Rapids? Das war nicht Earls Club. Der Inhalt des Kabinetts im Flur? Ein Überraschungsangriff auf die Vereinigten Staaten? Klar. Sondegger trieb seine Spielchen, deren Regeln Tom nicht kannte. Tom war zu erschöpft, um sich zu wehren, wusste aber auch, dass er untergehen würde, wenn er sich nicht mehr wehrte.

Dann würde er eben untergehen. Aber nicht, bevor er Earl in die Hände bekam. Das Rapids.

Tom rannte nach draußen, während Highcastle hereinstürzte. Asche wirbelte in der Luft, hing in der Tür und im Flur. Der Wachmann rief nach einem Sanitäter, während der Gefangene Gedichte rezitierte.

Fünf Schritte weiter im Flur legte Tom die Hand gegen die schmale Tapetentür – die zur Besenkammer oder dem Dachboden führte, zu dem, was Sondegger als »Kabinett« bezeichnet hatte. Verschlossen. Er klopfte dagegen, und die Tür schwang auf.

»Ich hab ... Rauch?« Ein kleiner Mann stand vor ihm mit schwarzem, streng an die Stirn geklatschtem Haar. Er hatte die Hemdsärmel hochgekrempelt und blinzelte, als hätte er geschlafen. »Ist ...«

»Ein Feuer«, sagte Tom und zwängte sich hinein.

Es war ein kleiner Raum mit abgeschrägter Decke, einem

kleinen Schreibtisch, einem kleinen Fenster. Über dem Schreibtisch hing ein schwarzes Kabel von der Decke, das in schweren schwarzen Kopfhörern endete. Ein Stenoblock lag aufgeschlagen auf dem Tisch.

»Sie schreiben alles mit?«, fragte Tom.

»Müssen wir das Haus räumen?«

»Nein, schon alles vorbei.«

»Hat jemand die Handpumpe geholt?«

Tom ließ die Tür ins Schloss fallen. »Sie schreiben mit, auch wenn er mit sich selbst spricht?«

»Sind Sie sicher ...« Etwas in Toms Gesicht ließ ihn innehalten. »Oh, ja. Ja, jedes Wort.«

»Das sind viele Wörter.«

»Drei Blöcke am Tag. Man weiß ja nie, wann er etwas von Bedeutung sagt.« Der Mann errötete. »Nicht dass ich mir darüber ein Urteil erlauben möchte. Ich schreib's einfach auf.«

»Haben Sie das Letzte auch mitbekommen?«

Der Mann sah auf den Block. »Die letzten verständlichen Worte kamen von Mr. Davies-Frank, der nach einem Eimer rief, und Herr Sondegger, der sich beklagt, dass kein Schlüssel bereitliege. Aber ich sollte jetzt wirklich wieder ...« Er zog den Stuhl heraus, an dem seine glänzend schwarze Weste hing. »Ich sollte nichts verpassen, wenn das Feuer jetzt ... gelöscht ist.«

»Schreiben Sie Folgendes auf: Abendammers nächster Treffpunkt liegt in der All Souls Church, der mit dem beschädigten Kirchturm. Dienstagabend, Viertel nach zehn. Als Zeichen, dass alles klar ist, dient ein weißer Klebestreifen in der Null ... in der Drei-Null-Neun der Nummer von ... Scheiße. Ich kann mich nicht erinnern. Jedenfalls eine Drei-Null-Neun irgendwo in der Nähe – ein öffentliches Gebäude, glaube ich.«

Der Stift des Mannes kratzte über das Papier.
»Eine senkrechte Linie in der Null«, sagte Tom. »Zur Bestätigung soll der Kontakt außerhalb der Kirche einen weißen Schirm bei sich tragen. Zweiter Treffpunkt ist die Queen's Hall.«
»Noch was?«, fragte der Mann. »Nein? Wenn Sie mich dann entschuldigen wollen ...« Er setzte die Kopfhörer auf, und sofort bewegte sich sein Stift über den Block, als wäre er Teil eines elektrischen Stromkreises zwischen Kabel und Papier.
Die Tür krachte in dem Moment auf, als Tom nach dem Knauf fasste. Highcastle musterte ihn düster. »Was zum Teufel treiben Sie hier?«
»Recherchen.«
»Er hat die Informationen erhalten, Sir«, sagte der kleine Mann.
Highcastle zog Tom in den verrauchten Flur. »Lassen Sie hören.«
Sie gingen es viermal durch und bestätigten die Einzelheiten: All Souls Church hatte während der Bombenangriffe den Turm eingebüßt; 309 war die Hausnummer des Polytechnischen Instituts; von der Queen's Hall, einem Konzertbau, standen nur noch die Außenmauern.
»Erkennungszeichen ist ein weißer Schirm«, sagte Highcastle. »Mehr nicht?«
»Nein.«
»Ihre letzte aufgezeichnete Aussage lautete ›Scheißkerl!‹. Und was dann?«
Tom erzählte es ihm ein weiteres Mal. Ließ aber Earl unerwähnt. Ebenso das Rapids.
»Mehr nicht?«, fragte Highcastle.
Tom schüttelte den Kopf und sah zu Davies-Frank, der neben Highcastles Schreibtisch saß und sich Notizen machte. Davies-Frank sah reichlich mitgenommen aus. Seine Töch-

ter waren Zwillinge, seine Frau hieß Joan. Und der Hunne war unverwundbar. Selbst das Feuer hatte Sondegger nicht aus der Ruhe bringen können.
»Mehr nicht, Wall?«
»Wollen Sie es ein sechstes Mal hören?«, fragte Tom.
»Wenn nötig.«
»Mehr, verdammt noch mal, gab's nicht. Ach, außer …«
»Was?«
»Kennen Sie den Suzy-Q?«
Highcastle warf ihm einen bösen Blick zu.
»Den Jitterbug, Highcastle. Der Hunne meinte, vielleicht könnten Sie ihm ja mal den Shim Sham Shimmy zeigen.« Die Worte sprudelten nur so aus ihm heraus, und er spürte, wie die Müdigkeit von ihm abfloss. »Mehr nicht? Verdammt, was soll das heißen: mehr nicht? Hab ich schon erwähnt, dass der Arsch sich selbst angezündet hat? Er steht da – *in Flammen* – und erzählt mir irgendeinen Scheiß, und ich soll das wie bei einem Diktat mitschreiben? Ihr Mann, der Typ am Mikrofon, der hat wegen des Feuers vielleicht zehn Sekunden verpasst – wie viel, meinen Sie, hat der Nazi mir in der Zeit erzählen können?«
»Warum haben Sie mit Mr. Melville gesprochen?«
»Melville? Ich hatte eine Frage zum großen weißen Wal.«
»Der Stenograf. Woher wussten Sie, dass er da ist?«
»Das hab ich Ihnen erzählt. Sondegger hat ein Kabinett erwähnt.«
»Was hat er noch erwähnt?«
Das Rapids, Earl. »Viertel nach zehn, Drei-Null-Neun. Er hat es ›Treff‹ genannt. All Souls Church.«
»Sie halten sich davon fern«, sagte Highcastle.
»Ich hab nicht das geringste Bedürfnis, mich Abendammer an den Hals zu werfen. Ich will nur eines von Ihnen.«
Von Highcastle kam nur ein Grunzen.

»Sind wir fertig?«, fragte Tom.
Zum ersten Mal seit einer halben Stunde ergriff Davies-Frank das Wort. »Ich werde das Rowansea in Kenntnis setzen, wenn wir Earl gefunden haben.«
»Nichts da«, sagte Tom. »Ich werde mich bei Ihnen melden.«
»Haben Sie vor, sich abzusetzen?«
»Dort warten nur Bandagen und Bettwanzen auf mich.«
»Sie werden ihn nicht finden, wenn Sie es allein versuchen. Ich hab versprochen, dass wir Sie zurückbringen ...«
»Wie groß sind die Chancen, dass Abendammer am Treffpunkt sein wird? Zehn zu eins, dass der Hunne Sie verarscht. Sie werden mich wieder brauchen – Sie werden Earl brauchen. Oder meinen Sie wirklich, er treibt nicht sein Spielchen mit Ihnen?«
Schweigen. Tom nickte. Der Hunne war ein Marionettenspieler. Tom spürte regelrecht die Fäden, an denen sie alle hingen.
»Verhaften Sie ihn«, sagte Highcastle zu Davies-Frank. »Dann wissen wir, wo er ist, wenn wir ihn brauchen.«
»Klar«, sagte Tom. »Wenn Sie mich wieder brauchen, werde ich Sondegger erzählen, wer ich wirklich bin.«
Die beiden Engländer wechselten einen Blick – wie ein altes Ehepaar, das sich miteinander verständigen konnte, ohne eine Miene zu verziehen.
»Sie haben ein paar Pfund in der Brieftasche«, sagte Davies-Frank. »Sie haben einen Anzug und diese schreckliche Krawatte ... Kehren Sie für drei Tage ins Rowansea zurück, Tom. Für drei Tage. Und schlafen Sie sich aus. Sie sind ein Wrack.«
Grummelnd stimmte Highcastle zu.
»Wenn Sie meinen Rat wollen, Tom«, fuhr Davies-Frank fort. »Vergessen Sie Earl. Sie sind mit den Nerven am Ende.

Kehren Sie ins Rowansea zurück und bringen Sie Ihren verdammten Schädel auf die Reihe.«

»Dann sind Sie jetzt fertig mit mir?«, fragte Tom.

»Nicht ganz«, sagte Highcastle. »Als Erstes sehen wir nach, ob der Hunne Ihnen wirklich nur Informationen hat zukommen lassen.«

Tom verstand nicht, bis sie ihn baten, das Jackett auszuziehen und die Taschen umzudrehen. Dann sein Hemd, seine Hose, seine Socken. Sie inspizierten die Ärmelaufschläge. Sie untersuchten die Schuhsohlen.

»Vergessen Sie nicht, nachzusehen, ob ich mich hinter den Ohren gewaschen habe«, sagte er.

Highcastle knickte das Ohr grob nach vorn. »Noch ganz nass.«

Nass hinter den Ohren. Ein Witz? Von Highcastle? Er wollte etwas erwidern. Highcastle fuhr mit den Fingern über seine schreiende Krawatte, drehte sie um und sah hinter dem Etikett nach.

»Sie glauben, er hat was in meiner Krawatte versteckt? Er hat mich ja noch nicht mal berührt.«

»Apropos.« Highcastle fasste in seine Tasche und reichte Tom das silberne Feuerzeug. »Das gehört Ihnen.«

Diesmal war der Wagen ein Morris Bullnose, kein Vergleich mit Davies-Franks Daimler. Der Fahrer war einer der Wachen von Hennessey Gate, blond, schweigsam, mit stechendem Blick. Die Ruhe tat Tom gut, er schloss die Augen. Sondegger sagte, das Rapids sei Earls Zuhause, wenn er nicht zu Hause war. Ein Club? Aber nicht sein üblicher, in dem nach dem Dinner im angeschlossenen Theater viktorianische Stücke aufgeführt wurden. So etwas war ihm für Earl immer als zu ruhig, zu etabliert erschienen. Ein Lokal namens Rapids klang schon eher nach ihm.

Sollte er drei Tage im Rowansea warten? In drei Tagen hatte er vielleicht Earl, den Verrat, seine Jungs auf Kreta vergessen.
Der Wagen wurde langsamer und ruckelte, Tom öffnete die Augen. Sie befanden sich auf einer schmalen Straße. Sie passierten ein verbogenes Schild mit der Aufschrift SEDGEWARE BURY. Er hatte sich auf der Herfahrt markante Stellen einzuprägen versucht – eine kahle Eiche, den Anstieg eines flachen Hügels, eine alte weiße Kirche. Er glaubte Hennessey Gate wiederfinden zu können.
Er grinste seinem Spiegelbild in der Fensterscheibe zu. Es ging ihm vieles durch den Kopf, aber was er mit Sicherheit wusste, war sehr viel weniger. Es war der 1. Dezember 1941. Früher Abend. Er musste Earl finden, und die einzige Spur war ein Nazi-Agent, der sagte, das Rapids …
Sie waren in der Stadt. Auf dem Weg nach Süden. Der Bullnose hielt an einer Kreuzung. Eine Gruppe Sekretärinnen ging vorüber, sie plauderten über die Schal-Abteilung bei Jacqmar. Sekretärinnen und Kiwis – Toms Helden. Diese jungen Frauen standen während der schlimmsten Luftangriffe jeden Morgen auf und zogen die Brauen nach, trugen Make-up auf – Rouge und Lippenstift und weiß der Teufel was sonst noch –, sie wählten ein Kleid aus und einen Hut und Schuhe und griffen sich ihre Handtasche und marschierten durch die Ruinen zu ihrem Büro, immer auf ihre Dauerwellen achtend, vorbei an ausgebombten Gebäuden und Flugabwehrstellungen, um Diktate aufzunehmen und Tee zu kochen.
»Sekretärinnen«, sagte Tom.
»Hm?«, sagte der Fahrer.
Tom streckte den Arm aus. »Die sieht knackig aus. Könnte Penny Singleton sein.«
»Hm?«

»Die Blonde mit dem grünen Hut.«
»Mmm«, sagte der Fahrer.
»Was für ein steiler Zahn«, sagte Tom und versuchte sich an die Lieblingssprüche seiner Einheit zu erinnern, damit der Fahrer den Blick nicht von ihr nahm. »Die ist so scharf, dass einem die Hose wegbrennt.«
Hinter ihnen ertönte eine Hupe. Die Ampel unter ihrer Verdunkelungsabdeckung hatte umgeschaltet.
»Mit der«, sagte Tom, »wäre man am liebsten auf ...«
Der Fahrer legte den Gang ein.
»... und davon.« Tom riss am Türgriff und trat auf die Straße.
»Oha!«, sagte der Fahrer.
Tom war verschwunden.

Keiner hatte vom Rapids gehört. Weder die Ladenbesitzer noch die Eisenbahnarbeiter, weder die Frau des Buchhändlers noch der Metzger noch die Polen. Auch nicht die alten Gentlemen mit ihren Zylindern.
Und auch nicht die Oliver-Twist-Kinder, die in einem überwucherten Garten spielten, wie Tom zunächst gedacht hatte. Es stellte sich als eine Brachfläche heraus, auf der der Schutt der ausgebombten Gebäude abgeräumt worden war – fünf Häuser, von denen nichts mehr stand bis auf abbröckelnde Grundmauern und mit Wasser vollgelaufene Keller. Ein Stück Ländlichkeit inmitten winziger gelber Ziegelgebäude, das von der heranrückenden Natur zurückerobert wurde: wuchernde Brombeersträucher, Brennnessel und Pfennigkraut, das sich die Mauerreste hochrankte.
»Rapids?«, sagte ein Kind mit riesigen Augen auf Toms Frage. »Keine Ahnung.«
»Na«, sagte ein dreckverschmierter Junge. »Schenkst du uns was?«

»Was schenken?«, sagte Tom.
Er kam nicht weiter. Er steckte schon lange fest. Er würde das Rapids nie finden – wenn es denn überhaupt existierte. Es war kein Nachtclub, kein Pub, kein Stadtteil und auch nicht der Name irgendeiner Veranstaltung. Er würde dorthin zurückkehren müssen, wo sein Bruder sich zuletzt aufgehalten hatte. Irgendetwas musste Earl hinterlassen haben. Der erste Schritt war klar.

10

1. Dezember 1941, Abend

Harriet hob Löcher aus, die doppelt so groß waren wie die Tulpenzwiebeln. Sie kramte in ihren Tüten und wählte die Sorten, die sie haben wollte. »Flair« für jene, die bald aufbrechen sollten, »Electra« für die im Feld. »Peach Blossom« für die Vermissten und »Brilliant Star« für die Toten.

Sie klopfte den Torf fest. Sie würde es nicht zulassen, dass sie weinte, noch nicht einmal hier, wo sie mit ihren Hecken und ihrem Christdorn allein war. In Frankreich, Norwegen, in Polen und Deutschland und Belgien durften sich ihre Frauen auch keine Nachlässigkeiten erlauben. Wenn sie sich verrieten, weil sie ein Wort falsch aussprachen oder eine Träne zur Unzeit vergossen, würden sie sterben.

Dass sie – um ihrer Frauen willen, ihrer selbst willen – nicht weinen wollte, war ebenso absurd wie das Pflanzen der Tulpenzwiebeln. Aber das war alles, was ihr blieb, nachdem die Lizzie über die grasbewachsene Startbahn gerollt und sich in die Luft erhoben hatte. Sie zerbröselte einen Erdklumpen. Es war zu spät für die Tulpen, es war der erste Dezember, aber das Leben wusste sich durchzusetzen. Das Leben

würde überdauern. Dieses Frühjahr oder das darauffolgende würden sich grüne Triebe durch die schwere Erde schieben.
»Fertig«, sagte sie. Alpenveilchen, Hyazinthen, die bescheidenen Schneeglöckchen – zusammen mit dem Goldlack und den Schlüsselblumen würden sie eine wogende, kunterbunte, lebendige Blütenpracht abgeben. Harriet fehlte die Geduld für einen geordneten Garten. Sie stand auf und machte sich daran, die Beeren des Christdorns zu ernten, bevor es die Drosseln und Rotkehlchen für sie taten. Sie wischte sich die Finger am Rock ab.
Offiziell war sie Verbindungsoffizier in der WIT-Abteilung der *Special Operation Executive* – im SOE-Jargon war sie damit die Sekretärin des Chefs, Mr. Uphill, eines netten, liebenswerten und nicht sehr hellen Mannes. Zum Glück allerdings fühlte er sich innerhalb seiner engen Grenzen wohl. Er war nicht im geringsten gekränkt, wenn sich Harriet mehr und mehr in seinen Aufgabenbereich einmischte. Solange sie seinen Terminkalender in Ordnung hielt und Tee servierte, war er nur zu gern bereit, sich in anderen Dingen auf ihre Diskretion zu verlassen.
Vor allem in weiblichen Angelegenheiten, in welchem Bereich sie inoffiziell mittlerweile die Stellung des leitenden Offiziers einnahm. Es verstand sich von selbst, dass sie Agentinnen in jene Dinge einwies, über die männliche Ausbilder lieber nicht redeten, jene Dinge, von denen sie lieber nichts wissen wollten.
Daneben unterhielt sie, schon eher Teil ihres offiziellen Aufgabenfelds, Akten über die Bestimmungen, die das Alltagsleben in fünf europäischen Ländern regelten – über Reisebeschränkungen, Ausgangssperren, Lebensmittelrationen, Ausweisdokumente. Akten über Mode, Musik, Essen, Umgangssprache. Dinge, über die man kaum nachdachte, die man aber wissen musste: Wann man sich für Brot- oder

Tabakmarken anzustellen hatte, an welchen Tagen in den Cafés kein Alkohol ausgeschenkt wurde. Sie hatte ihre kleinen Schätze: Busfahrscheine, Quittungen, Streichholzbriefchen, Zeitungsausschnitte, Fotos von vermeintlichen Verwandten. Es war ihre Pflicht, sicherzustellen, dass in den Besitztümern ihrer Agentinnen alles Englische getilgt wurde – keine englischen Münzen oder Zigaretten, kein englischer Schmuck. Sie überprüfte jede Bluse, jedes Uhrarmband und kontrollierte sogar den Haarschnitt und die Tischmanieren. Von zurückkehrenden Agenten und Flüchtlingen, aus Zeitungen und Untergrundpublikationen sammelte sie Gerüchte und Informationsfetzen. Es gehörte zu ihrer – ebenfalls inoffiziellen – Aufgabe, Empfehlungen auszusprechen, welche Frauen als Funker oder als Kurier oder, was so gut wie nie vorkam, als Instrukteur ins Feld geschickt werden sollten. Frauen arbeiteten fast immer als Kuriere – sie waren weniger verdächtig als junge Männer, die dem Militärdienst unterstanden –, selten jedoch als Instrukteure. Aber es gab keine festen Regeln: Das war die oberste Regel bei verdeckten Aktionen.

Sie war es, die die bereits im voraus verfassten Briefe und Postkarten an die Familien aufgab; sie war es auch, die die Testamente aufsetzte und ihnen zum Abschied nachwinkte.

Sie schnitt eine Hand voll Beeren vom Christdorn ab. Fast alles erledigt. Sie sollte noch die Umrandung ausstechen, sie hätte es nötig. Vielleicht war ja noch Zeit, um …

Abrupt hielt sie mitten in der Bewegung inne. Sie hatte etwas im Haus gehört – nicht das Schlagen einer Tür oder fließendes Wasser. Nein, es musste von der Straße gekommen sein. Hatte sie die Eingangstür abgesperrt? Sie konnte sich nicht erinnern. Der Haushalt gehörte nicht unbedingt zu ihren Stärken – sie war erzogen worden, um eine Haushälterin anzuleiten, nicht um einen Haushalt zu führen.

Wieder hörte sie ein Klappern, diesmal kam es eindeutig von drinnen. Sie sah zum Korb mit den Beeren und versuchte ihre Freude in Zaum zu halten. Earl, der endlich nach Hause kam. Er würde seinen Mantel über das Treppengeländer werfen, wofür sie ihn lachend schelten würde. Er würde sie, ganz außer Atem, küssen und mit den Händen über ihre Hüften streichen hinab zum Hintern.

Sie strich sich eine Haarsträhne aus der Stirn und spürte, wie sie sich dabei Dreck ins Gesicht schmierte. Na wunderbar. Sie musste schrecklich aussehen, zerzaust und verdreckt, Rock und Bluse völlig ruiniert. Kaum im angemessenen Zustand, um ihren stürmischen Gatten willkommen zu heißen. Aber das war sie selten.

Sie hielt sich selbst nicht unbedingt für schön – denn das war sie nicht –, glaubte aber dennoch, vielleicht nicht ganz unattraktiv zu sein. Außerdem bildete sie sich ein, dass ihr, wie dies bei attraktiven Frauen oft der Fall war, das Alter zugute käme und sie mit fünfzig begehrenswerter aussehe als mit dreißig. Earl, der dies wusste, hatte daraufhin nur gelacht und sie dann als sein »hübsches Mädchen« bezeichnet. Trotzdem gab es Situationen, in denen sie sich etwas mehr Schönheit gewünscht hätte, und eine romantische Heimkehr wie diese war ein solcher Moment.

Sie schlüpfte durch die Gartentür zum Ausguss und spritzte sich Wasser ins Gesicht. Es war allerhöchste Zeit, dass er nach Hause kam.

Sie hatte ihn seit vergangener Woche vermisst, als sie nach Ashwell gerufen wurde, um mit den Mädchen in der Kryptoabteilung einige dringende Angelegenheiten zu besprechen. Zu ihren Aufgaben gehörte es nämlich auch, Gedichte für Agenten zu verfassen, da im Einsatz Nachrichten mit Hilfe auswendig gelernter Gedichtcodes verschlüsselt wurden. Neue, originelle Verse wurden dabei den Klassikern, die von den deutschen Spezialisten erkannt werden konnten, vorgezogen, manche der Mädchen aber erwiesen sich als ein wenig zu originell:

Wär' Stalins Schwanz
Doppelt so dick
Wie Hitlers Arschloch breit,
Würd' juchzen er und jubilieren:
»Mensch, Josef, bist 'n toller Brummer,
Schieben wir gleich noch 'ne Nummer.«

Harriet hatte die verantwortlichen Mädchen in scharfem Ton zurechtgewiesen, konnte sich dabei aber nicht des Gefühls erwehren, dass ihnen diese Zensurbemühungen ebenso aufgesetzt erschienen wie ihr selbst. Zumindest würden sie ihrem armen Vorgesetzten eine weitere Peinlichkeit ersparen und damit erneut eine Krise von nationaler Bedeutung abwenden.

Wenn sie ihre persönlichen Krisen nur ebenso leicht lösen könnte. Von Ashwell war sie direkt nach Burnham Chase gefahren und damit zu einer erbitterten Auseinandersetzung. Sie und ihr Vater waren politisch noch nie einer Meinung gewesen, hatten ihre Differenzen aber immer im höflichen Plauderton ausgetragen – bis Churchill kam. Ihr Vater verachtete ihn, während Harriet, ohne die Augen vor seinen Fehlern zu verschließen, ihn fraglos als den Mann der Stunde ansah. Der Privatmann hatte seine privaten Fehler, die sich in der Öffentlichkeit jedoch als Tugenden erwiesen.

»Ich behaupte doch gar nicht, dass man ihn zu einem Heiligen machen sollte, Vater«, hatte sie beim Mittagessen zu ihm gesagt. »Aber als Premierminister ist er mir lieber als jeder andere.«

»Churchill«, hatte ihr Vater darauf erwidert, »ist ein halbblütiger Bastard. Er ist labil, verdorben, unzuverlässig – und er ist kein Gentleman.«
Ein halbblütiger Bastard, weil seine Mutter Amerikanerin war. »Dein Enkel, solltest du damit einmal gesegnet werden, wird ebenfalls ein halbblütiger Bastard sein.«
Das Gesicht ihres Vaters lief hochrot an. »Churchills Mutter ist eine Frau mit mehr als einer Vergangenheit. Churchill ist ein Prolet und Gangster.«
»Er ist …«
»Ein Abenteurer und Dipsomane.«
»Mal abgesehen von seinen charakterlichen Eigenschaften«, sagte sie, »hatte er sich in seiner Opposition gegen deinen Mr. Hitler als sehr weitsichtig erwiesen, ebenso in seiner Ablehnung der Beschwichtigungspolitik und …«
»Die Beschwichtigungspolitik war lediglich der …«
»Und in seiner Ablehnung des Faschisten Mosley und seiner abgerichteten Hanswurste.«
Ihr Vater knallte sein Glas auf den Tisch. *»So wirst du nicht …«*, begann er, und dann erst bemerkte er, dass das Glas in seiner Hand zerbrochen war, ohne dass er sich daran geschnitten hatte.
Der Diener an der Anrichte zögerte, worauf ihr Vater auf ihn losging. *Ob er nicht angestellt sei, den Tisch abzuräumen? Ob er nicht bemerke, dass das Glas zerbrochen ist? Ob er nicht dazu in der Lage sei, die Scherben wegzuräumen?* Das von ihrem Vater, der während des Essens den Bediensteten nicht die geringste Aufmerksamkeit schenkte.
Harriet hatte ihre Serviette neben den Teller gelegt und sich entschuldigt. Sie hatte Charlotte angewiesen, ihre Sachen zu packen, und war bei Sonnenuntergang wieder in London eingetroffen.

Harriet trocknete sich das Gesicht ab. Earl war bereits fort gewesen, als sie von Burnham Chase zurückkehrte, aber daran war nichts Ungewöhnliches. Seine Aufgaben brachten es mit sich, dass nie im voraus feststand, wie seine Tage aussahen. Sie hatte die US-Botschaft angerufen, wo man ihr mitteilte, dass ihr Mann unabkömmlich sei. Als sie um weitere Informationen bat, wurde ihr ausweichend geantwortet. Sie akzeptierte das. Unwissenheit – und der Official Secrets Act – waren der Preis, den sie für ihre Ehe zu zahlen hatte. Einmal war Earl für beinahe zwei Wochen verschwunden gewesen, ohne ihr Bescheid gesagt zu haben. Als er strahlend und zufrieden nach Hause kam, hatte sie vermutet, dass er den Isolationisten und Faschistenanhängern in Kennedys Botschaft wieder ordentlich eingeheizt hatte. Es gab nichts, was ihm mehr Spaß machte.

Na ja, vielleicht gab es doch ein paar Dinge, die ihm mehr Spaß machten. Sie lächelte. Ein stürmischer Mann war in ihrem Wohnzimmer, der darauf wartete, von seinem hübschen Mädchen begrüßt zu werden.

11

1. Dezember 1941, Abend

Gottverdammte Milchsuppe.« Rugg spuckte auf das Pflaster, das er kaum erkennen konnte. »Wie soll'n wir da den vermaledeiten Yank finden?«

»Chilton sagt« – Renard neben ihm beschleunigte seine Schritte –, »sucht ihn, seid nett zu ihm.«

Rugg ließ einen Knöchel knacken. »Chilton muss sich ja auch nich' in dieser Waschküche rumtreiben und – oha! Wo zum Teufel steckst du?«

»Hier, warte«, kam es von hinten.

Rugg war mindestens einen Kopf größer als Renard und gut doppelt so breit. Mit jedem Schritt kam er schneller und weiter voran, weshalb er seit dem Tag, an dem sie von der Mutterbrust entwöhnt wurden, auf den kleinen Scheißer warten musste.

»Den Yank auftreiben? Hier? Würd sich ja eher lohnen, in dei'm Arsch nach Gold zu schürfen.«

»Chilton hat's ganz klar gesagt.«

»Dass wir 'nen weißen Verbandsfetzen aufstöbern sollen? Einen Yank in der Nacht mit verhunzter Hand und 'nem irren Blick.«

»Er sollte im Club sein oder in der Klapsmühle oder am Market.«
Rugg packte Renard am Kinn und schüttelte ihn durch. »Shepherd Market. Und wo sind wir jetzt, vermaledeite Scheiße?«
Renard sagte, das wisse er schon, worauf er mit großen Augen in die Dunkelheit starrte.
Rugg wartete, dann schleifte er Renard über die Straße, wo er Stimmen gehört hatte. Luftschutzwarte. Hatten ihn mal lautstark zusammengestaucht, obwohl er doch nur ein paar kalten Vögeln ihr bisschen Krimskrams abgenommen hatte. Brauchten sie doch sowieso nicht mehr. War kein Diebstahl. War das, was man halt so fand.
Die Stimmen klangen inzwischen näher, vielleicht hatte sich der Nebel gelichtet.
»Oha«, rief Rugg.
Die Luftschutzwarte blieben stehen, ihre Taschenlampen waren dünne Pissefunzeln im Nebel.
»Shepherd Market«, sagte er. »Wo, vermaledeite ...«
»Können's beim besten Willen nicht finden«, flötete Renard. »Haben dort eine Verabredung.«
»Shepherd Market? Da sind Sie hier völlig falsch.« Der Luftschutzwart war ein Mann mit ziegelrotem Gesicht und weißem Haar, das heller leuchtete als ein Verband.
»Immer geradeaus«, sagte seine Begleiterin, eine Frau mit dem Gesicht einer Henne. »Bis Sie zum Vincent Square kommen. Von dort ...«
»Shepherd Market«, sagte der andere. »*Shepherd* Market, Miss Dodd.«
Die beiden bekamen sich in die Wolle. Das wiederum brachte Rugg auf die Palme. Er hatte ihnen doch nur ein bisschen Krimskrams abgenommen, hätte doch sowieso keiner mehr vermisst.

»Und dann in westliche Richtung«, sagte der Mann. »Vier, fünf, sechs Straßen, und dann kommen Sie …«
Rugg musste grummeln. Am liebsten hätte er den Kopf des Alten von hinten zwischen die Arme geklemmt und zugedrückt, bis das Gesicht noch roter anlief und unter der weißen Haarkrone einfach platzte. Und dann die Frau mit ihrer gackernden Stimme.
Renard stieß ihn mit dem Ellbogen an. »Sechs Straßen, dann rechts und …«
Rugg blieb ruhig, während sie weiterfaselten. Aber es brachte ihn wirklich auf die Palme.
»Herzlichen Dank«, sagte Renard. Die anderen verzogen sich. »Wir sind eineinhalb beschissene Kilometer davon entfernt. Aber bald haben wir den Yank. Solange musst du dich noch am Riemen reißen.«
»Wenn er überhaupt da ist.«
»Wenn nicht, ist er an dem zweiten Ort. Oder am dritten.«
»Hat Chilton gesagt.« Rugg spürte ein Kribbeln im Nacken. Gut, wenn's mal endlich wieder was Vernünftiges zu tun gab. War schon zu lange her. Sucht den Yank, seid sehr nett zu ihm.

12

1. Dezember 1941, Abend

Harriet hatte Earl im Wohnzimmer gehört. Nahm er ihr Bild von der Anrichte? Lag ein Lächeln auf seinem markanten, hübschen Gesicht? Sie fasste sich ans Haar – zu zerzaust, um es rasch wieder in Ordnung zu bringen –, schlüpfte aus ihren Schuhen und eilte ins Wohnzimmer. Was ihr an Durchschlagskraft fehlte, wollte sie mit ihrem Überraschungseffekt wettmachen.

Sein Mantel hing nicht über dem Geländer. Die Verdunkelungsvorhänge waren zugezogen, aber nur die Wandleuchte brannte. Er raschelte im dunklen Wohnzimmer. Sie blieb in der Tür stehen und beobachtete ihn. Earl war groß und breitschultrig, hier im Schatten wirkte er allerdings schmaler. Er bewegte sich mit einer gewissen Unsicherheit. Warum schlich er hier herum?

Fast hätte sie gelacht. Er hatte ihr ein extravagantes Weihnachtsgeschenk gekauft und wollte es jetzt verstecken? Das sah ihm zwar nicht ähnlich, das Herumschleichen aber passte noch weniger zu ihm. Earl war nie unsicher. Er betrat nicht einfach einen Raum, er übernahm sofort das Kommando. Er schlich nicht, er schritt einher. Er stellte sich selbst nie in Frage, haderte nicht. Ihre Selbstzweifel waren ihm völlig fremd. Kein Bedauern, keine Fantasien. Ihm blickten keine toten Agenten über die Schulter, er pflanzte nicht aus irrealen Hoffnungen heraus Blumenzwiebeln. Vielleicht fehlte es ihm an Tiefgründigkeit – doch dafür liebte sie ihn ebenso wie für seine Selbstsicherheit, sein unumstößliches, nie hinterfragtes Selbstvertrauen. Hier im Schatten jedoch wirkte er ziellos und unsicher.

»Earl?«, sagte sie.

Er drehte sich um. Er sagte nicht: »Mein hübsches Mädchen.«

Sie fasste zur Kette der Lampe, und er sagte: »Harriet.«

Harriet. Für Tom blieb die Welt stehen.

Der ganze Raum, das ganze Haus war erfüllt von ihr. Es gab keinen Platz mehr für die Luft, für das Licht. Für Tom. Ihre gewittergrauen Augen tanzten. Ihr Gesicht glühte, ihr Haar war zerzaust, in losen Strähnen fiel es ihr über den schlanken Hals. Ihr Haar, das nach Lavendel und Salbei roch. Ihre klassische, vorwitzige Nase. Ihre Buttermilchhaut, die Rundung ihres nackten Rückens, der Bogen ihres Rückgrats mit den beiden Grübchen am Ansatz.

Dann sah sie ihn, und alles war anders.

Harriet.

»Tommy?«

Er trug seinen Sonntagsanzug, der ihm eine Nummer zu groß war. Er stand am Schreibpult, in seiner gesunden Hand hielt er einen ihrer Umschläge. Das Fenster hinter dem kleinen Sofa war zerbrochen, der Rahmen gesplittert.

Er sagte nichts. Er war Earl so ähnlich, und dann auch wieder nicht. Er war so groß wie er, hatte seine Augen, seine Stimme. Früher hatte er auch Earls Präsenz … aber das war nicht mehr. Statt ruhiger Autorität strahlte er Rastlosigkeit aus; in seinen Augen lag ein fiebriger Glanz, sein Gesicht war gerötet.

»Du hast die Scheibe eingeschlagen«, sagte sie.

»Ich dachte, du wärst nicht da.«

»Wissen sie, dass du fort bist?«

»Ich suche Earl.«

»Schon wieder.«

»Wenn man es beim ersten Mal nicht schafft …« Er hatte dunkle Ringe unter den Augen.

»Tom«, sagte sie. »Du siehst aus, als hätte man dich rückwärts durch eine Hecke geschleift.«

»Na ja, mit dieser Krawatte. Kann ich mir eine von deinem Mann leihen?«

»Nein. Nein, das kannst du nicht.«

»Kannst du dich noch erinnern, als wir uns das letzte Mal gesehen haben?« Er lächelte distanziert. »Du hast Schokolade getrunken.«

Natürlich erinnerte sie sich. »Nein, Thomas, ich erinnere mich nicht. Ich hab immer viel zu tun.«

»Im Glynn's. Eine weiße Tasse mit blauem Rand. Ein Lippenstiftfleck klebte dran, als du sie auf die Untertasse zurückgestellt hast. Du hast dich von mir verabschiedet. Du hast gesagt, du würdest fortgehen.«

»Ja.«

»Du bist in der Stadt geblieben«, sagte er.

»Du hast dein Offizierspatent zurückgegeben.« Bleib bei den Fakten. Stell ihn ruhig und ruf dann im Krankenhaus an, damit sie ihn abholen. »Du bist nach Kanada gefahren.«

»Ich hab in Philadelphia auf ein Cheesesteak angehalten. Du wusstest, dass ich gehe?«

»Deine Mutter hat's mir gesagt. Du solltest ihr öfter schreiben.«

»Deiner Schwiegermutter.«

»Hör auf, Thomas.«
»Hat sie dir gesagt, dass ich es kaum erwarten konnte, gegen die Faschisten zu kämpfen?« Er ließ den Umschlag auf das Pult fallen. »Weißt du, das war früher, vor '39, auch schon so.«
»Sie weiß, warum du gegangen bist. Ich weiß, warum du gegangen bist.«
Er sagte nichts. Harriet fragte sich, ob er sie überhaupt gehört hatte.
»Ich war auf Kreta«, sagte er. »Als die Insel fiel.«
»Tommy – weiß das Krankenhaus, dass du fort bist?«
»Man hat mich wie einen Helden behandelt. Der Yankee-Freiwillige, der für die hehren Ideale kämpft. Aber der war ich nicht, nicht so wie meine Männer. Manny und Rosenblatt, Tardieu, O'Rourke – diese Jungs waren die wahren Kämpfer, Harry.«
»Während du …«
»Du weißt, was ich bin. Du weißt, warum ich mich gemeldet habe.«
»Und ist das meine Schuld? Willst du von mir hören, dass ich daran schuld bin? Dass du meinetwegen nach Kanada gefahren bist? Ist es meine Schuld, dass du …« Sie zeigte auf seine Hand, auf sein Herz. »… verwundet bist? Dass du Schmerzen hast? Bist du deswegen gekommen – um mir zu zeigen, was ich getan habe? Bist du deswegen hier?«
»Es ist nicht *deine* Schuld«, sagte er.
»Hör auf, dich hinter Earl zu verstecken, Thomas. Du bist kein Kind mehr.«
Er zuckte merklich zusammen. Gut. Wenn sie ihn mit Worten ins Krankenhaus zurücktreiben könnte, würde sie es tun. Wenn sie die Grausamkeiten, die sie ihm angetan hatte, nur mit noch mehr Grausamkeiten ausgleichen konnte, würde sie grausam sein.

»Schau dich doch an!« Sie schaltete eine weitere Lampe an, dann noch eine, während sie näher kam. »Du bist drei Jahre jünger als ich, siehst aber aus, als wärst du so alt wie mein Vater. Weißt du, was deine Mutter mir gesagt hat? Ja, meine Schwiegermutter. Sie hat dich immer bevorzugt – Earl war so robust, den konnte nichts umhauen.«

Etwas in seinen Augen blitzte auf, und sie fuhr fort: »Du weißt genau, was sie damit meint. Und ich auch. Sie sagte, von den beiden Brüdern ging der falsche nach Annapolis, und der falsche ging nach Amherst. Sie hätte es gern gesehen, wenn du Professor geworden wärst, Tom, oder Dichter oder Priester. Schau dich an. Du hast den Blick eines Flüchtlings. Keine Heimat, kein Zuhause, keine Familie. Du ... du bist verletzt. Tut mir leid, und ich ...«

»Es ist keine Kriegsneurose.« Tom legte die Hand auf den seidenbespannten Stuhl. »Ich bin ganz ruhig, ich bin ...«

»Es tut mir leid, Tom. Es muss sehr hart für dich sein. Aber so wie jetzt kannst du nicht weitermachen. Verstehst du mich? So kann es nicht weitergehen.«

»Earl ist fort.« Tom nahm einen breitkrempigen Filzhut vom Stuhl und drehte ihn in der Hand wie ein Juwelier, der ein Schmuckstück betrachtete. »Er ist verschwunden.«

»Er hat seine Arbeit, so wie ich meine habe.«

»Man weiß nicht, wo er ist. Bloomgaard weiß es nicht. Niemand weiß es. Er ist fort. Hat sich in Luft aufgelöst. Er hatte ein Treffen mit einem Nazi-Agenten ... in London, einem Agenten der ...«

»Ich will nichts davon hören. Sprich nicht von seiner Arbeit.«

»Er ist untergetaucht, Harriet. Sie wissen nicht, wo er steckt.«

»Glaubst du, Earl hält sich an Stechuhren? Er ist ein Cowboy in Gesellschaft von Cowboys. Er tut, was ihm gefällt.«

»Schon mal von einem Lokal namens Rapids gehört?«

»Nein.«
»Ich muss seine Papiere durchsuchen.«
»Das wirst du ganz sicher nicht tun.«
»Harriet.«
»Nein«, sagte sie.
»Ich muss, ich muss …«
»Thomas, nein.«
»Earl«, sagte er, und in seiner Stimme schwang etwas ganz Entsetzliches mit.
Es wurde sehr still. Harriet legte ihm die Hand auf den Arm.
»Keiner ist schuld daran, Tommy. Es herrscht Krieg. Menschen sterben.«
»Du hast mich mal geliebt.«

Als Tom Harriet zum ersten Mal sah, hatte sie ihm an einem breiten Tisch mit einer schneeweißen Tischdecke gegenübergesessen. Die schweren Kristallgläser funkelten, das Silber blitzte, und die Bediensteten in ihren Jacketts und Handschuhen waren ein so prächtiger Anblick, dass Tom vor ihnen fast salutiert hätte.
Es war einer dieser Anlässe, die er so sehr hasste. Eine Dinnerparty für sechzehn Gäste und kaum Gesprächsstoff für vier. Früher hatte er sich dabei – unter der amüsierten Fuchtel seiner Mutter – vielleicht ganz manierlich benommen. Er wusste, welche Gabel zu benutzen war, dass man nicht in die Sauciere spucken sollte. In letzter Zeit allerdings hatte er unter der Fuchtel der fünfzehnten Infanterie gestanden, dem »Can Do«-Regiment in Tientsin, wo man sich kaum darum geschert hatte, wo man seinen Ellbogen hinsetzte.
Er war in China gewesen in jenem Dezember 1937, als die Japaner überraschend die USS Panay auf dem Jangtse angriffen. Ließen in der Stunde fünfzig Bomben runtergehen und beschossen dann die ans Ufer watende Mannschaft. Aber die

USA ließen sie dafür bitter büßen. Verlangten ein paar Millionen für das Kanonenboot – immerhin das erste Schiff der US-Marine, das durch einen Luftangriff versenkt worden war – und eine ernsthafte Entschuldigung noch dazu. O ja, sie ließen sie so richtig büßen.

Kurz darauf wurde das Fünfzehnte von China abgezogen. Im Spätfrühling fand sich Tom auf Urlaub in Washington D.C. wieder, wo ihn sein Onkel für das abendliche Bacchanal gewaltsam in einen Smoking steckte. Ein neuer britischer Sicherheitskoordinator war ernannt worden, und dieser tat, was er konnte, um die Spannungen zwischen den britischen und amerikanischen Nachrichtendiensten zu entschärfen – unter anderem gab er Dinnerpartys. Alle sollten eine einzige glückliche Familie sein.

Earl befand sich zu diesem Zeitpunkt in Antwerpen, weshalb Tom von seinem Onkel für die Dinnerparty zwangsverpflichtet wurde. Tom sprach zwar von Manövern, aber Sam grummelte nur was von »Röcke patrouillieren«, und so erschien Tom und bemühte sich, vor den Kellnern nicht die Hacken zusammenzuschlagen. Wobei er sich so wohl wie beim Zahnarzt fühlte, bis er sie schräg gegenüber am Tisch entdeckte. Sie trug ein weißes Reisekleid und war neben einem Mann mit dünnen Lippen platziert, der beim Reden spuckte. Sie spielte mit dem silbernen Serviettenring und wandte sich nicht ab. In ihren grauen Augen lag nichts als offene Aufmerksamkeit, dazu vielleicht noch ein Anflug von Humor, wenn man einen Blick dafür hatte.

Sie konnte kaum als Schönheit bezeichnet werden. Sie gehörte zu jenen Engländerinnen, die an fünf von sieben Tagen langweilig und fad erschienen, an den beiden anderen allerdings eine faszinierende Ausstrahlung besaßen. Tom war das immer unverständlich gewesen. Am Dienstag zum Abendessen war sie die graue Maus. Am Mittwoch beim

Lunch brillierte sie. Sie hatte eine makellose, schimmernde Haut und sprach einen astreinen britischen Akzent. Aber es spielte keine Rolle. All das – wie sie aussah, wie sie sprach – spielte keine Rolle. Harriet war Harriet. Es gab nichts, woran sie gemessen werden konnte.

Nach dem Essen erlöste Tom sie aus der Gesellschaft des schmallippigen Herrn, und sie gingen auf die Veranda. Es war kühl, aber seine heißen Finger schlossen sich um den silbernen Serviettenring in seiner Tasche – sein erstes Souvenir von ihr.

Sie und ihr Vater befanden sich auf einer dreimonatigen Reise durch die Vereinigten Staaten. Sie hatten die üblichen Sehenswürdigkeiten besichtigt – Boston, New York, Washington. Tom erfuhr später, dass ihr Vater an quasi diplomatischen Treffen teilnahm und es sich bei opulenten Essen mit Zeitungsleuten und Industriellen gut gehen ließ. Er fragte sich immer, ob Chilton dabei Edward R. Murrow kennen gelernt hatte, der zu jener Zeit bei CBS Leiter der Abteilung Diskussionen und Erziehung war – und dessen spätere Berichterstattung über die Bombenangriffe auf England mehr Amerikaner dazu veranlasste, für die Briten Partei zu ergreifen, als alle anderen Beeinflussungsversuche.

Chilton war Repräsentant der »Cliveden-Clique«, die der Beschwichtigungspolitik positiv gegenüberstand. Er vertrat fest die Überzeugung der Mehrheit: Frieden um jeden Preis. Daran lag nichts Verwerfliches, zum Teufel, so dachte doch die Mehrheit der Amerikaner noch immer, trotz Ed Murrows Rundfunksendungen während der Nazi-Angriffe, bei denen im Hintergrund die Explosionen und Sirenen zu hören waren.

An jenem Abend ereignete sich auf der Veranda in Washington eine andere Art von Explosion. Es dauerte drei Stunden, bis Tom sich in Harriet verliebt hatte. Drei Monate, die er um sie warb. Drei Tage, um sie zu verlieren. An Earl, der ihn verraten hatte …

Sie hatte zwei Lampen angeschaltet – eine in Licht getauchte Gestalt, ein strahlender Glanz, der sich ihm langsam näherte. Harriet trug kein Parfüm, aber an nichts erinnerte sich Tom so deutlich wie an ihren Duft. Er hüllte ihn ein. Er ertrank darin. Jahrelang hatte er sie nicht gesehen, und trotzdem kannte er jede Linie in ihrem Gesicht.

Sie sprach ein so kultiviertes Englisch, dass alles, was sie sagte, wie Poesie klang. Einmal hatte er sie seine wüstesten Armeesprüche aufsagen lassen, nur um zu hören, wie die Worte ihre ursprüngliche Reinheit zurückgewannen. Sie sagte etwas und legte ihm die Hand auf den Arm. Ihr Griff war stark und fest. Wenn sie wütend oder erregt war, bekam sie rote Flecken im Gesicht. Sie hatte jetzt rote Flecken im Gesicht.

Hinter dem Stuhl hatte ein Hut gelegen, Earls Hut. Kein flacher Porkpie – einen solchen hatte er erwartet –, sondern ein ordentlicher breitkrempiger Filzfedora. Das war der Hut, wie Earl ihn trug. Und das war der Stuhl, auf dem er saß. Das war sein Pult, das seine Frau.

Toms Lippen bewegten sich, aus seinem Mund kamen Töne.

»O Tommy«, sagte sie, und er wollte glauben, dass er Freundlichkeit in ihrer Stimme wahrnahm, nicht Mitleid. »Was soll ich mit dir nur machen?«

»Einen Foxtrott tanzen?«

Sie nahm die Hand von seinem Arm. »Ich sollte mal lieber anrufen.«

»Du hast mich nie besucht.«

»Man sagte mir, es sei besser so.«

»Wärst du gekommen, wenn ich dich darum gebeten hätte?«

»Nein. Nein.«

Tom nickte. Er erinnerte sich, wie sie für ihn irgendwo auf einem schwarz schimmernden verstimmten Klavier »Autumn in New York« gespielt hatte.
»Nein, Tom. Ich werde dich nicht besuchen.«
»Hab schon verstanden, Harry.« Warum war er hergekommen? Was sollte das hier? Er brauchte Informationen. Er musste gehen, bevor er sich selbst verlor. »Earl ist fort. Du hältst mich für verrückt, gut – aber er ist trotzdem verschwunden.«
»Nur weil du es glaubst«, sagte sie mit sanftmütiger, klarer Stimme, »muss es noch nicht so sein.«
»Es ist die Wahrheit.«
»Und deine Einheit auf Kreta?«
Earl hatte sie verraten. Er hatte gewusst, dass sechstausend deutsche Fallschirmjäger in Lastenseglern in Máleme landen würden. Er hatte nichts dagegen unternommen. Toms Männer waren gestorben, um eine Schlacht zu verlieren.
»Ich hab sie verloren«, sagte er.
»Wir haben gehört, es geht dir wieder besser. Die Verletzung, das Morphium ...«
»Mir geht es wieder ganz großartig. Ich bin diensttauglich. Ich will nur mit ihm reden, mehr will ich nicht. Ich kann ... ich schlafe nicht mehr, Harriet. Das Gute dran ist, dass ich endlich Zeit habe, Klarinette zu lernen.«
Sie sagte etwas, aber er bekam es nicht mit. Er wollte sie in den Arm nehmen.
»Ich will ihn nur sehen«, sagte er. »Ihm in die Augen schauen.«
»Nein.«
»Einen Blick auf seine Papiere werfen, vielleicht kann ich ihn finden.«
»Nein.«
»Du bist es mir schuldig.«

In ihrem Blick war keine Gnade. »Ich bin dir nichts schuldig.«
»Du schuldest mir einen Vierteldollar für diese Tasse Schokolade.«
Sie strich sich eine Strähne aus der Stirn. »Das Waterfall.«
»Welches Waterfall?«
»Er nennt es Rapids.«
»Ein Club? Ein Nachtclub?«
»Von einer bestimmten Sorte. Ich selbst bin nie dagewesen.«
Ah. Ein Nachtclub mit Schleiertanz und Nackttableaus. Frauen waren willkommen, Ehefrauen wurden nicht eingelassen. Viele dieser Clubs hatten während des *Blitz* geschlossen und waren nun wieder geöffnet. Die pechschwarze Dunkelheit der Londoner Nächte war bedrohlich und einladend zugleich. Er stellte sich Earl in einem Nachtclub vor, wie er die Mädchen auf der Bühne in Augenschein nahm, Earl in einem Nachtclub, während Harriet zu Hause wartete …
»Earl ist dort Stammgast?«
Sie nickte kurz.
»Stammgast und Frauenheld«, sagte er. »Ein Don Juan.«
»Es gehört zu seiner Arbeit, Thomas. Ich vertraue meinem Mann.«
»Ich hab ihm auch vertraut.«
Sie erwiderte nichts darauf. Er würde nie wieder ihre Leidenschaft entfachen. Seine Berührungen würden ihr nie wieder Freude bereiten. Sein Atem würde sich nicht mehr in ihrem Haar verfangen.
»Du weißt nicht, wo er ist«, sagte er. »Du weißt nicht, was er getan hat. Den Mitarbeitern in der Botschaft sagt er: ›Wenn meine Frau anruft, dann richtet ihr aus, dass ich geschäftlich unterwegs bin. Im Rapids, beim Fummeln zu wohltätigen Zwecken.‹ Ein Opfer, das man für seinen Beruf eben bringt.

Du glaubst, dass er allein schläft? Er erkennt doch gar nicht das Bett, bevor nicht ein Rock darauf liegt. Kommt er nach Hause und riecht er nach Parfüm? Ist er …«
Sie schlug ihm ins Gesicht. »Ich habe keine Zeit für dein erbärmliches Benehmen, Tom. Ich will dir eines sagen: Du bist nicht du selbst. Du kannst deinem Verstand nicht trauen. Du bist erschöpft und verblendet. Hör mir zu. Du weißt nichts – gar nichts. Geh ins Krankenhaus zurück. Geh – und komm nicht mehr hierher.«
Sie ging zum Eingang und öffnete die Tür.
Der Abdruck ihrer Hand brannte auf seiner Haut. Er ging.

Der Mond stand blass hinter den rußigen Wolken. Die Stadt war pechschwarz, und Tom hatte Probleme, sich an die Dunkelheit zu gewöhnen. Er konnte seinem Verstand nicht trauen; er war erschöpft und verblendet und …
Nein. Nein, ihm ging es großartig. Er war verwundet, er war unter Drogen gesetzt worden, aber er hatte sich erholt. Er kniff die Augen zusammen, um die Umgebung besser erkennen zu können, trotzdem erahnte er die aufragenden Gebäude mehr, als dass er sie sah. Er war gesund. Er war diensttauglich. Harriet hatte Unrecht …
Die Straßen waren finster und kalt. Er hörte einen tappenden Spazierstock, gedämpfte Stimmen, alle Geräusche wurden von der dunklen Stadt geschluckt. Das Rumoren eines Wagenmotors war zu hören, der schwache Schimmer von Verdunkelungsscheinwerfern. Schatten erhoben sich vor ihm – das Schild einer Bushaltestelle, eine Ziegelmauer, ein Schutzraum. Er stolperte gegen einen Briefkasten, entschuldigte sich und sagte dann »Scheiße«.
Er hörte das Klappern eines Karrens, sah eine blau züngelnde Flamme in der Schwärze schweben und bekam einen Geruch in die Nase, bei dem sein Magen zu knurren anfing.

Ein Mann verkaufte Fisch und Chips, mit der abgeschirmten Flamme hielt er das Essen warm. Tom kaufte eine Portion, trat drei Schritte zurück, und der Karren verschwand in der Dunkelheit. Nur der Fischgeruch und das Klappern der Räder blieben zurück.

Tom aß, dann folgte er einem Mann in ein großes viktorianisches Pub mit Mahagonieinrichtung und gravierten Spiegeln. Er setzte sich an eine der drei Theken, bestellte sich ein braunes Ale und fragte den Gast neben ihm nach dem Waterfall. Der andere ließ ihm ein wissendes Grinsen zukommen und rückte mit einer genauen Wegbeschreibung heraus. Ein weiterer, der das Gespräch mit angehört hatte, meinte, er liege damit meilenweit daneben. Schließlich gelangten sie zu einer Einigung, die Tom nicht mitbekam, und begannen von einem Mr. Tanner zu reden und den Gewerkschaftsforderungen nach Lohnerhöhungen für Werftarbeiter.

Tom trank sein Ale aus und kehrte auf die finsteren Straßen zurück.

Sie hatten ihm gesagt, das Waterfall befinde sich einen halben Block vom Trafalgar Square oder Piccadilly entfernt oder auf der Coventry, vielleicht in einer Seitengasse. Nicht weit vom Hatchards – vielleicht zwischen einem Kino und einer Reinigung namens »Tudor's Dry Cleaning«. Tom blies in die Hände, um sie aufzuwärmen. Seine rechte Hand roch nach Jod und Verband. Harriet hatte Unrecht, wenn sie sagte, er könne seinem Verstand nicht trauen. *Sie* war diejenige, die nicht vertrauen sollte. Wenn er nur beweisen könnte, dass Earl sie verraten hatte …

Ein gedämpfter Protestschrei war zu hören, die Stimme kam von einer Frau. Tom drehte sich um. Sie schluchzte heftig. Er lief über die Straße in eine Gasse. Er konnte nur einzelne Schattierungen erkennen – das glänzende Schwarz einer Rabenschwinge, das matte Anthrazit von Ruß –, die Gasse selbst lag in trübem Grau. Diffuses Licht fiel auf die Wände, in deren Schein die Silhouette einer sich krümmenden Gestalt sichtbar wurde, die ihn an Jack the Ripper denken ließ. Der Lichtstrahl einer Verdunkelungstaschenlampe strich durch die Luft.

Tom lief weiter hinein, der Lichtstrahl fuhr herum, und aus der Dunkelheit sprang ihn ein Gesicht an. Das Gesicht einer Frau, oval, elfenbeinfarben vor dem samtenen Hintergrund. Ihre Augenbrauen waren zu einem dünnen Strich gezupft, die roten Lippen nicht mehr als ein schmaler Schlitz. Der schwarze Schatten fiel über sie her – ein Armeemantel, den er wie ein Cape lose um die Schultern gelegt hatte. Bis auf ihr schmerzverzerrtes Gesicht war von ihr nichts zu sehen.

Tom machte zwei Schritte. Die Frau kreischte auf, als sie ihn sah; der Mann wollte sich umdrehen, aber Tom war bereits bei ihm. Er traf ihn mit der linken Faust in der Niere und riss ihn von der Frau weg. Der Mann fiel keuchend und fluchend auf die Knie.

Die Frau sagte: »Verpiss dich!«

Tom trat dem Mann in die Seite, und erst jetzt dämmerte ihm, dass die Frau ihn gemeint hatte.

»Warte verdammt noch mal, bis du dran bist«, sagte die Frau und ordnete ihr Kleid. »Du durchgeknallter Arsch.«

Tom spürte, wie ihm das Blut in den Kopf schoss. Der Mann saß auf seinem nackten Hintern, die Hose hatte sich um die Fußknöchel gewickelt. Kein Wunder, dass er so leicht zu Boden gegangen war.

»Sieben Shilling sechs Pence«, sagte die Frau zu Tom. »Aber erst lernst du, wie man sich anstellt.«

Ein schneller Stehfick in einer dunklen Gasse. Großartig. Tom war wiederhergestellt. Es ging ihm gut. Keine Frage.

Er eilte durch die trügerische Dunkelheit. Sollte ins Rowansea zurück zu seinen Scherenschnitten. Sollte nach MacGovern klingeln und sich einsperren lassen, aber seine Jungs waren gestorben, und die Insel war gefallen. Earl war ein Überläufer und Killer und steckte mit Sondegger unter einer Decke …

Der Himmel hellte sich etwas auf, als er auf einen Platz trat. Stimmen waren zu hören, Gelächter. Er roch den kalkigen Geruch des Flusses, hörte das Klingeln einer Glocke, sah dunkle, sich bewegende Schatten. Ein Schemen ragte vor ihm auf und stellte sich als ein Mann heraus, der nicht viel größer war als King Kong.

Tom stolperte gegen ihn. Es war, als wäre er gegen blanken Beton gerannt.

»Oha«, sagte Kong. »Vermaledeiter Idiot.« Seine Stimme war fast so hoch wie die einer Frau.

»Entschuldigung«, sagte Tom und trat um ihn herum.

Kong murmelte etwas und verschwand in der Dunkelheit; dann ertönte seine Fistelstimme wieder, lauter diesmal: »Wo zum Teufel steckst du?«

»Hier, warte, hier«, war eine andere Stimme zu hören.

»Siehst du's? Muss das …« Kongs Stimme wurde leiser, während eine Gruppe junger Leute plaudernd vorbeizog: »War Miss Durbin in *Die ewige Eva* nicht umwerfend?« … »Doch wohl kaum so gut wie Lana Turner in *Ein toller Bursche* …«

Tom schaffte es über den Platz, ohne gegen irgendwelche Gesetze zu verstoßen. Unter einer Markise blieb er stehen und zündete sich eine Zigarette an. Das Glühen reichte aus, damit er das Schild entziffern konnte: TUDOR'S DRY CLEANING AND PRESSING. Tom überprüfte die Tür nebenan – ein Kino. Und dazwischen befand sich der Eingang zu einer schmalen Gasse. In ihrer Mitte, unter einer abgeschirmten

Lampe, erkannte er hinter einem Wall aus Sandsäcken eine Doppeltür. Auf einer Kreidetafel war ein halbes Dutzend Namen aufgeführt – die der Künstler –, und auf einem diskreten Schild stand zu lesen: THE WATERFALL.

Tom öffnete die Tür und trat in das ausladende Foyer mit seiner hohen Decke, elfenbeinfarbenen Wänden und einem rot-goldenen Teppich, der zu einem breiten Aufgang zehn Meter vor ihm führte. Gedämpft hörte er ein Klavier und Stimmengemurmel. An der linken Wand befanden sich zwei geschlossene Türen, rechts von ihm eine schmale, nach unten führende Treppe, die mit einer dünnen Kette abgesperrt war.

Neben ihm, halb hinter einem auf Hochglanz polierten Holzpodest, stand ein Türsteher. »Sind Sie Mitglied, Sir? Andernfalls müsste ich Eintritt verlangen.«

»Earl Wall«, sagte Tom. »Ich bin sein Gast.«

»Haben Sie eine Einladung?«

»Er erwartet mich«, sagte Tom. »Ich bin sein Bruder.«

Der Türsteher ließ kurz seinen Blick über Tom schweifen. »Entschuldigen Sie. Ich habe die Ähnlichkeit nicht gleich erkannt. Wie geht es Mr. Wall?«

»Sagen Sie mir nicht, dass er nicht unten ist!«

»Wir haben ihn seit einigen Tagen nicht mehr zu Gesicht bekommen.«

»Er sagte, er sei hier.«

»Es passt so gar nicht zu Mr. Wall, einen Termin zu versäumen.« Der Türsteher strich über die Goldlitze an seinem Jackett. »Vielleicht weiß Flight Lieutenant Inch mehr …«

»Inch?«

»Inch Rivere von der RAF. Sie teilen sich oft einen Tisch. Er ist hier.«

Tom dankte dem Türsteher und gab Mantel und Hut an der Garderobe ab. Über die Stufen gelangte er unten zu einem

Treppenabsatz, der sich zu einem schmalen Rang weitete. Eine Reihe leinengedeckter Tische folgte der Messingbalustrade halbkreisförmig um den darunterliegenden Raum. Die Hälfte der Tische war besetzt – Männer in Uniformen oder dunklen Anzügen, dazu junge Frauen in samtenen Bridge-Jacken und Seidenkleidern, die ermutigend raschelten, wenn sie sich um die schlanken Knöchel legten.

Tom ging am Rang vorbei nach unten aufs Parkett. Bis auf die hohen gewölbten, elfenbeinfarbenen Wände bestand alles aus dunklem Holz und Messing. Die Tische um die Tanzfläche waren mit Silberbesteck und ebenso schneeweißem Leinen gedeckt wie auf dem Rang. Die Gäste waren fast ausschließlich Männer, nur hin und wieder verwies ein Farbtupfer auf eine Frau, ähnlich dem Blumensträußchen am Frack eines Bestattungsunternehmers. Diese Frauen trennte mehr als eine Stufe von ihren Schwestern auf dem Rang – hier saßen die eleganten Mädchen aus der neureichen Oberschicht, solche, mit denen nicht zu spaßen war, und andere, mit denen dies durchaus möglich schien.

Es gab eine große Mahagoni-Bar mit einem großen Spiegel und einem großen Barkeeper, der ein Kinn hatte wie eine Schaufel. Ein Dutzend Mädchen servierte Speisen und Getränke, sie trugen weiße Handschuhe und Kleider, die als vollständige Abendgarderobe hätten durchgehen können – wenn Mata Hari die Kleiderkontrolle vorgenommen hätte. Daneben Zigarettenmädchen, die weniger trugen.

Eine der Bedienungen schwebte mit einem Speisentablett vorüber. Sie hatte das Gesicht eines ungezogenen Kindes und den Körper eines Vamps. Eine schwarze Haarsträhne hatte sich hinter ihrem Ohr hervorgeschlichen, liebkoste ihren Hals und ringelte sich weiter zu ihrem Dekolleté.

Tom erhaschte den Geruch von gegrilltem Fisch, von gebratenem Hammel und einen dritten feineren, blumigen und

leichteren Duft. Er spürte, wie er wieder Hunger bekam, und sah dem Mädchen nach. Sie warf ihm über die nackte Schulter einen herablassenden Blick zu und schwang lässig die Hüfte – in ihrem Blick allerdings lag eine burschikose Unschuld. Vielleicht aber hatte er auch einfach schon zu lange nichts mehr mit Frauen zu tun gehabt.
Er drückte seine Kippe im Aschenbecher am Fuß der Treppe aus. Auf der gegenüberliegenden Seite befand sich eine breite Bühne mit einem abgesetzten Podest, auf dem ein dicker Mann auf einem Flügel spielte und zur richtigen Zeit die richtigen Tasten anschlug. Neben ihm wiegte sich eine stachelbeerblonde Frau in rotem Kleid in den Hüften und sang mit tiefer Stimme in ein Mikrofon.

I've got a cozy flat,
There's a rack to hang your hat.
Shrug on my chiffon negligee gown.
You know I know my stuff,
And if daddy that ain't enough,
I've got the deepest bomb shelter in town.

Ihre Stimme klang wie karamellisierter Honig. Tom ging zur Bar und bestellte sich einen Martini.
»Geht's heut Abend auf Pump, Sir?«, fragte der Barkeeper.
»Ich bin Gast von Earl Wall. Setzen Sie es auf seine Rechnung.«
Das Schaufelkinn des Barkeepers wuchs zwei weitere Zentimeter nach vorn. »Heute ist der Erste, Sir.«
»Wenn Ihnen das nicht passt, dann warten Sie doch noch ein paar Minuten. Bald haben wir den Zweiten.«
»Mr. Wall begleicht im Allgemeinen mehrere Tage vor Monatsende seine Rechnung.«
»Er ist nicht aufgetaucht?«

»Nicht in dieser Woche. Wenn Sie vielleicht die Rechnung ...«

Tom lachte. »Nichts lieber, als Earls Schulden zu begleichen. Aber, nein, heute nicht.«

»Es gibt gewisse Vorschriften, Sir.«

»Wegen einer Thekenrechnung?«

Das Kinn zog sich zurück. »Nur den Martini also?«

»Ja. Und sparen Sie am Wermut.«

Tom wusste nicht, wo das Problem lag. Spielte auch keine Rolle. Er ließ sich vom Martini und der Musik wärmen. Fast fühlte er sich locker, fast hätte er loslassen können. Noch nicht. Earl könnte noch kommen. Falls nicht, würde Tom mit Flight Lieutenant Rivere reden, würde sich durchfragen. Und Earls Verrat zurückverfolgen, bis er darunter einen Schlussstrich ziehen konnte.

13

1. Dezember 1941, Nacht

Vor dem Spiegel in der Garderobe löste Audrey ihr Haar. Sie hatte den Mann für Earl gehalten – wie er am Fuß der Treppe gestanden, seinen Blick über die Tische und die Bühne und die Bar hatte schweifen lassen; wie er sich die Zigarette angezündet und gewartet hatte, ohne Eile, im ruhigen Selbstbewusstsein, dass der Raum ihm gehören würde.

Auf dem Rückweg war sie an den hinteren Tischen entlanggegangen, um ihn näher in Augenschein nehmen zu können. Hatte sich Margarets Tablett geschnappt, obwohl sie in zwanzig Minuten auf der Bühne sein sollte. Sie hatte ihn einfach noch einmal sehen wollen.

Sie lachte über sich selbst, als sie die weißen Handschuhe auszog – am liebsten hätte sie Earl ein Weinglas ins Gesicht gekippt. Und wäre ihm so ganz nebenbei mit ihren Slingpumps auf seinem hübschen Schädel herumgetanzt, um ihm, ohne viel Aufhebens, mehrmals das Rückgrat zu brechen.

»Na, was heckst du diesmal aus?«, fragte Imogene, während sie Rouge auftrug.

Audrey, gerade damit beschäftigt, ihr Kleid auszuziehen,

hielt inne. »Dachte daran, splitterfasernackt in der Öffentlichkeit rumzulaufen. Und du?«

»Ich kenn doch dein hinterhältiges Glucksen, Vee.«

Vee für Venus; eine lange und verrückte Geschichte.

»Das war kein hinterhältiges Glucksen«, sagte Audrey, »sondern ein kindisches Gickeln.«

Imogene wickelte sich eine Locke ihres kastanienbraunen Haars um den Zeigefinger. »Ich bin schon ganz grau« – was Unsinn war, da Imogene erst neunzehn und damit drei Jahre jünger war als Audrey und nun, als sie nackt vor dem Spiegel stand und sich stirnrunzelnd betrachtete, in ihrer ganzen Jugendlichkeit erstrahlte –, »dein Lachen kann mir also nichts anhaben.«

Audrey schlüpfte aus ihrem Kleid und schüttelte das Haar aus. Warum alle ihr Lachen als ihr Markenzeichen ansahen, wollte ihr nicht in den Kopf. Manche Dinge fand sie eben komisch, das war alles. Ihr Lachen war nur ein Lachen. Inch sagte, es klang wie eine Kavallerieschwadron, die über eine Blechbrücke donnerte, aber das hatte er wahrscheinlich nur irgendwo gelesen. Er konnte *tatsächlich* lesen. Er war gar nicht so ein hirnloser Dummkopf, als der er sich immer benahm.

Rodolfo steckte den Kopf zur Tür herein und sagte: »Marsch, marsch, Mädels, auf die Bühne. Drei Minuten könnt ihr noch an euch rumfummeln.«

Weder sie noch Imogene noch die drei Annes machten sich die Mühe, ihre Blöße zu bedecken, und keine von ihnen fühlte sich bemüßigt, einen Gang zuzulegen. Drei Minuten reichten völlig, wenn das Kostüm aus kaum mehr als hochhackigen Schuhen bestand.

»Wirst du es mir jetzt sagen«, kam es von Imogene etwas leiser, damit die Annes es nicht hörten, »oder muss ich dich erst mit einem Kokoseis bestechen?«

»Na ja, vorhin kam ein Mann herein …«
»Stell dir bloß vor! Ein Mann! Hier!«
»Einen Augenblick lang glaubte ich …, es sei Earl.«
Imogene klimperte mit den Wimpern. »Der hinreißende Wall. Den würde ich jederzeit in meinen Luftschutzbunker lassen.«
»Aber er war es nicht.«
Ihm fehlte Earls rosige Gesichtsfarbe, die von gesunder Wohlgenährtheit zeugte. Ihm fehlte die ungehobelte körperliche Ausstrahlung, die Audrey – für einige Zeit – so anziehend gefunden hatte. Und die bei den Annes, Peggy und Winnie für nachhaltigen Eindruck gesorgt hatte. Ihm fehlte der strenge, heroische Gesichtsausdruck. Man musste ihm nur einen Helm und ein Pferd verpassen, und Earl könnte Sir Galahad sein. Aber es mangelte ihm an Feingefühl. Zumindest was Frauen anbelangte. Bei Frauen … na ja, da war er so feinsinnig wie englische Landjunker, die bei den Fuchsjagden ihren Hunden »Hussa!« zubrüllten.
Sie lächelte. Genau das hätte ihre Mum auch gesagt: »So feinsinnig, als würde man ›Hussa‹ brüllen.« Vielleicht lachte sie auch.
»Das war jetzt ein furchteinflößendes Lachen«, feixte Anne, die sich auf ihrem Stuhl die Strümpfe nach unten rollte. »Klingt wie eine Heinkel mit Motorschaden.«
Es war keine Zeit mehr zum Herumalbern – in zwei Minuten würden sie auf der Bühne sein, angeleuchtet von grellen Scheinwerfern, in deren Hitze sie schmorten. Sie ließen ihre Morgenmäntel zu Boden gleiten und griffen sich die Requisiten. Ihre Schatten tanzten über den schweren schwarzen Vorhang. Mit einer Hand stützte Audrey einen Krug auf der Hüfte auf, während sie die andere über den Kopf hob.
Rodolfo klatschte in die Hände. »Ein Seraglio, keinen Rangierbahnhof. Imogene – mehr zurücklehnen, lockerer … ja!

Annabel, nicht so viel … Gut.« Blinzelnd betrachtete er ihre Silhouetten. »Die Pose, Hester – kerzengerade! Se-ra-gli-o! Kinn nach oben, Vee.«

»Kerzengerade« bedeutete »den Hintern rausgestreckt«, und »Kinn nach oben« bedeutete »volle Kraft voraus«. Trotzdem, es war ein harmloser Spaß, oder? Audreys Mum hätte wohl zugestimmt. Es waren nur Dads unerschütterliche Werte, die ihr, manchmal zumindest, Kopfzerbrechen bereiteten.

»Wo ist Winnie?«, beklagte sich Rodolfo und trat von der Bühne. »Der Schirm, was hat sie mit dem Schirm angestellt …?«

George, der Klavierspieler, hatte eine wunderbare Bassstimme, die nun auf der Bühne ertönte: »Aus dem Fernen Osten, hinter den Bergen Siams, jenseits der Flüsse des Mittleren Königreichs.« Einige Takte auf dem Klavier. »›In Xanadu ließ Kublai Khan ein stattliches Lustschloss errichten.‹ Das Waterfall-Theater präsentiert ein Tableau vivant …«

Der Vorhang hob sich, das Publikum applaudierte – ein oder zwei pfiffen –, und die Mädchen verharrten vollkommen reglos. Audrey kam es immer ein wenig unwirklich vor. Die Scheinwerfer hinter ihnen waren direkt auf die Gäste gerichtet, die sie deutlicher sehen konnte als diese sie – die eleganten Männer, die höchstens einmal kurz zur Bühne sahen, die Jungen, die ihren Blick nicht abwenden konnten. Die nervösen Männer, die Witze rissen, und die Einsamen, die tranken, die derben Männer, die faszinierenden Männer … Wo war er? Dort, an der Bar. Sein Anzug war gut geschnitten, saß aber schlecht. Er bewegte sich wie Earl; er saß und er trank wie er. Aber seine Augen waren dunkler und tiefgründiger als die von Earl.

Audreys Schulter schmerzte. Wurde allmählich Zeit, dass Winnie mit dem »Schirm« – einer Bretterwand auf Rädern –

über die Bühne fuhr. Dabei würde jedes Mädchen eine neue Pose einnehmen, verborgen vor den Augen des Publikums, das höchstens noch ein nachwirkendes Wackeln wahrnahm. Der Mann, der nicht Earl war, zündete sich eine Zigarette an. Sein Gesicht war schmal. Wäre er besser gekleidet, besser frisiert gewesen, hätte er etwas von Byron an sich gehabt. Jetzt sah er nur kaputt aus, ein kaputter Earl.
Audreys Ernüchterung gegenüber Earl hatte mit seiner Makellosigkeit zu tun. Er war so vollkommen, nahezu unberührbar. Das machte ihn für Frauen uninteressant; zumindest für sie war er damit uninteressant. Aber der Mann, der nicht Earl war ... er wirkte in seinem Anzug beinahe nackt. Fast hätte sie laut aufgelacht. Wenn er nackt war, wie sollte man dann ihren Zustand bezeichnen? Sie lächelte in seine Richtung. Manchmal kam es ihr vor, als wollte das Leben ihr eine Lektion erteilen, eine Lektion über Vorsicht und Voraussicht. Das Leben gab ihr kleine Geschenke und schnappte sie ihr dann wieder weg. Gut, das Leben konnte sie mal. Sie war die Tochter ihrer Mum.
Der Mann, der nicht Earl war – irgendwas hatte er an sich.

Tom leerte seinen ersten Drink, als der Vorhang sich teilte und ein pseudoorientalisches Tableau mit einem Dutzend nackter Mädchen in erotischen Posen um einen Berg falscher Aubusson-Teppiche erstrahlte. Er konnte nur die Umrisse wahrnehmen, aber die Silhouetten der Mädchen sahen gut aus. Er winkte dem Barkeeper und bestellte einen weiteren Drink. »War's das mit dem Lichtspektakel für heute Abend?«
»Wie, Sir?«
»Die Scheinwerferparade«, erwiderte er. »Arbeiten Sie schon lange hier?«
»Einige Zeit schon, Sir.«

»Sie kennen Lieutenant Inch?«
Mit einem Nicken wies der Barkeeper zur Tanzfläche. »Ein Stammgast.«
»Großartig.«
Tom erhob sich und ging auf die Tische zu, ohne zu wissen, welcher nun Inch gehörte. Kurz blieb er stehen, betrachtete ein Mädchen in einem durchsichtigen Kleid, das eine rote Schirmwand über die Bühne schob, und dann hörte er die sonore Stimme eines Engländers aus der Ecke seinen Namen rufen.
»Wall? Ist das Wall? Würd ich doch meinen!« Ein adretter junger Mann mit leuchtenden Augen, der mit zwei anderen Männern an einem der Tische saß. An seinem Stuhl lehnte eine Krücke, sein Ellbogen ruhte auf der Handstütze. »Wenn das nicht Earl of Wall ist, dann soll mich der Affe lausen!«
Tom prostete ihm zu, während er auf ihn zuging. »Tom Wall.«
»Tom? Na, was sagte ich!« Ungläubig blinzelte der andere zu ihm auf. »Mich laust tatsächlich der Affe!«
»Earl ist mein Bruder. Zur Hälfte haben Sie also Recht, oder ...«
»Dann laust er mich also nicht, was!« Der Mann zeigte auf seine Gefährten, die auf die Bühne starrten. »Sie kennen Jacko und Murch?«
»Sie sind Inch Rivere.«
»Leibhaftig. Wollen Sie nicht Platz nehmen? Tommy Wall, oder? Der Earl hat nie was von Erben oder Rechtsnachfolgern verlauten lassen, aber natürlich sehen Sie genauso aus wie er.«
Tom setzte sich. »Gut ...«
»Na, nicht ganz auf dem Damm, was? Ihre Hand, meine ich. Mit meinem Bein ist es das Gleiche.« Er ruckelte mit der

Krücke. »Spannen Sie uns beide zusammen, und was kommt dabei heraus?«

Tom nahm einen großen Schluck Martini und stellte das leere Glas auf den Tisch.

»Also, entweder einer mit zwei guten Händen und zwei guten Beinen«, sagte Inch, »oder einer mit einer elenden Hand *und* einem elenden Bein. Möglich wären auch zwei Kerle, einer mit …«

»Kennen Sie Earl schon lange?«

»Lange? Mein guter Junge, schon ewig! Seit acht Monaten.« Inch spießte mit der Gabel eine Karotte auf. »Nenn ihn *den* Earl, müssen Sie wissen. Sollte sich für das Oberhaus bewerben.«

»Sie erwarten ihn heute Abend?«

Bevor Inch antworten konnte, erschien ein Mädchen und stellte neben Toms Ellbogen einen neuen Martini. »Wollen Sie auch Zigaretten?«, fragte sie, als sie Toms zerknüllte Packung bemerkte.

»Haben Sie Virginia-Tabak?«

»Passing Clouds«, sagte sie. »Und Fifth Avenue, das ist auch eine amerikanische Marke.«

»Eine Packung Airman für den zweiten Wall«, sagte Inch zu dem Mädchen. »Wo ist denn die schaumgeborene Ekdysiastin? Hat versprochen, auf einen Plausch vorbeizukommen.«

Das Mädchen sagte, Vee sei auf der Bühne.

Inch spähte zum Tableau und stieß Tom an. »Dort! Auf der linken Seite, die mit dem Dingsbums am Nippel.«

»Hören Sie zu«, sagte Tom. »Ist Earl …«

Inch fuhr plötzlich hoch. »Hab ich ›Nippel‹ gesagt? Mein Gott, meinte natürlich ›Nabel‹. Venus Pritchett heißt sie.«

»Erwarten Sie Earl heute Abend?«

»Wenn er kommen würde, wäre er schon längst hier. Wissen Sie, warum man sie Vee nennt? Für mich ist sie ja *La*

Pritchett. Hab sie selbst so genannt, weshalb es mich interessieren …«

»Wann war Earl zum letzten Mal hier?«

»Earl? Bin ich der Hüter Ihres Bruders? Erinnert mich an die Geschichte mit den zwei Iren …«

Nichts zu machen, er würde nichts erfahren, bevor Inch nicht die Luft ausging. Aber das war einer der Vorteile der Schlaflosigkeit: Er konnte die ganze Nacht warten. Er leerte sein Glas, das Mädchen servierte ihm ein neues, und Inch plapperte weiter: »Hab einen Freund, der hätte gern einen Duesenberg J. Er sagte, ›Inch‹, sagte er …«

»Warum ›Inch‹?« Der Alkohol verlieh seiner Stimme einen rauen Ton. »Warum nennt man Sie so?«

»Voller Name lautet Eggert Miles Rivere«, sagte er, als wäre das eine Antwort. »Mutter mochte mich nicht. Hab ihr mädchenhaftes Aussehen ruiniert.«

»Wann haben Sie Earl zum letzten Mal gesehen?«

Inch setzte eine verdutzte Miene auf. »Wann hab ich ihr *was* zum letzten Mal gesehen?«

»*Earl.* Wann haben Sie *ihn* gesehen?«

»Ach, den Earl! Gestern, vorgestern. Am Freitag.«

»Am Freitag?«

»Nein, Freitag spielte das Boneless-Bateman-Orchester. Donnerstag war ich nicht da. Mittwoch.«

»Sie haben ihn am Mittwoch gesehen?«

»Nicht Mittwoch. Glaube, es war Dienstag.«

»Sicher?«

»Bin seit Oktober hinüber, Tom. Ich bin mir über nichts mehr sicher.« Er blickte melancholisch. »Die Tage verschwimmen, seitdem ich am Boden festsitze.«

»Erwarten Sie ihn heute Abend? Morgen?«

»Keine Erwartungen, das Kredo unserer Familie.« Inch leerte sein Glas. »Man hat mir eine Blenheim verpasst. Und endlich find ich einen Deutschen, auf den ich anvisieren kann, komm direkt von vorn auf seine Messy Eins-Null-Neun zu. Aber dann hat es mir den Flügel abgeschert, lande ohne viel Geholpere in einem Feld, und was machen die, stecken mich in eine Ausbildungseinheit.«

»Hat er erwähnt ...«, unterbrach Tom ihn zähneknirschend, »hat er gesagt, wohin er wollte?«

»Na, zurück nach Deutschland, nehm ich doch an. Ich meine, er hat doch Feuer gefangen und war voller Einschusslöcher, aber ...«

»Mein Gott! Ist Earl immer an Ihrem Tisch?«

»Oder oben, in Gesellschaft.« Inch überlegte den Bruchteil einer Sekunde. »Aber die Mädchen werden nichts wissen. Bei den Mädchen pflegte Earl eine sehr ... gestochene Ausdrucksweise, müssen Sie wissen. Da ging es ihm weniger um den Ausdruck, sondern mehr ums Stechen. Stechen, stach, *gestochen*.«

Eine Mädchenstimme hinter ihnen, unbeschwert und heiter: »Flight Lieutenant Rivere. Wenn Sie damit fertig sind, *stechen* zu beugen, könnten Sie mich ja vielleicht vorstellen.«

»Was?« Inch hievte sich mit seinem gesunden Bein hoch. »Beugen? Vor Ihnen verbeuge ich mich doch immer, Vee! Das will ich aber meinen!«

Das Mädchen legte die Hand auf Inchs Stuhllehne und lächelte Tom an.

Sie war die Bedienung mit den weißen Handschuhen, jene, die sich nach ihm umgedreht hatte. Die Silhouette mit dem Nippel. Sie trug jetzt ein einfaches farbloses Kleid, das nur einen Tick davon entfernt war, um als billig zu gelten, aber an ihr wirkte es wie modellierter Samt. Ihr schwarzes Haar hatte sie mit einem Tuch hochgebunden, und Tom hatte das Gefühl, als hätte sie bewusst diese schmucklose Aufmachung gewählt, um eine ganz bestimmte Wirkung zu

erzielen – die Wirkung eines Vamps in einem einfachen Kleid und einem Kopftuch.
Tom erhob sich und wandte sich ihr zu. Sie hatte kleine, weiße Zähne und breite, lächelnde Lippen. Dunkelblaue, weit auseinanderliegende Augen, die ebenso fröhlich wirkten wie der Mund. Sie strahlte etwas Naives, Überschwängliches aus, auch wenn sie so gebaut war wie ein Kalendermädchen.
»Jeder Kerl«, fuhr Inch fort, »der sich vor Ihnen nicht verbeugt, ist keiner, der nicht ... oh, natürlich! Miss Venus Floryville, darf ich Ihnen Mr. Tommy Wall vorstellen.«
»Audrey Pritchett«, sagte das Mädchen. »Ich hab Sie kurz für Earl gehalten. Ich kann Ihnen gar nicht sagen, wie sehr es mich freut, dass Sie nicht Earl sind.«
»Ich bin sein Bruder. Sie ... kennen Earl?«
Sie lachte – das Lachen eines ungezogenen Kindes. »Ich bin keines seiner Mädels, wenn Sie das meinen.«
»Aber nicht, weil er es nicht versucht hat, was?«, sagte Inch. »Vee nimmt einen gefangen. Eine Venusfliegenfalle. Was aber nicht der Grund für ihren Namen ist, sondern ...«
»Schhhh, Inch.« Sie legte ihm ihre schlanke Hand auf den Mund. »Lassen Sie auch mal die anderen reden.«
»Ich suche meinen Bruder«, sagte Tom. »Ich kann ihn nicht ...«
»Sind Sie denn überhaupt nicht neugierig?«, fragte sie, während sie Platz nahm.
Neugierig worauf? »Bin gespannt wie ein Flitzebogen«, sagte er.
Wieder lachte sie, ungezügelt, überbordend. Ein Mann konnte sich in ihrem Lachen verlieren. »Manchmal wünsche ich mir, Amerikaner würden vernünftig reden«, sagte sie. »Es sollte Sie wirklich interessieren, warum ich froh bin, dass Sie nicht Earl sind.«
»Warum sind Sie froh, dass ich nicht Earl bin?«, fragte er.

Sie biss sich auf die Oberlippe. »Das werde ich Ihnen nicht sagen. Nicht, wenn Sie mich so fragen.«

»Soll ich's Ihnen vorsingen?«

»Flight Lieutenant Rivere«, sagte sie und wandte sich ab. »Wie sagt Ihnen dieser Abend zu?«

»Fragen Sie lieber, alter Kumpel«, sagte Inch zu Tom. »Sonst schmollt sie den ganzen Abend. Na ja, ein oder zwei Stunden. Ah, lächelt schon wieder. Hat's nicht so mit dem Schmollen, unsere Vee. Dafür ein ziemliches Temperament. Ging einmal auf eines der anderen Mädchen los und verpasste ihm einen starken linken Haken. Die andere hatte eine Stunde lang Nasenbluten.«

Abrupt wandte er seine trunkene Aufmerksamkeit der Bühne zu. »Wunderbares Tableau übrigens, Vee. Fand's zwar nicht so hinreißend wie die Gymnosophisten des Maharadscha, aber …«

»Sie haben eine der Tänzerinnen k. o. geschlagen?«, sagte Tom.

»Ha!«, sagte sie. »Und jetzt fragen Sie mich, warum ich froh bin, dass Sie nicht Earl sind – in genau dem gleichen Tonfall!«

Er lächelte über den Eifer in ihrer Stimme. »Warum sind Sie froh, dass ich nicht Earl bin?«

»Weil ich Ihnen lieber keinen Tisch über den Schädel ziehen möchte.«

»Ja? Wann haben Sie Earl zum letzten Mal gesehen? Wissen Sie, wo er ist?«

Sie legte den Kopf schief. »Hat Inch Sie schon angesteckt? Er kann einen richtig wütend machen, wenn er nicht ganz nüchtern ist. Das letzte Mal, als ich Earl gesehen …«

»Ich hab unseren glücklichen Jungen nicht angesteckt«, sagte Inch. »Hab ihm schon gesagt, dass ich Earl am Freitag getroffen habe – nur dass am Freitag Boneless Bateman gespielt haben, es muss also Mittwoch oder Dienstag gewesen sein, aber ...«

»Inch hat wieder einen seiner Tage«, sagte sie, während der Flight Lieutenant vor sich hin brabbelte.

»So nennen Sie das?«

»Lassen Sie sich nicht täuschen. Er ist der Schrecken der Lüfte. Hat in zehn Monaten seine dreißig Einsätze geflogen, dann hundert Einsätze als Nachtjäger. Zweiundzwanzig bestätigte Abschüsse. Beim hundertzweiten Einsatz ist er abgestürzt, und jetzt soll er ausbilden. Erträgt den bequemen Dienst nicht.« Sie stibitzte sich ein Stück Käse von Inchs Teller. »Sie suchen also nach Earl?«

»Ja, Miss Pritchett, ich ...«

»Audrey.«

»Audrey – ich muss ihn finden.«

»Da sind Sie nicht der Einzige. Eigentlich hatte ich vor, ihm ganz zufällig eine Gabel ins Auge zu rammen. Er ist nicht zu Hause?« Sie knabberte am Käse, während Tom den Kopf schüttelte. »Dann ist Inch der Letzte, der ihn gesehen hat. Stimmt doch, Inch? Sie sind der Letzte, der Earl gesehen hat, nachdem er ...«

»Nachdem er was?«, fragte Tom, als er sah, wie sich ihre Wangen röteten.

Das Mädchen beachtete ihn nicht. Inch sagte: »Was? Hab Earl nicht gesehen. Hab ihn nur *gehört*. Klar, bei seinem schnoddrigen amerikanischen Genuschel versteht man nur jedes fünfte Wort ...«

»Inch hört genauso gut, wie er im Moment tanzen kann«, sagte das Mädchen mit Blick auf die Krücke. »Immer dieses Maschinengewehrfeuer.«

»Er sagte, er wolle zum Hyde Park«, sagte Inch. »Hab ich klar und deutlich gehört. Bin bei ihm vorbei – geht ja nicht so schnell –, und in dem Moment gibt die Sirene Entwarnung.

Der Earl hat geredet, und dann verstummt die Sirene, und er brüllt was von einem Laden, der ›Hyde Street Misfits‹ heißt.«
»›Hyde Street Misfits‹?«, sagte Tom. »Was ist das? Ist der hier in der Nähe?«
»Eine Änderungsschneiderei in der Hyde Street, wie der Name schon sagt.« Inch warf dem Mädchen einen triumphierenden Blick zu. »Mit seinem Akzent, und durch die Tür durch, ein Elefant mit Hörrohr hätte das nicht besser hingekriegt.«
»›Durch die Tür durch‹?«, fragte Tom. »Welche Tür?«
»Oben, meine ich. Die Tür zu seinem Zimmer.«
Earls Zimmer? Tom erhob sich. Harriet hatte ihm nicht erlauben wollen, das Haus zu durchsuchen, aber es gab Besseres. Earl hatte hier ein Zimmer.
Das Mädchen legte ihm die Hand auf den Arm. Er drehte sich um. Ihr Gesicht war keine dreißig Zentimeter von seinem entfernt. Sie war jung, ihre Haut war seidig, und sie glühte wie eine warme Kerze in einem warmen, dunklen Raum. Ihre Augen waren so blau, dass sie beinahe schwarz wirkten. Ihre Lippen waren breit und rot und weich und sahen aus, als lachten sie gern.
»Kommen Sie«, sagte sie.

Audrey führte Tom nach oben. Sie erzählte eine Geschichte über Inch. Er dachte an Earl, an Kreta und den Bauernhof, an die Wärme ihrer Finger auf seinem Arm.
Sie blieb auf dem Treppenabsatz stehen, ihr Gesicht schimmerte im Licht der Wandleuchter. Sie roch nach Jasmin, einer kleinen weißen, in der Nacht blühenden Blume. »Sie haben nicht ein Wort mitbekommen«, sagte sie.
»Tut mir leid«, sagte er. »Ich hab … nachgedacht.«
»Wirklich?«

»Ich kann nicht schlafen.«
»Albträume?«, sagte sie. »Delirium tremens? Dunkelrote Spinnen an der Decke?«
Er sah sie an.
»Ich kann es einfach nicht lassen, ich muss immerzu Fragen stellen«, sagte sie und führte ihn ins Foyer. »Aber wenn Sie was dagegen haben, dann sagen Sie mir, dass ich's mir an den Hut stecken soll.«
»›An den Hut stecken‹?«
»Earl hat mir in drei Lektionen beigebracht, wie man wie ein Yankee spricht.«
Was hatte Earl ihr noch beigebracht? Sie war zu offen, zu ungekünstelt. Der Körper einer Varietétänzerin und das Gebaren eines naiven Mädchens. »Sie hinken zwei Lektionen hinterher, Püppchen«, sagte er mit übertriebenem Akzent. »Und das trifft auch auf Ihren alten Knacker zu.«
Sie lachte, und die Treppe wurde gleich um einiges heller. »Ihr Bruder saß in einem zweistündigen Varieté und hat nicht einmal geschmunzelt. Nicht mal bei Peter Sellers.«
»Nie von ihm gehört.«
»Er ist noch ein Kind – seine Eltern machen Vaudeville. Er ist Stimmenimitator, und ich hab mich fast totgelacht. Aber von Earl, nicht einmal ein Lächeln.«
Im Foyer holte sie sich vom Türsteher den Schlüssel für das Boxerzimmer. Sie ließ ihn in ihr Perlen-Handtäschen am Ellbogen gleiten und führte Tom weiter nach oben.
Nach einem Stockwerk fragte er: »Nachdem er was?«
»Nachdem er was was?« Wieder lachte sie. »Sie bringen mich noch dazu, dass ich wie Inch klinge.«
»Sie sagten, Inch war der Letzte, der Earl gesehen hat, nachdem er was getan hat?«
»Er hat ... er hat sich schlecht benommen.« Ein roter Fleck erschien oberhalb ihres Brustansatzes und zog sich bis zum

Hals hinauf. »Etwas Persönliches. Eine peinliche Angelegenheit.«
»Dann schießen Sie los.«
»Stecken Sie sich's an den Hut, Tommy«, sagte sie.
Im zweiten Stock öffnete sich vor ihnen ein langer Gang. Ein Dutzend dunkle Holztüren reihten sich entlang der cremefarbenen Wände. Die Decke war hoch, der Teppich dick.
»Hier«, sagte sie. »Taugt kaum als Luftschutzraum, aber so privat, wie es nur geht.«
An den Türen auf der linken Seite hingen Blumenbilder. An den Türen rechts Bilder von Hunden: ein Pudel, ein Yorkie, ein Bluthund. Am Ende des Gangs das Bild eines Boxers. Das Boxerzimmer.
»Earls Zimmer?«, sagte Tom.
Sie nickte, und wieder versetzte es ihm einen Schlag. Der Hunne *wusste* es. Wusste, dass Earl Mitglied des Waterfall war, wusste, dass er es Rapids nannte. Wusste vielleicht sogar, dass er hier ein Zimmer hatte. Die Verbindung zwischen ihnen bestand wirklich.
»Sie sehen krank aus«, sagte das Mädchen.
»Ich bin krank.«
»Sie brauchen …« Sie schloss die Tür auf. »Ich werde ein Glas Wasser holen.« Wieder legte sie ihm die Hand auf den Arm. »Sie sollten sich einen Moment ausruhen.«
Er schüttelte sie ab. »Warten Sie draußen.«
»Machen Sie sich doch nicht lächerlich.«
Sie versuchte einzutreten, aber er versperrte ihr den Weg. »Sie haben gehört, was ich gesagt habe. Er ist mein Bruder, das ist meine Sache.« Er nahm den Schlüssel und steckte ihn in die Tasche. »Mein Schlüssel.«
»Ohne mich würden Sie von dem Zimmer gar nichts wissen. Sie hätten auch nicht den Schlüssel …«
Er hob die Hand, als wollte er sie schlagen, aber sie zuckte

nicht zusammen. Sie starrte ihn mit ihren mitternachtsblauen Augen an und mahlte mit dem Kiefer. Er ließ die Hand sinken. »Halten Sie sich von mir fern.«
Sie schlüpfte an ihm vorbei ins Zimmer und drehte das Licht an.
»Verfickte …«, sagte er und folgte ihr.
Sie warf sich aufs Bett. »Darum geht's hier schon eher, ja.«
Sie hatte Recht. Das Zimmer war ein Liebesnest – großes blaues Bett mit großen blauen Kissen und einem Teppich, der so dick war, dass jedes Mädchen seine hochhackigen Schuhe abstreifen wollte. Es gab einen Sekretär, ein Nachtkästchen, zwei Polstersessel, die erst dann zur Geltung kamen, wenn Damenstrümpfe darüber drapiert waren. Einen begehbaren Schrank mit einer Schubladenkommode. Verdunkelungsvorhänge, vor denen verknitterte Gardinen hingen, ein Tisch unter einem Regal mit Büchern, deren Rücken zur Wandfarbe passten. Eine angelehnte Tür führte zu einem Badezimmer. Eine weitere, mattrot gestrichen wie eine Brandschutztür, führte …
»Zur Außentreppe«, sagte das Mädchen. Sie hatte ihre Schuhe ausgezogen, die Beine angewinkelt und sich nach hinten gegen das Kopfende des Betts gelehnt. Ihr Kleid war bis zu den Knien hochgerutscht, und sie rieb ihre bestrumpften Beine sanft gegeneinander.
Er öffnete die rote Tür. Draußen war es kalt und dunkel. Um das Gebäude spannte sich ein breiter Sims mit einer niedrigen Ziegelmauer, auf dem man Wäsche aufhängen könnte. Er schloss die Tür.
»Das habe ich mit privat gemeint«, sagte sie. »Die Außentreppe. Wonach suchen Sie?«
»Bitte«, sagte er.
»Ich kann Ihnen vielleicht behilflich sein.«
»Sie können gehen.«

Er durchsuchte den Sekretär. Er war leer. Nichts unter dem Bett. Das Badezimmer war ein Badezimmer. Er warf die Sesselkissen auf den Boden. Er strich mit den Fingern über die Tapete. Er betrat den Schrank – Earls Anzüge, Schuhe, Hüte, Krawatten. Es gab einen leeren Koffer, der nichts anderes war als ein leerer Koffer. Er griff sich eine von Earls Krawatten von der Stange, löste unbeholfen den Knoten seiner eigenen grellen Krawatte, zog sie über den Kopf und warf sie auf den Boden.
»Langsam glaube ich, es ist wirklich Delirium tremens«, sagte das Mädchen.
Tom streifte sich die neue Krawatte über, kam mit seiner verbundenen Hand aber nicht recht weiter. Er kämpfte mit dem Scheißding, das immer wieder auseinanderfiel.
Das Mädchen stand vom Bett auf und stellte sich zehn Zentimeter vor ihm hin. Sie war klein. Er sah auf ihr glänzendes schwarzes Haar, auf ihre Nasenspitze. Sie knüpfte den Knoten und hatte dabei die Unterlippe zwischen den Zähnen. Er drehte den Kopf weg und redete sich ein, er könne das Parfüm in ihrem Haar nicht riechen, könne nicht spüren, wie warm sie sich anfühlte, wenn er sie im Arm halten würde. Geschickt bewegten sich ihre Finger. Als sie mit dem Knoten fertig war, strich sie die Krawatte glatt, legte ihm die Handfläche auf die Brust und sah zu ihm auf. »Viel besser.«
Ihre Blicke trafen sich. Er ging zum Tisch, sie kehrte aufs Bett zurück. Er hörte die Matratze seufzen.
Er sah hinter den Büchern nach und zog die Schublade des Nachtkästchens auf – Lippenstift, Kleingeld, eine Streichholzschachtel, ein Stift mit einer nicht dazu passenden Kappe. Er leerte alles auf dem Tisch aus und drehte die Schublade um, um die Unterseite zu überprüfen.
Das Mädchen beobachtete ihn, während er den Raum so gründlich durchsuchte, wie es ihm möglich war, ohne Kissen

aufzuschlitzen oder Stuhlbeine abzubrechen. Es dauerte vierzig Minuten laut der bronzenen Aufziehuhr, die auf dem Regal als Buchstütze fungierte. Er fand nichts. Also »Hyde Street Misfits«? Das war alles, was er hatte.

Er warf ein Kissen auf einen der Stühle und setzte sich. Er musste das Bett durchsuchen, aber das Mädchen saß darauf. Sie hatte ihr Tuch gelöst, so dass ihr das Haar wirr über die Schultern fiel.

»Was hat Earl getan?«, fragte Tom. »Die peinliche Sache?«

»Davon will ich lieber nicht reden.«

Er suchte in seiner Tasche nach dem silbernen Feuerzeug, ließ es aufschnappen und klappte es wieder zu. Es erinnerte ihn an den Geruch von Rum und Asche. Wie hatte Sondegger es ihm abgenommen? Welche finsteren Künste beherrschte er?

Die Bronzeuhr tickte zwei Minuten vor sich hin. Das Mädchen sagte: »Er hat herumerzählt, dass ich ... Er hat gesagt, wir hätten miteinander geschlafen.«

»Haben Sie?«

»Das, denke ich, geht Sie nichts an.«

»Wen geht es was an?«

Plötzlich lachte sie. »Sie sind beinahe charmant, Tommy.«

»Ich bin vieles beinahe. Waren Sie ein Liebespaar?« Das falsche Wort, wenn es sich um etwas Geschäftliches gehandelt hatte. »Ich meine, war er ... haben Sie ...«

»Ich weiß, was Sie meinen.«

»Aber Sie wollen es mir nicht sagen.«

»Warum haben Sie Probleme mit dem Schlafen?« Das Mädchen strich sich das Kleid glatt. »Die Antwort lautet nein, wir waren kein Liebespaar. Ich war stinksauer, als er es behauptet hat. Er ist nicht boshaft, es fehlt ihm nur ein wenig an Feingefühl.«

»Das hat Sie überrascht«, sagte Tom.

»Ein Mädchen in meiner Stellung kann sich Gerüchte nicht leisten.« Sie grinste. »Außer sie ist diejenige, die sie in die Welt setzt.«

»Macht das Ihren Preis kaputt? Hat er herumerzählt, er hätte Sie umsonst bekommen?«

»Sparen Sie sich solche Grausamkeiten, Tommy. Es passt nicht zu Ihnen.«

Er ließ den Kopf hängen. Er war müde. In seinem Kopf war es so finster wie draußen in den Straßen. »Warum sind Sie hier? Was wollen Sie?«

»Muss ich was wollen?«

»Jeder will was.« Er hörte die Verbitterung in seiner Stimme. Auch das passte nicht zu ihm. »Was wollen Sie, Miss Pritchett?«

Die Matratze flüsterte, als sie sich erhob. Geräuschlos bewegten sich ihre Füße über den dicken Teppich. Sie kniete sich neben seinen Stuhl. Sie fasste nach seiner rechten Hand, und er zog sie weg.

»Ich heiße Audrey.« Ihre Stimme war sanft, als wollte sie ein Pferd beruhigen. »Mein Vater wurde bei den ersten Luftangriffen getötet, unser Haus brannte mit ihm ab. Er war Hafenarbeiter, ein stolzer, armer Mann. Ich bin Krankenwagenfahrerin, ich hab mich sofort gemeldet, als Freiwillige gesucht wurden – so ein Mädchen bin ich. Oder war ich. Ich hatte kein Zuhause, Tommy, keine Familie, keine Ersparnisse. Genau wie Zehntausende andere Londoner, nur hatte ich mehr Glück, denn als ich ausgegraben wurde, war Inch da. Er hat mir die Stelle hier beschafft. Ich bediene, und ich posiere – das ist alles, was ich mache.«

Tom wusste nicht, was er sagen sollte. Er wusste noch immer nicht, warum sie hier war, mit ihm, in diesem leeren Zimmer, das sich als Sackgasse erwiesen hatte. »Ich muss Earl finden.«

»Wie lange ist es her, dass Sie geschlafen haben?«

»Vierzig Tage und vierzig Nächte.«
»Wie lange halten Sie das noch durch?« Mit den Fingerspitzen berührte sie seinen Unterarm. »Kommen Sie ins Bett.«
Er hob den Kopf.
Sie lachte, und fast hätte er gelächelt. »Allein. Ich deck Sie zu.«
»Bringen Sie mir eine Tasse Tee?«
»Und dann ins Bett?«
»Ja«, sagte er.
Sie stand auf und öffnete die Tür. »Sie haben nicht vor, mich auszusperren?«
»Warum kümmert Sie das?«
»Geben Sie mir Ihr Wort.«
»Sie wollen nicht lieber eine halbe Krone?«
Sie ging über den Teppich auf ihn zu. Er sah zu ihr auf. Sie hatte ein irgendwie komisches Gesicht.
»Sie haben mein Wort, dass ich Sie nicht aussperren werde«, sagte er.
Sie erwiderte etwas, was weich und voll klang, dann ging sie.
Er erhob sich. Drehte das Bett um, die Kissen, den Bettkasten, das Kopfbrett. Tastete nach Erhebungen. Überprüfte die dahinterliegende Wand. Nichts.
Er setzte sich auf die Bettkante. Sah zur Uhr. Sein Kopf fiel schwer auf das Kissen, umgeben vom Duft einer Nachtblume. Er schloss die Augen. Er hörte Wasser rauschen, in der Ferne das Geräusch eines Zugs.

14

Mai 1941

In der Ferne das Geräusch eines Zugs.

Es gab keine Eisenbahnschienen auf Kreta. Es gab einen Flugplatz, eine holprige Betonpiste ohne Strom, ohne Ausrüstung, ohne Hangars. Es gab eine einzige befestigte Straße, die sich über 240 der 270 Kilometer langen Insel erstreckte, von Kastélli über Chaniá und Réthymnon, dann nach Heráklion und einigen Dörfern, deren Namen Tom niemals erfahren hatte. Dann verlief sie sich irgendwo im Geröll. Das widerfuhr einem auf den Straßen von Kreta häufig – gute, unbefestigte Landstraßen verengten sich zu Fußwegen und schrumpften schließlich zu Gebirgspfaden zusammen, die nur noch für Ziegen passierbar waren. Die eine Hälfte der Brücken hielt militärischen Lasten stand, die andere Hälfte brach darunter zusammen. Aber keiner wusste, zu welcher Hälfte die jeweilige Brücke gehörte.

Im Süden erhoben sich die Berge zweieinhalbtausend Meter über das türkisfarbene Meer. Im Norden lag die Zivilisation: einige Häuser mit Strom und Kerosin, ein paar Telefone. Ab und an eine Taverne, in der die Soldaten Bier und Zigaretten kaufen konnten oder das, was dafür gehalten wurde,

daneben Ouzo und Retsina und Raki. Oder Wein, wie ihn Tom nie zuvor in seinem Leben getrunken hatte, sowie Oliven und seltsame Gerichte mit seltsamen Namen.
Das Gelände war zerklüftet – Felsgestein mit knochenharten Sträuchern, trockene Kiesflussbetten, in die sich gelegentlich Springfluten ergossen. Stachelige Bäume, die auf uraltem, zerbröckelndem Mauerwerk wuchsen, Getreidefelder und Olivenhaine, die sich in Schluchten verloren, die wie Messerspitzen geformt waren. Es gab ein Dorf aus Steinhäusern, eine Kirche mit einem Friedhof und eine Eisenbrücke, die mit drei Bogen einen ausgetrockneten Fluss überspannte und auf der sich Ochsenkarren und Bauern und Nachschublaster drängten. Das Dorf hieß Máleme.
Hinter Máleme lag der neue Flugplatz, am Fuß des Berges Kavzakia. Die Höhe 107.
Toms Zug war während der Evakuierung aus Griechenland der neuseeländischen Oakes Force zugewiesen worden. Das zweiundzwanzigste und dreiundzwanzigste Infanteriebataillon waren für die Verteidigung des Flugplatzes zuständig, das einundzwanzigste war als mobile Eingreifreserve für Gegenangriffe vorgesehen, und das achtundzwanzigste Maori-Bataillon stand als Reserve am Brigadehauptquartier. Sie hatten Gewehre, einige leichte Automatikwaffen, sonst nichts.
Für die westliche Flanke waren ihnen zwei Bataillone mit griechischen Soldaten und kretischen Partisanen zugeteilt. Einige der Griechen und Kreter besaßen Gewehre, die anderen hatten Krummschwerter, Holzäxte und Flinten. Keiner wusste, ob man sich auf sie verlassen konnte. Tom versicherte seinen Jungs, er werde sich der Sache annehmen. Also trank er mit einigen Kretern – Fischern und Ziegenhirten, einem zusammengewürfelten Haufen –, bis er sternhagelvoll war. Nur zwei von ihnen sprachen gebrochen Englisch,

was aber keine Rolle spielte. Am nächsten Morgen hatte er den schlimmsten Kater seines Lebens, aber um die westliche Flanke brauchte er sich keine großen Sorgen mehr zu machen. Die Fischer und Ziegenhirten würden kämpfen.
Es war der erste Mai. Der Zug hatte in Griechenland so viel durchgemacht, dass sich die Neunzehn- und Zwanzigjährigen bereits als ehrwürdige Veteranen bezeichnen konnten. Sie waren besser ausgerüstet als manch andere, hatten Decken, Werkzeuge und Essgeschirr. Aber keine Klappspaten, also gruben sie mit ihren Stahlhelmen Splittergräben und warteten.
Lord Haw-Haw im deutschen Radio prahlte Nacht für Nacht mit der Invasion Kretas. Es kam der zweite und der dritte Mai, aber von einer Invasion war nichts zu sehen, trotz des steten Dröhnens der Bomber. Mit Ausnahme der Rauchwolken über dem Hafen war der Himmel tagsüber strahlend klar.
Trotzdem konnten sie förmlich riechen, dass die Deutschen kommen würden.
Auf dem Weg nach Réthymnon wurden sie von einer Schafherde aufgehalten. Sie standen auf einem namenlosen Hügel im Schatten eines knorrigen Baums, der sie alle überleben würde, und blickten über die Suda-Bucht. Über dem Wasser hing dicker, schwarzer Dunst, der träge von den versenkten Schiffen aufstieg. Nur eines von drei Versorgungsschiffen kam durch – die Bucht wurde zum Friedhof für Lebensmittelrationen, Waffen, Fahrzeuge und Menschen. Alles, was schwamm, wurde von der deutschen Luftwaffe angegriffen, von Fischerbooten bis zur HMS York, die von Sturzkampfbombern und Jägern außer Gefecht gesetzt worden war.
Am darauffolgenden Tag nahmen die Bombenangriffe zu. Man kam mit dem Beerdigen nicht mehr nach, und die Leichen verwesten, wo sie lagen. Mitte Mai hatten sie nur noch

drei Hurricane und drei Gladiator-Doppeldecker, die sich den deutschen Luftangriffen entgegenwerfen konnten. Die Deutschen flogen Einsätze gegen die Luftabwehrstellungen, trafen aber auf kein Gegenfeuer. Die Befehle lauteten unmissverständlich: Feuer würde erst bei Beginn der Luftlandung erwidert, damit die eigenen Stellungen nicht verraten wurden.

Es kam der sechzehnte, siebzehnte, achtzehnte Mai ... Das Fliegerkorps, Görings Eliteeinheit, würde die Speerspitze der Invasion bilden. Der Angriff war ein Unternehmen der Luftwaffe, nicht der Wehrmacht oder Kriegsmarine. Aufgrund der überwältigenden deutschen Luftüberlegenheit wurden die drei Hurricane und drei Gladiator zu einem anderen Kriegsschauplatz verlegt.

Es wurde um Erlaubnis zur Verminung des Flugplatzes gebeten. Pioniere mit Sprengsätzen trafen ein. Die Erlaubnis wurde verweigert: Máleme sei das einzige Flugfeld, auf dem Aufklärungsflüge starten könnten. Großartig, leider hatten sie keine Aufklärungsflugzeuge mehr.

Gerüchte machten die Runde, dass am nächsten Tag die Invasion bevorstünde.

»Kann verdammt noch mal nicht sein«, hatte Hanner der Knirps gesagt. »Für morgen ist doch Kleiderappell angesetzt.«

»Das ist ein Argument«, sagte Rosenblatt. »Wenn zwanzigtausend Krauts zum Frühstück einfliegen, befehlen sie glatt, dass wir noch mal zum Appell antreten müssen.«

Hanner sah zu Tom. »Verscheißert der mich, Sarge?«

Tom lächelte, setzte sich und begann die Stiefel aufzuschnüren.

Manny aus Montreal fuhr sich mit der Hand über das Gesicht. »Und was zum Teufel machen wir jetzt?«

»Brauch keine Bigband für 'nen Jitterbug«, sagte Tom.

Sie zogen sich nackt aus und sprangen ins Meer, schwammen und planschten, erstaunt beobachtet von dem Dutzend dreckverschmierter kretischer Kinder, die ihnen auf Schritt und Tritt folgten. Es war eine schöne Gegend, dieses Kreta. Es war dem Himmel nah.

Am nächsten Morgen kamen die Heuschrecken.

15

1. Dezember 1941, Nacht

Ein schrilles Geräusch riss Tom aus dem Schlaf, sein Herz hämmerte wie eine Schmierpresse. Er fasste nach seinem Colt, aber sein Colt war nicht da. Es war egal. Das Zimmer war leer. Das Geräusch war aus seinem Rachen gekommen. Er sah auf die Uhr, er hatte drei Minuten geschlafen. Großartig.

Was war noch im Zimmer? Earls Kleidung, die ihm zwei Nummern zu groß war. Ein Koffer. Ein Stück Seife. Ein Regal mit Büchern, deren Rücken alle gleich waren, und ein Kissenbezug, der nach Nachtjasmin duftete. Die Hand des Mädchens auf seiner Brust hatte sich heiß angefühlt. Sie hatte geschickte Finger und leuchtende dunkle Augen. Er könnte mit ihr ins Bett kriechen und Vergangenheit und Zukunft vergessen.

Nein. Das konnte er sich an den Hut stecken.

Er ließ die Tür unverschlossen – so viel war sein Wort noch wert. Er drehte das Licht aus, trat durch die Hintertür auf die Außentreppe. Hier im zweiten Stock, ohne Hut und Mantel, ging ihm der Wind durch und durch. Nach fünf Metern entdeckte er die Treppe. Zwei Treppenfluchten bis

nach unten, wo er sich auf einem Gelände wiederfand, das ein Parkplatz oder ein Friedhof hätte sein können.
Er trat zwischen die dunklen Silhouetten. Schwach roch es nach Motorenöl – also ein Parkplatz. Auf der Straße war es ruhiger als vorher – und kälter. Er musste zur Hyde Street und diesen Änderungsschneider finden, diesen »Misfits«-Laden. Er würde zum Hyde Park gehen, um dort jemanden aufzutun, den er fragen konnte. Er versuchte sich zu orientieren, eine Windbö blies ihm eiskalt durch das Hemd. Aber zuerst wollte er um den Häuserblock herum und Mantel und Hut holen. Der jungen Frau den Kopf zurechtrücken, weil er ihr nicht traute, weil sein Verlangen nach ihrer Wärme und ihrem Duft und ihrer weichen Haut in seinem Magen einen harten Knoten zurückließ. Er konnte sich nur auf eins konzentrieren: Earl aufhalten.
Er hielt sich an die Häuserzeile rechts, umrundete den Häuserblock, dann hellte es sich vor ihm auf. Der Platz. Langsam tastete er sich voran, barg schützend das angezündete Feuerzeug in der Hand und suchte nach dem »Tudor's«. Er musste die Gasse finden, den Eingang zum Waterfall.
Er hörte eisenbeschlagene Räder klappern, knarrendes Holz, was in seinen Ohren weich und melodiös klang. Fast wäre er in den mit Gerümpel beladenen Wagen gefallen. Der Trödler fuhr herum. Irgendwo hatte er eine Öllaterne aufgehängt. Sein Gesicht wurde von einem wild wuchernden Bart verdeckt, die Augen waren dünne Schlitze. Mit seinem groben Kittel und der Schirmmütze sah er aus, als käme er direkt aus den Straßen des neunzehnten Jahrhunderts.
»Na, Chef, suchen Se was, woll'n Se was kaufen?«, sagte er.
»Suche das ›Tudor's‹.«
»Dort, wo's immer war …« Der Mann streckte seinen zerlumpten Arm aus und zeigte es ihm.
Tom dankte ihm und eilte über den Platz zurück ins Jahr

1941. Harriet hatte gesagt, er könne seinem Verstand nicht trauen. Gut möglich, aber er traute seinen Augen – er erkannte die Markise, »Tudor's Dry Cleaning and Pressing«. Er kramte in der Tasche nach dem Garderobenschein für seinen Hut und seinen Mantel. Wärm dich auf, geh zur Hyde Street, schnapp dir Earl.

»Oha«, erklang keinen Meter von seinem Ohr entfernt eine hohe Stimme.

»Entschuldigen Sie, Sir«, kam die Stimme eines anderen Mannes. »Könnten Sie mir Feuer geben?«

Der Mann beugte sich in den Lichtschein von Toms Feuerzeug. Er war ein paar Zentimeter kleiner als Tom und ein paar Jahre jünger. Er hatte gewelltes, in der Mitte gescheiteltes Haar, freundliche Augen und einen zu einem breiten Grinsen verzogenen Mund, aus dem weit die großen Zähne hervorstanden.

Er hatte keine Zigarette. Er rammte Tom die Stirn ins Gesicht.

Tom taumelte nach hinten, sein Feuerzeug fiel klappernd in die Dunkelheit. Eine Taschenlampe blendete ihn, und der Mann mit dem Pferdegebiss traf Tom mit zwei schnellen Haken im Magen; zwei weitere Schläge folgten. Saubere Arbeit, schnell und locker ausgeführt, unterstützt von harter Muskelmasse.

Tom stolperte zur Seite und prallte gegen eine Wand.

Die Wand trug Wollhosen und einen dicken Mantel. Die Wand sagte: »Vermaledeiter Idiot« und legte ihm eine Hand auf die Schulter – wie ein Raubvogel, der seine Klauen in den weichen Bauch eines Fisches schlug. King Kong. Er trieb seine Faust in Toms Nieren, und die verdunkelte Stadt blitzte weiß auf.

Tom bekam keine Luft mehr, er sah nichts mehr. Orangegelbe Flecken tanzten ihm vor den Augen. Er wurde schlaff.

Er würde zu Boden fallen, sich zusammenrollen – sollen sie sich doch seine verdammte Brieftasche schnappen –, aber Kong ließ ihn nicht fallen. Er packte ihn am gesunden Handgelenk und schleifte ihn durch die Dunkelheit.
Es dauerte einen halben Straßenzug, bis Tom wieder Luft bekam. Er öffnete den Mund, wollte schreien, aber das Pferdegebiss trat vor, eins-zwei, eins-zwei, eins-zwei, in seinem bevorzugten Rhythmus, nur führte er diesmal mit der Linken. Toms Mund schloss sich.
Sie stolperten voran, von einer Dunkelheit in die nächste. Notdürftig hielt Tom sich aufrecht, sein taubes Handgelenk hing im Schraubzwingengriff des Großen, der ihn einfach mitschleifte.
»Gottverdammte Milchsuppe«, sagte Kong. »Sieht man noch nich' mal mehr sein' eignen Arsch.«
»Dann lass ihn doch zu Hause im Schrank«, sagte Pferdegebiss.
»Geht mir verdammt auf den Keks.«
Tom nutzte Kongs Griff an seinem Handgelenk als Hebelpunkt, ließ das Knie nach oben schnellen und rammte es dem großen Mann in den Magen.
Kong grunzte und verpasste ihm mit der flachen Hand einen wuchtigen Schlag.
Tom wurde halb ohnmächtig, die dunklen Straßen und die Dunkelheit in seinem Bewusstsein blitzten abwechselnd auf. Die Wolken verzogen sich. Der Mond war zu erkennen. Davor ein missgebildetes Skelett, das sich gegen den Himmel abzeichnete: ein von den Luftangriffen ausgeweidetes Haus, nur noch die Rohrleitungen standen, ähnlich der Hülle eines zwei Stockwerke großen Insekts. Dann waren sie in einem kraterüberzogenen Brachland, zwischen Granitblöcken, Steinhaufen und Erdhügeln. Pferdegebiss deutete mit der Taschenlampe, und Kong warf Tom auf einige aufgeschich-

tete Steine. Der Aufprall war hart. Blut lief ihm aus der Nase über das Kinn. Er wischte es mit dem Ärmel weg.
»Zehn Pfund«, sagte er. »Mehr hab ich nicht.«
Kong streckte ihm seine Pranke hin. »Gib her.«
Tom reichte es ihm. »Ich brauch eine Quittung.«
»Besuch von einer Schwuchtel gehabt, was?«, sagte Pferdegebiss. »Im Rowansea.«
»Der vermaledeiten Klapsmühle.«
Tom schüttelte den Kopf. »Mehr Geld hab ich nicht.«
»Heute Morgen«, sagte Pferdegebiss, »hat sich bei dir eine Schwuchtel gemeldet.«
»Eine Schwuchtel.« Tom griff hinter sich, um sich abzustützen. Er fand einen Stein.
»Weißt verdammt gut, wen wir meinen«, sagte Kong.
»Ihr habt den Falschen«, sagte Tom.
»Die falsche Arschgeige«, sagte Pferdegebiss. »Gibt ja so viele Yanks, die mit ’ner verbundenen Hand rumlatschen.«
»Wollt ihr mir auf die Sprünge helfen?«, sagte Tom. »Oder soll ich raten?«
»Was hat die Schwuchtel von dir gewollt, Arschgeige?«
»Ich bin am Freitag in Liverpool von Bord gegangen. Was denkt ihr euch verdammt noch mal …«
Der große Mann klatschte ihm eine. Tom ging mit dem Schlag mit, wich zurück und schlug mit dem Stein zu. Aber er hatte in der linken Hand weder die Kraft noch den nötigen Schwung; er berührte Kong kaum, ein sanfter Klaps.
Kong verpasste ihm einen weiteren Schlag. Es war, als würde er von einer Bratpfanne getroffen.
Ihm traten Tränen in die Augen. Er täuschte nach rechts an und bewegte sich nach links. Wenn er die Dunkelheit erreichen könnte, würde er sich aus dem Staub machen – aber der Taschenlampenstrahl war wie ein Suchscheinwerfer in einem Gefangenenlager. Kong holte aus, Tom duckte sich

unter ihm weg und ging auf Pferdegebiss los. Kümmere dich erst um den Kleineren.
Er setzte zu einem schnellen, tiefen Haken an, wurde aber von der Taschenlampe geblendet. Der Schlag ging ins Leere, der andere war nicht mehr da. Tom stolperte. Und Kong hob ihn wie eine Stoffpuppe hoch und verpasste ihm einen weiteren Schlag.
Dann machten sie sich an die Arbeit. Tom ertrug es, er rührte sich nicht mehr, ließ sich von den Schmerzen davontragen. Sie waren wie alte Freunde, vertrautes Terrain. Streif die Pantoffeln ab und dös ein wenig vor dem offenen Kamin.
Dann wickelte ihm Pferdegebiss den Verband von der rechten Hand und bog ihm den Arm vom Körper weg wie ein Junge, der einem verletzten Vogel den Flügel ausriss. Tom konnte nicht auf seine Hand sehen. Ein fremdartiges Ding, hässlich, voller weißer Sehnen.
Der große Mann setzte seinen Absatz drauf und drückte die Hand in den Boden.

Am nächsten Morgen kamen die Heuschrecken.
Dienstag, zwanzigster Mai. Die Jungs waren bibbernde Haufen unter ihren dünnen Decken. Einer von ihnen stöhnte, rollte sich auf die Seite und kratzte sich die Flohstiche. Das Jaulen einer Messerschmitt zerschnitt die Stille. Tom und die Jungs tauchten in die Splittergräben, und Hanner, noch schlaftrunken, schlug Lifton mit der flachen Hand auf den Hinterkopf.
In Griechenland hatte Lifton sich angewöhnt, einfach weiterzuschlafen, wenn er in den Graben kroch. Er bettete den Kopf auf den ausgestreckten Arm, schloss die Augen und schnarchte vor sich hin. Tom hatte daher die stehende Order ausgegeben, Lifton aufzuwecken.
»Bin doch wach«, sagte Lifton.

Sie zogen die Köpfe ein, als der Jäger näher kam. Das Rattern der Maschinengewehre übertönte das Dröhnen des Triebwerks. Drei Bomber hinter der Messerschmitt gaben ihre pfeifende, mit einem dumpfen Knall detonierende Ladung ab und verschwanden wieder.

»Guten Morgen, Hitler«, sagte Tardieu und salutierte mit einer obszönen Geste.

Sie warteten auf die Entwarnung und kletterten aus den Gräben, gingen zur Latrine und dem Versorgungszelt, mit einem Ohr immer bei den Deutschen. Die Angst der vorherigen Nacht hatte sich verflüchtigt; es war Morgen, und sie waren jung.

Eine Stunde später, sie verdrückten Marschrationen und Eier und spülten alles mit Ziegenmilch und Raki hinunter, brach plötzlich Flakfeuer los.

Auf halbem Weg zu den Gräben wurde ihnen klar, dass es jetzt wirklich losging. Der Himmel war übersät mit deutschen Flugzeugen: Sturzkampfbombern, Jägern im Tiefflug, Bombern. Dann kamen die lautlosen silbernen Lastensegler, die auf ihren langen, schmalen Tragflächen Richtung Chaniá glitten und in geisterhafter Stille zwischen den Büschen an der Höhe 107 landeten. Eine einzige Hurricane hätte sich durch sie hindurchfressen können wie ein Wolf durch eine Schafherde, aber es gab keine Hurricane. Es gab überhaupt keine alliierten Flugzeuge mehr – der Himmel gehörte den Deutschen.

»Los!«, hörte Tom sich brüllen. »An die Waffen! O'Rourke, Corelli!«

Köche, Schreibstubenhengste – jeder, der nicht im Feldlazarett lag oder zu den Sanitätern gehörte, griff sich eine Waffe, als sie über sich das Dröhnen der deutschen Transporter mit den Fallschirmjägern an Bord hörten. Die schwarzgelben Ungetüme warfen grüne, rote und schwarze Samenkapseln

zur Erde. Das Fliegerkorps. Gelbe Fallschirme, blaue Fallschirme, sie alle verdunkelten den Himmel.
Sie starben zu Hunderten, noch ehe sie den Boden erreichten.
Es war wie beim Tontaubenschießen, wie beim Versteckenspielen. Deckung suchen in einem Graben, hinter einem Kaktus, dann anlegen, zielen, feuern. Fallschirmseide bauschte sich von Salven getroffen und fing Feuer. Fallschirmjäger zuckten und sackten in sich zusammen. Strampelnde Beine, die verzweifelt versuchten, auf die Erde zu gelangen; Leiber, die sich in den Gurten wanden und dann leblos verharrten.
Die Artilleristen an den Bofors-Flaks am Rand des Flugplatzes, die wochenlang hatten stillhalten müssen, antworteten nun mit endlos blindem Feuer, eingehüllt von Rauch und den durch die Bomben aufgewirbelten Staub. Ein ganzes verdammtes Bataillon kam hier vom Himmel. Im Westen, außerhalb der Reichweite der Geschütze, grub sich ein weiteres Bataillon in das ausgetrocknete Flussbett. Das sollte nicht Toms Problem sein, noch nicht. Sie mussten sie in der Luft abschlachten – und falls die Schweinepriester ihren Fuß auf seine Insel setzten, würden sie sich jeden einzeln vorknöpfen.
Er roch den Schweiß und die Angst, das verbrannte Kordit. Seine Augen brannten, seine Hände schmerzten, während er unermüdlich feuerte. Er hörte die heiseren Stimmen seiner Männer, er hörte seine eigene Stimme, das Wummern der Bren-Maschinengewehre, der Mörser, den helleren Ton der automatischen Pistolen. Sie töteten und töteten, aber es spielte keine Rolle. Immer mehr Deutsche kamen. Am Himmel wimmelte es nur so vor ihnen. Sie landeten, sie sammelten sich.
Das Feuer der Bofors war inzwischen wirkungslos, die Ziele lagen außerhalb ihrer Reichweite, vom Westen antworteten

20-mm-Panzerabwehrkanonen und ein leichtes Feldgeschütz der Deutschen. MP- und Gewehrfeuer mähten die Deutschen nieder, die sich zur Höhe 107 aufmachten. Sie gerieten in blutiges Kreuzfeuer. Leiber taumelten den Abhang hinunter, Verwundete verkrochen sich hinter Sträuchern und in Senken.

Hinter einer Anhöhe war das Bellen einer Drei-Zoll-Flak zu hören. Ein 40-mm-Geschütz schleuderte Brand- und Leuchtspurgeschosse in den Himmel, der Lauf glühte mattrot. Und dann erzielte es einen Glückstreffer: Eine Junkers-Transportmaschine explodierte in einem leuchtend orangefarbenen Feuerball. Jubel ertönte, der von den Schreien kaum zu unterscheiden war.

Die Fallschirmjäger waren wie Maschinen. Sie landeten, legten die Gurte ab, sprinteten zu den Waffenbehältern. Mit jahrelang gedrillter Präzision überprüften und luden sie die Waffen, traten um ihre toten Kameraden und warfen sich in die Schlacht. Die Luftwaffe griff die alliierten Stellungen an, gab den Fallschirmjägern Deckung, verschaffte ihnen Zeit, sich zu sammeln, warf Waffen ab und noch mehr Männer, immer noch mehr Männer …

Toms Trupp befand sich auf einem Aufklärungseinsatz, sie durchkämmten ein Gerstenfeld. O'Rourke erstarrte, als er ein Geräusch hörte, und gab den anderen ein Zeichen. Manny und Rosenblatt gingen in einer Mulde in Deckung und entspannten sich: Stimmen mit Kiwi-Akzent. Ein Lieutenant führte drei Dutzend bewaffnete Männer – freigelassene Inhaftierte – aus dem »Prison Valley«. Zum Truthahnschießen, sagte er, Nazis jagen.

Zwanzig Minuten später stießen sie auf einen Kraut, dessen Fallschirm sich in einem Baum verfangen hatte. Er hing schlaff im Gurt, tot – bis Hanner sich ihm näherte. Der Kraut zückte sein Klappmesser. Tom erschoss ihn, ohne auch nur kurz ins Stocken zu geraten: »Wir sind keine Grabschänder. Waffen, ja, nehmt mit, was ihr tragen könnt. Und Zigaretten. Alles andere lasst ihr da.« Die Fallschirmjäger waren für sie wie ein verfrühtes Weihnachten – Schokolade und Zwieback, Zigaretten und Würste und Gummis, Nadeln und Ampullen mit Aufputschmittel, Decken und Socken und Westen. Sie trugen 9-mm-Parabellum-Luger und Handgranaten. Ihre Versorgungsbehälter waren Schatzkisten mit Mauser K-98, Schmeisser MP-40 Maschinenpistolen, leichten Maschinengewehren MG-34. Und Munition. Gottverdammter Munition. »Manny, ruf die Basis und erbitte ...«

Aus einem dürren Olivenhain kam das dumpfe Wummern von Mörsergranaten. Der Trupp setzte sich in Bewegung, feuerte, bewegte sich vorwärts, feuerte; schlich sich voran wie ein Tier, lauerte den Bodentruppen auf und zog den Kopf ein vor den Luftangriffen. Der Himmel war der Feind. Die Deutschen brachen über sie herein, bombten, griffen im Tiefflug an und fielen in Wellen über sie her.

Bevor das Funkgerät den Geist aufgab, hörten sie, dass deutsche Truppentransporter die Strände eingenommen hatten; Ju-52 waren auf den Feldern bruchgelandet. Der Schwarm war nicht aufzuhalten. Deutsche waren auf der Brücke über dem Flussbett des Tav. Weiter südlich hatten sie eine Hand voll Sanitäter gefangengenommen und benutzten sie als menschliche Schutzschilde, um sich zur Höhe 107 und zum Flugplatz vorzukämpfen.

Weiter südlich? Toms Trupp befand sich weiter südlich.

Sie näherten sich den Deutschen von der Seite. Toms Trupp feuerte nur zögerlich, aus Angst, die Verbündeten – blassgesichtige Aussies und Briten – zu treffen. Die Geiseln wurden vorangetrieben, aber sie blieben ruhig, weigerten sich, in Panik zu geraten. Doch die Krauts waren im Begriff, die

verdammte Anhöhe zu nehmen. Wenn sie den Hügel nahmen, hatten sie den Flugplatz. Und wenn sie den Flugplatz hatten, würde die Insel fallen.
Tom konnte den Befehl nicht aussprechen. Etwas Unverständliches kam über seine Lippen, dann drückte er den Abzug durch. Ließ seine erbeutete 9-mm-Schmeisser für sich sprechen. Dann schwieg sie. Die Jungs erledigten den Rest. Aber sie kamen, unaufhaltsam. Immer mehr Bomber, immer mehr Männer.

16

1. Dezember 1941, Nacht

Die junge Frau, die sich Abendammer nannte, rückte ihren Hut zurecht, damit er etwas kesser auf dem Kopf saß. Sie lächelte in der Dunkelheit von Mr. Penthams Garten – der Sitz des Hutes war eben allzeit von entscheidender Bedeutung – und griff sich ihr Fahrrad, das am Tor lehnte.

Wie nachlässig die Luftwaffe doch war – sie flog halbherzige Angriffe, schickte lediglich vereinzelte Maschinen, die sich dann schnell wieder davonmachten. Wie sehr wünschte sie sich, dass sie wieder richtig mit den Bombardements beginnen würde. Sie hatte Geschichten darüber gehört, Feuersbrünste am Hafen, endlose Bombenhagel, heulende Sirenen, das Rattern der Bordwaffen, wenn sich die Jäger am Himmel wie Gladiatoren bis auf den Tod duellierten.

Alles, was sie sich wünschte, war ein klitzekleiner Hauch an Prunk und Glanz, ein Farbtupfer in dieser düsteren Stadt. Nicht dass die Menschen düster gewesen wären. Sie waren wirklich liebenswürdig. Sie brachten sie zum Lachen. Diese Engländer, sie waren ja so leicht zu täuschen. Natürlich beherrschte sie ihre Rollenspiele – so gut, dass sie sich manchmal selbst zum Narren hielt. Sie erinnerte sich daran, wie sie sich als kleines Mädchen verkleidet hatte, in Mamas Schuhen herumgepoltert war, mit Perlenketten behangen, die ihr bis zu den Oberschenkeln reichten. Auch Mr. Pentham besaß einige alte Schätze, die einfach gottvoll waren, Tabakbeutel und Krawattennadeln, ganz herrliche Theaterrequisiten.

Der arme Mr. Pentham, so mutig und so verwirrt war er gewesen. Abendammer hoffte, dass dieser neue englische Gentleman, zu dessen Treffen sie quer durch die Stadt radelte, sie ebenfalls so freundlich behandeln würde. Sie war überrascht gewesen, als sie von der Bitte nach einem Treff am toten Briefkasten erfahren hatte, überrascht und argwöhnisch, da die Bitte nur unvollständig verschlüsselt und der Treffpunkt unzureichend beschrieben war. Doch dann, nach dem Erhalt der Nachricht, war es ihr nicht mehr so ungewöhnlich erschienen. Denn nicht der Mann, den sie Buchbinder nannte, hatte sie auf diese dilettantische Weise um einen Treff ersucht, sondern ein untergeordneter Agent, den er kontrollierte, ein Agent, der frisch angeworben worden war. Ein Agent, der nicht wusste, für wen er arbeitete, sondern nur zugehört und gelernt hatte und dem Ruf seines Meisters Folge leisten würde.

Abendammer würde ihn am Bombenkrater treffen und dann den vollen Wortlaut von Buchbinders Botschaft erfahren. Sie lehnte ihr Fahrrad gegen eine lose Ziegelmauer und mühte sich über das Geröll zu einem Beobachtungspunkt, wo sie warten wollte. Sie stellte sich in den Schatten, in der einen Hand hielt sie ein Eisenrohr.

Der Stuhl knarrte, als Davies-Frank die Füße auf den Tisch legte. Er hielt sich den Hörer ans Ohr, lauschte dem Klingeln und beobachtete Highcastle, der im beengten Büro in Hennessey Gate über Karten brütete.

»Mrs. Davies-Frank«, sagte er, als er die Stimme seiner Frau hörte.
»Lämmchen«, sagte Joan mit voller, warmer Stimme. Ihr Ton und der Kosename sagten ihm alles, was er zu wissen brauchte. Sie verzieh ihm, wenn er bis in die Nacht hinein arbeitete, die mitternächtlichen Anrufe. Sie verzieh ihm, und mehr als das.
»Haben die Zwillinge das Abendessen ohne Katastrophen überstanden?«, fragte er.
»Ohne übermäßige Katastrophen.«
Er spürte, wie er sich entspannte. Nicht, weil er sich über das Abendessen Sorgen gemacht hätte, sondern weil er sich bei Joan entspannen konnte. »Ausgezeichnete Neuigkeiten.«
Highcastle fuhr mit dem Finger über einen Falz in der Karte, die auf seinem Schreibtisch ausgebreitet war, und machte sich weder die Mühe zu lauschen, noch so zu tun, als würde er nichts hören.
»Sie sind jetzt oben«, sagte Joan. »Kichernd unter der Decke mit einer Taschenlampe.«
»Verschwenden Batterien.«
»Wenn du nach Hause kommst, solltest du mal ein ernstes Wörtchen mit ihnen reden. Ich muss nicht auf dich warten?«
»Nein, heute nicht, Liebes.«
»Nein. Gut, versuch etwas Schlaf zu bekommen, Liebling.«
Davies-Frank sagte etwas zu ihr, was sie zum Lächeln brachte, dann legte er den Hörer auf, so sanft, als würde er sie im Nacken küssen.
Ohne aufzublicken, sagte Highcastle: »Das sollte gesetzlich verboten werden.«
»Eifersüchtig, alter Gockel?«
Der graumelierte Kopf ging nach oben. »Ja. Sie sind ein glücklicher Mann.« Er patschte seinen dicken Finger auf die

Karte, wo er Abendammer festzunehmen gedachte. »Viertel nach zehn. Wir brauchen mindestens sechs Männer. Besser zwölf.«
Vor der All Souls Church, am folgenden Abend, bei dem, was Sondegger als Treff bezeichnet hatte.
Davies-Frank entwirrte das Telefonkabel. »Sie sind zuversichtlich, dass wir ihn verhaften werden?«
»Wenn die ganze Stadt verdunkelt ist?«, sagte Highcastle. »Gibt da keine Garantie, auch nicht mit einem Dutzend Leute. Anwendung tödlicher Gewalt wurde genehmigt. Besser, wenn er tot ist und nicht mehr frei rumläuft.«
»Es wird morgen nicht bewölkt sein, außerdem scheint der Mond«, sagte Davies-Frank. »Bestes Wetter für Luftangriffe, aber auch gute Sichtverhältnisse für uns. Wir werden ihn schnappen.«
»Wenn er da ist.«
»Abendammer wird da sein.« Wenn nicht, würde Sondegger exekutiert werden. Das war der einzige Grund, warum Davies-Frank an die Richtigkeit der Informationen glaubte. Aber warum Sondegger darauf bestanden hatte, sie nur Earl zu geben … »Warum Earl? Sondegger hätte es uns doch auch direkt sagen können.«
»Dieser Tom hält was zurück.«
»Meinen Sie?«
»Bin mir nicht sicher«, sagte Highcastle. »Sollen sich die Amerikaner den Kopf drüber zerbrechen. Wir haben schon selbst genug am Hals.«
»Hmmm. Wenigstens scheint Sondegger Tom wirklich für Earl zu halten.« Davies-Frank stand auf und warf mit Highcastle einen Blick auf die Karte. »Zufrieden?«
Highcastle grunzte. »Sie haben Rippen eingewiesen?«
»Rippen wird nicht derjenige sein, der den weißen Schirm hält. Sondern ich.«

Eine kurze, angespannte Stille. »Das ist kompletter Blödsinn.«
»Ich bin der Einzige, der so gut Deutsch spricht, um als Landsmann durchzugehen, falls es soweit kommen sollte.«
»Und wenn Abendammer einen Rückzieher macht ...«
»Er ist Funker, kein Commander Flash. Ich stelle den Kontakt her, dann ziehe ich mich zurück.«
Highcastle blickte finster auf die Karte. Hinter den Brillengläsern wirkten seine Augen noch größer. »Thomas Wall«, sagte er verächtlich.
»Was hat er damit zu tun?«
»Amateure. Sie beide.«
Davies-Frank ließ sein Feuerzeug auf- und wieder zuschnappen. »Kontakt mit einem unbewaffneten Funker aufzunehmen, umgeben von Ihren Männern – wird doch ein Spaziergang sein.«
»Mitten in einem Minenfeld«, sagte Highcastle.

In dem kleinen Raum unter den Dachsparren nahm der kleine Mann am kleinen Tisch mit einer ruckartigen, nervösen Bewegung die Kopfhörer ab. Melville war blass – und wurde noch blasser, als er aufstand und an die Wand trat.
Er hob die tintenbekleckste Hand. Er nickte sich selbst zu. Nickte noch einmal. Er klopfte an die Wand. Zweimal schnell, zweimal langsam.
Farquhar, ein weiterer Stenotypist, würde ihn in einer Viertelstunde ablösen. Wie schnell die Zeit verflog, und wie langsam sie manchmal dahinkroch! Die Dauer der Zeit leitete sich von der Abfolge der Gedanken ab, von der Geschwindigkeit, mit der sich Gedanken bildeten und wieder auflösten, ähnlich einer Benzinschliere in einer Regenlache. Nicht nur die Zeit, sondern auch das Leben entsprang dem Geist. Melville hatte viel gelernt. Er wusste so wenig. Die Nach-

richt, die ihm überantwortet wurde, war in einer Sprache, die er nicht entziffern konnte. Es spielte keine Rolle. Es gehörte nicht zu seinen Aufgaben, sich über Bedeutungen ein Urteil zu erlauben. Er war nur ein Empfänger – nun, jetzt auch ein Sender.

Er kehrte an den kleinen Tisch zurück. Er hatte eine Viertelstunde. Was es wirklich hieß, einer Überzeugung anzuhängen, hatte er erst an diesem Abend erfahren. Er würde nie wieder so tapfer sein wie an diesem Abend.

»Ein Minenfeld?« Davies-Frank unterdrückte ein Gähnen. »Weckt man so den alten Kampfgeist?«

»Sollte mich in die Falle hauen«, sagte Highcastle in Gedanken an die schmalen Pritschen im Erdgeschoss. »Morgen wird ein langer Tag.«

»Noch eine Unterweisung, dann bin ich fertig.« Davies-Frank sah auf die Uhr. »Farquhar ist spät dran.«

Bevor Highcastle darauf etwas erwidern konnte, waren Schritte auf der Treppe zu hören. Farquhar traf ein, voll der Entschuldigungen, Davies-Frank wies ihn kurz ein – unterrichtete ihn über den Brand und dessen Folgen, die neuen Vorkehrungen und Verhaltensregeln – und begleitete ihn zum Stenoraum. Er tat so, als würde er ihn der Höflichkeit willen begleiten, in Wirklichkeit aber ging er mit, um sich selbst auf die Probe zu stellen. Wenn er Angst hatte, würde er nicht richtig funktionieren. Er achtete auf seinen Herzschlag, als sie die Wache an ihrem wuchtigen Schreibtisch passierten und sich der weiß gestrichenen Tür näherten. Sein Herzschlag blieb ruhig und gleichmäßig. Joan sei Dank.

Wichtig war es, sich daran zu erinnern, dass man kein abergläubischer Wilder war, dass ein Mensch nie mehr war als eben ein Mensch. Wichtig war, sich an die Gründe für die Angst zu erinnern, für die Lügen, die Nächte, die er nicht zu

Hause verbringen konnte. Es ging um all jene, die ihr Leben riskierten, um die Nazis zu besiegen, ja, die sogar mehr als das aufs Spiel setzten. Sie würde er nie vergessen.

Mr. Krajewski. Der Pole, der sich allein durch schiere Willenskraft mit gebrochenem Schlüsselbein von Lodz bis an die Ostsee geschleppt, mit ungeladener Pistole einen Fischkutter aufgebracht hatte und dann in England bei der SOE ausgebildet wurde, um unter falschem Namen nach Polen zurückzukehren. *Mr. Vedel*. Ein stiller Franzose, der nahezu im Alleingang ein Dutzend Sprengsätze gelegt hatte, die dafür sorgten, dass das Schienennetz in seinem Département völlig zusammenbrach und die Deutschen auf Lkw-Transporte ausweichen und dabei Brücken benutzen mussten, die Vedel dann ebenfalls in die Luft sprengte.

Und *Whiskbroom* in Berlin. Whiskbroom war nicht nur ein Agent an hoher Stelle, er war auch so was wie ein Spiegel. Er war in Davies-Franks Alter, war von ähnlicher sozialer Herkunft und sprach so gut Englisch wie Davies-Frank Deutsch. Seine Frau war so alt wie Joan und fast so schön. Er hatte drei Kinder. Er setzte das Leben seiner Familie aufs Spiel, um gegen die Faschisten zu kämpfen, mutiger als jeder Soldat im Feld. Wenn das Zwanziger-Komitee fiel, würde er den höchsten Preis zu zahlen haben.

Nein, es war nicht sonderlich schwierig, sich an die Gründe zu erinnern.

»Ruhige Nacht«, sagte Farquhar, als er Davies-Frank in den Stenoraum folgte. Er grinste Melville an. »Geht ihm langsam der Dampf aus?«

»Na ja, ist ja auch spät«, erwiderte Melville mit schwachem Lächeln. »Höchstwahrscheinlich schläft er schon.«

Farquhar deutete auf den Stapel Stenoblöcke. »Sieht aber aus, als hätte er davor einiges zu sagen gehabt.« Mit einem spöttischen Seufzer wandte er sich an Davies-Frank. »Jedes

Mal, wenn ich zum Dienst antrete, verstummt unser Gast. Langsam hab ich den Verdacht, dass er mit meiner Handschrift nicht zufrieden ist.«
»Dann werden Sie seine Weihnachtskarten auf einer Schreibmaschine tippen müssen«, sagte Davies-Frank. Er schloss die Tür, während er und Melville in den Gang traten. »Er schläft jetzt nachts?«
»Vielleicht ist er auch wach«, sagte Melville. »Ich kann es wirklich nicht sagen.«
»Letzte Woche war er nachts aktiv – da hatten doch Sie die Nachtschicht, oder?«
»Nur bis Donnerstag.«
»Natürlich«, sagte Davies-Frank. »War ein aufregender Tag heute.«
»Was? Oh ... das Feuer.«
»Ja, das Feuer«, sagte Davies-Frank geistesabwesend auf dem Weg ins Büro, während ihm der unterschiedlich hohe Ausstoß der jeweiligen Stenotypisten nicht aus dem Kopf ging. Wenn er es recht sah, hatte Sondegger mit seinem Geschwafel zwei ganze Blöcke gefüllt, wenn Melville Dienst schob, bei Farquhar oder O'Brien aber nur etwa ein Dutzend Seiten – als könnte er zwischen Melville und den anderen unterscheiden. Davies-Frank sah zu Melville, der neben ihm herschlurfte. Sollte den armen Kerl etwas aufbauen, der unter der Last von Sondeggers Worten ganz geknickt schien. »Sie sind ein sorgloser Junggeselle, was?«
»Leider ja.«
»Das erklärt, warum man Sie für die Nachtschicht einteilt. Wie Mr. Highcastle, ein geborener Junggeselle. Ich hab Highcastle dabei erwischt, wie er zu einem grauen Jackett eine Golduhr trug, eine Ehefrau würde so etwas nie dulden.« Schmunzelnd schüttelte er den Kopf, aber Melville wollte das Lächeln nicht erwidern. »Musste mit ihm tatsächlich ein

ernstes Wort reden. Zu Grau nimmt man natürlich lieber Silber ...«
Melville ruckte zweimal mit dem Kopf. Äußerst nervös. Trotzdem, er war auf Herz und Nieren geprüft und für geeignet erklärt worden. Wahrscheinlich durch nichts zu erschüttern, wenn er erst mal an seiner Arbeit saß. Jeder wurde nervös, wenn die Tage sich so dahinzogen – es stand einfach zu viel auf dem Spiel. So viel hing von so wenigem ab.

17

2. Dezember 1941, Morgen

Trautes Heim«, sagte Tom, »Glück allein.«
Er richtete sich vom Kissen auf. Sein Kopf war schwer und fühlte sich so zerschlagen an wie ein großer Messinggong. Dauerte eine Woche, bis er ihn oben hatte, aber er hielt durch. So ein harter Kerl war er.
Er hievte sich hoch, lehnte sich gegen das Kopfbrett und nahm den Raum in Augenschein. Eine Art von Kabuff, an die er sich in den vergangenen sechs Monaten nur allzu gut gewöhnt hatte. Ein kleiner, unpersönlicher Raum mit einem kleinen, unpersönlichen Bett, in dem es nichts gab, was nicht klein und unpersönlich gemacht werden konnte. Von seiner Haut ging ein bitterer Geruch aus, der sich mit der abgestandenen Luft zu einem üblen Gestank vermischte. Die Vorhänge waren zurückgezogen. Draußen ging aus schwarzen Wolken ein Schauer nieder.
Seine Schmerzen hielten sich in Grenzen. Er hatte geschlafen, aber es war ein betäubter Schlaf gewesen. Ein Schlaf ohne Erholung.
Ein Eisenbahnarbeiter hatte ihn eine Stunde vor der Morgendämmerung aufgelesen. »Hab nichts gehört, keinen Piep«,

hatte der Mann gesagt. »Hab durchgearbeitet, einfach durchgearbeitet – nicht einen Piep.« Der Eisenbahnarbeiter hatte geglaubt, es hätte einen Luftangriff gegeben. Er glaubte, Tom sei ein Bombenopfer.
Tom hatte gelacht, Blut gespuckt und »Rowansea« gesagt.
Er war ohnmächtig geworden, wieder aufgewacht und erneut ohnmächtig geworden. Im Rowansea war einiges los. Tom sah es schlaglichtartig vor sich: die Anfahrt, den Hofsaal, den Gang, die Trage, die zu schmal war für seine Schultern.
Missbilligend sagte der Arzt, Tom hätte sich keine Verletzungen zufügen sollen.
Tom sagte, nein, es wären Straßenräuber gewesen. Man solle Davies-Frank holen.
Missbilligend untersuchte der Arzt seine Hand.
Tom redete sich ein, es sei die Hand eines anderen, sie hätte nichts mit ihm zu tun.
Der Arzt zog eine Spritze auf. Morphium?
»Nein«, sagte Tom.
»Wird noch nicht mal piksen«, sagte der Arzt.
»Nein.«
»Sie sollten sich schämen, Sir, in Ihrem Alter, Angst vor einer …«
Der Arzt versuchte ihm die Nadel ins Fleisch zu rammen, aber Tom wand sich auf der Trage. Stieß eine der Schwestern fort, patschte einige Male gegen den Arm des Arztes. Bruchstückhafte Erinnerungen an einen Kampf – an einen sehr einseitigen, denn Tom war festgeschnallt. MacGovern drückte ihn nach unten, sein heißer Atem blies Tom ins Gesicht.
Mrs. Harper erschien und scheuchte sie fort. Am liebsten wäre Tom ihr weinend an den ausladenden, gestärkten Busen gefallen. Stattdessen sagte er ihr, sie solle Davies-Frank

holen. Er müsse mit Davies-Frank sprechen, bevor das nächste Gorillapaar ihn umbringen würde. Wer zum Teufel waren Kong und Pferdegebiss? Er musste mit Sondegger reden, musste die Änderungsschneiderei in der Hyde Street finden …
Er spürte einen Stich im Bein, MacGovern sah grinsend auf ihn herab, in der Hand die Spritze. Tom schlug auf ihn ein, so hart wie ein Schmetterling, der seine Schwingen ausbreitete.

Er brachte Rugg auf die Palme, dieser Dienstboteneingang von Burnham Chase. War er vielleicht ein Tagelöhner? Er, verdammt noch mal, er arbeitete doch in der Nacht.
»Jede Haushälterin bekommt einen Schreikrampf, wenn sie dich sieht«, sagte Renard zu ihm. »Bei deiner Fresse.«
Rugg schnaubte. Es brachte ihn verdammt noch mal auf die Palme.
Drinnen schloss sich ein enger Gang an, dessen Decke so niedrig war, dass er sich einen Knick im Hals holte. Er ließ seine Finger knacken, einen nach dem anderen, und folgte Renard in einen niedrigen, im Keller gelegenen Raum. Holztische und Schränke für das vermaledeite Gesinde, über einem Blechausguss ein Guckloch von Fenster. Der Raum, in dem Messer geschliffen und Stiefel beschlagen worden waren.
Renard blieb an der Tür stehen. Rugg sah sich nach etwas um, das er zerbrechen konnte. Entdeckte den Schuhlöffel von so einem Adeligen und zerbrach ihn. Auf einem der Holztische war eine flache Vertiefung, stammte von den Händen, die hier unzählige Jahre poliert und gewetzt, poliert und gewetzt hatten. Gab eine schöne Sitzfläche für seinen Arsch ab.
Chilton kam, und er und Renard plauderten lange über

Dinge, über die es eigentlich nichts zu plaudern gab. Dann sagte Chilton: »Sie haben den Mann problemlos gefunden?«

Problemlos? In der eiskalten, finsteren Nebelsuppe. Hatte sich fast die Eier abgefroren.

»Keinerlei Probleme«, sagte Renard. »Wir haben ihn vor dem Waterfall erwischt und dann an einen ... einen etwas vertraulicheren Ort gebracht.«

»Er erwies sich als kooperativ?«

»Wir haben ihn davon überzeugen können, dass es das Klügste wäre, wenn er mit uns zusammenarbeitet.«

»Er ist zerbrechlich und verwirrt – es kann also nicht so schwierig gewesen sein.«

»Zerbrechlich?« Rugg schnaubte. »Der Yank is' so zerbrechlich wie altes Stiefelleder. Musst'n ihn schon verdammt hart überzeugen.«

»Er hat Ihnen was genau gesagt?«

Rugg drückte die Handkante gegen den Schnitt auf seiner Wange und überließ Renard das Reden. Renard redete gern.

»Er ist gestern Morgen von einem Mann der Home Guard besucht worden. David Frank. Frank wollte ...«

»David Frank.« Chiltons graue Augen funkelten. »Ist das ein Jude?«

»Davon weiß ich nichts, M'lord«, sagte Renard.

M'lord. Soll ich das nächste Mal auch noch 'nen Knicks machen? Rugg brach ein weiteres Stück vom Schuhlöffel ab.

»Was hat der Amerikaner über seinen Bruder erzählt?«, fragte Chilton.

»Er weiß nicht, wo sein Bruder ist«, sagte Renard. »Er ist genauso scharf drauf, ihn zu finden, wie Sie. Also, und dieser David ...«

»… Frank, das ist ein anderer Fall.« Renard schob die Zähne zu einem wölfischen Lächeln vor. »Der Yank wollte nicht so recht über ihn herausrücken. Hat sich zugeknöpft gegeben, sehr knauserig, sehr reni, reni … wie heißt das Wort?«

Chilton antwortete nicht. Diese Männer waren von Nutzen, doch gehörte es sicherlich nicht zu seinen Aufgaben, sich auch noch ihrer Bildung anzunehmen.

Rugg verlagerte das Gewicht. »Renitent«, sagte er mit seiner Fistelstimme.

»Renitent«, sagte Renard. »Unser Mr. Wall hat nur dummes Zeug gefaselt.«

Was stimmte, wie Chilton wusste. David Frank und die Home Guard – alles gelogen.

»Sie konnten ihn nicht zum Reden bewegen?«, fragte Chilton und bedauerte es sofort. Er sollte Forderungen stellen, nicht bitten. Alles andere würde nur seine Autorität untergraben, und Autorität war der Grund, warum der Faschismus die »Welle der Zukunft« darstellte, wie Anne Lindbergh schrieb, während die Demokratie nur die verdorbene Frucht eines verdorbenen Baumes war.

Traurigerweise waren die Menschen im Faschismus nur selten von so erhabener Größe wie seine philosophischen Grundlagen. Diese beiden Männer waren bedauernswerte Exemplare. Chilton sah es geradezu vor sich, wie sie eifrig Parolen schmierten – »Christen, wacht auf! Lasst euch nicht für die jüdische Hochfinanz abschlachten!«, »Stoppt den Krieg, stoppt die Kriegstreiber!« –, wenn sie denn überhaupt so weit des Lesens und Schreibens mächtig waren. Aber nach dem Public Order Act gab es nur noch wenige, denen zu trauen war. Chiltons Mittelsmann hatte versichert, dass die beiden gewissenhaft ihrer Arbeit nachgingen. Und diskret.

»Der Yank hat eine Achillesferse.« Renards zahnstrotzendes

Lächeln wurde noch breiter. »Eine Achilleshand. Die hat ihn zum Reden gebracht. Hat in Griechenland ein paar auf den Deckel bekommen. Davon haben wir einiges zu hören gekriegt, was, Rugg?«

Rugg ließ einen Knöchel knacken.

»Und David Frank?«, sagte Chilton. »Ich nehme an, Sie können mit Einzelheiten aufwarten.«

Die Einzelheiten waren wertlos – Tom hatte sich in sein Delirium geflüchtet. Trotzdem gab es einiges, was Chilton hellhörig werden ließ, vor allem in Hinblick auf das, was er bereits wusste.

Der erste Anruf war am Morgen des vorherigen Tages eingegangen. Ponsonby hatte ihm das Telefon an den Frühstückstisch gebracht. »Die Metropolitan Police, M'lord.«

»Chilton«, hatte er sich gemeldet.

Ein Polizei-Sergeant stellte sich vor und erkundigte sich nach Chiltons Befinden.

»Mein Befinden ist so ausgezeichnet, dass Fremde keinen Anlass zur Besorgnis zu haben brauchen.«

Der Sergeant fragte, ob er mit Thomas Wall verwandt sei.

»Durch Heirat.«

Der Sergeant sagte, Tom habe Rowansea verlassen und sei vielleicht auf dem Weg nach Burnham Chase.

»Ist sein Bruder darüber in Kenntnis gesetzt?«, fragte Chilton.

Dem Sergeant sei es nicht möglich gewesen, Mr. Earl Wall zu kontaktieren. Vielleicht wisse Lord Chilton, wo er sich aufhalte?

Lord Chilton wusste es nicht. Aber Lord Chilton war neugierig. Thomas Wall war wieder ausgebrochen – und Earl war nicht ausfindig zu machen? Vielleicht würde dies dazu führen, dass die brüderliche Beziehung eine Veränderung erfuhr. Vielleicht würde Earl wieder auftauchen, seines

Bruders wegen? Mit Tom bot sich Chilton die beste Gelegenheit, um gegen Earl vorzugehen, aber das nützte alles nichts, solange die beiden einander spinnefeind waren.

Er hatte sich in der Bibliothek aufgehalten, hatte in Gedanken die Möglichkeiten durchgespielt, als erneut Ponsonby erschien. Ein geschäftiger Tag für das Telefon.

»Ein Mr. Rowans, M'lord.«

Chilton wartete, bis die Tür zufiel, erst dann meldete er sich. »Chilton.«

»Hier ist, äh, der, den Sie bestellt haben, um ...«

»Ich weiß, wer Sie sind, Sir.«

»Ich habe, äh, Neuigkeiten über den, der ... über den Patienten, den Amerikaner.«

»Ich bin bereits im Besitz dieser Neuigkeiten«, sagte Chilton. »Und bin enttäuscht, dass ich sie nicht von Ihnen erhalten habe.«

»Dass er aus dem Krankenhaus geflohen ist? Nein, das meine ich nicht. Ich habe, äh, besondere Neuigkeiten.«

Chilton beugte sich über das Telefon. »Der Patient hatte Besuch?«

»Das hatte er, ja. Aber er traf ihn nicht an. Der Patient hatte heute Morgen einen Termin, aber als der Besucher eintraf, war er schon fort.«

»War der Besucher mit ihm verwandt?«

»Es war nicht sein Bruder, nein«, sagte der Anrufer. »Jemand aus der Stadt. Er hat Mr. Walls zeitweilige Entlassung angeordnet. Nur für einen Tag. So was ist mir noch nie untergekommen.«

»Wie heißt der Besucher?«

»Rupert Davies-Frank.« Er buchstabierte es. »Behauptet, er sei von der Home Guard, aber zu diesem Punkt gibt es einige Unklarheiten.«

Seltsam. Soweit Chilton wusste, war Tom Wall nur aus

einem einzigen Grund interessant: wegen seiner Verwandtschaft zu Earl. Sollten die beiden wieder zueinanderfinden, könnte man Tom dazu benutzen, seinem Bruder Informationen zu entlocken und damit auch den amerikanischen und britischen Geheimdiensten. Aber wer konnte noch ein Interesse an ihm haben?
Er gab dem Anrufer seine Anweisungen durch und ließ sich dann von Jesper in seinen Club fahren. Er stellte einige diskrete Fragen. Wer war Rupert Davies-Frank?
Die Männer, denen er traute, wussten es nicht. Jene, denen er nicht traute, wollten es nicht sagen.
Nach weiteren Erkundigungen fand er heraus, dass Davies-Frank an den richtigen Schulen erzogen worden war, den richtigen Clubs angehörte, die richtigen Veranstaltungen besuchte. Davies-Frank gehörte nicht zur SOE. Schien nicht beim MI6 zu sein. Davies-Frank war eine Chiffre. Und er schien mit Thomas Wall zu tun zu haben.
Das waren ausgezeichnete Neuigkeiten. Die Ereignisse überschlugen sich geradezu. Chilton hatte sich Rugg und Renard schon viel zu lange aufgebürdet und ihnen auf seinem Anwesen Unterschlupf gewährt. Jetzt würden sie in London seine Augen und seine Ohren sein – und seine Hände.

Als Tom aufwachte, war seine Hand wieder verbunden. Er war allein im Zimmer. Zwei Stunden und sechs Becher Wasser später ging die Tür auf. Tom hob den Kopf, hoffte Davies-Frank zu sehen, aber es war ein Constable der Polizei mit einem Klemmbrett voller Fragen.
»Klingt ganz nach Rugg und Renard«, sagte der Constable, nachdem Tom seine Geschichte erzählt hatte. »Rugg ist der Gorilla, Renard das Frettchen. Zwei polizeibekannte Gauner – und Buffer.«

»›Butter‹?«
»Faschisten. Mosleys Männer, von der BUF.«
Die *British Union of Fascists.* »Wenn Sie sie kennen«, sagte Tom, »dann schnappen Sie sie doch.«
Der Constable nickte ernst. »Augenzeuge ist Sergeant Thomas Wall. Aufenthaltsort Rowansea Royal Hospital. Die Wahrscheinlichkeit, sie vor Gericht zu stellen, ist verschwindend gering. Wenn es Rugg und Renard waren, werden sie es uns nicht gerade leicht machen, sie zu finden.«
»Sie schicken den Herzog von Windsor ins Exil, aber zwei polizeibekannte Gauner können Sie nicht in die Pfanne hauen?«
»Wir würden sie ›in die Pfanne hauen‹, wie Sie sich ausdrücken, wenn sie nicht abgetaucht wären.« Der Constable klopfte auf sein Klemmbrett. »Und wenn es der Mühe wert wäre, sie aufzuscheuchen.«
»Was ist ihre Masche?«
»Verdingen sich als Auftragsschläger, schüchtern andere ein. Ein Verwundeter allein in der Dunkelheit ist für sie leichtes Spiel. Sie haben Ihnen wie viel abgeknöpft?«
»Sie hatten es nicht auf mein Geld abgesehen. Ich muss Mr. Davies-Frank sprechen, er ist Mitarbeiter der Home Guard. Abteilung Brandbekämpfung. Es ist dringend.«
Der Constable tippte sich mit dem Stift gegen die Zähne. »Ich hab mit einem Arzt geredet. Die haben einen komischen Wortschatz. ›Exaltiertheit‹ und ›hochgradige Sensibilität‹ und ›Zwangsvorstellungen‹.«
»Klar. Und ich hab mich gegen die Wand geworfen, weil ich wissen wollte, wie es sich anhört, wenn die Rippen brechen.«
»Meines Wissens sind sie nur geprellt, Sir.«
Tom machte sich noch nicht mal die Mühe zu seufzen.
Weitere Fragen, weitere Antworten. Der Constable ging,

und Tom starrte an die Decke. Rugg und Renard waren Schwarzhemden, und sie wussten von Davies-Frank. Für wen arbeiteten sie? Vielleicht war Earl Abendammer. Beide wurden gesucht, beide hatten mit Sondegger zu tun, beide waren Verräter. Er musste Davies-Frank warnen, ihm sagen, dass er aufgeflogen war. Schwankend erhob er sich und trat in den Gang.

Mrs. Harper griff ihn sich am Ellbogen, bevor er auch nur fünf Schritte weit gekommen war.

»Ich brauch ein Telefon«, sagte er ihr.

»Ich hab Ihrem Mr. Davies-Frank eine Nachricht hinterlassen«, sagte sie. »Machen Sie sich seinetwegen keine Sorgen.«

»Vergessen Sie Davies-Frank. Ich möchte mit meinem Schneider reden, wegen einiger neuer Anzüge.«

Als sie ihn schließlich ans Telefon ließ, sprach er mit der Vermittlung. Die Frau sagte ihm, eine Änderungsschneiderei namens »Hyde Street Misfits« sei nirgends aufgeführt. Er fragte nach einem »Hyde Street Tailor«. Nichts. Fragte nach anderen Bekleidungsgeschäften oder Schneidern oder Herrenausstattern in der Hyde Street.

Sie sagte ihm, dass es eine Straße solchen Namens nicht gebe.

»Was?«, sagte er.

»Es gibt keine Straße mit diesem Namen.«

Er ließ es sie ein drittes Mal wiederholen. Kein Geschäft dieses Namens oder eines ähnlichen, keine Straße.

Er dankte ihr und starrte an die Wand. Wieder im Rowansea, dort, wo er hingehörte. Er brauchte Davies-Frank, er brauchte Sondegger. Er brauchte Hennessey Gate, eine neue Spur zu Earl.

Er sammelte seine letzten noch verbliebenen Kräfte und schickte Mrs. Harper mit seiner Bettpfanne fort. Er zerknüllte sein Bett, schlichtete unter der Decke eine Erhebung auf. Er drückte sich hinter die Tür und veranstaltete ein

wenig Lärm. Der neue Pfleger mit dem Walrossschnauzer kam herein, überprüfte das aufgeworfene Bett, und Tom schlüpfte auf Socken hinaus.
Genau in das Vogelscheuchenlächeln von MacGovern. Zurück ins Bett. Trautes Heim, Glück allein.

18

2. Dezember 1941, Nachmittag

Chilton ging über den Rasen zur gepflasterten Terrasse. Am muschelförmigen Seerosenteich blieb er gedankenverloren stehen. Laut Renards Bericht habe Tom gesagt, dass »David Frank« zu Whitehall gehöre, dass er bei der Admiralität sei, dass er auf Kreta eine Gladiator geflogen habe. Er sei an einen Felsen gekettet, an einen Mast gebunden gewesen …

Renard hatte es sichtlich genossen, von Toms Fantasiegespinsten zu berichten, während Rugg mit säuerlicher, skeptischer Miene am frischen Schorf an seinem Kinn gekratzt hatte. Dennoch war trotz aller Lügen einiges dabei herausgesprungen. Sie hatten bestätigt, dass Davies-Frank involviert war. Sie hatten Earl einen Grund zum Auftauchen gegeben – um seinem Bruder zu helfen, der so schäbig und grausam behandelt wurde. Chilton hatte das Wenige getan, das in seiner Macht stand, um das brüderliche Verhältnis zu kitten.

Er nickte, bog auf den Eibenweg ein und konnte sich die Freude nicht verkneifen, die er beim Anblick der sattgrünen Hecke empfand. Der Garten war sein ganzer Stolz. Und das

stärkste Band zu seiner Tochter – sie teilten die Liebe für alles, was wuchs und gedieh. Allerdings wollte Harriet einfach nicht einsehen, dass man auch rücksichtslos beschneiden musste, wollte man neues Wachstum fördern – im Gartenbau ebenso wie in der menschlichen Gesellschaft.
Am westlichen Rasen kam er an dem Beet vorbei, das im kommenden Frühjahr mit Darwin-Tulpen übersät sein würde, vermischt, zur Bodenbedeckung, mit Blaukissen, Steinkraut, Goldlack und Schlüsselblumen. Die Blaufichte dahinter machte sich gut, aber wie sehr würde sie erst zur Geltung kommen, wenn die Japanische Zierkirsche in voller Blüte stand. Er inspizierte den John Downie, der rötlichgelbe Früchte tragen würde, die früh blühende Magnolie mit ihren schweren weißen Blüten, die Reihe der gestutzten, in Marschordnung stehenden Eiben.
Chilton schritt zur runden Terrasse und hörte von der Anfahrt ein tiefes, fernes Dröhnen – ein unverwechselbares Motorengeräusch. Seine Freude wuchs. Es war Harriets MG. Er würde sie heute nicht in der Bibliothek empfangen, sondern am Wagen. Sie würde verstehen, wenn er sich für sein Benehmen bei ihrer letzten Zusammenkunft entschuldigte. Eine Schande, dass sie sich gestritten hatten. Aber sie war einfach zu intelligent und zu schön – ähnelte zu sehr ihrer Mutter –, weshalb ihre Naivität ihn umso mehr schmerzte. Er konnte ihre Verehrung für Churchill ebenso wenig billigen wie die Baumkrebse, die den Stamm einer alten Ulme befielen.
»Meine Liebe«, sagte er, als sie aus ihrem kleinen MG stieg. »Was für eine freudige Überraschung.«
»Vater.« Sie küsste ihn auf die Wange. »Ich sehe es an deinen Schuhen, du bist im Garten gewesen.«
»Ich trage mich mit dem Gedanken, auf der Anhöhe eine Abteiruine zu errichten.«

»Was für ein Unsinn!«, sagte sie, und sie lächelten, wie sie es immer taten. »Oder willst du es diesmal wirklich in Angriff nehmen? Ich bin an zwei Männern vorbeigekommen, die wie Bauarbeiter aussahen oder – wie nennt man jemanden, der Ruinen errichtet?«
»Ruineure, natürlich«, sagte er. Sie musste Rugg und Renard gesehen haben, die das Anwesen verließen. Ruineure passte zu ihnen besser als jede andere Bezeichnung. »Zwei Männer mit trauriger Vergangenheit, die vom Militärdienst befreit sind. Ich werde für sie was finden.«
Harriets müdes Lächeln hellte sich auf. Sie wusste seine Bemühungen, Bedürftige in Lohn und Brot zu nehmen, zu schätzen. Was geradezu eine Beleidigung war – als glaubte sie, er würde nicht für seine Angestellten sorgen. Wie ungerecht von ihr. Er forderte Respekt, aber er wusste auch um seine Pflichten. Das eine war ohne das andere nicht zu haben.
»Ich bin kein Unmensch«, sagte er.
»Vater«, sagte sie. »Ich brauche deine Hilfe.«

Es war noch zu früh für den Tee, aber ihr Vater bestand darauf. Harriet wusste, er genoss es, wenn er sie einschenken sah – es erinnerte ihn an ihre Mutter, die er schikaniert und verhätschelt und schließlich, als Harriet elf Jahre alt gewesen war, im Kindbett verloren hatte. Sie überlegte oft, welcher Mann er jetzt wäre, hätte ihre Mutter überlebt. Sie hatte seine scharfen Kanten geglättet.
Sie hielten sich in der Bibliothek auf, umgeben von ledergebundenen Büchern. Das Klappern eines Löffels war zu hören, der gegen angewärmtes Sèvres-Porzellan schlug, und über allem hing der Geruch des aufgebrühten Tees und des weichen Gebäcks von Mrs. Godfrey. Von Lebensmittelrationierungen war in Burnham Chase nichts zu spüren.

Ihr Vater nippte an der Tasse und entspannte sich sichtlich. »Jetzt können wir reden.«

Sie strich sich eine Locke hinter das Ohr. »Earl ist seit Tagen nicht mehr nach Hause gekommen. Seit über einer Woche, um genau zu sein. Ich mache mir allmählich ernsthaft Sorgen.«

»Du hast die Botschaft angerufen?«

»Man sagte mir, es gebe keinen Grund zur Besorgnis. Exakt das, was man auch sagen würde, wenn es Grund dazu gäbe.«

»Harriet, du wusstest, worauf du dich einlässt, als du ihn geheiratet hast.«

»Ja. Es ist nur – ich habe kein gutes Gefühl.«

»Ich verstehe.« Aufmerksam, über die Teetasse hinweg, beobachtete ihr Vater sie mit seinen grauen Augen. »War Tom bei dir?«

»Du weißt, dass er das Krankenhaus verlassen hat?«

»Die Polizei hat angerufen.«

»Natürlich. Er hat ein Fenster eingeschlagen. Er war im Wohnzimmer und hat auf Earl gewartet.«

»Oder auf dich.«

»Hmm. Er hat mir gesagt, Earl sei verschwunden. Nicht einfach verschwunden – er werde vermisst.«

»Tom ist doch kaum eine verlässliche Quelle.«

»Er hat … er hat gesagt, Earl hätte sich in Luft aufgelöst. *In Luft aufgelöst.*« Sie drehte die Tasse hin und her. »Es … ich weiß, es klingt lächerlich, aber dieser eine Satz …«

Dieser eine Satz hatte sie bis nach Mitternacht wachliegen lassen, hatte sie vor dem Morgengrauen aus dem unruhigen Schlaf hochgeschreckt. Sie war ins Büro gefahren und hatte sechs Stunden gearbeitet, bis Mr. Uphill kam. Weitere fünf Stunden, dann war sie so erschöpft, dass sie direkt nach Burnham Chase fuhr, um ihren Vater um Hilfe zu bitten.

»Dieser Satz«, sagte sie. »Und ein ungutes Gefühl, das ich nicht ignorieren kann.«
»Weibliche Intuition, Harriet?«
»Ich möchte dich bitten, dass du dich nach Earl erkundigst. Falls du jemanden in der amerikanischen Botschaft kennst, der diskret Nachforschungen anstellen kann. Nur damit ich weiß, dass er in Sicherheit ist.«
»Ich? Du verfügst doch über wesentlich bessere Kontakte.«
»Aber nicht zu ... ganz bestimmten Amerikanern.« Behutsam stellte sie ihre Tasse ab. »Ich weiß sehr wohl, dass du den Umgang mit manchen« – sie suchte nach einem neutralen Begriff – »*Individuen* pflegst.«
»Zu ganz bestimmten Amerikanern«, sagte er.
»Ich bitte dich um deine Hilfe, Vater.«
»Zu welchen denn? Den ehrenwerten? Den patriotischen Amerikanern?«
»Den faschistischen.«
»Du musst das Wort nicht aussprechen, als würde es einen sauren Geschmack in deinem Mund hinterlassen. Es gibt nichts, wofür man sich schämen muss, wenn man den Faschismus unterstützt. Die *Britons*, die *British Fascists*, die *Fascist League* – allesamt britische Patrioten. Die *British Union of Fascists* zählt fünfzigtausend Mitglieder.«
»Jetzt wohl nicht mehr.«
»Und warum nicht, Harriet? Weil ...«
»Die Schlacht in der Cable Street? Die Schwarzhemden, die bei der Olympia-Kundgebung auf Gegendemonstranten losgingen?«
»Weil«, sagte er, als hätte er sie gar nicht gehört, »es nach dem Public Order Act gesetzlich verboten ist, faschistische Uniformen zu tragen. Sich zu versammeln. Weil Rothermere durch die Kriegstreiber eingeschüchtert wurde.«
Lord Rothermere, Eigentümer der *Daily Mail*, hatte ur-

sprünglich die BUF unterstützt. »Rothermere«, sagte sie, »hat von ganz allein seine Meinung geändert, weil er in der Lage ist, zwischen Konservatismus und Faschismus zu unterscheiden.«

»Er hatte Angst, Harriet. Mosley wurde interniert, die BUF geächtet.« Er schüttelte den Kopf. »Und die Leute erdreisten sich, uns zu unterstellen, dass *wir* abweichende Meinungen unterdrücken.«

Sie mochte dieses *wir* nicht. Ihre Blicke trafen sich; seine Augen waren ebenso grau wie ihre.

»Du bewunderst die Amerikaner«, sagte er. »Aber es gelingt dir nicht, dich ihnen anzupassen. Es gibt siebenhundertsiebzig faschistische Gruppen in den Vereinigten Staaten. Father Coughlin hat fünfzehn Millionen treue Hörer, der *Bund* hat eine halbe Million Mitglieder. Die beliebtesten Zeitschriften – *Reader's Digest, The Saturday Evening Post* – treten für das ein, was du ›Isolationismus‹ nennst. Die Frage ist ganz einfach: Sind dir Faschisten lieber als Kommunisten?«

»Ich ziehe Demokraten den Tyrannen vor.«

Ihre Unterhaltung wurde noch unangenehmer. Es war ein Fehler gewesen, ihn um Hilfe zu bitten. Aber schließlich konnte sie nicht die SOE fragen, für die sie arbeitete, oder die Amerikaner. Das kam überhaupt nicht in Frage, außerdem hätten die Amerikaner ihr sowieso nicht weitergeholfen. Zwei Jahre herrschte schon Krieg, und alles, was sie zu bieten hatten, war der Lend-Lease Act, während die Briten und Sowjets im Kampf gegen den Faschismus starben. Sehr unwahrscheinlich, dass sie einer besorgten Ehefrau halfen.

Sie stand auf. »Ich sollte jetzt wohl besser fahren.«

»Ich werde dich anrufen, sobald ich etwas höre«, sagte ihr Vater.

»Was hörst?«

»Über deinen Mann – meinen Schwiegersohn.« Er stand ebenfalls auf, um sie zur Tür zu begleiten. »Familie ist schließlich Familie.«
»Ja«, sagte sie. »So ist es wohl.«
»Und sprich mit Mrs. Godfrey, bevor du gehst. Sie hat Steak und Nierchen zur Seite gelegt.«
»Vater ...« Er wusste, sosehr ihr seine Generosität missfiel, so sehr mochte sie Steak-und-Nierchen-Pie – was ihm stets ein Schmunzeln über ihren schlechten Geschmack entlockte.
»Bitte, Harriet. Es würde mich freuen. Das Päckchen wartet nur auf dich.«
»Dir zuliebe«, sagte sie.
»Sehr freundlich.« Er lächelte; sein Gesicht hellte sich auf. »Und Harriet – ich mache mir Sorgen um Tom.«
»Der arme Tommy. Eine einzige Katastrophe. Er ist, hoffe ich, mittlerweile wohlbehalten ins Rowansea zurückgekehrt.«
»Wohlbehalten?«, sagte Vater. »Dann hast du es noch nicht gehört?«

Tom ging im Zimmer auf und ab. Er drehte sich im Kreis, er kam nirgendwohin. Er setzte sich auf einen Stuhl am Fenster, was ihn ebenfalls nicht weiterbrachte. Die Tür ging auf, und der Pfleger mit dem Walrossschnauzer trat mit einer Zeitung ein.
Tom las, dass der deutsche Angriff bei Sidi Rezegh zurückgeschlagen worden war. Die Briten hatten achtzehn Feindflugzeuge zerstört. Die Rote Armee gab Tichwin an der Eisenbahnlinie Leningrad–Wologda auf, konnte aber einen Sieg am Asowschen Meer vermelden.
Er faltete die Seite zusammen und suchte nach Neuigkeiten aus der Heimat. Ah, hier. SPANNUNGEN IM PAZIFIK – HEK-

TISCHE AKTIVITÄTEN IN WASHINGTON. Japanische Unterhändler sprachen mit Hull und Roosevelt im Weißen Haus und ließen verlautbaren, die Verhandlungen noch mindestens zwei Wochen lang fortsetzen zu wollen. In Japan ließ der Kabinettsbeschluss unter Ministerpräsident Tojo, die Gespräche fortzuführen, die Hoffnung auf eine friedliche Einigung wiederaufleben. Der Aktienmarkt reagierte mit Kursgewinnen. Die nächste Spalte berichtete, dass Japan nach wie vor auf einem »Asien für die Asiaten« beharrte, das allerdings »unter der Führung Japans« stehen solle. Die amerikanischen Grundsätze der Gewaltlosigkeit und der »offenen Tür« lehne man ab.

Er konnte nichts tun. Er wandte sich dem Kreuzworträtsel zu. Eins senkrecht lautete: »Dieser kleine Adlige hat sehr viel von einem königlichen Faun.« Zehn Buchstaben. Was zum Teufel war ein »königlicher Faun«?

Die Tür ging auf, und Harriet trat ein. Es war nicht ihr Tag, um schön zu sein – ihre Augen waren trüb, das Gesicht wirkte ausgezehrt.

»Ich hab gehört, du bist überfallen worden«, sagte sie.

»Ja, ausgeraubt. Ob man's glauben mag oder nicht.«

»Du glaubst es nicht?«

Er zuckte mit den Schultern.

Sie ging durch das Zimmer, berührte den Türrahmen und die Tapete. Benutzte fast wie eine Blinde ihre Hand, um zu sehen. Sie berührte den Rand des Spiegels. Berührte den kalten Metallrahmen des Bettes. Eineinhalb Meter vor ihm blieb sie stehen.

»Ich hab gehört, es sei schlimm«, sagte sie. »Du siehst besser aus, als ich erwartet habe.«

Er grinste. »Du schmeichelst mir.«

»Aber noch immer abschreckend genug. Die Schwester sagt, alles, was du bräuchtest, wäre eine Nacht Ruhe.«

»Ist das ein Angebot?«
Der Anflug eines Lächelns blitzte in ihren Augen auf, schaffte es aber nicht auf ihre Lippen.
»Es waren keine Straßenräuber, Harry«, sagte er. »Straßenräuber erkundigen sich nicht danach, mit wem man gesellschaftlichen Umgang pflegt.«
»Haben sie nach Earl gefragt?«, sagte sie spontan.
Er lachte. Auf ihren Wangen erschienen zwei rote Flecken. Sie stellte sich nur selten so ungeschickt an. »Nein, Harriet. Sie haben mich nicht nach Earl gefragt. Deshalb bist du ja hier, um mich nach ihm zu fragen.«
»Das ist einer der Gründe.«
»Du hast die Botschaft angerufen?«
»Heute Morgen.«
»Und man hat dir gesagt, du sollst dir nicht deinen hübschen Kopf zerbrechen?«
»Ja.«
»Was dich zu der Frage veranlasst, wie verblendet ich bin. Schwer zu sagen. Hast du in Earls Club nachgefragt?«
Sie nickte kurz.
»Er ist auch nicht im Waterfall. War dort nicht mehr seit Dienstag oder Mittwoch.« Earl hatte ein Zimmer im Rapids, er hatte Mädchen dort. Die Worte, das Wissen um Earls Verrat lagen Tom schwer auf der Zunge. »Warum fragst du nicht deinen Boss ... Oh. Kann sich nicht mit dem amerikanischen Geheimdienst anlegen. Nein, du hast mit deinem Vater geredet, und der hat dir gesagt, du sollst dich verziehen. Also willst du wissen, was ich über Earl weiß. Bist du deswegen gekommen?«
»Ganz sicherlich nicht wegen deiner unwiderstehlichen Ausstrahlung.«
Er lachte freudlos. »Wahrscheinlich nicht.«
»Wer hat dir gesagt, dass Earl vermisst wird?«

»Jemand namens Rupert. Wenn du zwei Dinge für mich tun willst, bring ich dich zu ihm.«

»Was?«

»Erstens, hol mich hier raus.«

»Du weißt, dass ich das nicht kann.«

»Ich weiß, dass du es kannst.«

»Ich werde es nicht tun.«

»Wie du willst. Es ist deine Entscheidung.«

Es war ihre Entscheidung, und sie brauchte zwanzig Minuten, bis sie sich dazu durchgerungen hatte. Eine halbe Stunde später kam sie mit der Kleidung aus seinem Seesack und einem Ausgangsschein zurück.

»Du hast noch gar nicht nach dem zweiten gefragt«, sagte er, als er sich anzog.

»Ich will es lieber nicht wissen.«

»Zehn Buchstaben. ›Dieser kleine Adlige hat sehr viel von einem königlichen Faun.‹«

»Fauntleroy«, sagte sie, ohne zu lächeln. »Komm schon.«

Der Himmel klarte auf, bevor sie die Hälfte der Wegstrecke nach Hennessey Gate zurückgelegt hatten. Tom sagte Harriet, an der nächsten Kreuzung würde eine alte weiße Kirche mit einem kleinen Friedhof kommen. Es kam keine Kirche und kein Friedhof. Er sagte, dann vielleicht an der nächsten Kreuzung. Wieder nichts.

Sie bog in die Anfahrt zu einem von Efeu umrankten Fachwerkgebäude mit spitzem Giebel ein. Goldene Blätter klammerten sich an die Platane hinter ihr und rahmten ihr Gesicht wie der Heiligenschein einer russischen Ikone.

»Ich werde drinnen mal fragen«, sagte sie und öffnete die Fahrertür. »Bin gleich wieder zurück.«

Er legte ihr die Hand auf den Arm. »Du glaubst mir doch, oder? Dass Earl vermisst wird.«

»Ich glaube, dass Earl weiß, wo er ist, und dass er weiß, was er tut.«
»Er arbeitet für den COI.«
»Natürlich«, sagte sie.
»Mit oder gegen die Nazis?«
»Du solltest Earl besser kennen.«
»Die Vereinigten Staaten und Deutschland sind nicht im Krieg.«
»Es ist nicht Earl, um den ich mir Sorgen mache. Die Schwester sagt, du hättest im Rowansea nicht geschlafen und zur Ruhe kommen können.«
»Er könnte sein eigenes Ding durchziehen. Unter Wild Bill Donovans Leitung werden Revolverhelden sogar noch ermutigt.«
»Wenn du so redest, Tom …« Sie schüttelte den Kopf. »Wild Bill und Revolverhelden und Earls Verrat. Deine Wahnvorstellungen nützen niemandem.«
»Earl hat mich verraten, Harry.«
»Mehr als ich?«
Tom wandte den Kopf ab. Er war es leid, zu reden. Er sah aus dem Fenster. Die rotgoldenen Blätter steckten am Gitterwerk nackter Zweige. Harriet wartete einen langen Moment, dann stieg sie aus, um nach der Richtung zu fragen.
Tom rief ihr nach. »Hey, Harry. Warum ›königlicher Faun‹?«
»Fauntleroy«, sagte sie. »Der kleine Lord.«
Tom sah ihr nach, bis sie im Haus verschwunden war. Er glitt hinters Steuer, drückte auf den Anlasserknopf und fuhr davon. Er musste Davies-Frank vor den Schwarzhemden warnen, die ihn überfallen hatten, musste eine neue Verknüpfung von Sondegger zu Earl herstellen. Nach drei Abzweigungen und fünfzehn Kilometern kam die alte weiße Kirche. Er bog links ab. Die Straße kam ihm entfernt be-

kannt vor. Er hielt nach markanten Landschaftsmerkmalen Ausschau, als ein Wagen mit gellender Hupe vorüberraste. Er schreckte auf, sein Herz pochte, dann bemerkte er, dass er nicht schneller als Schrittgeschwindigkeit fuhr. Er atmete durch, konzentrierte sich und trat aufs Gaspedal.

Er war müde, er war ausgelaugt. Die Straße vor ihm verschwamm.

19

Mai 1941

Sie kamen noch immer.

Fahl stand die mediterrane Sonne hinter dem Rauchdunst. Die Krauts hatten sich westlich des Flugplatzes im Flussbett des Tav gesammelt. Gegen ihre Luftüberlegenheit ließ sich nichts ausrichten; die Flak-Batterien hatten sie in Schutt und Asche gebombt. Deutsche Fallschirmjäger, die eingekesselt wurden, forderten mit weiß-gelben Sichtzeichen Bomberunterstützung und Maschinengewehrfeuer, medizinische Versorgung, Granatwerfermunition und Verstärkung an. Den Krauts gehörte der Himmel. Und wenn sie Máleme nehmen sollten, würde ihnen auch die Insel gehören. Es hing alles von der Höhe 107 ab.

Die Kommunikation war vollständig zusammengebrochen. Jeder Schritt wurde von oben beobachtet, jeder Ausbruchsversuch wurde zurückgeschlagen. Die Hälfte der Verteidiger wurde in die Gräben gezwungen, sie hatten kaum noch Munition und so gut wie keine Hoffnung. Wenigstens Toms Trupp war zwischen den Bäumen noch mobil …

Früher Abend. Tillotson rang einen Jungen mit irrem Blick in einer Aussie-Uniform zu Boden. Der Junge sagte,

die D-Kompanie sei dezimiert, und die Deutschen würden erneut Höhe 107 angreifen – ein Sturmangriff des Fliegerkorps auf der gegenüberliegenden Flanke.
Tom half dem Jungen auf die Beine und fragte, wer die Flanke verteidige.
»Das, was vom Zweiundzwanzigsten noch übrig ist«, sagte der Junge. »McCurcheons Kompanie, schätze ich, und ...«
Der Junge verschwand hinter einen umgestürzten Eselskarren, und Tom bekam ihn nie wieder zu Gesicht. Sie setzten sich wieder in Bewegung, hielten sich in der Deckung der Bäume, bis sie von den über der Höhe liegenden Rauchschwaden eingehüllt wurden. Neben einem Felsen stießen sie auf eine Versorgungshütte. Sie hatten keine Granatwerfer, keine Handgranaten. Sie füllten Konservendosen mit Beton und Nägeln und zündeten sie mit Gelatinedynamit.
Blind und taub ging Tom seiner Arbeit nach. Es fehlte jegliche Koordination, jegliche Strategie. Versprengte Überreste des Zweiundzwanzigsten – einzelne Männer, Gruppen, ein intakter Zug vielleicht – warfen die Deutschen blutig zurück. Metallisches Kreischen erfüllte die Luft, in Hitzewellen stieg Rauch auf. Tom war heiser und wie betäubt. Wenn er ausspuckte, war der Schleim rötlich. Seine Schmeisser hatte er längst weggeworfen; er hatte ein Gewehr und eine Hand voll Patronen. Die Fallschirmjäger hatten sich in Splittergräben verschanzt und signalisierten den Flugzeugen. Auch Toms Trupp lag in einem Graben. Jemand lachte. Zwei der Jungs sangen eine obszöne Fassung von »With Plenty of Money and You«.
Weitere Deutsche kamen – sie griffen an. Die erste Reihe wurde von Staffo und Rosenblatt niedergemäht, die beiden saßen hinter einem schweren, auf einer rückstoßfreien Lafette montierten Maschinengewehr der Fallschirmjäger. Die zweite Reihe kam. Das Maschinengewehr explodierte in

Staffos Armen; Toms Trupp feuerte blind und geriet in Panik und brachte den Vormarsch zum Stehen.
Die dritte Reihe der Deutschen brach in den Graben ein. Tom hörte sich Befehle brüllen, er spürte, wie er einem Mann das Bajonett übers Gesicht zog. Er erhielt einen Schlag in den Magen – rollte sich ab und stach einem Fallschirmjäger in die Kniekehle. Er hörte einen Schrei, Pistolenschüsse und das Krachen von Gewehrkolben. Die Jungs machten sich vor Angst fast in die Hosen, sie kämpften wie Tiere in blutgetränkter Erde. Der Wahnsinn hielt noch eine ganze Minute lang an, nachdem der letzte Deutsche tot war. Dann ließ es nach. Staffo und Tillotson waren tot. Zwei Briten und ein Aussie, die er nicht kannte, waren tot. Corelli und Blondie brauchten Tragen. Einer der Krauts sog durch eine Brustverletzung Luft ein und ertrank von innen heraus. Tom sammelte die Überreste seines Trupps, um sich der C-Kompanie anzuschließen. Die Deutschen hatten einen Fuß auf der Höhe 107 und sich tief eingegraben. Der Lieutenant der C-Kompanie schickte per Meldegänger eine Botschaft an das Hauptquartier der alliierten Streitkräfte auf Kreta:

> AN BEIDEN FLANKEN IN SCHWERE KÄMPFE VERWICKELT. KAUM NOCH MUNITION. KEINE MASCHINENGEWEHRE. KEINE HANDGRANATEN. WÜRDEN UNTERSTÜTZUNG SEHR ZU SCHÄTZEN WISSEN.

Der Himmel war überzogen mit Flakfeuer, ihre Verteidigung war völlig hinüber. Sie hatten nur noch einen Zug, als Waffen nur Schrott, dazu kamen unaufhörlich die Deutschen. Sie kämpften, bis die Sonne unterging. Mit dem Einbruch der Dämmerung kehrte etwas Ruhe ein. Und dann erhielten sie die Antwort des Hauptquartiers:

BEDAUERN, KÖNNEN KEINE UNTERSTÜTZUNG SCHICKEN. ALLES GUTE.

Die Männer lachten. »Und Gottes Segen.«
»Für uns, die wir sterben werden.«
»Hey, Sarge«, sagte Manny mit sehr leiser Stimme.
»Ja, Manny?«
»Hör zu, Sarge.« Manny standen Tränen in den Augen, sein Gesicht war dreckverschmiert. »Das heißt doch, das heißt doch …«
»Ich weiß, Junge«, sagte Tom, die Hand fest auf Mannys Schultern. »Ich weiß.«
Sie hörten Schüsse über dem Gefechtsfeld. Das achtundzwanzigste Maori-Bataillon, das zur Verstärkung anrückte? Unmöglich zu sagen. Dann Stille. Tom kauerte sich im Splittergraben neben den Lieutenant der C-Kompanie. »Wir müssen einen Gegenangriff starten, in der Dunkelheit. Die Höhe säubern. Wenn die Krauts auf dem Flugplatz landen, ist alles vorbei.«
Der Lieutenant nickte. »Ihre Männer haben heimliche Munitionsreserven?«
»Meine Männer haben heimliche Kraftreserven.«
»Verstärkung wird bald eintreffen. Muss einfach.« Der Lieutenant lächelte schwach. »Ihr Trupp könnte sie schon mal ausfindig machen. Kontakt herstellen, sie einweisen. Setzen Sie Ihre Kraftreserven ein.«
Tom scheuchte die Jungs hoch. Sie erkundeten entlang der alliierten Stellungen und fügten die Neuigkeiten zusammen: Das achtundzwanzigste Maori-Bataillon war gekommen und hatte festgestellt, dass die B-Kompanie bereits abgezogen, dass die A-Kompanie aufgerieben worden war. Captain Winchell vom Dreiundzwanzigsten war nirgends zu finden. Der Kommandoposten des Zweiundzwanzigsten war ver-

lassen; der fünfzehnte Zug meldete schwere Verluste. Die Maori waren sechs Stunden marschiert, um sie zu verstärken, und dann sofort wieder zum Brigadehauptquartier zurückbeordert worden.
Es gab keine Verstärkung.
Um 3.40 Uhr fand ein Meldegänger Tom am nordöstlichen Abschnitt des Flugplatzes. Ihm und seinen Männern wurde befohlen, sich zurückzuziehen. Sich die Stiefel um den Hals zu hängen, fortzukriechen und Höhe 107 den Krauts zu überlassen. Der Befehl war völliger Schwachsinn. Wenn sie Höhe 107 verloren, verloren sie die Insel. Sie könnten sie noch halten. Nachts wurden keine Fallschirmjäger abgesetzt. Sie sollten Höhe 107 nehmen – die gesamte Höhe – und sich verschanzen. Sie würden dem Gegner die doppelten, dreifachen Verluste zufügen, die sie selbst hinnehmen müssten.
Tom führte den Trupp zur C-Kompanie zurück, um gegen den Befehl Einspruch zu erheben, aber das Lager war bereits verlassen. Sie kamen zu spät. Sie hatten die Höhe 107 verloren. Die Deutschen würden mit ihren Junkers-Transportern auf dem Flugplatz landen, ohne auf Gegenwehr zu treffen. Kreta war verloren.
Tom setzte sich auf eine halb verfallene Steinmauer. »Zieht eure Stiefel aus und hängt sie euch um den Hals.«
Er beugte sich nach unten, um die Schnürsenkel zu lösen – damit die Jungs sein Gesicht nicht sehen konnten. Eine Wolke zog vorüber, kurz kam das Mondlicht durch und leuchtete auf eine Plane, die beim Rückzug zurückgelassen worden war. Eine Plane über einer Lattenkiste …
»Heilige Scheiße«, sagte er.
»Sarge?«
Es war um Erlaubnis gebeten worden, den Flugplatz zu verminen. Pioniere waren eingetroffen und hatten den Sprengstoff, Minen mit Zehn-Kilogramm-Sprengladungen,

vorbereitet. Die Kiste stand keine zwei Meter von ihm entfernt und war unter der Plane kaum zu erkennen. Er starrte in den Schatten. Die Kiste musste leer sein. Natürlich wäre sie leer.

»Rosey, komm, hilf mal mit.«

Sie brachen die Kiste auf. Sie war nicht leer.

»Die verdammten Pioniere«, sagte Tom. »Diese faulen Drecksäcke.«

Die Jungs sahen ihn an. Ein merkwürdiges Lächeln huschte über sein Gesicht.

»Beim RAF-Einsatz in Griechenland«, sagte er mit drängendem Unterton. »Im November 1940. Die verdammt noch mal einzigen Englisch sprechenden Kampfschweine im Umkreis von tausend Kilometern.« Er hielt inne, die Jungs beobachteten ihn. »Wo«, fragte er sie, »wart ihr da?«

»Wir waren dabei.«

»Beim Vormarsch auf Valona«, sagte Tom. »Im Januar 1941. Wo«, fragte er, »wart ihr da?«

»Wir waren verdammt noch mal dabei, Sarge.«

»Und im März? Am Arsch der Welt, gegen siebenundzwanzig Itaker-Divisionen an der albanischen Front – wo, sagt mir bitte, wart ihr da?«

»Wir waren dabei, Sarge!«

»Denkt an den April. Beim beschissenen Rückzug durch den Pass – als die deutsche Achtzehnte nach Strich und Faden vermöbelt wurde. Wo wart ihr da?« Er antwortete mit ihnen. »Wir waren dabei.«

Die Nacht war ruhig. Sie waren wie Kinder mit leuchtenden Augen, die es kaum erwarten konnten, aufgestachelt und angetrieben und benutzt zu werden. Sie waren jung, sie waren hart im Nehmen, und sie gehörten ihm.

»Sie haben unsere Ärsche aus Griechenland rausgeworfen«, sagte er. »Aber wir haben mehr ausgeteilt als eingesteckt.

Eure Befehle – unsere Befehle – lauten, abzuhauen.« Er klopfte auf die Kiste. »Morgen bei Sonnenaufgang, falls die Krauts den Flugplatz haben, landen sie so viel Truppen, wie sie nur wollen. *Falls* sie den Flugplatz haben.«
Sie nickten. Ihre Gesichter glühten im Mondlicht.
»Ihr verhätschelten Drecksäcke«, sagte er. »Wollt ihr den Morgen noch erleben.«
»Zum Teufel, nein, Sarge!«, sagten sie.
»Hanner, O'Rourke, auf die Posten. Munition? ... Es muss reichen. Rüttelt jemand Lifton wach, der schläft doch. Tardieu, du weißt hoffentlich, wie diese Dinger zu zünden sind, oder die ganze Sache ist fürn Arsch. Rosey, du und Manny, schwärmt links aus ...«

Es war lange vor Sonnenaufgang vorbei. Tom blutete, er war völlig hinüber, aber der Tod wollte nicht kommen. Rosenblatt zerrte ihn von der Höhe 107, schleifte ihn kilometerweit über Kiesel und Sträucher zu einem Feldlazarett, lächelte mit seinem zertrümmerten Gesicht und sagte: »Brauch keine Bigband für 'nen Jitterbug, Sarge.«
Sie flickten Tom in der Nacht zusammen. Ein Kübel voller Blut, ein paar Meter Verbandsmaterial, und am Ende fehlte ihm nichts, was deutsches Flankenfeuer nicht wieder hingekriegt hätte. Mittags war er wieder in Uniform. Sie gaben ihm ein Gewehr und sagten ihm, Rosenblatt sei in der Nacht gestorben.
Auf den Höhen von Galatas tauchte er sein Bajonett in Blut, kämpfte sich auf dem Friedhof von Grabstein zu Grabstein. Die Maori überquerten die Straße nach Xamo, starben für jeden Zentimeter, den sie sich erkämpften, und kamen bis zum Fuß der Höhe 107. Dann ging die Sonne auf, und mit ihr kamen die Me-109. Junkers-Transporter allerdings landeten nicht. Noch nicht. Der Flugplatz in Máleme lag in

Schutt und Asche. Tom lächelte, als er davon hörte, und der Mann, der es ihm mitgeteilt hatte, wandte sich ab.
Tage später kämpfte Tom neben Griechen und Kretern. Hatte sich seit einer Woche nicht rasiert und trug über seiner Uniform eine mit Stickereien verzierte kretische Weste und eine weite schwarze Hose. Eine Schafherde war von einer Bombe zerrissen worden, und die Frauen kochten das Fleisch. Ein hagerer Mann mit strahlendem Lächeln bot Tom den Augapfel an. Tom tauchte seinen Becher in den Rakitopf und warf sich das Auge in den Mund. Schmeckte besser als das Armeefutter. Er kaute noch, als der Anführer ihm in stockendem Englisch sagte, er müsse sich im Hauptquartier melden.
Zuerst musste er es finden. Das Hauptquartier der alliierten Streitkräfte war aus Chaniá abgezogen und anschließend erneut verlegt worden. Es stolperte durch die Landschaft wie eine verschreckte Maus auf der Flucht vor einer verspielten Katze. Das Hauptquartier war in einer Höhle untergebracht. Der Boden des Eingangs bestand aus festgestampfter Erde, darüber Farngestrüpp.
»Eine Höhle«, sagte Tom.
Die Wache grinste. »Besser als ein Grab.«
Tom sagte nichts und wurde in einen fahlen, grob aus dem Stein gehauenen Lageraum gewunken, in dem das Chaos des Rückzugs herrschte. Tom salutierte dem Offizier hinter dem Schreibtisch und hörte sich selbst ruhig und zusammenhängend von Ereignissen sprechen, an die er sich kaum richtig erinnern konnte. Er machte sich für den Verlust seines Trupps verantwortlich. Er gab seine Einschätzung zur Position der Deutschen ab, zu ihrer Stärke und ihren Bewegungen, so gut es ihm möglich war.
Eine Ordonanz rief den Offizier fort, und Tom war allein. Er lehnte sich mit der Hüfte gegen einen provisorischen

Tisch, brachte dabei einige Papiere durcheinander, und sein Blick fiel auf ein Gedicht. Nein: einen Gedichtcode. Earl hatte ihm Gedichtcodes beschrieben und erklärt, wie sie zu entschlüsseln waren. Frequenzanalyse, mühsames Durchprobieren von Möglichkeiten. Dieser Code aber war bereits dechiffriert, und das Gedicht, das die Nachricht entschlüsselte, war angehängt. Tolle Sicherheitsvorkehrungen.

»Sergeant Wall.« Der Offizier kam zurück.

Er richtete sich auf. »Ja, Sir?«

»Die Force Reserve sucht nach Freiwilligen.«

»Geben Sie mir ein Blasrohr und einen Kraut«, sagte Tom, »und ich bin glücklich.«

Am nächsten Tag, vielleicht auch am übernächsten: Sie standen einer neuen deutschen Division gegenüber, die vor Ausrüstung und Munition und arischer Überlegenheit nur so strotzte, mit frischen Gesichtern, ausgeschlafen und mit Stukas und Sturmgewehren ausgerüstet. Die Evakuierung war angeordnet worden, die Alliierten verließen Kreta – bis auf die Force Reserve. Die Force Res griff an, ohne Unterstützung, zahlenmäßig unterlegen, um den anderen Zeit zu verschaffen.

Die Krauts marschierten auf Chaniá und Suda zu, und Tom versank im Blutrausch. Er konnte nicht sterben. Seine Füße in den Stiefeln bluteten, seine Zunge war ein geschwollener Knoten. Dann verstummte der Lärm. Er wurde wie von Gottes Hand emporgehoben und durch die Luft geschleudert und krachte mit dem Gesicht gegen die harte Erde. Zentimeter vor seiner Nase zog sich die schleimige Spur einer Schnecke über einige Zweige. Die Stille war schön.

Er war in einem Lazarett, der Sanitäter schüttelte den Kopf. Er lag auf einer Trage, auf einem Laster, wurde durch ein schwelendes Fischerdorf gefahren. Seine Hand war zerschmettert, sein Atem ein sterbendes Pfeifen. Er war auf einem Boot, am ganzen Körper bandagiert, spie blutige Klumpen.

Ein hellblonder britischer Matrose gab ihm Morphiumspritzen gegen die Schmerzen.

»Du kannst verdammt noch mal von Glück reden«, sagte der Matrose. »Zwölfhundert bei der Force Reserve, und mehr als tausend sind hinüber.«

»Hinüber?«

»Abgekratzt, Kumpel. Nur hundertfünfzig haben überlebt.«

»Ja. Ich kann von Glück reden.« Sogar sein Zigarettenetui hatte es überstanden. Darin lag ein angelaufener silberner Serviettenring, ein Nickel mit Büffelkopf und ein Gedicht. Der Gedichtcode.

Es war nicht nötig, ihn zu entschlüsseln, dennoch brauchte er drei Tage, bis er die Lücken ausgefüllt hatte. Es gab zwei Nachrichten:

> An Hauptquartier der alliierten Streitkräfte, Kreta: Geben bekannt, dass unser Agent vor Ort, Code Eult, annimmt, Flugplatz in Máleme wird im Zentrum der Luftlandung stehen. Eult hat in Erfahrung gebracht, dass deutsches Gebirgsjägerregiment auf Höhe 107 landet, dann Einnahme des Flugplatzes.

Das Hauptquartier in Kreta musste darauf geantwortet haben. Zweifellos hatten sie vorgeschlagen, Höhe 107 zu einer uneinnehmbaren Festung auszubauen. Die Erwiderung darauf lautete folgendermaßen:

> Erlaubnis, Flugplatz in Máleme zu verstärken, wird ausdrücklich verweigert. Quelle Eult darf

UNTER KEINEN UMSTÄNDEN AUFGEDECKT WERDEN. ES IST ALLES ZU VERMEIDEN, WAS DIE NACHRICHTENDIENSTLICHE TÄTIGKEIT VON EULT VERRATEN KÖNNTE. AGENT VOR ORT DARF NICHT GEFÄHRDET WERDEN.

Sie wussten, dass Máleme das vorrangige Ziel darstellte. Sie wussten es und unternahmen nichts. Die Jungs waren umsonst gestorben …

Tom war im Feldlazarett. Wieder Morphium. Tetanusimpfungen gegen Infektionen, Blutbildbestimmung, um den Sekundärschock abzuschätzen. Behandlung von Verbrennungen, von denen er gar nicht wusste, dass er sie hatte. Sein Körper war zerschlagen, sein Geist gebrochen.

Sie wussten, dass Höhe 107 im Mittelpunkt der Kampfhandlungen stehen würde, aber die Erlaubnis, sich dort zu verschanzen, war verweigert worden. Erlaubnis zur Verstärkung – verweigert. Warum? Um die Quelle zu schützen. Den Agenten vor Ort, mit Decknamen EULT. Man opferte die eigenen Leute, um die Quelle zu schützen.

Die Quelle? Die Quelle hatte Tom schon vorher verraten. Die Quelle kannte sich aus mit Gedichtcodes, mit dem Nachrichtendienst – wusste von Opfer und Verweigerung. Das Gedicht selbst enthüllte die Identität der Quelle:

Umhüllt vom Duft des Krieges, dies zärtliche Banner,
Weht und lockt es an feuriger Front.
Zeichen, die sich blähen und bauschen –
auf Amboss, auf Hammer,
Auf Fahnen wie die Augen von Frauen.

Der Text beruhte auf einem Gedicht von Walt Whitman, Earls Lieblingsdichter. Die Quelle schützen? Das hieß, den Verräter, den Überläufer schützen. Earl.

20

2. Dezember 1941, Nachmittag

Mit einem Ruck wachte Tom auf und bemerkte, dass er auf der falschen Straßenseite fuhr. Er geriet in Panik, riss das Lenkrad nach rechts, bis ihm einfiel, dass er in England war. Er steuerte zurück, verlor dabei fast die Kontrolle über den Wagen und stieg auf die Bremse. Der MG quietschte und brach hinten aus. Tom blinzelte. Der Wagen war mitten auf der Straße zum Stehen gekommen. Er war die Ruhe selbst. Er war großartig. Seine Lider waren schwer wie Blei.
Dann war er wieder unterwegs, und wie aus dem Nichts ragte ein Pritschenwagen hoch vor ihm auf und donnerte vorüber. Der harte Windstoß zerrte an ihm. Der MG geriet ins Schlingern und steuerte direkt auf einen Graben zu. Tom umklammerte das Lenkrad und schaffte es, wieder auf die Fahrbahn zu kommen. Er musste sich konzentrieren. Die Straße war ein endlos sich windendes Band. Seit vier Tagen war er dem Schlaf nicht so nahe gewesen wie jetzt.
Seine Augen brannten. Konzentrieren. Den Wagen auf der Straße halten. Sedgeware Bury. Noch mal links? Die endlose Straße, die endlose Last der Vergangenheit.

Davies-Frank schloss die Akte und starrte an die Decke. Sondegger war nicht ohne Grund in London. Jedes Wort von ihm, jede Geste dienten einem bestimmten Zweck. Er war nicht ohne bestimmte Absicht nach England eingeschleust worden, er hatte sich nicht ohne bestimmte Absicht den Feuerwehrleuten ergeben. Er hatte Abendammers Rendezvous-Informationen nicht ohne tödliche Hintergedanken preisgegeben. Wenn sie nur eine einzige gesicherte Tatsache über den Mann hätten. Wer war er vor dem Krieg gewesen? Woher kam er, wie war er ausgebildet worden, welchen Rang bekleidete er?

Die Tür ging auf, Highcastle trat ein und tupfte sich mit einem Taschentuch über die Brauen. Er hatte die Männer für den Einsatz am Abend instruiert, was ihm schnell zu einer eher körperlichen als verbalen Unternehmung geriet – seine Einweisungen waren explosive Ausbrüche voller Warnungen, Drohungen, strategischer Überlegungen.

»Sie haben die Männer mal wieder in Angst und Schrecken versetzt, um sie auf Trab zu bringen?«, fragte Davies-Frank.

Highcastle grunzte. »Hab grad mit Farquhar gesprochen.«

Davies-Frank sah auf die Uhr. »Er ist noch immer da?«

»Seine Schicht war vor zwanzig Minuten zu Ende. Ist nicht abgelöst worden.«

»Wer ist zu spät dran?«

»Melville.«

»Könnte am Verkehr liegen«, sagte Davies-Frank, wenig überzeugt. »Zwanzig Minuten warte ich noch, dann ruf ich an.«

Highcastle grunzte erneut, es klopfte an der Tür, und er sagte: »Herein.«

Abrams trat ein. »Ihr Yank steht in der Einfahrt. Hübsch motorisiert. Meint, er müsse mit Ihnen mal kurz reden.«

»Er ist selbst gefahren?«, sagte Davies-Frank.

»Ja, Sir«, sagte Abrams. »Er ist allein.«
»Schicken Sie ihn rein.«
»Verhaften Sie ihn«, sagte Highcastle. Weil Tom sich auf der Fahrt zum Rowansea aus dem Staub gemacht hatte, weil er nach Hennessey Gate zurückgekehrt und ein Sicherheitsrisiko war, und weil er eine völlig unkalkulierbare Karte in ihrem Spiel darstellte. »Der Mann ist unberechenbar.«
»Ein Joker. Damit gewinnt man Spiele«, sagte Davies-Frank. »Sondegger hat Wall in zehn Minuten mehr erzählt als uns in einer Woche.«
»Mehr was? Lügen?«
»Das werden wir heute Nacht erfahren. Die Männer wissen, was sie zu tun haben?«
»Alle bis auf einen.«
Davies-Frank ignorierte den Kommentar.
»Es gefällt mir nicht, Rupert«, sagte Highcastle, nachdem Abrams gegangen war. »Widerspricht unseren Dienstvorschriften.«
Das war erneut auf Davies-Frank gemünzt und dessen Teilnahme an dem bevorstehenden nächtlichen Einsatz. Damit hatte er zwar Recht, unvermeidlich war es trotzdem. »*Es spricht nichts dagegen*, Highcastle«, sagte er. »*Not kennt kein Gebot.*«
Highcastle sprach keine zwei Worte Deutsch, auch keine vier in Englisch, dafür aber sprach seine Miene Bände.
Die Tür ging auf, und Tom Wall stand vor ihnen. Er trug eine erbsengrüne Billsby-Jacke mit rechteckigen schwarzen Knöpfen und ein hellblaues, am Kragen offenstehendes Hemd. Seine braune Hose war halb in die Armeestiefel gestopft. Sein Haar war zerzaust, ein Mundwinkel geschwollen, sein Gesicht aufgeschürft und verschrammt.
»Sie sollten erst den anderen Typen sehen«, sagte er. »Sie haben meine Nachricht erhalten?«

»Ihre Nachricht?«, sagte Davies-Frank.
»Schwester Harper hat Ihnen eine Nachricht bei der Home Guard hinterlassen, Abteilung Brandbekämpfung. Oder wo immer Sie angeblich arbeiten.«
»Ich habe keine Ahnung, was Sie meinen«, sagte Davies-Frank. »Oder was Sie hier machen. Ich dachte, das mit den Sicherheitsvorkehrungen hätten Sie begriffen.«
»Sicherheitsvorkehrungen? Genau deshalb bin ich hier.« Tom warf einen Blick auf die Karte, die auf Highcastles Schreibtisch lag. »Zwei Männer haben mich letzte Nacht so bearbeitet.«
Highcastle grunzte und faltete die Karte zusammen.
Tom grinste. »Die Metropolitan Police sagt, es wären Straßenräuber.«
»Sie sind ausgeraubt worden?«, fragte Davies-Frank.
»Zwei Gorillas namens Rugg und Renard wollten wissen« – und hier erinnerte er sich an die erlesene Wortwahl der beiden –, »was für 'ne beschissene Schwuchtel mich in der Klapsmühle besucht hat.«
»Die beiden haben Sie angegriffen?«
»Ja.«
»Die beiden haben das Rowansea namentlich erwähnt?«
»Und sie haben gewusst, dass Sie da waren.«
»Sie haben nach mir gefragt?«
»Ziemlich eindringlich.« Tom hob die verbundene Hand. »Überzeugende Burschen.«
»Und Sie haben ihnen was erzählt?«, fragte Highcastle mit für ihn untypischer Sanftheit.
»Wenn ich das nur wüsste. Ich bin doch nur ein kleinmütiger Waschlappen, oder?«
»Irgendwelche Namen?«, fragte Davies-Frank. »Diesen Ort hier?«
»Hennessey Gate hab ich nicht erwähnt«, sagte Tom. Was

sowieso keine Rolle spielen würde. *Hennessey Gate* war auf keiner Karte zu finden. »Ich hab von Ihnen erzählt – dass Sie bei der Brandbekämpfung sind, wie Sie mir sagten. Dass wir alte Freunde sind, dass Sie … ich weiß es nicht. Ich hab ihnen von Griechenland erzählt.«

»Was verheimlichen Sie?«, fragte Davies-Frank.

Tom zögerte kurz, dann schüttelte er den Kopf. »Ich vertraue Ihnen und Ihren Geheimniskrämereien – vertrauen Sie mir und meinen.«

»Setzen Sie sich«, sagte Highcastle. »Von Anfang an.«

Davies-Frank machte sich Notizen. Hatten die »Gorillas« wirklich nach ihm gefragt? Falls ja, handelte es sich um ein ernsthaftes Sicherheitsproblem. Hatte wahrscheinlich mit dem Rowansea zu tun, aber wer würde schon das Krankenhaus überwachen? Wie weit gingen Sondeggers Machenschaften?

Trotz des ganzen Theaters hatte Tom nicht viel mitzuteilen. Harriet Wall habe ihn auf das Waterfall aufmerksam gemacht und ihm gesagt, dass sich Earl dort oft aufhalte. Er hatte einige Drinks und verließ dann den Club, um zusammengeschlagen und ausgequetscht zu werden. Davies-Frank sah zu Highcastle. Eine fünfte Kolonne, die es auf Sondegger oder zumindest auf Davies-Frank abgesehen hatte? Was äußerst gefährlich war. Trotzdem, es hatte nicht unmittelbar mit Abendammer und der All Souls Church zu tun.

»Ich hab mich zum Krankenhaus zurückbringen lassen«, sagte Tom. »Bin zusammengeflickt worden. Dann war plötzlich Harri… Mrs. Wall da. Und hier bin ich jetzt.«

»Mrs. Wall?«

»Sie hat mir ihren Wagen geliehen.«

»Sie haben ihr erzählt, was vorgefallen ist?«

»Machen Sie sich um sie keine Sorgen. Sie ist sauber – sie gehört zur SOE.«

Ein weiterer Blick zu Highcastle. Tom wusste von der SOE?
»Spionage liegt der Familie einfach im Blut«, sagte Tom. »Wie Schönheit und Intelligenz.«
»Also haben Sie sich über die Sicherheitsbestimmungen hinweggesetzt, um ...«
»Die Sicherheit ist verdammt noch mal nicht mehr gewährleistet – genau das versuche ich Ihnen zu sagen. Fragen Sie Rugg und Renard. Sie haben mir die Scheiße aus dem Leib geprügelt, und ich hab geredet.« Er sah zu Highcastle. »Sie glauben, Sie hätten es besser gekonnt?«
Highcastle erwiderte nichts.
»Also hab ich geredet«, wiederholte Tom. »Ihnen jeden Mist aufgetischt, der mir gerade einfiel. Deshalb bin ich hier – um es Ihnen zu sagen. Eine Warnung, ist nur fair. Mehr, als Sie mir zukommen lassen. Und ... es gibt noch was.«
Es folgte eine lange Stille. Tom sah auf seine Hände, und Davies-Frank fragte sich bereits, ob er vergessen hatte, was er von ihnen wollte. Beeindruckend, wie weit er in seinem Zustand, völlig zerschlagen, unter Schock stehend, überhaupt gekommen war – und dann noch den Mumm hatte, zuzugeben, dass er geplaudert hatte.
Tom hob den Kopf. »Ich muss mit dem Hunnen reden.«
»Ach?«
»Um das Treffen heute Abend zu bestätigen.«
»Nein«, sagte Davies-Frank. »Sie hoffen, dass er Ihnen erzählt, wo Earl steckt. Aber wie soll er das, wenn er glaubt, *Sie* seien Earl?«
»Vielleicht rutscht ihm was raus.«
»Sondegger?« Davies-Frank fasste sich an die Nasenwurzel. Tom war labil, aber vielleicht brauchten sie ihn später noch mal. Je näher er an Sondegger herankam, umso besser. »Erinnern Sie sich an den Mann, von dem ich Ihnen erzählt habe, mit Decknamen Whiskbroom?«

»In Berlin. Der Agent an höchster Stelle?«
»Wenn Abendammer das Zwanziger-Komitee hochgehen lässt, wird seine Familie umgebracht. Vergessen Sie das nicht, Tom. Wir haben dank Ihnen jetzt eine Spur, vielleicht können wir den Funkspruch verhindern. Vielleicht können wir Whiskbroom retten und mit ihm Hunderte anderer Agenten, das ganze Doppelspiel-System. Aber denken Sie nicht so sehr daran, sondern denken Sie an Whiskbroom. Ein falscher Schritt, Tom, und seine Kinder werden sterben.«

Es roch noch immer nach Scheiterhaufen. Der hölzerne Schreibtisch in dem Raum hinter der weißen Tür war abgeräumt, bis auf den Geruch deutete nichts mehr auf das Feuer hin. Das Papier war schnell und hell lodernd in Flammen aufgegangen und konnte leicht gelöscht werden. Tom erinnerte sich an die Hitze, die ihm ins Gesicht schlug, spürte, wie sie sich mit seinen Schmerzen und seiner Müdigkeit vermischte.
Er klopfte sich gegen die Tasche, um eine Zigarette herauszuholen, während sich Davies-Frank auf dem Polstersessel niederließ. Musste sich daran erinnern, dass sie glaubten, Sondegger halte ihn für Earl. Nur so hatte er auch weiterhin Zugang zu ihm, nur so konnte er seinen Bruder aufspüren. Mit der Lehne nach vorn setzte er sich rittlings auf den Stuhl an Sondeggers Tisch und sah zur Matratze in der Ecke. Der Deutsche lag auf dem Rücken. Er hatte die Hände über dem Bauch gefaltet und die Augen geschlossen. Seine Wangen waren rosig. Die Kette, die sich von seinem Fußknöchel zum Bolzen schlängelte, lag schwer auf dem Boden.
»Im alten Athen«, sagte Sondegger, »bediente man sich des Ostrazismus, um zu verhindern, dass es zur Tyrannei kam. Es wurden Abstimmungen durchgeführt, und derjenige, der

am meisten Stimmen auf sich vereinen konnte – der führende Politiker –, musste für ein Jahrzehnt ins Exil. Die Griechen besaßen ein tiefgehendes Verständnis von Politik, weil sie das Drama verstanden.« Er sprach weiter, ohne die Augen aufzuschlagen. »Während der Inquisition wurden mindere Häresien mit Auspeitschen oder einer Geldstrafe geahndet. Schwerwiegendere Vergehen wurden durch das gelbe Kreuz bestraft, das Zeichen der Schande – das war sozialer Ostrazismus. Der Entzug menschlichen Kontakts, Mr. Wall, ist eine ganz und gar grundlegende Form der Freiheitsberaubung. Sogar ein Monolog bedarf einer Zuhörerschaft. Kommen Sie näher.«

»Ich bin nah genug.«

»Es gibt Situationen, in denen man sich zur höflichen Konversation verpflichtet fühlen sollte.«

»Ist es das, was Ihnen mit mir vorschwebt?«

Sondegger schlug die Augen auf. »Es wird Ihnen nicht zum Schaden gereichen, wenn Sie mir gegenüber zumindest den Anschein von Höflichkeit wahren. Bitte, gesellen Sie sich zu mir.« Sondegger patschte auf die Matratze. »Heute kann ich Ihnen bedauerlicherweise keinen Rum anbieten.«

Tom blieb auf dem Stuhl sitzen. »Das nächste Mal bring ich Kerosin mit.«

»Sie haben sich den Inhalt des Kabinetts im Flur angesehen?«

»Gummistiefel und Regenmäntel. Einige Hutschachteln.«

»Um gut zu lügen, Mr. Wall, muss man an seine Lügen glauben. Es würde Ihnen gut anstehen, Ibsen zu studieren. Sie haben eine Frage? Eine Bitte?«

»Ja.«

Sondegger lehnte sich im Schneidersitz gegen die Wand. Sein rundes Gesicht war völlig faltenlos. »Setzen Sie sich zu mir, wenn Sie etwas zu sagen haben. Ich sehe keinen Grund,

Rupert an unserer Konversation teilhaben zu lassen. Ich werde Sie nicht noch mal darum bitten.«
Tom erhob sich, steckte sich die unangezündete Zigarette in den Mund und warf Davies-Frank das Feuerzeug zu. Er setzte sich auf die Matratze neben den Deutschen und kam sich ziemlich lächerlich dabei vor – vermutlich der Grund, warum Sondegger ihn dazu aufgefordert hatte.
»Erinnern Sie sich an die dritterotischste Oper?«, sagte Sondegger. »*Tristan und Isolde.*«
»Ich erinnere mich an das Feuer.«
»Wer immer Sie verprügelt hat, er hat mehr Enthusiasmus als wissenschaftliche Gründlichkeit an den Tag gelegt.« Fast kokettierend besah sich der Deutsche Toms zerschundenes Gesicht. »Wundersam ist das Werk des ungebildeten Menschen. Nein? Es waren zwei. Nun, immerhin klug genug, wirklichen Schaden zu vermeiden. Wer war es?«
»Straßenräuber.«
»Natürlich.« Er senkte die Stimme. »Haben sie bekommen, was sie wollten?«
»Sie haben zehn Pfund bekommen.«
Er kicherte nahezu lautlos, dann sagte er, so leise, dass Davies-Frank es nicht hören konnte: »Ihr Bruder hat das Rapids verlassen.«
»Wo ist er?«, fragte Tom ebenso leise.
»Er wartet hinter den Kulissen.«
»Vielleicht sollte ich es aus Ihnen herausprügeln.«
»Das können Sie versuchen.« Sondegger knöpfte sich das Hemd auf. Über seinen Brustkorb zog sich ein flacher weißer Verband. »Stromstöße. Ein modifiziertes Funkgerät, welch hanebüchener Versuch an dramatischer Ironie.«
»Aber Sie sind ein harter Bursche, Sie reden nicht.«
»Ich habe ausführlich geredet – aber meine Integrität gewahrt.«

»Was zum Teufel reden Sie da? Wo ist er?«
»Ich bin mir nicht sicher, ob Earl Ihr vorrangigstes Problem ist. Ihre Hand wurde im Kampfeinsatz verletzt? Es sind nicht nur die Operationen, die Ihnen Schmerzen bereiten, Thomas. Ist es die Liebe? Erinnerungen? Schlaflose Nächte und ... Verrat? Ja, immer der Verrat.«
Ein ungutes Gefühl kroch Tom über den Rücken. »Er hat das Rapids verlassen.«
»Ich weiß nicht, wo Earl ist. Aber ich weiß, wie er zu finden ist.«
Tom konnte sich nicht konzentrieren. Erschöpfung war wie Trunkenheit nach miserablem Alkohol, elendem Bourbon, der nach verbranntem Zucker und Jod schmeckte. Audrey Pritchetts Stimme: *Delirium tremens*? Harriets Lächeln, als sie glaubte, er sei Earl, und Sondeggers erstickende Gegenwart.
»Wie viel?«, fragte Tom. »Wie hoch ist Ihr Preis?«
»Geben Sie mir Ihre Hand.«
Tom hielt ihm die Linke hin.
»Die andere. Sie werden Ihren Bruder ohne mich nicht finden. Geben Sie mir Ihre Hand. Sie werden es nicht schaffen, Thomas, wenn ich Ihnen nicht helfe. Sie werden nicht schlafen.« Im Raum hing der Brandgeruch und der goldschimmernde Klang von Sondeggers Stimme. Heiß strömte sein Atem gegen Toms Ohr. »Sie werden nicht schlafen, bis Sie ihn gefunden haben. Sie werden nicht heilen. Sie werden nie bekommen, was Sie verloren haben – wenn Sie mir nicht Ihre Hand geben.«
Tom gab ihm seine Hand.
Sondegger breitete sie zwischen seinen Händen aus und beugte sich über den Verband, ein pausbäckiger blonder Junge, der eine tote und schneeweiße, ganz und gar reglose Taube untersuchte. »Es muss ganz weich sein.« Sondegger

zog die steife Gaze herunter. »Ein guter Mann, Ihr Chirurg. Erstklassig, aber nicht brillant. Schrapnell? Einen Zentimeter tiefer ... Mr. Wall, sind Sie mit Laurence Sterne vertraut?«

»Laurence Sterne«, sagte Tom wie aus weiter Ferne. »Nein.«

»Er schrieb *Leben und Ansichten von Tristram Shandy, Gentleman*. Ein äußerst originelles Werk, ein Meisterwerk der Komik, eine außerordentliche, selbstreflexive Analyse – und Behältnis der Informationen, die Sie suchen.«

»Wovon zum Teufel reden Sie?«

Sondegger verstärkte seinen Griff. »Im Buchrücken, Thomas. Im Boxerzimmer. Im *Tristram Shandy*.« Und dann, mehr im Tonfall leichter Unterhaltung, aber ebenso leise: »Sicherlich sind Ihnen die Wunder der Mikrofotografie nicht unbekannt.«

Ein Mikrofilm? Im Rücken eines Buches in Earls Zimmer? »Erzählen Sie mir keinen Mist.«

Verächtlich ließ Sondegger die Hand los. »Glauben Sie, was Sie wollen. Es gibt einen Mikrofilm in dem Buch, und innerhalb von zehn Tagen wird ein Überraschungsangriff auf Ihr Land gestartet werden.«

»Fallschirmjäger werden über Washington abspringen?«, sagte Tom. »Erzählen Sie mir das, weil Sie ein wahrer amerikanischer Patriot sind?«

»Ich erzähle es Ihnen, weil es in meinem Interesse ist. Vergessen Sie den *Tristram Shandy* nicht, Thomas«, sagte Sondegger. »Wenigstens dieses Buch ist nicht substanzlos.« Er sprach wieder lauter, Davies-Frank durfte wieder mithören. »Ihre Abneigung gegen Ihre rechte Hand hat etwas Biblisches, Mr. Wall. ›Wenn dich deine Hand zum Bösen verführt, dann hau sie ab.‹ Verführt Ihre Hand Sie zum Bösen? Haben Sie Angst davor, was sie tun könnte, bedauern Sie, was sie bereits getan hat? Sie haben in der Liebe versagt, Mr. Wall. Sie haben im Krieg versagt. Sie sind ein vielschichtiger Mensch, aber nichts davon ist ganz. Sie straucheln, Sie fallen. Sie versagen …«

21

2. Dezember 1941, Nachmittag

Tom öffnete die Wagentür und fasste nach dem Lenkrad, das nicht da war. Er rutschte auf die rechte Seite, drückte auf den Anlasserknopf und fuhr los. Der MG roch nach Harriet. Ihr Geruch hüllte ihn ein – ihr Duft, Sondeggers Stimme, Earls Verrat, seine eigene Müdigkeit. Highcastle hatte ihn ausgequetscht, bis nichts mehr aus ihm rauskam: Was hatte der Hunne gesagt? War der Treff für heute Abend bestätigt worden? Wo war Earl?

Tom hatte gelogen, für nichts und wieder nichts. Für das Hirngespinst eines Mikrofilms in einem von Earls Büchern ...

Der Wagen wollte nicht auf der Straße bleiben. Rot und unförmig stand die Sonne am Himmel. Dünne Wolken streckten sich über den Horizont wie graue, blutdurchtränkte Gaze. Er befand sich auf einer schmalen Landstraße. Der Wagen rumpelte über einen grasbewachsenen Hügel; er riss am Lenkrad. Sein Gesicht schmerzte, seine Hand war taub. Er befand sich auf einer breiten, stark befahrenen Straße. Hupen ertönten. An einer Ampel auf einem Platz in der Stadt wurde er angehalten. Jemand trommelte gegen die Scheibe. Der kleine MG machte einen Satz nach vorn.

Dann stand er auf dem Gehweg. Er schlängelte sich durch eine Reihe geparkter Wagen zu einer Treppe. Es gab keine Treppe. Er fragte jemanden nach »Tudor's Dry Cleaning« – den Laden neben dem Waterfall – und stellte fest, dass er in einer Gasse stand, vor einer Doppeltür und einem hüfthohen Sandsackwall. Das Foyer drinnen hatte hohe Decken, cremefarbene Wände und einen rot-goldenen Teppich, der ihm vor den Augen verschwamm.

»Sir, es sind Jackett und Krawatte erforderlich«, sagte der Türsteher.

»Ich hab keine …«, sagte Tom. »Ich bin Earl Walls Bruder.«

»Ja, Sir.«

Tom sah zur schmalen Treppe. »Mein Jackett liegt in Earls Zimmer.«

»Sie können nicht nach oben, Sir. Vielleicht wollen Sie mit Miss Pritchett sprechen?«

»Mit Audrey?«

»Ja, Sir.«

»Nein. Ich lauf schnell nach oben, hol die Jacke und die Krawatte …«

Der Türsteher gab sich ehrerbietig und aalglatt. Er sagte »Ja, Sir« und »Natürlich, Sir« und führte Tom zur Tür an der linken Foyerseite. Die falsche Tür – sie führte nicht zur Treppe, sondern zu einer anderen Tür, zu dem, was der Türsteher »die kleine Wohnung« nannte.

Ein melancholisches rothaariges Mädchen reagierte auf Toms Klopfen. Sie trug einen bequemen Pyjama, der mehr betonte als verhüllte. »Vee scheint das Glück für sich gepachtet zu haben«, sagte sie leicht sarkastisch und trat zur Seite.

Im Eingangsbereich stand ein weißer Mantelständer mit bunten Schals und Tüchern und einem dunklen Pelz. Darunter waren ordentlich drei Paar Glastonbury aufgereiht. Es gab einen langen schmalen Tisch und eine halb geöffnete Tür, durch die Tom eine winzige, saubere Küche erblickte. Durch einen Bogengang gelangte man in einen kleinen Raum mit himmelblauen Tapeten. In einer Ecke stand ein mit indischem Stoff überzogenes Sofa, eingezwängt von zwei niedrigen Armsesseln, die vor runden Kissen überquollen. Dazu ein zierlicher Teetisch und ein klobiges Klavier ohne Sitzbank, eine jadegrüne Pflanze, protziger Krimskrams und Kuriositäten. Es war ein gemütlicher, einladender, chaotischer Raum.

Auf einem rubinroten Zweiersofa hatte sich Audrey wie eine Katze zwischen die Kissen gekuschelt. Sie war wie ein Mann gekleidet, trug eine dunkle Hose und ein weißes Hemd und eine alte Schulkrawatte. Das Haar fiel ihr ins Gesicht. Sie brütete über einem Papierblock auf dem Schoß und knabberte mit ihren kleinen weißen Zähnen an der Kappe eines Stifts.

Als Tom eintrat, veränderte sich ihr breiter Mund, ein lebhaftes Lächeln zeigte sich, bevor ihr die Mundwinkel zornig nach unten fielen. Ihr Blick verfinsterte sich, die Lippen wurden schmaler, und dann hob sie den Kopf, und auf ihre Wut folgte Nachsicht. Kurz huschte ein schelmisches Flackern über ihr Gesicht … dem dann Besorgnis folgte.

Zwei Sekunden. Ein Dutzend Gefühle. Tom lächelte.

»Ihr Gesicht!« Sie sprang auf und warf ihren Notizblock zu Boden. »Ach, Sie armes Häschen.«

»Hab Ihnen doch gesagt, dass Earl der Hübschere ist«, sagte er.

Sie strich ihm mit den Fingerspitzen über die Lippen und die Schrammen auf der Wange. »Mum hat immer gesagt, ›hübsch ist, wer was Hübsches macht‹. Soll ich Tee kochen? Wir haben eine schöne dicke Suppe – und die eingemachten Stachelbeeren, die ich in der Tombola gewonnen habe. Ha-

ben Sie geschlafen? Hier, setzen Sie sich. Es war ein großer Fehler, dass Sie gegangen sind.«
Er sagte ihr, sie solle still sein. »Der Türsteher hat mir erzählt …«
»Setzen Sie sich erst«, sagte sie. »Dann essen Sie. Dann reden Sie.«
»Ich bin es leid, mich zu setzen.«
»Dann bin ich es leid, zu reden.« Sie legte ihm die Hand flach auf die Brust und drückte ihn in einen der niedrigen Armsessel.
Er setzte sich. Er wollte eine Suppe. Er wollte Trost. Die Fürsorge einer Frau – eine Pfeife und Pantoffeln und Audrey, die sich auf seinen Schoß schmiegte. Es war eine Pastinakensuppe, süß und sämig. Er aß eine Schale davon und bat um eine zweite. Audrey verschwand in der Küche, er hob den Notizblock vom Boden auf.
Sie hatte eine ordentliche, geschwungene Handschrift: »Bei angekündigten Luftangriffen vermischen sich Resignation und Angst zu einem nicht geringen Teil mit Erleichterung. Man ist froh, wieder etwas zu tun zu haben, statt nur zu warten. An der Front zu sein, im Krieg, statt nur …« Er blätterte zur ersten Seite zurück: »… Die jungen Leute der ›höheren‹ Schichten spotten über diejenigen, die Schutzräume aufsuchen, vielleicht, weil sie in den Nachtclubs ein Gefühl der Gemeinschaft erfahren und …«
Was zum Teufel war das? Es las sich wie ein nachrichtendienstlicher Bericht.
»Mass Observation«, sagte sie vom Bogengang aus. »Sie schicken einmal im Monat eine Direktive – einen Fragebogen.«
»Wer?«
»Mass Obs, Dummerchen, um die Stimmung in der Bevölkerung beurteilen zu können. Wir beantworten Fragen zu

Lebensmittelrationierungen, zum Verkehr, zur Kriegsarbeit. Was die Leute über Bezugsmarken denken, über Luftangriffe, Flakfeuer.«

Das erinnerte Tom an die Propagandaabteilung des COI, den *Foreign Information Service*, und plötzlich kam ihm ein Verdacht: Die Briten mussten über eine ähnliche Einrichtung verfügen. Das Mädchen war einfach zu gut, um echt zu sein. Sie war zu interessiert, zu warmherzig, zu schön.

»Sie arbeiten für sie?«

»Sie sind so schlimm wie Inch! Sie hören überhaupt nicht zu. Sie schicken eine Direktive, und ich beantworte die Fragen.«

»Mass Obs«, sagte er. »Haben die ihren Sitz in Whitehall?«

»Wir sind alles Freiwillige«, sagte sie. »Dreitausend Zivilisten, damit die da oben auf dem Laufenden gehalten werden. Ich weiß, es ist nicht viel, aber man tut, was man kann.«

»Trägt man auch zur Unterhaltung der Truppen bei? Unterstützt man die Kriegsanstrengungen? Festigt man die Moral und anderes?«

Sie ging darauf nicht ein. »Es ist nur eine Meinungsumfrage. Sie waren froh um mich, weil ich mich in einer einzigartigen Position befinde. Ich habe Zugang zu einer Öffentlichkeit, die den meisten Freiwilligen verschlossen ist.«

»Sie meinen Bettgeflüster?«

Sie knallte den Notizblock auf das Klavier. »Warum, Tommy?«

»Des Geldes wegen, nehme ich an.«

»Warum sind Sie so grausam? War ich nicht immer freundlich zu Ihnen?«

Es war ihre Freundlichkeit, die ihm Angst einjagte. »Der Türsteher will mich nicht in den Club lassen. Ich brauch ein Jackett und eine Krawatte.« Er brauchte dieses beschissene Buch, *Tristram Shandy*. Er musste Sondeggers Spiel mitspie-

len, bis er die Regeln kannte – und seinen Bruder fand. »Ich muss in Earls Zimmer.«
Sie drehte sich zur Wand hin. Unter den Aufschlägen ihrer Hose spitzten die nackten Füße heraus. Sie hob die Arme, umfasste mit ihren blaßen Händen ihr schwarzes Haar und flocht es zu einem losen Knoten, einer glänzenden schwarzen Tiara. »Seine Sachen sind hier. In der Wohnung.«
»Ich dachte ... Sie sagten, Sie seien keines von seinen Mädchen.«
»Er war mit der Miete in Rückstand, also wurde sein Zimmer geräumt. Michael sagte mir, dass Sie die Rechnung nicht übernehmen wollten, also hab ich ...«
»Er sagte, ich würde *was* nicht tun? Wer zum Teufel ist Michael?«
»Der Barkeeper.«
Der Typ mit dem Schaufelkinn, der ihm gesagt hatte, Earl begleiche seine Rechnungen immer vor dem Letzten des Monats. »Und sie haben Earls Zimmer geräumt.«
»Es gibt eine Warteliste für die Zimmer oben. Ich hab seine Kleidung mitgenommen« – mit ausdrucksloser Miene drehte sie sich zu ihm um –, »um Ihnen einen Gefallen zu tun.«
»Haben Sie auch seine Bücher mitgebracht? Gehören Sie ihm?«
»Das hier ist keine Leihbibliothek.«
»Audrey, hören Sie zu – haben Sie seine Bücher?«
»Nein.«
»Den Müll ... den Krimskrams ... sie haben sein Zimmer geräumt? Ich muss ... Zeigen Sie mir, wo der Müll abgeladen wird.«
Sie hob das Kinn. »Lieber nicht.«
»Miss Pritchett ... Audrey. Bitte.«
Sie schmiegte sich aufs Sofa, blätterte durch den Notizblock, fuhr mit dem Finger über die Seite und tat so, als lese sie. Sie

nahm den Stift zur Hand und steckte ihn kurz darauf zwischen die vollen Lippen.
Tom hievte sich vom Sessel hoch. Solange er sich nicht bewegte, war alles in Ordnung, doch sobald er aufstand, begann sich alles zu drehen. Der Boden glitt ihm unter den Füßen weg, er hielt sich an der Sessellehne fest. Er musste das Buch finden. Er würde im Boxerzimmer nachsehen, dann im Müll. Er dankte Audrey.
Stirnrunzelnd sah sie auf den Notizblock. Sie begleitete ihn nicht zur Tür.

Er war im Foyer. Der Türsteher kam auf ihn zu, Tom schob ihn zur Seite. Er löste die Kette vor der Treppe und stieg zum zweiten Stock hinauf. Das letzte Zimmer rechts. Er drehte den Schlüssel um, den er beim letzten Mal eingesteckt hatte.
Der Raum war leer. Keine Kleidungsstücke, keine Hüte, keine Krawatten. Kein Lippenstift, keine Streichhölzer, kein Wechselgeld, keine Stifte. Keine Bücher.
Er hatte versagt. Eine Sackgasse. Eine weitere Chance, Sondegger zu treffen, würde er nicht mehr bekommen. Er würde Earl nicht finden. Mit hängenden Schultern, Leere im Gehirn, stand er da. Nach einer langen, dunklen Weile hörte er etwas hinter sich.
Audrey stand in der Tür. Sie trug ein halbformelles Kleid, das sie jung und süß aussehen ließ und so taubengrau war wie Harriets Augen. Sie schüttelte den Kopf. Sie war schon seit einiger Zeit hinter ihm und hatte ihn beobachtet, während er verloren mitten im Raum stand.
»Ja«, sagte er und versuchte zu lächeln. »Ich tanze auch Jitterbug.«
Sie lachte, nahm ihn an der Hand und begleitete ihn nach unten. Ein paar Aufschneider mit strahlenden Mädchen am

Arm platzten lärmend von der Straße herein. Tom und Audrey warteten am Fußende der Treppe, bis sich die Menge in Zigarettenrauch und teures Parfüm aufgelöst hatte. Audrey fragte den Türsteher, was mit Earls Büchern geschehen sei.
»Wurden wegen Zahlungsrückstands verkauft. Du kennst doch die Regeln.«
»An wen verkauft?«
»Einen Hausierer – kenn noch nicht mal seinen Namen –, ein heruntergekommener Alter mit heruntergekommener Karre. Schaut manchmal vorbei, wenn er bei Kasse ist oder ihm sonst gerade der Sinn danach steht. Treibt sich hier öfters rum.«
»Großartig«, sagte Tom. Ein heruntergekommener Alter im verdunkelten London.
»Ist nicht so wichtig, Tommy.«
Wusste Audrey, warum er die Bücher wollte? Interessierte sie das? Hielt sie ihn für verrückt?
»Wir werden sie finden«, sagte sie.
Statt darauf zu antworten, schweifte Toms Blick zu Inch, der, elegant auf seine Krücke gestützt, in diesem Moment von unten ins Foyer trat.
»Tommy Wall und Venus Lovingsly«, sagte Inch, »Arm in Arm. Wie geht's denn so, mein Cherub? Übrigens, Tom, Ihr Mund sieht ja ganz fürchterlich aus.«
»Ich hab ihm aus Versehen mit einem Kricketschläger eine gedonnert«, sagte Audrey, stellte sich auf die Zehenspitzen und küsste Inch auf die Wange. »Sieben Mal insgesamt.«
»Sie haben Earls Bücher verkauft«, sagte Tom. »An einen Hausierer.«
»Wie? Was? Seine Tücher?«
»Seine Bücher, Inch. An einen Hausierer.« Audrey sprach mit betont lauter Stimme. »Earls Bücher, aus seinem Zim-

mer. Sie haben sie verkauft, weil er die Dezembermiete nicht gezahlt hat.«

»Haben die Bücher an einen Kassierer verkauft, was? Aber nicht alle, nein, nein.« Inch klopfte mit den Fingern gegen die Krücke. »Earl hat letzten Monat Teile seiner alten Bibliothek weggeschafft. Nach Hause. Den mottenzerfressenen Wälzer und das Inkunabulum mit den Eselsohren, das ...«

»Einen Moment, stopp«, sagte Tom. »Er hat Bücher mit nach Hause genommen?«

»Wenigstens eins. Kann mich ganz deutlich daran erinnern.«

»Genauso, wie Sie sich an ›Hyde Street Misfits‹ erinnern können.«

»Mein Gedächtnis ist so scharf wie ein Adlerschnabel.«

»Den gibt es nicht«, sagte Tom.

»Quatsch! Glauben Sie vielleicht, die fressen mit den Krallen?«

»›Hyde Street Misfits‹ – den Laden gibt es nicht. Und die Straße auch nicht.«

»Hab ich auch nie behauptet. Machen Sie doch nicht ein so finsteres Gesicht, Thomas. Sie verschrecken ja noch die junge Vee.«

Audrey fasste Tom am Arm, damit er Inch nicht an die Gurgel ging. »Was haben Sie *dann* gesagt?«, fragte er.

»›Gent's Apparel‹ am Hyde. Ein Herrenausstatter. Kann mich genau erinnern. Ich meine, wahrscheinlich hat er ›Hyde‹ gesagt. Auf jeden Fall aber ›Gent's Apparel‹. Hyde Street könnte mir in den Sinn gekommen sein wegen Pongo McCormick. Er macht was über Änderungsschneider. Earl fand ihn etwas kleinkariert! Ha! Ha-ha! Kleinkariert! Ich meine ... was? Tommy? Wo will er denn jetzt hin?«

Abendammer klingelte auf ihrem Fahrrad eine Gruppe von Soldaten in einer Flugabwehrstellung an. Einer von ihnen pfiff ihr nach, sie winkte zurück und ruckelte auf dem Sattel hin und her. Die Abenddämmerung war noch nicht hereingebrochen, aber die Luftwaffe würde heute Nacht kommen – ein erwartungsvoller Schauder lief ihr über den Nacken: das donnernde Krachen der Sprengbomben, Rauch und Staub, die im grünen Dunst über der Stadt schimmerten, Suchscheinwerfer, die ihre verrückten Kreise drehten, Panik und Angst und Entschlossenheit.

Das Heulen der Fliegeralarmsirenen würde anschwellen und im Lärm der Flugzeuge untergehen, die gegen den Himmel ankämpften. Sie gab nicht viel auf das langweilige Dröhnen der Motoren – es war nichts verglichen mit der abrupten, wummernden Freisetzung des Sprengstoffs, den kurzen, abgehackten Schreien eines jungen Mannes, dem Ächzen eines getroffenen Gebäudes kurz vor dem Einsturz.

Sie fand eine verlassene Stelle – eine Reihe schmaler, dem Erdboden gleichgemachter Backsteingebäude, hinter denen sich eine Steinmauer erhob, die von den Detonationen verschont geblieben war. Sorgfältig wischte sie die Steine ab, setzte sich und betrachtete den Himmel.

Es waren noch Stunden hin, bevor sie für ihre erste wirklich wichtige Tätigkeit in England an Ort und Stelle sein musste. Es würde die dritte sein, falls man Mr. Pentham dazurechnete, den sie erledigen musste, damit sie in seinem Haus wohnen durfte, und diesen lächerlichen kleinen Mann in seiner glänzenden Weste am Bombenkrater. Aber die zählten ja eigentlich nicht. Sie waren nicht instruiert und ... Ach! Oder sogar die vierte, wenn man dazurechnete, dass sie Informationen über Tom Wall gesammelt hatte, worum Buchbinder sie laut der Botschaft des Mannes in der glänzenden Weste gebeten hatte.

Heute Nacht war es anders. Heute Nacht war es ein Katz-und-Maus-Spiel ... und keiner wusste, welche Rolle den Spielern zugewiesen wurde.
Sie glitt von der Mauer und klopfte sich den Rock sauber. Sie war mit ihrem Plan für das heutige Treffen nicht ganz glücklich. Oh, er würde genügen – er war der Situation völlig angemessen. Aber wie langweilig war doch das völlig Angemessene.
Schließlich ging die Sonne unter, und der Luftangriff begann. Für die Messerschmitt, die über ihr vorüberwummerte, ließ sie die Klingel ertönen. Sie umkreiste den Treffpunkt, näherte sich langsam, und dann krachte es hinter ihr. Von einer unsichtbaren Hand wurde sie zur Seite geschoben. Sie stieß gegen den Bürgersteig, fiel vom Rad und schlug der Länge nach auf die Straße.
Erneut krachte es, und noch einmal! Sie rappelte sich auf und legte den Kopf in den Nacken. Unter ihr bebte die Erde. Reglos stand sie da, still und unangreifbar – sie war das Publikum, für das dieser Angriff choreographiert wurde. Erst die Sprengbomben, um die Häuser abzudecken, dann die Brandbomben, um die freiliegenden Gebäude in Flammen aufgehen zu lassen ...
Und plötzlich, wie auf Schmetterlingsschwingen herangetragen, kam ihr eine Idee, ein sehr viel gewagterer Plan. Die Flak-Geschosse strichen über den Himmel und explodierten. Lächelnd richtete sie ihr Fahrrad auf und fuhr auf die Ruinen zu. Rotgelb schlugen die Flammen hoch, heiße Rauchschwaden stiegen auf, hinter denen sich die Silhouetten der Dächer und Kamine abzeichneten. Glühend standen sie über den Feuerwehrmännern, den Sanitätern mit ihren Bahren und den Rettungskräften, die sich in den Schutt vorarbeiteten.
Sie fuhr und fuhr, und alle Menschen waren so ernst, so

verängstigt und aufgewühlt und tapfer ... und *oh!* Grüne Seide bauschte sich über einer Gartenmauer.

Die an Fallschirmen abgeworfenen Bomben waren modifizierte Seeminen und so austariert, dass der Zünder nach unten zeigte, damit sie mit maximaler Zerstörungskraft detonierten. Aber manchmal verfing sich ein Fallschirm in einem Baum oder blieb an einem Kamin hängen, und der Zünder schlug nicht am Boden auf. Das war nun überhaupt nicht das, was sie brauchte, aber die Neugier hatte sie gepackt. Das Haus hinter der Gartenmauer schien verlassen zu sein, die Bewohner befanden sich wahrscheinlich im Luftschutzbunker, im Keller oder waren aufs Land geflüchtet. Sie lenkte ihr Fahrrad in den Garten. Die Mine baumelte an einem Ast, fünfzehn Zentimeter über dem Erdboden. Sanft schwang sie im Wind hin und her. Fünfzehn Zentimeter, und sie würde hochgehen. Wie aufregend!

Natürlich nützte sie ihr nun überhaupt nicht. Sie war viel zu schwer, sie konnte sie noch nicht einmal anheben und ... Fast hätte sie in die Hände geklatscht, als sie zwischen den Rosmarinbüschen die vertrauten Farben entdeckte: den feldgrauen Zylinder mit dem gelben Streifen an der Leitflosse, der von einem roten Streifen gekreuzt wurde.

Die Splitterbombe würde sich ganz wunderbar eignen. Die beiden rotierenden Flügel hatten sich beim Abwurf nicht aufgeklappt, der Anschlagstift wurde nicht ausgelöst. Das noch scharfe Bömbchen war ein ganz herrlicher Blindgänger.

Wieder bei ihrem Fahrrad, legte Abendammer ihren grünen Ledermantel über den Zylinder in ihrem Korb und breitete den Pelzkragen darüber. Sie fuhr auf eine Menschenmenge zu, die entsetzt und fasziniert das Feuer betrachtete. Die Zuschauer wurden gebeten, sich zu zerstreuen, also ging auch sie. Sie tat nämlich immer, worum sie gebeten wurde.

22

2. Dezember 1941, Abend

Der holzvertäfelte Salon des Puveen's Club war von so plüschiger edwardinischer Einrichtung, dass Chilton beinahe meinte, draußen in den nebelverhangenen Londoner Straßen den Schein flackernder Öllampen erkennen zu können.

»Ich habe darauf vertraut«, sagte Chilton, der am offenen Kamin saß, »dass Ihre Neuigkeiten diese Unbequemlichkeiten rechtfertigen. Ich komme nur ungern in die Stadt, selbst wenn keine Nachtangriffe zu erwarten sind.«

Puveen schwenkte seinen Brandy und betrachtete die langsam in die Glut fallenden Holzscheite. »Vertrauen ist unabdingbar.«

»Gleiches gilt für die Kürze.« Chilton erhob sich. »Wenn Sie mich nun entschuldigen wollen.«

»Sie sollten mich zu Ende anhören, alter Kumpel.« Puveens rosiges Gesicht glühte vor Selbstzufriedenheit. »Es geht um Familienangelegenheiten.«

»Familienangelegenheiten, das sind Dinge, um die man sich früher einmal gekümmert hat. Ich muss mich um die Dinge kümmern, die jetzt wichtig sind.«

»Sie betreffen Ihren Schwiegersohn. Sein Name tauchte unter sonderbaren Umständen auf.«
Chilton hatte erwartet, dass er seine Zeit verschwendete, als Peevy ihn zu einem Drink einlud – aber dies klang nun doch recht vielversprechend. »Mein Schwiegersohn?«
»Unter sonderbaren Umständen«, sagte Peevy. »Die Geschichte beginnt mit einer Leiche – eines Mannes, der vergangene Nacht in einem Bombentrichter ums Leben gekommen ist.«
»Ich habe gehört, es hätte keine Todesopfer gegeben.«
»Drei Flugzeuge der Luftwaffe, in der Tat die größte Luftstreitmacht in der Geschichte der Menschheit.« Peevys Augen strahlten. »Mir kam schon in den Sinn ...«
»Dieser Mann«, sagte Chilton. »Er wurde von einer Bombe getroffen?«
»Keineswegs. Er starb in einem Bombenkrater – ist wohl auf den Trümmern ausgerutscht, oder das Dach ist auf ihn draufgefallen. Kann Ihnen gar nicht sagen, wie oft so was passiert. Jedenfalls, nachdem Sie mir ja nahe gelegt haben, darauf zu achten, wenn ungewöhnliche Ermittlungen oder Aktivitäten in Gang kommen ...«
»Ich weiß, was ich Ihnen nahe gelegt habe.«
»Gut, diesem Mann wurde mehr Beachtung geschenkt, als er verdient gehabt hätte. Ich habe persönliche Nachforschungen angestellt. Sie hielten mich nie für besonders durchtrieben, aber ich habe in meinem Büro einen Brief aufsetzen lassen ...« Er brauchte zwanzig Minuten, bis er erklärt hatte, dass der Tote in seiner Weste ein kleines Tagebuch mit sich geführt hatte, das Peevy in sein Büro umleiten konnte. »Hab das Gekritzel selbst nicht lesen können. Kurzschrift, müssen Sie wissen. Aber die Namen in normaler Schrift stachen heraus. Ein Kerl namens ›E. Wall‹ wurde erwähnt. Da hab ich an Sie gedacht.«

»Ist das alles, was Sie entziffern konnten? Wo ist das Tagebuch jetzt?«
»Hab's zurückgegeben. Würde nichts bringen, wenn ich erwischt werde, wie ich ...«
»Das ist also alles, was Sie wissen?«
»So würde ich das nicht sagen!« Peevy fasste in seine Tasche, um einen Zettel herauszuholen. »Auch andere wurden erwähnt, ein ›T. Wall‹ und ein ›Sonder‹. Hat Ihr Schwiegersohn nicht einen Bruder?«
»Was noch?«
»Ein Akronym. Beim ersten Blick hielt ich es für die RAF. Aber es war kein A, sondern ein D. R Defence Force? Keine Ahnung. RDF.«
Der ominöse Rupert Davies-Frank.
Chilton verbrachte eine halbe Stunde mit dem Versuch, Peevy weitere Informationen zu entlocken. Er erfuhr nur noch zwei Dinge: den Namen des Toten, William Melville. Und seine Adresse.

Tom stieß in der Häuserzeile am Shepherd Market das Tor auf und wog Harriets Schlüssel in der Hand. Inch hatte gesagt, Earl habe Bücher mit nach Hause genommen. Befand sich der Mikrofilm im Buchrücken des *Tristram Shandy*, der Mikrofilm, der ihn zu Earl führen würde? Keine Ahnung. Aber der Hunne wusste alles andere – warum nicht auch das? Also würde er das Buch suchen und Harriet beweisen, dass Earl ein Verräter war. Ihr vor Augen führen, auf wen sie sich eingelassen hatte.
Das Haus lag in Dunkelheit. Als er an der Tür herumfummelte, ertönte eine Frauenstimme: »Wieder zurück? Oh, verzeihen Sie!« Die ältere Nachbarin. Sie hielt einen Pinsel in der Hand, weiße Farbe tropfte in einen Eimer. »Ich wollte Sie nicht erschrecken, Mr. Wall.«

»Sie kennen meinen Namen?«
»Mrs. Wall hat erwähnt, Sie kämen zu Besuch.«
»Warum sind Sie ... Kann ich was für Sie tun?«
»Oh, ich komm wunderbar zurecht, danke.« Sie hob den Farbeimer an. »Ich mal nur das Schlüsselloch an. Ich tu mir doch immer so schwer, in der Verdunkelung das Schloss zu finden.«
Die Tür ging auf, und Harriet stand vor ihm. Sie trug eine dunkelgrüne Hose mit nassen Flecken an den Knien, schlammverkrustete Gartenschuhe und eine blaue Steppjacke.
Er wusste, ohne hinsehen zu müssen, dass sie Dreck unter den Fingernägeln hatte und ihr Haar zerzaust war. Er wusste, ohne hinzusehen, was in ihrem Blick lag.
Er sah weg.
»Guten Tag, Mrs. Turnbull.« Harriet nahm Tom den Schlüsselbund aus der Hand und verschwand im Haus, ohne die Tür zu schließen.
»Oh!«, sagte die Nachbarin. »Sie wussten nicht, dass sie zu Hause ist?«
»Es gibt einiges, was ich nicht weiß.« Er trat ein. »Harriet?«
»In der Küche.«
Er folgte ihrer Stimme, lehnte sich gegen den Tisch und betrachtete sie, während sie auf den Wasserkessel starrte. »Tut mir leid.«
»Du siehst schlimm aus.«
»Earl ist noch nicht wieder da?«
Sie antwortete nicht.
»Ich hab mit dem Mann gesprochen. Nach allem, was die Briten wissen, hat der COI seine Spur verloren.«
»Hast du jemals gehört, dass Earl verloren gegangen wäre?«
»Ich hab nie gehört, dass er es zugegeben hätte.«
Fast lächelte sie. »Und wie steht's mit dir, Tom?«

»Ich bin schon so lange verloren, dass es sich fast so anfühlt, als hätte ich mich wiedergefunden.«
»Bleib zum Essen.« Sie öffnete einen Küchenschrank. »Ich hab frischen Spinat und Steak und Nierchen im Kühlschrank. Wenn sie nicht schon schlecht geworden sind.«
Nur sie beide am Küchentisch, eine brennende Kerze, eine halbleere Flasche Rotwein. »Es geht nicht. Ich kann mir jetzt keine Ruhepause gönnen.«
»Du wirst dir eine Pause gönnen, Tom, und zwar bald. Ich hab mir heute große Sorgen gemacht – in deinem Zustand am Steuer.«
»Dem Wagen fehlt nichts. Nur ein paar Grasflecken.«
Sie streckte sich, um etwas vom obersten Regal zu holen. Die Hose spannte sich um ihren Hintern. Er erinnerte sich an ihre Bewegungen, an die Berührung ihrer Haut. Er sah weg. Und setzte sich.
Sie stellte ihm eine gelbe Keramiktasse hin. Dampf kräuselte sich, die Tasse fühlte sich in seinen Händen heiß an. Der Tee war süß und milchig, Tom schmeckte die Schärfe von Alkohol.
Er nippte und lauschte dem Schweigen. »Ich brauch Schlaf, Harry«, sagte er, als er ausgetrunken hatte. »Ich hab seit Ewigkeiten nicht geschlafen.«
Sie führte ihn nach oben. Sie zeigte ihm das Badezimmer, das Gästezimmer. Gab ihm ein Handtuch und eine Seife. Die Laken auf dem Gästebett waren zurückgeschlagen. In einer Vase standen Schnittblumen. Gerüschte Vorhänge.
»Kuschelig.« Er wollte sie aufs Bett werfen, wollte sie liebkosen und bestrafen.
»Nein«, sagte sie. Ihre Absätze klackten über den Flur und die Treppe hinunter.
Großartig. Zumindest konnte er mit einem einzigen Wort oder noch weniger eine Frau in die Flucht schlagen. Er zog

die Schuhe aus und durchsuchte den oberen Stock. Viele Bücher. Kein *Tristram Shandy*. Kein Mikrofilm. In ihrem Schlafzimmer setzte er sich aufs Bett. *Ihr* Bett. Er durchwühlte den Sekretär. In der untersten Schublade befanden sich Lavendelsäckchen und Nachthemden. Die Erinnerung ließ ihn einen Augenblick innehalten, dann räumte er die Sachen zur Seite.

Darunter lagen zwei Waffen und vier Munitionsschachteln. Waffenbesitz war in England verboten, aber das sah Earl gleich. Ein Colt Kaliber 25 ACP-Automatik mit Elfenbeingriff und ein Webley-Revolver Kaliber 455: Earl, stellte Tom sich vor, hatte den Kaliber 25 für Harriet gekauft, was er dann mit dem Kaliber 455 für sich überkompensieren musste – er brauchte einen Eineinhalb-Pfünder, eine schwerere, mächtigere Waffe als Harriets Spielzeug, das in seiner Hand einfach verschwinden würde.

Tom schloss die Schublade und beendete die Durchsuchung der oberen Räume. Nichts. Im Gästezimmer nahm er seine Schuhe in die Hand und wartete. Als er wieder Harriets Absätze auf der Treppe hörte, konnten zehn Minuten oder zwei Stunden vergangen sein. Ihre Schlafzimmertür ging auf und zu. Zeit verstrich.

Tom schlich sich nach unten. Fand die Taschenlampe und begann zu suchen.

Kein *Tristram Shandy*. Kein Meisterwerk der Komik, kein Behältnis der Informationen, die er brauchte. Das von ihm eingeschlagene Fenster war hinter dem Vorhang mit einem Brett zugenagelt worden. Sonst schien alles an seinem Platz zu sein. Seine Enttäuschung verwandelte sich in Wut und verflüchtigte sich daraufhin. Er konnte nicht …

»Tommy?« Sie stand im Flur und sah zu ihm ins Zimmer.

»Harriet! Ich konnte nicht schlafen.«

»Du warst noch nie ein guter Lügner.«

»Nicht bei dir.«
»Es wurde Fliegeralarm gegeben«, sagte sie. »Ich wollte dich wecken.«
Er trat vor, bis er nur noch Zentimeter vor ihr stand. Er würde sie küssen.
»Ein Luftangriff steht bevor«, sagte sie. »Kann jederzeit losgehen.«
Er spürte ihren Atem im Gesicht. Er würde sie küssen.
Sie drückte ihm einen Finger auf die Lippen. »Nein, Tommy.« Die Sirene heulte.
»Verdammt«, sagte er.
»Komm, wir haben unter der Treppe einen Luftschutzraum.«
»Keinen Anderson-Bunker?«
»Damit ich meinen kleinen Garten umgraben müsste?«
Er lächelte. Draußen explodierte eine Bombe.
Das Wummern der Geschütze war zu hören, Ziegel und Balken kreischten, lautlos schwebten die Lastensegler vom Himmel – Höhe 107 in Máleme, seine Jungs, die inmitten des Korditdunsts Feuerstöße abgaben, Blut auf seinem Gesicht und in seinem Mund, der Geschmack von Blut.
»Tommy«, sagte sie, und er knallte hinter sich die Eingangstür zu.

Abendammer beeilte sich, sie hatte die Augen weit aufgerissen vor gespielter Angst und war über die Lenkstange gebeugt, ein furchtsames Mädchen, das zu seiner Mutter nach Hause eilte.
Sie sah auf die Ausbuchtung des zusammengeknüllten Mantels. Es war alles arrangiert. In mechanischen Dingen war sie einfach eine Idiotin – sie wusste kaum mit einer Haarnadel umzugehen –, aber sie hatte sich gemerkt, was man ihr beigebracht hatte. Trotzdem brauchte sie noch einen

Zündmechanismus, doch dazu wollte ihr partout nichts einfallen. Vielleicht funktionierte die Splitterbombe ja gar nicht. Natürlich konnte sie Buchbinders Instruktionen auf ganz unterschiedliche Weise befolgen, aber es wäre doch jammerschade, wenn sie dieses Geschenk des Himmels einfach vergeuden würde!

Sie zog den Kopf ein, als ein Feuerwehrwagen vorüberfuhr. Der Himmel wurde von dem hinter Rauchwolken stehenden Mond erhellt. Sie unterließ es, mit den Hüften zu schwingen, ihr Gang zeugte von Erschöpfung und Schlichtheit. Ihre Absätze klapperten müde. Hier gab es nichts zu sehen.

Sie war gut damit beschäftigt gewesen, Buchbinders Instruktionen auszuführen. Hatte sich mit dem Mann mit der glänzenden Weste getroffen, Tommy Wall ausfindig gemacht und das Treffen heute Abend arrangiert. Außerdem waren ihr und Buchbinder drei Namen genannt worden, denen sie auf den Zahn zu fühlen hatten – drei Agenten, denen die wenig vertrauenswürdige Abwehr vertraute. Nun gut, Buchbinder waren die drei Namen mitgeteilt worden. Sie hatte nur einen: einen Mann, der »Digby« genannt wurde und angeblich die BBC infiltrierte. Sie hatte sich die Uniform eines Schulmädchens gemopst und eine mürrische Schmollmiene aufgesetzt, und niemand bei der BBC hatte über ihre ungeduldigen Fragen auch nur die Augenbrauen gelüpft. Sie hatte Digby ohne Schwierigkeiten aufspüren können.

Ab dem morgigen Tag würde sie ihn richtig observieren. Er schien sich völlig frei bewegen zu können, entweder war er also doch nicht übergelaufen, oder er war komplett umgedreht worden. War es möglich, dass er die Abwehr verraten hatte? Sie würde ihre Schmollschnute ziehen und mal ein Auge auf ihn werfen. Sollte nicht allzu schwer sein. Er war ein Mann, und Männer waren …

»Gib her!« Neben ihr ertönte eine Kinderstimme – ein Junge, ein ganz lieber Junge, nicht älter als zwölf, der sich wie ein wahrer Raufbold aufführte. »Sie gehört mir. Gib *her*!«

»Nein!«, sagte ein Mädchen, das etwas jünger war, aber ebenso liebenswürdig aussah. Ihr fehlten zwei Vorderzähne, und sie hielt mit aller Macht eine Orange umklammert. »Hör auf damit, oder ich werde …«

Als Abendammer ihre Fahrradklingel ertönen ließ, verstummte sie.

»Na, ihr Blagen!«, sagte Abendammer. »Ihr solltet doch wissen, dass man sich bei diesem Wetter nicht draußen aufhält. Wo wohnt ihr denn?«

Sie sahen auf ihre schwarzen, abgewetzten Schuhe und die auf die Knöchel gerutschten, farblosen Socken. Der Junge murmelte etwas, was nicht zu verstehen war, das Mädchen spähte unter dem fransigen Pony zu ihr hoch. Ein Windstoß trug den Geruch von Brandbomben und Ziegelstaub herüber. Zwei Flugzeuge dröhnten über ihnen, massive Lichtkegel tasteten sich durch den vorüberwehenden Dunst.

»Deutsche Flugzeuge«, sagte Abendammer. »Da spielt man nicht draußen.«

»Die blöden Jerrys«, sagte der Junge. »Die treffen noch nicht mal 'ne Scheune, wenn sie mittendrin stehen.«

»Kommt mit.« Sie versuchte sich am ernsten Ton einer Gouvernante. »Zwei Straßenzüge weiter ist ein Schutzraum.«

»Mag nicht in die U-Bahn«, sagte der Junge.

»Na, wenn die U-Bahn-Schächte für euch nicht gut genug sind«, sagte Abendammer, »wo ist dann eure Mutter?«

Die Kinder murmelten etwas und traten von einem Fuß auf den anderen.

Diese verzogenen Gören. »Na ja, in der U-Bahn stinkt's ja auch wirklich.« In der U-Bahn gab es noch dazu Mücken und Läuse und massenweise schwitzende Untermenschen.

Abendammer schauderte. »Das können wir euch auf keinen Fall zumuten! Kommt. Die Luftschutzwarte werden euch ...«
Das Mädchen schüttelte den Kopf. »Will nicht zu denen.«
»Stinken die Luftschutzwarte auch?«, fragte Abendammer.
»Na, womöglich miefe sogar ich?«
»Sie nicht, Miss«, sagte der Junge. »Sie riechen gut.«
»Na, und das aus Kindermund!« Sie hielt dem Mädchen die Hand hin. »Wir werden für euch schon ein hübsches, kleines, kuscheliges Plätzchen finden.«
»Aber keinen Oschu«, sagte das Mädchen, das sich an ihre Hand klammerte. »George will immer in die Oschus.«
»Und was bitte schön ist ein *Oschu?«*, fragte Abendammer.
»Das wissen Sie doch«, sagte das Mädchen. »Aus Ziegeln.«
»Ach! Ein oberirdischer Schutzraum.« Ziegelbauten in der Größe eines Busses mit einer Betondecke und einer Tür an jedem Ende, die durch einen Schutzwall gesichert war. Sie waren ganz offensichtlich so konstruiert, dass sie bei der geringsten Erschütterung in sich zusammenfielen.
»In seiner Schule«, sagte das Mädchen. »Da stellen sich die Mädchen zum Mittagessen auf die eine und die Jungen auf die andere Seite. Dann gehen sie durch den Oschu und knutschen sich der Reihe nach ab.«
Abendammer drückte dem Mädchen die Hand. »Keine Sorge, Liebes. Ich kenne einen Ort, in dem es nach Rosen duftet und Knutschen nicht erlaubt ist.«

»Nein, kein Zweifel, es ist Melville«, sagte Davies-Frank. »Wird zu den Bombenopfern gerechnet.«
»Waren letzte Nacht noch nicht mal ein Dutzend Flugzeuge.« Highcastle saß auf dem Fahrersitz des geparkten Wagens und kaute auf seiner kalten Zigarre. »Noch nicht mal ein halbes Dutzend.«

»Er hat Verletzungen am Kopf, eine Gehirnerschütterung, Quetschungen am Hals …«

»Fingerabdrücke?«

»Keine Fingerabdrücke. Keine Wunden, die darauf hindeuten, dass er sich gewehrt hätte, keine Verbrennungen, seine Kleidung ist nicht beschädigt. Fiel vielleicht auf eine Rohrleitung. Jedenfalls ist ihm keine Bombe auf den Kopf gefallen.« Schwach waren durch das heruntergekurbelte Fenster Explosionen zu hören – in dieser Nacht waren es weit mehr als ein Dutzend Flugzeuge. »Nicht so wie uns.«

Highcastle grunzte. Davies-Frank klopfte auf den weißen Regenschirm, den er auf dem Schoß hatte. Der arme, furchtsame Mr. Melville. Stolperte in eine von Bomben zerstörte Häuserzeile und blieb mit der Zehe im Schutt hängen. Es kam häufiger vor – zerbombte Gebiete waren gefährlich. Wie die Queen's Hall, wo das zweite Treffen mit Abendammer stattfinden sollte. Davies-Frank hatte einen Blick hineingeworfen. Umrahmt von den einsturzgefährdeten Außenmauern, war der Querschnitt des Gebäudes zu erkennen – dort der zweite Stock, dort der erste, dort das feuchte Erdgeschoss, das durch ein Loch in der Wand sichtbar war. Und dort, am Boden, stand ein Löschwassertank. Über neunzigtausend Liter Wasser für die Feuerwehren. Kinder kletterten zum Schwimmen hinein und ertranken, sie spielten zwischen den Ruinen im Schutt und in den halb verschütteten Kellern. Sie horteten allen möglichen Ramsch, und nichts war so wertvoll wie Blindgänger. Zerbombte Gebiete waren gefährlich, aber Mr. Melville war kein Kind. Über den Schutt gestolpert, von einer einstürzenden Wand erschlagen … aber was hatte er dort überhaupt verloren?

»Zum Plündern?«, sagte Highcastle, als könnte er Davies-Franks Gedanken lesen. »Doch nicht unser Mr. Melville.«

»Einen streunenden Hund einfangen?«

Highcastle grunzte. »Das war kein Unfall.«
»Nein. Ich werde die Leiche Dr. Wheeler zur gerichtsmedizinischen Untersuchung schicken. Illingworth wird Nachforschungen anstellen. Mehr können wir nicht tun.«
»Man kann immer mehr tun.«
Highcastle sah zur mehr oder weniger verlassenen Straße. Davies-Frank folgte dem Blick. Ein Mann mittleren Alters begleitete seinen gebrechlichen Vater über die Straße. Ein Gentleman in Anzug und cremefarbenem Filzhut schlenderte vorüber. Eine junge Mutter führte ihre Kinder den Bürgersteig entlang.
»Fünf vor neun«, sagte Highcastle nach einem Blick auf die Uhr.
»Soll ich los?« Plötzlich war Davies-Frank nervös, obwohl er doch nur mit Abendammer den Kontakt herstellen und dann seinen Männern das Signal geben musste.
»Geduld«, sagte Highcastle. »Bald.«

23

2. Dezember 1941, Nacht

Die Fliegeralarmsirenen verstummten für einen Moment, und hinter sich hörte Tom Hufschläge durch die schmale Straße hallen. Der Himmel wurde vom Mond und dem Widerschein Hunderter Feuer erhellt. Es war schön. Es war schön gewesen auf Kreta. Das Meer, die Berge – und darüber der blaue Himmel.

Hufschläge. Ein geschecktes Pferd, ein elegantes, glänzendes, muskulöses Tier, trottete über eine leere Kreuzung, darauf saß eine Frau. Sie verschwand aus seinem Blickfeld, und nichts blieb zurück außer dem Klappern der Hufe.

Schließlich wurde das Geräusch von den Sirenen verschluckt.

Tom sah über sich einen aufheulenden Beaufighter, einen dunklen Fleck vor dem Mond. Er beschrieb einen anmutigen Halbkreis und näherte sich einem deutschen Bomber, dann schob sich eine Rauchwolke davor, und Tom verlor ihn aus den Augen.

Er sah den Rauchschwaden hinterher. Überall in der Stadt loderten Flammen in den verdunkelten Straßen. »Die Funken«, sagte ein glatzköpfiger Mann, der das Gesicht zum

Himmel gerichtet hatte, »fühlen sich auf der Haut an wie Schneeflocken.«

In der Farbenfabrik auf der gegenüberliegenden Straßenseite kam es zu einer Explosion, irgendein leicht brennbarer Stoff musste sich entzündet haben und sandte eine Hitzewelle wie in einem Hochofen aus. Tom lief der Schweiß übers Gesicht, sein Hemd war klatschnass. Die hochschlagenden Flammen fraßen sich durch das Gebäude, Farbdosen platzten und schossen wie Silvesterraketen in den Himmel.

»Hatte Spätschicht, als der Angriff losging«, sagte der Glatzköpfige. »Bin also nach unten, und da auf seinem Stuhl sitzt der alte Sandy, so ruhig wie immer. Ich klopf ihm auf die Schulter ...« Drei Leuchtkugeln schossen aus der Fabrik. »Auf der einen Seite im Gesicht war ihm kein Härchen gekrümmt, die andere aber«, sagte der Glatzköpfige, »war schwarz wie Kohle.«

Ein Taubenschwarm kreiste über ihnen, angezogen von den Flammen oder der Wärme. Tom betrachtete die Vögel und spürte Schneeflocken auf sein Gesicht fallen.

Feuerwehrwagen trafen ein. Der Schwall aus den Wasserschläuchen mischte sich mit den Flammen. Einer der Feuerwehrleute brüllte, dass Mechaniker in den Gruben unter den Lieferwagen gefangen seien. »Fahrt die Wagen raus!«, brüllte er. »Schafft die gottverdammten Wagen raus!«

»Sollen wir?«, sagte der Glatzköpfige.

Spritzwasser trommelte auf sie ein, dann saßen sie hinter dem Steuer zweier nebeneinanderstehender Laster. Es herrschte unerträglicher Lärm, Metall verbog sich unter der Hitze, sie brannte Tom im Gesicht. Sie fuhren auf die Straße hinaus, wo Tom den Glatzköpfigen aus den Augen verlor. Auf dem Bürgersteig brach er zusammen und beobachtete die irisierenden Lachen aus Klarlack, an denen blaue Flammen züngelten.

Stunden später stand Tom unter einem Laternenmast, der sich unter der Hitze verbogen hatte und sich nun zum Boden neigte. An der Ecke schwärmten Sanitäter und Hilfskräfte über einen Schutthügel. Dünne, nach Fischöl riechende Rauchschwaden zogen vorüber, und über das Getöse hinweg waren die schrillen Schmerzensschreie einer Frau zu hören.

Eine rußverschmierte Frau – in der Uniform der *First Aid Nursing Yeomanry* oder der *Women's Auxiliary Ferrying Squadron* – sagte Tom, man würde bereits seit Stunden graben. Die schreiende Frau befinde sich in einem drei Meter tiefen Schacht. Ihren Kopf hätten sie freibekommen, sonst aber steckte sie noch in den Trümmern fest. Neben ihr sei auch ein Mann gewesen, der allerdings vor einiger Zeit verstummt war.

»Wäre ihr ebenso ergangen«, sagte die Frau, »wenn nicht ihr Hund gewesen wäre.«

»Sie wäre auch verstummt?«

»Der kleine Köter hat nach ihr gebuddelt, als die ersten Mauern einstürzten«, sagte sie. »Er stand genau über ihr, als das Dach herunterkam. Hat ihr wohl das Leben gerettet.«

»Ein Scheißjob, der beste Freund des Menschen zu sein«, sagte Tom. Dann sackte die Wand in sich zusammen, und die Schreie der Frau brachen ab.

Die Rettungsmannschaften hielten kurz inne, dann machten sie sich wieder an die Arbeit.

Zehn Uhr. Davies-Frank strich sich mit der Hand durchs Haar, wischte eine Ascheflocke vom Ärmelaufschlag und hätte fast gelächelt. Er benahm sich ja kindisch. Es gab keinerlei Grund, nervös zu werden, schon gar nicht wegen eingebildeter Asche auf seinem grauen Cheviot, und das nach Sonnenuntergang. In zwei Stunden würde er bei Joan und den Zwillingen sein. Er würde leise in das Zimmer der Mädchen treten, ihre süßen, schlafenden Gesichter betrachten und spüren, wie ihm das Herz aufging

Er sah auf die Uhr. Vier Minuten nach der vollen Stunde. Er tippte mit der Regenschirmspitze seitlich gegen den Schuh. In der Straße war es ruhig, obwohl am anderen Ende der Stadt die Bomber und Nachtjäger am Himmel ihre Schlacht schlugen.

Acht nach zehn. Ein älterer Mann kam torkelnd aus einer Seitenstraße. Warum war ein Mann seines Alters in einer Bombennacht noch unterwegs? Wahrscheinlich hatte er hiermit nichts zu schaffen. Oder er war Abendammer. Davies-Frank blieb gelassen, der Ältere ging vorüber, eine Alkoholfahne folgte ihm.

Beiläufig schwang Davies-Frank den Regenschirm in einem Halbkreis und ließ ihn gegen die linke Schulter prallen – womit er Highcastles Männern signalisierte, den Mann zur Befragung anzuhalten.

Dreizehn Minuten nach zehn. Hell stand der Mond am Himmel, immer wieder waren gedämpft Explosionen zu hören, in der Ferne das Rattern der Flugabwehrbatterien. Wind kam auf, Ladenschilder begannen hin und her zu schwanken und knarrten an ihren Ketten.

»Hier, Mister!« Etwas zerrte an seinem Ärmel.

»Großer Gott!« Beinahe hätte er dem pausbäckigen kleinen Mädchen mit dem Schirm aus dem Reflex heraus einen Schlag verpasst. »Hast du mich erschreckt! Hast du deine Mum verloren?«

»Ich hab eine Botschaft.« Sie sah zum Schirm, der geisterhaft weiß in der Dunkelheit schimmerte. »Für Sie.«

Munter schwang er den Schirm über die rechte Schulter. »Eine Botschaft? Nun, na ja – ist es ein singendes Telegramm?«

Sie sah ihn fragend an. »Nein.«
»Schade. Ich hab mir immer schon mal ein singendes Telegramm gewünscht. Weißt du, was das ist?«
»Die Botschaft lautet, dass Sie mitkommen und mir folgen sollen.«
»Der Gentleman«, sagte er, »der solch einer reizenden Einladung widerstehen könnte, ist noch nicht geboren.«
Sie eilte von der Queen's Hall fort, und er sah keine andere Möglichkeit, als ihr zu folgen. Abendammer war wichtig. Das Zwanziger-Komitee war wichtig. Trotzdem, was zum Teufel sollte er mit diesem Kind hier? Langsam setzte er sich in Bewegung, damit Highcastle Zeit gewann, um reagieren zu können. Es wäre einfach zu schäbig, wenn Abendammer ein Kind als Kontakt benutzte ...
Aber seine Nervosität war plötzlich wie weggeblasen. Seine Angst hatte sich verflüchtigt, die nächtliche Luft wärmte ihn. Jedes aktive Handeln – sogar das hier – war ein willkommenes Gegengift zur Sisyphusarbeit der Strategieplanung. Viel zu lang war er an seinen Schreibtisch gefesselt und mit den mühsamen Vorbereitungen beschäftigt gewesen. Es war ganz einfach: Dem Zwanziger-Komitee hatte sich alles unterzuordnen. Was hatte er schon zu befürchten? Sondegger mochte schlauer sein als er, aber er würde es nie und nimmer schaffen, ihn kleinzukriegen. Morgen würde er in Hennessey Gate durch den Gang schreiten und ohne die geringste Angst die weiße Tür aufreißen. Er würde Sondegger in die Augen schauen und ihn seine Verachtung spüren lassen, Verachtung und Befriedigung über die gute Arbeit, die heute Nacht geleistet wurde.
»Wie sah denn der Mann aus, der dir die Botschaft gegeben hat?«, fragte er das Mädchen. »War er dünn oder dick? Größer als ich?«
Sie schüttelte den Kopf.

»Kleiner als du?«, fragte er und versuchte sie zu umgarnen.
»Das darf ich nicht sagen.«
»Wirst du es mir sagen, wenn ich dir eine halbe Krone gebe?«
Sie bogen in eine schmale Straße ein, und sie rieb sich die Nase und ließ sich das Angebot durch den Kopf gehen.
»Muss ich das mit George teilen?«
»George, ist das der dünne Kerl mit der Botschaft?«
»Er ist mein Bruder. Er hält sich für ganz schlau.«
»Eine halbe Krone für dich, eine halbe Krone für George.«
»*Sie* sagt, sie gibt jedem von uns eine Krone.«
Also eine Frau. »Hat sie braunes Haar? Ist sie blond? Ist sie ...«
»Sie sagt, in der U-Bahn stinkt es fürchterlich. Sie lädt uns morgen zum Tee ein – mit Kuchen und Orangen. Da ist George.«
Sie hob ihre pummelige Hand. Auf der anderen Straßenseite, neben einem Zeitungskiosk, stand ein Junge breitbeinig über dem Vorderreifen eines Fahrrads. Als sie näher kamen, klingelte er.
»Na, George«, sagte Davies-Frank. »Ich hab gehört, du hast eine Botschaft für mich.«
»Ja, Sir.« Der Junge patschte auf einen Ledermantel im Fahrradkorb. »Es ist da drunter ...«

Tom las einen Anschlag in einem Schaufenster – KEINE SCHOKOLADE, KEIN SACCHARIN – und sah Flammen über die Dächer schlagen, weiter unten in der Straße explodierte eine 500-kg-Bombe. Er warf sich auf den Boden und griff nach seiner Waffe, während eine Lawine aus Glas und Staub über ihn hinwegfegte.
»Reggie?« Eine Frau in einem weißen Nachthemd taumelte vorbei und hielt sich den Ellbogen. »Reggie?«

»Auf den Boden!«, schrie er. »Werfen Sie sich verdammt noch mal auf den Boden!«
Hinter der Frau teilte sich die aufgewirbelte Luft wie ein Vorhang und gab den Blick auf einen schlaksigen Mann mit sandfarbenem Haar frei, der lässig mitten auf der Straße stand. Er hatte kein Gewehr, keinen Helm ... Der Feuerschein huschte über sein Gesicht.
Earl.
Tom versuchte nach seinem Colt zu greifen. Earl war da, keine zwanzig Meter vor ihm. Er packte ein Metallrohr, einen Wasserhahn, an dem noch ein Stück Kupferleitung hing. Er war nass und kalt und schwer genug, um als Knüppel herzuhalten. Er sprang über den Schutt, konnte in den diesigen Schwaden aber keine zehn Meter weit sehen. Earl war fort ... Nein, dort – zwischen der Feuerwehrpumpe und der Wand. Hinter den brüllenden Männern unter ihren Stahlhelmen.
Tom rannte über Feuerwehrschläuche, die sich wie fette Würmer durch das Geröll wanden. Earl huschte davon. Tom lief hinterher, vorbei an einem alten Mann, der vor einem brennenden Textilgeschäft weinte. Immer wieder sah er kurz seinen Bruder, der zu weit weg war – eine verschwommene Gestalt, die sich mit Earls unverwechselbarer Leichtigkeit bewegte. Vorbei an einem Jugendlichen, der aus einem auseinandergebrochenen Spalier eine Stange wegtrug, vorbei an zwei toten Katzen, die auf einem umgeworfenen Schrank lagen.
Geisterhaft glitt Earl in die Schatten und war verschwunden. Tom schrie. »Earl! Ich bin's!« Keine Antwort, nur das Krachen der Bomben und das Tosen des Feuers. »Ich bin's, Tom, dein Bruder.«
Dort, wo Earl verschwunden war, stand eine Backsteinmauer. Er war nirgends zu sehen. Tom fuhr sich über das

Gesicht. *Ich bin's, Tom, dein Bruder*. Erinnerst du dich an die Sommer in Maine, als du mir gezeigt hast, wie man einen Wurm an den Haken steckt? Erinnerst du dich, wie du mir durchs Haar gestrichen und gesagt hast, dass man das Rennen gewinnt, wenn man nur langsam und stetig voranschreitet? Erinnerst du dich an die Jazz-Clubs, die Tanzhallen, die vollen, verrauchten Bars?

Er ließ das Kupferrohr fallen. Earl war verschwunden.

Er schleppte sich durch die Dunkelheit in Richtung Waterfall. Es gab keinen anderen Ort, an den er konnte. Fast konnte er spüren, wie sich ihm der Gewehrriemen in die Schulter schnitt, fast roch er die kretische Nacht, sah die Fallschirme, die sich über ihm wie entzündete Wunden öffneten. Fast hörte er in einer plötzlichen Windstille eine Melodie, die er kannte, ein gemurmeltes Kirchenlied. Es war der vor sich hin schlurfende Trödler mit dem zerlumpten Karren und dem zerzausten Bart und den gelben Zähnen – der Hausierer. Der Mann hockte hinter seinem Karren und aß Sardinen aus der Dose, er hatte seine fingerlosen Handschuhe nach hinten gerollt. Seine Fingerspitzen waren schwarz vom Ruß.

»Ein Bissen gefällig, Chef?«, fragte der Mann und hielt ihm die Dose hin.

»Sie sind Hausierer, Sie kaufen Bücher.«

»Chapman, der bin ich.« Der Mann brach in schallendes Gelächter aus, sein Bart wellte sich wie der Pelz eines Tiers. »Haut und Knochen und Zähne wie von 'ner alten Ziege.«

»Sie kaufen vom Waterfall? In der Nähe vom Tudor's?«

»Gehört zu mei'm Gebiet. Laken, bei denen es sich nich' mehr lohnt, dass man sie flickt, und Fetzen, die man zu Decken zusammennähen kann.«

»Und Bücher.«

Der Mann schüttelte den Kopf. »Keine Bücher.«

»Sie haben einen Bücherstapel gekauft« – Tom hob die Leinwandplane an, die den Karren halb bedeckte –, »gestern. Vom Waterfall.«

»Nie un' nimmer, Chef.«

Tom fasste unter die Plane. Er stieß auf Messingbeschläge, Tonic-Flaschen, eine modrige Ledertasche, vollgestopft mit Stofffetzen ...

»Die werden mir ein schönes Sümmchen einbringen«, sagte der Mann und zeigte auf drei Schreibmaschinen. »›Taylor's‹ in der Chancery, die zahlen am besten.«

Tom wühlte sich tiefer durch den Karren, fand eine Tüte mit Blumensamen, ein dickes, mit einer Kordel zusammengebundenes Bündel Holzpflöcke – und entdeckte schließlich einige Bücher. Ein Mathematiklehrbuch mit Wasserflecken auf dem Umschlag und Willa Cathers *Das Haus des Professors*, aber nichts von Earl.

»Haben Sie ein Feuerzeug?«, fragte Tom.

Der Mann wischte sich seine fettverschmierten Handschuhe an der Hose ab. »Die hab ich. Kenn da einen, der in 'ner Munitionsfabrik arbeitet – lässt hin und wieder Benzinfeuerzeuge rüberwachsen. Drei Shilling sechs Pence.«

»Wie steht's mit Zigaretten?«

Der Mann wühlte in seinen Taschen und brachte eine Hand voll halb gerauchter Kippen zum Vorschein. »Bedien' Sie sich.«

Tom ließ es sein. »Eine Taschenlampe? Ich könnte eine ...« Er sah im Karren, unter einer zerbrochenen Keramiklampe, eine vertraute Farbe aufblitzen: einen Buchrücken. Ein Gedichtband von Robert Burns in der gleichen Farbe wie das Liebesnest im Waterfall. Tom schob die Lampe zur Seite und fand sechs weitere Bücher, Gedichte, Literatur, Philosophie. Keines von ihnen war der *Tristram Shandy*.

Tom drehte sich dem verwahrlosten Mann zu und trat nah an ihn heran.

»Die gehör'n mir nicht!« Verängstigt hob der Mann die Hände. »Die gehör'n mir nicht. Ich hab sie nicht gekauft – sind nur auf Kommission. Ich fahr sie rum und frag die Buchhändler, ob sie sie brauchen. Bring sie zu Cubby's zurück und ...«
»Wie viele?«
»Die da.«
»Die anderen haben Sie verkauft?«
»Auf Kommission, Chef. Für Cubby.« Nervös legte der Mann die Hand auf die sechs übrigen Bücher. »Die nicht. Nur auf Kommission. Fragen Sie Cubby, der wird's Ihnen sagen.«
Frag Cubby. Zurück durch die zerstörte dunkle Stadt, durch das Feuer und die Angst, um Cubby zu finden.

Eine Stunde später ließ Tom das Benzinfeuerzeug aufflackern und legte das Gesicht an die Scheibe des kleinen Buchladens. CUMBERSON AND SONS BOOKSELLERS. Der Trödler hatte gesagt, Cubby habe Earls Bücher auf dem Ladentisch gestapelt, aber Tom sah keinen Ladentisch.
Er klopfte an die Tür. Niemand kam, also warf er einen Stein durch das Fenster, wickelte das Jackett um den Unterarm und schlug das Glas weg. Plünderungen während der Verdunkelung, so hatte man ihm erzählt, waren mittlerweile zum Problem geworden. Er hatte kein Problem damit. Er trat ein und fand Earls Bücher, aber keinen *Tristram Shandy*. Er zerknüllte ein Blatt, legte es in einen Aschenbecher und zündete es an, damit er etwas sehen konnte. In einer Schublade fand er einen Brieföffner und schlitzte damit die Rücken von Earls Büchern auf. Platz genug für eine Mikrofotografie. Platz genug für einen verdammten Brotlaib. Und Platz für alle seine Illusionen und für sein Versagen auch.
Was zum Teufel trieb er hier?

Es war kein Earl da, hier gab es keine Bücher. Sollte er versuchen, nochmals den Hausierer aufzuspüren? Wenn er es nicht verkauft hatte – und das hatte er nicht –, was dann? Es war bei Harriet. Oder Earl hatte es versteckt. Oder Sondegger zog an einem unsichtbaren Marionettenfaden, und Tom tanzte zum Rhythmus seiner narkotisierenden Stimme.

Tom konnte den Hausierer nicht mehr finden. Stattdessen stieß er auf die rückwärtige Treppe des Waterfall. Stieg zum zweiten Stock hinauf – zum Boxerzimmer. Fummelte in der kalten Dunkelheit, bis er den Schlüssel im Schloss hatte. Drinnen war es warm. Er schaltete das Licht an und setzte sich in den Sessel.

Auf dem Tisch lag ein zusammengefalteter Zettel: »Lieber Tommy, das Zimmer gehört einen weiteren Monat Ihnen. Bitte kommen Sie zu mir – nachdem Sie geschlafen haben! Ich hab was für Sie. Süße Träume, A. Pritchett.«

Der Zettel roch nach ihrem Parfüm. Feine weiße Blüten, einfach und rein.

Er wusch sich im Badezimmer das Gesicht. Seine Kleidung war schlammverschmiert und mit Asche und Steinsplittern bedeckt. Sein Jackett war vom Schaufenster des Buchladens zerrissen. Er badete und ging Earls Sachen im Schrank durch. Im besten Anzug sah er wie ein Lackaffe aus, alles, was ihm noch dazu fehlte, war eine knielange Uhrkette und eine große Fliege. Und ein starker Drink.

Unten trat er aufs Parkett und wünschte sich, er hätte eine Zigarette. Eine Kapelle spielte, ein Dutzend Paare schwofte über die Tanzfläche. Er setzte sich an die Theke, umklammerte einen doppelten Scotch und beobachtete die Tanzenden. Audrey war nicht darunter. Inch war nicht an seinem Tisch. Er winkte einem Zigarettenmädchen und kaufte auf Earls Rechnung eine Packung Goldflake. Er fragte, ob

diesen Abend noch ein Tableau gezeigt werde, aber das Mädchen meinte, dafür sei es schon viel zu spät.
Er fragte nicht nach der Uhrzeit. Er wollte es nicht wissen.
Die Kapelle legte eine Pause ein, und ein Komiker trat auf. Noch ein Drink, und er würde es in Audreys Wohnung versuchen, mal sehen, was sie für ihn hatte. Vielleicht Neuigkeiten von Earl. Er wollte tanzen. Er hatte mal gewusst, wie die Drehungen hinzulegen waren.
Jemand klopfte ihm auf die Schulter. Er drehte sich um, und Highcastle riss ihn ruppig vom Barhocker.
»Mein Gott!« Tom versuchte sich loszureißen, aber Highcastle hielt seinen auf den Rücken gedrehten Arm fest. Tom trat heftig mit dem Absatz zu, Highcastle stieß einen Schrei aus und ließ los. Tom schlug ihm in den Magen, trat näher heran, um einen weiteren Schlag anzubringen, aber einer von Highcastles Leuten schob sich dazwischen.
Es war Ginger – der aus Granit gemeißelte Rothaarige, der Tom von der Botschaft ins Rowansea gefahren hatte. Er war nicht kleiner geworden. »Nicht hier, Kumpel«, sagte er.
Bevor Tom antworten konnte, drehte ihm ein anderer den Arm nach hinten, dann schleiften sie ihn die Treppe hoch.
»Ich kann allein gehen«, sagte Tom und riss sich los. »Ihr Arschlöcher.«
Highcastle schob ihn durchs Foyer. »Rupert ist tot.«

24

3. Dezember 1941, Morgen

Tom und die Wachen warteten im Wagen, während Highcastle die Stufen zu Davies-Franks Stadthaus hochschritt. Sie warteten, während er reglos vor der geschlossenen Tür stand, während er die Hand zur Klingel führte. Tom kannte die Körperhaltung: Bringe mein tiefstes Bedauern zum Ausdruck, Ihnen mitteilen zu müssen, dass Ihr Sohn im Feld sein Leben gelassen hat …

Nach einer kalten Stunde kehrte Highcastle zum Wagen zurück, und sie fuhren nach Hennessey Gate.

Auf halber Strecke sagte Highcastle: »Seine Töchter – Ruperts Töchter –, sie haben meine Stimme gehört und mich für ihren Vater gehalten. Sie kamen im Pyjama nach unten, drängelten sich vor, konnten es kaum erwarten, die kleinen Rabauken. Es war ihnen klar, dass sie längst im Bett sein sollten. Aber sie wollten einen Gute-Nacht-Kuss.« Schweigend starrte er auf die dunkle Landschaft. »Was von ihrem Mann noch übrig sei? Das wollte Joan wissen. Gab's noch was, das man beerdigen konnte? Ein Paar Schuhe mit zwei Füßen drin. Ein paar Brocken von zwei toten Kindern und ein goldener Manschettenknopf. Das ist alles, was von

Rupert Davies-Frank noch übrig ist, Gott sei meiner Seele gnädig.«

Die Morgendämmerung setzte ein. Tom war wieder in Hennessey Gate. Wieder am Ausgangspunkt, zu einem letzten Gespräch mit Sondegger. Highcastle wollte den Aufenthaltsort von Abendammer oder einen Vorwand, um den Hunnen zu hängen. Das Letztere, wie er sagte, wäre ihm lieber – und er würde es bekommen, wenn Sondegger Abendammer nicht rausrückte.

Oben, im Zimmer am Ende des Flurs, saß Sondegger aufrecht an seinem Schreibtisch. Seine Zähne waren rot vom Blut seiner aufgeplatzten Lippe. »Haben Sie vom japanischen Botschafter gehört, Oshima Hiroshi?«, fragte er Tom mit seidiger Stimme. »Ein lustiger Kumpan des Außenministers von Ribbentrop, ein Mann von rechter Gesinnung. Rechter Gesinnung, Mr. Wall – ein Wortspiel Ihnen zuliebe.«

»Mir ist nicht nach Lachen«, sagte Tom. »Erzählen Sie mir von Abendammer.«

Tom zog einen gepolsterten Sessel neben den am Boden festgeschraubten Holzstuhl Sondeggers. Er spürte Druck auf den Ohren, ein Rauschen. Er war müde, er verlor immer wieder den Faden. Er sah zu Highcastle, der mit aufgerissenen Knöcheln und entzündeten gelben Augen am anderen Ende des Zimmers auf und ab lief.

Sondegger fuhr sich mit der Zunge über die blutigen Lippen. »Oshima hat Zugang zum engsten Kreis des Führers, eine Stütze der deutsch-japanischen Beziehungen. Er ist derjenige, der …«

»Ich brauche eine Beschreibung und einen Aufenthaltsort. Highcastle wird sich sehr freuen, wenn Sie ihm keinen Grund liefern, Sie am Leben zu lassen.«

»Oshima hat zwei Wochen, bevor es losging, Tokio vom Einmarsch in Russland unterrichtet. Er …«

»Sie haben eine Tochter«, sagte Tom. »Da war ein kleines Mädchen – Abendammer hat sie umgebracht.«
»Ich bin nach Abendammers Aufenthaltsort gefragt worden. Und ich habe ihn genannt.«
»Es gibt Eltern, die um dieses Mädchen trauern. Ihr Funker tötet Kinder.«
»Ich habe in gutem Glauben gehandelt.« Sondegger sah zu Highcastle. »Kann ich etwas dafür, dass seine Leute ihr Handwerk nicht verstehen?«
Highcastle senkte den Kopf und trat näher. Tom hob die Hand – sie hatten ausgemacht, dass er erst mit dem Hunnen reden wollte, bevor weitere Schritte eingeleitet wurden.
»Abendammer ist gewarnt worden«, sagte Tom. »Er hat gewusst, dass sie kommen.«
»Abendammer ist ein Profi.« Sondegger nahm den Bleistift vom Ohr und steckte ihn sich wie eine Zigarette zwischen die Lippen. »Geben Sie mir Ihre Hand.«
»Wenn Ihnen nicht zum Reden zumute ist, dann halten Sie den Mund. Aber Highcastle könnte einige gute Neuigkeiten vertragen.«
»Oh, ich werde reden. Es gibt einige Fakten, die ich nur allzu bereitwillig mitteile. Aber ich übereile nichts. Ihre Hand, bitte.«
»Meine Hand ist genauso wie gestern.«
»Sie ist verletzlich, Mr. Wall, genau wie ich. Ich empfinde ein gewisses Mitgefühl. Sie sind vor wie vielen Monaten verletzt worden? Vier?«
»Sechs.«
»Die Wunde hat sich entzündet? Wenn Sie diesen Verband nicht bald wechseln, wird es wieder passieren. Überlassen Sie mir Ihre Hand, Mr. Wall.«
Tom sah auf. Highcastle hielt die Stuhllehne gepackt. Er brauchte die Information – er musste Abendammer aufhal-

ten und Sondegger exekutieren und das Zwanziger-Komitee retten. Und der einzige Weg zu Abendammer führte über Sondegger.

»Großartig.« Tom legte die Hand auf den Tisch.

Sondegger tippte mit dem stumpfen Ende des Bleistifts gegen den Verband. »Abendammer ist zwanzig Jahre alt«, sagte er so leise, dass Highcastle es nicht hörte. »Haben Sie das Buch ausfindig gemacht?«

»Es ist an einen Hausierer verkauft worden.«

»Abendammer hat blondes Haar – wenn es nicht gefärbt ist. Sie kommen nicht ran?«

»Ich werde es finden.«

»Abendammer hat grüne Augen, eine Narbe in der linken Kniekehle, fünf Zentimeter lang, halbmondförmig.« Sondegger ließ den Stift kreisen und rollte damit den Verband auf. »Die Mikrofotografie enthält genügend Beweise für einen Überraschungsangriff auf Ihr Land – lediglich unvollständige Beweise, aber ausreichend, um ihn zu stoppen, wenn rechtzeitig gehandelt wird. Sie können das Foto vergrößern?«

»Ja.«

»Natürlich – mit Hilfe der Frau Ihres Bruders.«

Tom sah zu Highcastle, um sich zu vergewissern, dass dieser nichts belauschte. »Ja.«

»Abendammer hat jahrelang in London gelebt. Es gibt einige unter den Vorgesetzten, die meinen, ›Schmetterling‹ sei ein zutreffenderer Deckname.« Sondegger begutachtete Toms Hand. »Der Überraschungsangriff wird Tausende amerikanischer Menschenleben kosten. Was würden Sie tun, um das zu verhindern?«

»Wenn Sie dagegen sind, bin ich uneingeschränkt dafür.«

»Sie haben Männer in die Schlacht geführt. Sie haben Männer verloren. Fünf? Zehn? Stellen Sie sich tausend vor.

Fünftausend Ihrer Kameraden, tot, und Sie würden nichts dagegen unternehmen?«
»Nicht, wenn Sie es mir sagen.«
»Hab ich Sie getäuscht? Hat Earl ein Zimmer im Rapids? War Abendammer am Treff? Befindet sich eine Mikrofotografie im Buchrücken von *Tristram Shandy*? Ja, ja und noch mal ja. Thomas, nehmen Sie mal an, wir seien in meinem Heimatland eine Gruppe loyaler Bürger. Wir sind wenige, aber an einflussreichen Stellen postiert. Offiziell können wir nichts tun. Dennoch wollen wir diesen japanischen Überraschungsangriff verhindern – ohne zu verraten, woher diese Warnung kommt.«
»Toller Nazihaufen.«
Sondeggers geschwollene Lippen formten sich zu einem Lächeln. »Erst letzten Monat haben wir vom Angriffsplan erfahren. Unser Versuch, ihn zu stoppen, beruht notgedrungen auf Improvisation und Verzweiflung – und auf meiner zufälligen Bekanntschaft mit Ihrem Bruder.« Er ließ den Bleistift durch seine Finger wandern. »Darauf, und auf dem kleinen Mitarbeiterstab, über den ich selbst verfüge.«
»Wo haben Sie meinen Bruder getroffen?«
»Sie können diesen mörderischen Überfall verhindern. Nur Sie können das.«
»Abendammer«, sagte Tom. »Geben Sie mir einen Namen, geben Sie mir …«
»Finden Sie das Buch, Thomas. Übergeben Sie die Informationen Ihren Leuten. Wenn Ihre Regierung von dem Angriff weiß, wird er abgebrochen. Haben Sie verstanden? Er wird nicht stattfinden, wenn Sie ihnen klar machen, was geplant ist.«
»Sicher. Ich werde sie kurz mal anklingeln.«
»Den Beweis, Thomas« – Sondegger zwinkerte –, »halten Sie fast schon in der Hand.«

»Anders als die Informationen zu Abenda…«
Sondegger rammte die glänzende Bleistiftspitze mitten in Toms Handfläche.

Sondegger hatte zwei ausschlaggebende Beweggründe. Der erste: den Vereinigten Staaten keinen Vorwand zu liefern, um in den Krieg einzutreten, nachdem der republikanische Senat Roosevelt dies ohne triftigen Grund nicht erlauben würde. Das amerikanische Volk verspürte nicht den Wunsch, seine Jungs für die Briten, die Juden und die Kommunisten zu opfern. Wenn sie nicht gezwungen wurden, zu kämpfen, würden sie es nicht tun.
Das zweite Ziel – von dem einige im SD annahmen, es sei das einzige – bestand darin, herauszufinden, ob das Agentennetz der Abwehr unterwandert worden war. Er konnte mit ziemlicher Sicherheit davon ausgehen. Alles, was er brauchte, war ein kleines Beweisstück, das sich leicht besorgen ließ, wenn er diesem Schmierentheater hier erst einmal entkommen war.
Er vermisste die Aufführungen. Die Intonationen, das Timbre seiner Stimme, wenn sie uralte Verse rezitierte: *Maledicant illum sacrarum virginum chori, quae mundi vana causa honoris Christi respuenda contempserunt.* Möge der heilige Chor der heiligen Jungfrauen, welche um der Ehre Christi willen allem Weltlichen entsagt haben, ihn verdammen.
Der arme verfluchte Thomas Wall mit seinem großspurigen Gehabe und seinen traurigen Augen. Er war Sondegger ein wenig ans Herz gewachsen. Er brannte so lichterloh. Er schrie auf, als sich der Bleistift in seine Wunde bohrte.
Maledictus sit in capillis, maledictus sit in cerebro. Möge er verflucht sein im Haar seines Hauptes, möge er verflucht sein im Gehirn, *in vertice*, an den Schläfen, *in dentibus, in guttere*, in den Zähnen, in der Gurgel, *in pedibus et in unguibus.*

Möge er verflucht sein in den Händen, in den Fingern.
Dunkles Blut sammelte sich in Toms Handfläche. Highcastle kam herangestürzt, überaus schnell für einen so stämmigen Mann wie ihn, und verpasste Sondegger einen Schlag. Sondegger fiel nach vorn und packte Highcastle an der Hüfte. Highcastle stieß ihm das Knie gegen das Kinn. Sondegger wurde der Kopf nach hinten gerissen, er sackte auf dem Boden zusammen.
Die Tür ging auf. Der Wachmann kam hereingestürmt und rang mit Tom. Genauso gut hätte er sich mit einem Straßenkater balgen können. Der arme Thomas, ein kleiner Nebenspieler, durch Feuer und Hammer und Amboss zu einer interessanten Figur geschmiedet.
Thomas holte mit der rechten Hand aus, schwarze Bluttropfen flogen durch die Luft. Highcastles fleischiger Unterarm erwischte Tom am Hinterkopf, bevor der Wachmann sich auf ihn stürzte und ihm Handschellen anlegte.
Sondegger lag am Boden und hielt sich den Bauch. Er schob sich den Metallstift, den er sich von Highcastles Brille geschnappt hatte, ins Nasenloch. War Tom noch immer der beste Weg zur US-Botschaft? Ja, er war unverzichtbar. Bald würde sich Sondegger zu ihm auf die Bühne Londons gesellen. Er würde sich in den Seitenkulissen aufhalten und ihm, falls nötig, soufflieren.

Der Aufzug war außer Betrieb, weshalb Chilton die drei Stockwerke von der Suite in seinem Londoner Club zu Fuß nach unten ging – ohne auch nur im geringsten außer Atem zu kommen. Er konnte Idioten nicht leiden, er konnte Schwäche nicht ausstehen, nicht bei sich und nicht bei anderen.
»Wird mit weiteren Angriffen gerechnet?«, fragte er den Oberportier, als er den Eingang erreichte.

»Darüber herrscht eine gewisse Unklarheit, M'Lord«, sagte der Portier. »Gasmasken und Helme sind verfügbar, falls Eure Lordschaft auswärts zu speisen wünschen.«
»Ich gehe nicht weit und bin nicht lange weg.«
Der Portier war ein guter Mensch, einer aus der alten Schule, ehrerbietig, ohne unterwürfig zu sein. Die alte Schule war am besten: Man war treu seinem Gott ergeben, loyal der eigenen Klasse gegenüber, Herr über seine Familie und zufrieden mit vier Prozent auf sein Geld.
Er trat in den frühen Abend hinaus und ging in Richtung Waterloo Place, einem hübschen Straßenzug mit Versicherungsgesellschaften und Banken. Die würde es auch noch geben, wenn die tagesaktuellen Probleme schon lange in Vergessenheit geraten sein würden. Und was das übrige anbelangte: Er vertraute seinem Gott und sorgte sich um seine Klasse und seine Familie. Harriet war das getreue Abbild von Lady Chilton – obwohl sie seine Augen und ein fremdländisches Temperament an sich hatte. Earl hingegen war kein Blutsverwandter. Und dessen Bruder stand ihm noch ferner. Außerdem war Tom lediglich Durchschnitt.
Am Leicester Square blieb Chilton stehen und betrachtete die Statue Shakespeares. Früher war der Platz als »Schmollwinkel der Prinzen« bezeichnet worden, jetzt in Kriegszeiten war er nur einer von vielen grauen Plätzen, ein Ort, wo man verweilen konnte, während Rugg und Renard herausfanden, ob einem jemand gefolgt war. An der Ecke zur Gerrard Street tauchten sie dann auf, als hätten sie sich in der einsetzenden Dämmerung aus der diesigen Luft kondensiert. Sie passten sich seinem Tempo an und marschierten recht unverhohlen die Wardour Street hinunter, wo sie vor einem unbeleuchteten Aushang mit Filmplakaten stehen blieben.
»Ah, Sir, hier läuft *Fantasia*«, sagte Renard und zeigte auf

das Plakat. »Mit dem Zauberer, dem Lehrling. Für Zeiten wie diese nur ... nur – das Wort liegt mir auf der Zunge ...«

»Adäquat«, sagte Rugg. Der große Mann hatte kleine Schweinsäuglein, in denen nicht die geringste Spur von Intelligenz aufblitzte. Er würde Rugg nicht aus den Augen lassen dürfen.

»Adäquat!«, sagte Renard. »Rugg kennt seine Wörter, ja, ja. Na, erzähl Seiner Lordschaft doch mal von deinem Lieblingsfilm – *Dr. Jekyll und Mr. Hyde* mit Freddie March.«

»Haben Sie etwas zu berichten?«, fragte Chilton.

»Das haben wir, Sir. Gestern am späten Abend – oder heute am frühen Morgen – waren wir im Waterfall, nachdem wir uns Ihren anderen Botengang für später aufgehoben haben. Unser Mr. Wall, scheint's, hat das Nachtleben ein wenig zu ausgiebig genossen.« Renard grinste breit. »Er ist nämlich rausgeschmissen worden.«

»Am Schlafittchen gepackt, und hops«, sagte Rugg.

»Er wurde gewaltsam des Waterfalls verwiesen?«, fragte Chilton. In erster Linie war er eigentlich am »anderen Botengang« interessiert, aber er gedachte nicht, ihnen ihre Informationen aus der Nase zu locken. In angemessener Zeit würde er sie einfordern.

»Die Typen, die ihn verdroschen haben, waren Polizisten«, sagte Renard. »Spezialabteilung oder so was. Sie haben ihn auch nicht rausgeworfen. Sondern woandershin eingeladen.«

»Ihn eingeladen.« Ein weiteres Treffen mit Davies-Frank. »Wo?«

»Keine Ahnung. Sie haben ihn sich geschnappt und sind dann verschwunden.«

»Gut. Observieren Sie weiterhin den Nachtclub. Verfügen Sie über genügend Mittel?« Er regelte die finanziellen Einzelheiten. »Lassen Sie Wall nicht noch mal entkommen. Eine Nachricht im Lion wird Sie erreichen?«

Renard bejahte. »Aber, Sir? Wir haben auch diesen anderen Botengang ausgeführt.«
Ausgezeichnet. »Sie kamen mit Mr. Melvilles Wohnung zurecht?«
»Das Schloss in seiner Tür hat mir förmlich die Hand geküsst.« Renards scharfe Gesichtszüge zuckten.
»Sie haben etwas gefunden?«
Rugg streckte ihm seine fleischige Faust hin und reichte ihm eine zerknüllte Seite. Chilton strich das Papier zwischen den Händen glatt, konnte im Abendlicht aber nichts entziffern.
»Kurzschrift?«
»Winzige Buchstaben, mehr nicht.«
»Sonst haben Sie nichts gefunden?«
»Nur diesen einen Fetzen. Er ist, wie nennen Sie das … Wie heißt das Wort? Kryptisch. ›Herr Sonder contra Abwehr‹, steht drauf. Rugg meint, dieser deutsche Typ, Sonder, der arbeitet gegen die Nazis …«
»Verdammter Scheißkerl.«
»Beschissener Scheißkerl«, stimmte Renard selbstzufrieden zu. »Dieser Herr Sonder hat was für Earl, ein Päckchen, sagt Rugg. Schauen Sie's sich selber an. Earl ist verschwunden, also kommt nur Tom Wall in Frage. Vermute, dass Sie das nicht sonderlich überrascht.«

Es waren drei Stockwerke hoch zu seiner Suite. Chilton war nicht sonderlich außer Atem, aber ihm pochte das Herz. Er verschloss die Tür, legte das Blatt auf das Schreibpult, zog an der Kette unter dem Lampenschirm und beugte sich über die verknitterte Seite.
Rugg und Renard hatten sich bei der Entzifferung von Melvilles konfusen persönlichen Notizen gar nicht so blöd angestellt. Chilton aber machte es besser. Er sprach sich die Worte laut vor, während er das Gekritzel des Toten ent-

schlüsselte: »Überläufer, Herr Sonder, auf Bauernhof in Einzelhaft ...« Er drehte das Papier ins Licht. »Nachrichtendienstliche Dokumente? In Herrn Sonders Besitz. Misstrauisch gegenüber den Briten, gegenüber RDF. Falsches Element könnte Nachrichten unterdrücken.«

Chilton rieb sich den Nacken. Seine Hand zitterte – nicht vor Erschöpfung, sondern vor Aufregung. Er brauchte nur einen losen Faden, der es ihm ermöglichen würde, Churchills Gespinst aus Lügen und Täuschungen zu entwirren.

Das Gekritzel ging weiter: »Berichte an einen Agenten der U.S. weitergeleitet. Identifizierung. E. Wall nicht erreichbar ...«

Es klopfte an der Tür.

»Ich möchte jetzt nicht gestört werden«, rief Chilton, ohne den Kopf zu heben.

Den Rest las er leise, dann starrte er mit leerem Blick auf das Papier. Thomas Wall sollte anstelle seines Bruders kontaktiert werden. Dieser Sonder hatte Informationen, die die Abwehr, deren gesamtes Agentennetz unterminieren würden. Es folgte einiges Geschwafel über eine durchgestrichene Null in der Zahl 309 ... Chilton griff sich den Brieföffner aus Messing und drehte ihn in der Hand. Ein deutscher Agent namens Sonder war mit Informationen übergelaufen, einem Paket, das gegen die Deutschen verwendet werden könnte. Aber er misstraute den Briten, weshalb er Kontakt zu den Amerikanern suchte? Melville hatte das Paket an Tom Wall weitergegeben? Wer war Melville? Und warum Tom? Wie auch immer, Tom war im Besitz von Informationen, die die deutsche Abwehr schädigen konnten.

»Endlich«, sagte Chilton.

Endlich würde er zur Tat schreiten können. Er musste Tom ausfindig machen, sich des Pakets bemächtigen. War es möglich, dass dies alles auch nur annähernd der Wahrheit

entsprach? Es klang sehr unwahrscheinlich, wären nicht zwei Dinge gewesen: Davies-Franks mysteriöser Besuch und Melvilles mysteriöser Tod.
Chilton würde das Paket sicherstellen und es vernichten. Einen anderen Weg gab es nicht.

Die Decke lag fünf Zentimeter über Toms Kopf. Sein Haar streifte gegen die rauen Planken, während er auf und ab ging. Fünf Schritte, dann drehte er um. Es gab ein Bett und einen Kübel und sieben Stufen, die zu einer verschlossenen Holztür hinaufführten. Seine Zelle war ein umgebauter Kohlenkeller. Fünf Schritte, umdrehen. Der Boden bestand aus festgestampfter Erde. Seine Hand pochte, hatte aber aufgehört zu bluten. Er hatte sich gegen ärztliche Behandlung gesträubt. Über ihm leuchteten schmale Linien aus Licht, Ritzen in den Planken des Küchenbodens.
Er lag auf dem Bett. Schloss die Augen und konnte nicht schlafen. Er konnte seinem eigenen Verstand nicht trauen. Angst trieb ihn um …
Von der Tür kam ein Lichtstrahl. Ein Mann mit einem Kleiderbündel trat ein. Sie hatten ihm seine Sachen abgenommen, um sie zu durchsuchen. Er zog sich an und verband die Hand. Oben sprach Highcastle mit ihm. Highcastles Miene war angespannt, sein Blick schneidend. Er wollte Abendammer – Einzelheiten, die genauer waren als blond, zwanzig Jahre alt, grüne Augen. Er wollte Sondegger. Er musste das Zwanziger-Komitee schützen, Davies-Franks Vermächtnis. Er wollte Tom ins Gefängnis bringen.
Stille.
Tom sagte: »Sie sind zu mir gekommen.«
Eine Stunde später fuhr Ginger Tom nach London. Die Sonne schien. Der Wagen hielt vor einer Erste-Hilfe-Station. Dann fuhr er davon, und Tom stand im kalten Wind auf dem

Bürgersteig. Er steckte sich eine Zigarette zwischen die Lippen und strich mit dem Daumennagel über ein Streichholz. Es wollte sich nicht anzünden lassen.

Er brauchte Harriet.

Es war früher Abend. Tom schwankte, er stand vor der Brandschutztür des Waterfall, zwei kalte Stockwerke hoch. Er hatte keine Zigaretten mehr in seiner Packung. Seine Hand schmerzte. Er machte sich am Schloss zu schaffen und trat in die Wärme des Liebesnests. Er setzte sich aufs Bett. Er würde nicht schlafen, doch das spielte keine Rolle. Sein Sichtfeld trübte sich.

Er verlor Zeit. Seine Augen schmerzten noch mehr, wenn er sie schloss. Er starrte auf die Wirbel des Teppichmusters. Der Türgriff bewegte sich, Tom straffte sich. Eine Halluzination? Nein. Der Griff bewegte sich erneut.

Er packte mit der linken Hand eine Messinglampe und schaltete das Deckenlicht aus. Hatte sich der Türgriff wirklich bewegt? Wie lang war das her? Eine Sekunde? Eine Stunde?

Er wartete.

Sondeggers Bühne wurde nicht von siebenundzwanzig eisernen Kettengliedern beschränkt, die in einer verschlossenen Schelle endeten. Er war von Kulissen umgeben, nicht von Fußfesseln. Er holte den länglichen Metallstift aus dem Nasenloch.

Er sang *Ein deutsches Requiem*, um die Geräusche zu übertönen. Er arbeitete blind, die Hände hinter dem Rücken verschränkt, und bog das Metall in eine funktionale Form. *Selig sind, die da Leid tragen.* Das Schloss öffnete sich, die Kette fiel ab.

Er war frei.

Er tötete die Wache. Er tötete den Stenotypisten, zog ihn aus

und wechselte die Garderobe. Er fand weder Streichhölzer noch ein Feuerzeug, also setzte er einen Zettel mit dem Faden einer Glühbirne in Brand. Er blies, die Flamme loderte auf und fraß sich durch das Papier. Im Erdgeschoss stand er in der Küche des Bauernhofs und wartete mit ascheverschmiertem Gesicht. Ein dünner Rauchfaden wurde sichtbar, jemand rief »Feuer«, aber die Wachmänner blieben auf ihren Posten und ließen sich nicht ablenken.
Im Haus ertönte ein Schuss – das Feuer hatte eine der Patronen erfasst, die Sondegger aus der Waffe des toten Wachmanns genommen hatte. Es folgten, nahezu zeitgleich, zwei weitere Schüsse.
Er summte vor sich hin. *Denn alles Fleisch, es ist wie Gras.*
Drei Wachen kamen angerannt. Er ließ einen Messerschärfer – mit handlichem Griff und rauem Wetzstahl – in den Ärmel gleiten und trat in den Schrank, bis die Schritte auf der Treppe zu hören waren. Ein weiterer Schuss knallte.
Er rannte hinaus, fuchtelte aufgelöst mit den Armen und spielte die Rolle des in Panik geratenen Stenotypisten für ein Publikum, das nur aus einer Person bestand. Der Wachmann war gut ausgebildet. Als Sondegger sich ihm näherte, hob er abwehrend den Unterarm.
Sondegger trieb ihm den Wetzstahl ins Auge.
Der dritte Satz des Requiems führte den Bariton ein, der zu Gott fleht – Sondeggers Stimme schwoll an, während er in dem gestohlenen Wagen über das englische Land fuhr. Im toten Briefkasten am Gough Square fand er Geld und eine Nachricht von Abendammer: Der Abwehragent unter dem Decknamen Digby könne sich ungehindert bewegen. Seine Loyalität sei noch immer anzuzweifeln. Thomas Wall sei wahrscheinlich an folgendem Ort zu finden …
Sondegger lächelte. Hervorragende Arbeit. Er hatte nichts anderes erwartet, trotzdem – er war stolz auf sie. Er ließ ihr

eine Nachricht zurück. Abendammer solle Beweise für Digbys Loyalität beschaffen, während er die beiden anderen Abwehragenten, Kruh und Gerring, beurteilen wolle.
Erst Gerring. Ein in einer Londoner Kanzlei beschäftigter Advokat, der über öffentliche Schutzräume berichten sollte. Sondegger trug zu seiner Beamtenmiene eine Armbinde des städtischen Wasseramts und besichtigte die Schutzräume im Gerichtsviertel. Er stellte aufdringliche Fragen. Stunden vergingen. Dann war das Glück ihm hold: Er fand Gerring.
Als der Abend in die Nacht überging, identifizierte er Gerrings britischen Führungsoffizier. Gerring arbeitete für den britischen Militärgeheimdienst. Er war ein Verräter.
Ihr habt nun Traurigkeit.
Sondegger tauchte in der Stadt unter. Ein Agent der Abwehr, Gerring, war zum Feind übergelaufen. Einer – Digby – befand sich in Abendammers fähigen Händen. Kruh hatte er noch zu überprüfen. Wenn es groß angelegten Verrat gab, würde alles und jeder, der mit der Abwehr in Berührung gekommen war, vernichtet werden.
Es war nicht schwierig, die Loyalität der Abwehragenten herauszufinden, ein unkomplizierter Zwischenakt, bevor der Vorhang sich öffnete. Aber jetzt, da er frei war, konnte die Vorstellung beginnen. Die Scheinwerfer richteten sich auf Thomas Wall.

25

3. Dezember 1941, Abend

Tom hielt den Atem an. Die Tür knarzte, fächerförmig fiel das Licht über den Teppich. Die Messinglampe in seiner Hand fühlte sich schwer und kalt an. Ein Kopf wurde ins Zimmer gestreckt, dunkles, gewelltes Haar, in der Mitte gescheitelt.

Renard?

Toms Lippen verzogen sich zu einem starren Grinsen, als er mit der Lampe ausholte. Doch dann folgte dem Kopf eine bloße Schulter. Tom riss den Arm hoch, und die Lampe krachte gegen die Wand.

»Großer Gott!«, sagte Audrey. »Tommy?«

Er schaltete das Deckenlicht ein.

»Wenn Sie allein sein möchten«, sagte sie, »dann müssen Sie es nur sagen.«

Zehn Minuten später saß er im Sessel, das Mädchen hatte sich auf dem Bett zusammengerollt und sagte: »Vor zwei Wochen bin ich auf dem Markt zufällig Miss Boyd begegnet. Einer Nachbarin, damals, als Dad noch am Leben war. Sie hat sich erkundigt, wie's mir geht, sehr höflich. Die hinterhältige Kuh. Sie wissen schon, zu der Sorte gehört sie.«

»Klar«, sagte Tom, der nicht die geringste Ahnung hatte.
»Ich hab ihr gesagt, ich arbeite jetzt als Ekdysiastin. Inch hat mir das Wort beigebracht. Sie meinen vermutlich, ich würde mich für das, was ich tue, schämen, oder?«
»Tun Sie das?« Er hatte das Gefühl, dass sie auf irgendwas hinauswollte.
»Dad würde es nicht billigen. Oh, er würde es nicht *missbilligen*. Er würde sagen, ich sei ganz und gar die Tochter meiner Mum. Das würde er sagen, aber insgeheim würde er sich das Gleiche denken wie Sie.«
»Ich weiß nicht, was ich mir denke.«
Sie fixierte ihn mit starrem Blick. Ihr Hals war wie aus Elfenbein. »Aber ich«, sagte sie. »Dad würde sich selbst die Schuld geben. Er hat Verantwortung für Dinge übernommen, auf die er keinen Einfluss hatte. Für Mum, zum Beispiel. Der Arme, lieber würde er sterben, als mich … na ja, er ist ja schon gestorben, nicht wahr?«
Sie hatte den Blick gesenkt. Ihr Haar war hochdrapiert. Eine vorwitzige schwarze Locke ringelte sich über den Hals. Sie atmete tief bewegt ein, ihre Brüste hoben und senkten sich. Er stand auf und betrachtete ihren katzenhaft auf dem Bett zusammengerollten Körper.
Sie hob ihre glatten, blassen Arme hinter den Nacken und löste ihr Haar. Die Innenseite ihres rechten Arms war mit Sommersprossen bedeckt. »Sogar mit mir im Schlepp hat Mum, ohne es zu wollen, Männer bezaubert – wenn sie auf der Straße an der Schuhschnalle herumfingerte, konnte sie drei Herzen auf einmal brechen.« Audrey legte der Reihe nach ihre Haarklammern auf den Nachttisch. »Als sie jung war, schrieben sie Oden auf ihre Augenbrauen, auf ihre Fußknöchel – die dämlichsten davon hat sie aufgehoben.«
Tom setzte sich aufs Bett. Die Matratze senkte sich, ihr Oberschenkel stieß gegen seine Hüfte. Vielleicht wollte sie

auf gar nichts hinaus. Vielleicht war sie betrunken. Sie wirkte nicht betrunken. Sie wirkte begierig und ängstlich.

»Dad erzählte sie immer, sie hätte einen Gentleman heiraten können, der ihre Ohrläppchen mit rosafarbenen Perlen verglichen hat. Sie bereute nichts. Sie hat nie etwas bereut.«

»Dann hat das Leben es gut mir ihr gemeint.«

»Sie hat ihre Familie verloren, Tommy, nachdem sie Dad geheiratet hat. Sie hat vor mir zwei Kinder verloren. Sie trauerte um sie wie eine Sizilianerin. Dann hörte sie auf zu trauern und bereute nichts.«

»Einfach so.«

»Es ist nicht so einfach. Versuchen Sie es.«

»Ich würde noch nicht mal wissen, wo ich beginnen sollte.«

»Fangen Sie einfach an«, sagte sie. »Hier.« Heiß lag ihre Hand auf seinem Nacken. Sie zog ihn zu sich heran. Sie küssten sich.

Harriet, dachte er. Sanft löste er sich.

Sie betrachtete sein Gesicht und versuchte abzuschätzen, was sie darin sah. »Meine Mum trug ihr Haar in einem Knoten, dazu Fransenröcke und Peter-Pan-Kragen. Eines Abends trank sie zu viel und fiel in einen Springbrunnen. Dad sah es zufällig und begleitete sie nach Hause. Er missbilligte ihre gezupften Augenbrauen und ihren Lippenstift, dass sie trank und rauchte. Er war anständig und rechtschaffen und *vollkommen* langweilig – so was Ähnliches hat sie ihm lang und breit in ihrem trunkenen Zustand erklärt.«

Er nickte. Worauf Audrey auch immer hinauswollte, sie hatte es fast erreicht.

»Und jetzt hören Sie zu, Tommy. Am nächsten Tag wusste sie, dass sie ihn liebt. Das können Sie für lächerlich halten, aber sie wusste es. Ohne den geringsten Zweifel, ohne die geringste Reue. Zwei Wochen lang musste sie nach ihm suchen, bis sie ihn ausfindig gemacht hatte, zwei weitere brauchte sie, um ihn zu verführen. Das hat sie mir mal erzählt. Sie sagte: ›Du wirst es wissen. Nicht hier‹« – sie legte Tom die Hand aufs Herz – »›und auch nicht hier‹« – ihr Blick wanderte nach unten –, »›sondern hier.‹« Ihre Hand lag auf seinem Bauch. »›In deinem Bauch. Dort wirst du es wissen‹, hat sie gesagt. Und ich weiß es.«

»Ich kenne Ihren zweiten Vornamen nicht, Audrey. Ich weiß noch nicht mal, welche Augenfarbe Sie haben.«

»Lügner.«

Mitternachtsblau. »Hortense?«

»Elizabeth. Und ich *weiß* es, Tommy.«

»Sie kennen Earl.«

»Sie sind ihm sehr ähnlich – still, Sie sind es wirklich. Aber Sie sind nicht er, und ich ... ich versuche *Sie* zu verführen.« Wieder lachte sie, aber etwas Trauriges schwang darin mit. »Ich hab es mir leichter vorgestellt.«

»Ich kann nicht.«

»Sie wollen nicht.«

»Ich kann nicht.«

»Wegen der Frau Ihres Bruders?«

»Was wissen Sie ... was ist mit ihr?«

»Earl«, sagte sie, »gehört nicht unbedingt zu den diskretesten Männern.«

Seine Haut kribbelte plötzlich. »Sie haben doch nicht ...«

»Nein, *ich* nicht. Winnie hat es Anne erzählt. Imogene mir. Ich nicht. Ich hab nicht.« Sie hob das Kinn. »Ich hab's niemals getan.«

»Aber Sie ... Sie haben nicht vor ...«

»Das weiß man vorher nie«, sagte sie und wandte das Gesicht ab.

»Ich hab sie auf einer Dinnerparty kennen gelernt«, sagte er. »Sie trug ein weißes Kleid. Audrey, ich finde, es ist nicht lächerlich, dass man es weiß. Als sie nach ihrem Suppenlöffel

griff, da wusste ich es. Sie trinkt morgens gern Schokolade. Sie ist sehr schlicht. Sie sind sehr viel schöner. Sie macht niemals …«
»Halten Sie den Mund, Tommy. Bitte.«
Sie weinte. Er streichelte ihr Haar. Er lag neben ihr, den Kopf hatte sie auf seinen angewinkelten Arm gestützt.
Schließlich schlief sie ein. Er lauschte dem Ticken der Uhr. Sein Ellbogen schmerzte, sein Arm verkrampfte sich unter dem Gewicht ihres Kopfes. Er rollte sich zur Seite. Auf dem Nacken hatte sie einen dunklen Fleck. Ein Laut kam aus ihrer Kehle, eine Art Schnurren. Sein Arm lag über ihrer Hüfte.
Tom döste.
Hände zerrten an seinem Hals, er öffnete ein Auge. Das Mädchen machte sich mit ihren geschickten Händen an seinem Krawattenknoten zu schaffen. Sie biss sich auf die Unterlippe. Ihre Wangen waren gerötet, ihr Haar war ein glänzender schwarzer Heiligenschein im Lampenlicht.
»Heben Sie den Kopf an«, sagte sie, während sie die Krawatte aus dem Kragen zog.
Er schloss die Augen und spürte ihre Lippen auf der Stirn.
»Schlafen Sie, Tommy.«
Er sagte »Harriet«. Und schlief ein.

»Hallo, Kumpel«, sagte Renard und ließ den Türsteher in der Lobby des Waterfall alle seine Zähne sehen. »Ich hab eine Nachricht für einen Mr. Thomas Wall. Ist er da?«
Der Türsteher sagte, er werde dafür sorgen, dass die Nachricht übermittelt werde.
»Kann nur persönlich überreicht werden«, sagte Renard. »Dieser Mr. Wall, ist er unten?«
Der Türsteher sagte, das könne er nicht sagen.
Rugg wusste, es war verdammt noch mal falsch, mit dem

Nadelstreifentypen zu quatschen. Trotzdem, das Auge des Türstehers zuckte, vielleicht in Richtung der Treppe, die hinter der hübschen Messingkette lag. Rugg zog an seinem kleinen Finger, bis der Knöchel knackte.

Dieser Speichellecker von einem Türsteher begrüßte einige Fatzkes, die gerade hereingekommen waren. Er nahm den hellblauen Telefonhörer ab und murmelte irgendwas, dann sagte er den Fatzkes, sie könnten schon mal runtergehen, es wäre alles vorbereitet.

»Ich bin nur ein ehrlicher Kerl, der seiner ehrlichen Arbeit nachgeht«, sagte Renard, als die Fatzkes abgezogen waren. »Genau wie Sie.«

Der Mann benetzte einen Finger und schlug ein Buch auf, und wie aus dem Nichts erschien in diesem Augenblick so ein maisblondes Schätzchen. Der Türsteher sagte ihr, sie solle mal hinmachen. Sie winkte und huschte mit einem »Danke« vorbei.

»Man hat's heutzutage nicht leicht als ehrlicher Mann.« Renard schob einen von Chiltons Scheinen über den Tresen des Türstehers. »Sie würden mir einen Gefallen tun. Und Mr. Wall auch.«

Bei diesen Worten verpasste das maisblonde Schätzchen eine Stufe, sie riss ihre langen Wimpern auf und sah zu Renard, bevor sie zur Tür hinauseilte.

»Sie würden sich damit selbst einen Gefallen tun«, sagte Renard.

Der Türsteher sagte, danke sehr, sehr freundlich, wenn das alles wäre, aber nicht doch, Sir.

Rugg knetete seinen Hut und setzte sich in Bewegung. Es war kalt draußen und noch nicht dunkel.

Das maisblonde Schätzchen überquerte den Platz. Nach einigen Schritten legte er ihr die Hand auf den Arm und riss sie herum.

»Ich schreie«, sagte sie so abgebrüht wie eine alte Jungfer. »Lassen Sie mich los!«

Er nickte und sagte: »'tschuldigung, Miss.«

»Lassen Sie meinen Arm los.«

Sie versuchte sich loszureißen.

Wie hatte der Nadelstreifentyp sie genannt? »Ich tu Ihnen nichts, Miss Anne.«

Ihre Augen wurden schmal. »Sie haben es gehört?«

»Mr. Wall hat's mir gesagt«, sagte er.

Diesmal kam das Schätzchen nicht ins Stolpern. Ihre Gesichtszüge wurden weicher. »Earl?«

»Er hat's mir gesagt.« Er hielt sie nur noch lose am Arm. Sie waren fast allein. »Er hat gesagt, ›such Miss Anne und sag's ihr‹.«

»Das hat Earl gesagt? Was sollen Sie mir sagen?«

Er zerrte sie zwischen das Gebäude und eine Backsteinmauer. »Sag Miss Anne, dass sie singen soll.«

Sie begann zu schreien, also schlug er sie in den Magen, hielt sie fest, während sie würgte, drehte ihr die Arme auf den Rücken und packte ihre Handgelenke.

»Ich weiß einen Scheißdreck«, sagte sie schließlich. »Scheiß-Earl.«

»Schon mal 'nen Stock über 'ne Ziegelwand gezogen? Ihn über Mörtel gekratzt?«

Sie sagte nichts.

»Das raspelt das Holz ab.« Er presste ihr Gesicht gegen die Wand, überall war ihr blondes Haar. »So 'n hübscher Vogel wie du.«

Schluchzend stieß sie alles aus: ihre verdammten Hoffnungen und Träume und Earl Wall. Der Bruder unseres Mr. Wall. Irgend 'ne Schlampe, Venus mit Namen, zahlte für den Yank ein Zimmer oben, das verdammte Boxerzimmer. War jetzt nicht da, glaubte das maisblonde Schätzchen. Wusste es aber nicht, sollte aber später wieder zurück sein. Bitte. Bitte, nicht.

Das Ticken der Uhr weckte Tom. Die Nachttischlampe warf ein fahles Licht ähnlich wie die Morgendämmerung, doch da die Verdunkelungsvorhänge zugezogen waren, konnte es jede Tages- oder Nachtzeit sein. Spielte keine Rolle. Der Druck in den Schläfen war fort. Ein neuer Tag war angebrochen.
Er hatte endlich geschlafen.
Unter der Lampe lag ein Buch, der Einband wurde halb von einem zusammengefalteten Zettel verdeckt, daneben fünf halbgerauchte Zigaretten, die in einem Halbkreis ausgelegt waren. Er fasste nach dem Zettel, legte sein gesamtes Gewicht auf die verletzte Hand und fluchte. Sie war so empfindlich wie lange nicht mehr, pochte und fühlte sich an wie in Säure getaucht.
Er hatte geschlafen, er schlief noch immer halb, und konnte kaum die ordentliche, geschwungene Handschrift lesen:

Liebster T —
Noch ein Angebot. Bei diesem hier bestehe ich darauf, dass Sie es annehmen. (Die Kippen waren die Idee des Hausierers. Ich hab Ihnen in die Jackentasche eine Packung Players gesteckt, wenn seine nicht nach Ihrem Geschmack sein sollten.)
Ich verbleibe
immer die Ihre

Das Buch war ledergebunden, der Titel in Gold aufgeprägt: *Tristram Shandy*.
Tom drehte es um. Er konnte es nicht glauben. Er hatte geschlafen, und das Buch war aufgetaucht. Wann hatte Audrey

den Hausierer ausfindig gemacht? Endlich hatte er Ruhe gefunden …

Ein Totschläger krachte auf seinen Hinterkopf. Licht blitzte auf, das Zimmer drehte sich, und er lag mit dem Gesicht auf dem Teppich.

26

4. Dezember 1941, Morgen

Abendammer folgte Mr. Digby, dem möglicherweise illoyalen Abwehragenten, zu einem überaus charmanten Café, nur einen Katzensprung vom Broadcasting House entfernt. Es lag unter einer allzu lieblich gestreiften Markise und hatte die süßestkarierten Tischdeckchen, die man sich nur vorstellen konnte. War er wirklich übergelaufen?
Auch wenn das nicht der Fall sein sollte, so war es nicht gerade nett von Digby, sich in die angenehme Wärme zu verziehen, während sie gramgebeugt an der Bushaltestelle stand und so tat, als warte sie auf den 53a oder den 88, die nicht kamen.
Es hatte frühmorgens geregnet, und ein feiner Schleier hatte sich über die Stadt gelegt. Aber jetzt, um halb neun, stanken die Straßen nach Menschen, nach zu viel Parfüm und zu wenig Seife.
Ein hässlicher Mann ging auf Digby zu und setzte sich dann zwei Tische weiter. Eine hässliche Frau setzte sich zu ihm, und sie aßen ein hässliches Frühstück. Digby aß allein. Nichts deutete auf seine Illoyalität hin, aber es war noch früh und – oh. *Oh!*

Sie war nicht die einzige Person, die ein Auge auf Digby geworfen hatte.
Jovial deutete Digby mit der Serviette auf einen älteren Mann in einem akkuraten blauen Anzug. Der Ältere ignorierte ihn. Schlecht gespielt! Wenn er mit Digby nicht in Zusammenhang gebracht werden wollte, hätte er so tun müssen, als wäre er überrascht. Dass er die Geste schlichtweg ignorierte, zeugte nur von fürchterlich schlechtem Handwerk.
Nach dem Frühstück folgte Abendammer dem Mann im blauen Anzug, der wiederum Digby folgte – nicht zurück zum Broadcasting House, Digbys vorgeblicher Arbeitsstelle, sondern zu einem unscheinbaren Backsteingebäude. Sie sog an ihrem Daumenknöchel. Der im blauen Anzug war also Digbys britischer Aufpasser? Er war in der Tat zum Verräter geworden. Und sie, sie war wirklich ein *Schmetterling* – flatterhaft und frivol und nur eine Funkerin, aber sie hatte den Verräter entlarvt!
Sie musste der Sache auf den Grund gehen. Sie musste bestätigen, dass die joviale Geste nicht einfach nur einem Arbeitskollegen galt und das unscheinbare Backsteingebäude nicht nur eine neue Arbeitsstelle war.
Sie kehrte zu Mr. Penthams Haus zurück und zog sich um. Sie trug etwas Rouge auf und Kajal um die Augen. Sie zog Sandalen mit Keilabsatz an – lächerliche Schuhe, völlig unpassend für die Jahreszeit, aber süß wie eine kleine Raupe. Sie streifte sich Mr. Penthams viel zu große Armbanduhr ums Handgelenk – was ihr einen köstlich extravaganten Anstrich verlieh –, und ihre Verkleidung war komplett.
Die Familie nebenan hatte einen ganz süßen Hund mit flauschigem Fell. Sie legte ihn an die Leine und kehrte zu Digbys Gebäude zurück. Sie marschierte geradewegs hinein und plauderte mit dem Hund, den sie Loochie nannte. Eigentlich

ein schmuddeliges kleines Ding ungewisser Abstammung, aber voller Stolz. Es reckte die Schnauze in die Luft und scharwenzelte um ihre Beine.
Die Lobby war schmucklos und hatte etwas Offizielles an sich. Etwas Regierungsmäßiges. Ihre Absätze hallten, und ebenso ihre schrille, hektische Stimme. Sie sagte Loochie, er möge doch aufpassen und ihr nicht zwischen die Beine laufen und bitte doch Mami gehorchen, sonst würde sie ja noch stolpern, und wo wäre dann der kleine Loochie?
Ein Mann mit klobigen schwarzen Schuhen fragte sie, ob sie sich verlaufen habe. Am Aufzug warteten zwei Geschäftsleute, und an der Rezeption stand ein weiterer Mann mit klobigen schwarzen Schuhen. Beide Männer mit den schwarzen Schuhen waren bewaffnet. Es war in der Tat ein ganz sicheres Gebäude. Sie hatte Digbys Verrat bestätigt!
Huschelig und völlig verwirrt erwiderte sie: »Ich? Mich? *Verlaufen?*«
Er sagte, ja. Könne er bitte ihre Ausweispapiere sehen?
Sie warf ihr Haar zurück. »Oh, machen Sie sich doch nicht lächerlich! Ich komme seit Monaten hierher, einmal in der Woche! Wo ist Albert?«
Sie ließ die Leine fallen und verpasste Loochie einen schnellen Stoß in seinen haarigen kleinen Bauch. Loochie jaulte und raste davon. Hilfesuchend kreischte sie und fiel fast aus ihrem Kleid, als sie dem Vieh hinterherstürzte. Sie machte einen Satz, Loochie jagte davon, und die Männer eilten zu ihrer Unterstützung. Es war fürchterlich komisch. Schließlich, nachdem sie sich den Gebäudegrundriss eingeprägt hatte, trieb einer der Männer den tobenden Hund hinter einer buschigen Topfpflanze in die Ecke.
Sie schalt ihn ausgiebig. Den Hund natürlich, nicht den Mann! Diesem ließ sie ein leeres Lächeln zukommen und eine Salve überschwänglicher Dankesworte.

Es gab einige grundlegende Arten, so etwas anzugehen. Die meisten Agenten bedienten sich der Heimlichkeit und allerlei verstohlener Machenschaften. Aber das war ermüdend, und niemand rechnete damit, dass ein Agent es darauf anlegte, die größtmögliche Aufmerksamkeit auf sich zu ziehen. Niemand rechnete mit einer durchgedrehten jungen Lady, die ein Spektakel aufführte, und das auch noch, nachdem Loochie in die Lobby gekackt hatte.

Der erste Mann ignorierte das olfaktorische Geschenk und meinte, sie müsse sich im Gebäude geirrt haben, worauf sie sagte: *»Ja, natürlich«*, und zu einer wortreichen hysterischen Erklärung ansetzte, während sie hinausstöckelte. Sie winkte den Männern zu und begleitete Loochie auf einen langen, ziellosen Spaziergang, um sicherzugehen, dass ihr niemand folgte.

Dann kehrte sie in Mr. Penthams Straße zurück. Sie gab dem Hund ein Küsschen auf die Schnauze und setzte ihn wieder in seinem Garten ab.

Digby war also ein Verräter. Sie hatte ihn erwischt, sein Doppelspiel würde in sich zusammenfallen. Sie hoffte, er würde lange brauchen, bis er starb, wenn sie sich um ihn kümmern würden.

Sie holte das Funkgerät und führte Wartungsarbeiten und Tests durch. Über den toten Briefkasten würde sie Buchbinder verständigen: Das Netz der Abwehr – zumindest ein Agent – war unterwandert. Buchbinder würde sich die anderen beiden Agenten vornehmen, dann würden sie die Informationen an den SD weiterleiten. Sollte nicht mehr lange dauern.

Tom lag mit dem Gesicht nach unten auf dem Teppich. Er rollte sich auf die Seite und fasste sich an den schmerzenden Hinterkopf. Kong und Pferdegebiss standen über ihm.

Renard trug einen viel zu grellen Plaidmantel, Rugg einen formlosen Regenüberwurf.
»Großartig«, sagte Tom.
»Na, hast aber 'nen tiefen Schlaf«, sagte Renard.
»Bin aus der Übung.« Tom zuckte zusammen, als er die wunde Stelle betastete.
»Du hast was, was wir wollen.«
»Mein jungenhaftes gutes Aussehen.«
»Lass den Scheiß«, sagte Rugg. Seine hohe, schrille Stimme klang nicht unfreundlich. Er streckte ihm eine Hand wie einen knotigen Eichenprügel hin und zog ihn aufs Bett.
»Ihr hättet euch die Mühe sparen können«, sagte Tom.
Rugg zuckte mit seiner massigen Schulter.
»Wir sind hinter einem Paket her«, sagte Renard.
»Ein Paket mit was?«
»Keine Ahnung.«
»Klar«, sagte Tom. »Wartet hier. Ich hol euch schnell das Paket.«
Renard lächelte maliziös. »Unser Mr. Wall, so ausgekocht wie ein Markknochen.«
Der Uhr nach war es kurz nach sieben. Tom hatte vom Schlaf einen schalen Geschmack im Mund. Er hatte geschlafen, war aufgewacht und war mit dem Gesicht nach unten auf dem Boden gelandet. Er brauchte einen Plan, er brauchte einen Colt, er brauchte ein Wunder. »Was dagegen, wenn ich mir die Zähne putze?«
»Scheiß auf deine strahlenden Hauer.«
»Putz sie jeden Morgen, wie's mir meine Mutter gesagt hat.«
»Jeden *Morgen* – hast du das gehört?«, fragte Renard Rugg. »Unser Mr. Wall ist ein ziemlicher Klugscheißer.«
»Dann komm doch mit und halt mir das Händchen, wenn du Angst hast, dass ich mich den Ausguss runterspülen könnte.« Im selben Moment wurde Tom bewusst, dass

Renard etwas anderes meinte. »Es ist sieben Uhr – welchen Tag haben wir?«
»Es ist abends.«
»Mein Gott.« Er stand auf. »Ich hab achtzehn Stunden geschlafen.«
Rugg drückte ihn wieder aufs Bett.
»Achtzehn Stunden. Ich muss pinkeln.« Erneut erhob er sich, und Rugg ging ihm ins Badezimmer voraus. Er putzte sich die Zähne. Pinkelte und wusch sich die unverletzte Hand. Er hatte keinen Plan. Es gab kein Wunder. Und wenn er seine BAR Kaliber 30 nicht hatte, was brauchte er dann? Eine Handgranate.
Im anderen Zimmer saß Renard im Sessel und las Audreys Notiz. »Ist ein nettes Vögelchen, was?«
»Nimmst du's mit mir auf, Renard?« Tom griff sich das Feuerzeug und die Packung Players. »Ohne dass das Riesenbaby dir hilft.«
Renard runzelte die Stirn. Vielleicht dämmerte ihm, dass Tom jetzt ein anderer war. Gab nichts Besseres als achtzehn Stunden Schönheitsschlaf. »Harte Worte, Arschgeige, aber ich hab gesehen, wie du zusammenklappst.«
»Nur du und ich.« Tom steckte sich eine Zigarette zwischen die Lippen und entzündete das Feuerzeug. »Eine Hand auf den Rücken gebunden.«
Er inhalierte und bot Rugg die Packung an, der den Kopf schüttelte.
Tom könnte ein Spielchen beginnen, aber dazu war das Zimmer zu klein und Rugg zu groß. Also lass sie quatschen. Klar, das war auch eine Art Plan.
»Wir haben alle Zeit der Welt«, sagte Renard. »Wir wissen sogar, welches Schätzchen dir gehört, schwarzes Haar, knackige Oberweite. Aber erwarte nicht, dass sie an die Tür klopft; unten ist Essenszeit. Wir haben alle Zeit der Welt.«

Er schnippte eine der Kippen vom Hausierer auf den Boden. »Was soll das hier?«

»Das sind britische Zigaretten.«

»Venus, so heißt die Schnalle.« Renard warf einen Blick auf den Zettel. »Immer die Ihre. Was soll das heißen?«

Er konnte nicht zulassen, dass Audrey hier mit hineingezogen wurde. »Sie lässt allen Kunden so einen Zettel da.«

»Was soll das, verdammt noch mal?«

»Hab ihr gesagt, ich hätte eine halbe Krone, und sie meinte, keine Sorge, sie könnte schon rausgeben.«

»Abgestandener Witz«, sagte Renard. »Na, Mr. Wall, jetzt funkeln die Zähne aber? Willst du dir auch noch die Haare kämmen?« Gelangweilt blätterte Renard durch den *Tristram Shandy*. »Immer sauber und rein, was, Arschgeige? ... Wo zum Teufel ist das Paket?«

Renard knallte das Buch zu, und Rugg patschte Tom in den Magen.

Tom klappte zusammen, seine Zigarette flog quer durch das Zimmer. Rugg half ihm, sich am Boden aufzusetzen. Toms Atem kam stoßweise. Er sah die Zigarette auf dem Teppich vor sich hin glimmen und versuchte etwas zu sagen. Erfolglos.

»Wir werden hier mehr als nur Tabak plattmachen«, sagte Renard, »wenn du uns nicht das Paket gibst, Sonders Paket. Du kennst Sonder?«

»Nie von ihm gehört.«

»Wir wissen, dass du ihn kennst.« Renard zog seinen Plaidmantel aus und faltete ihn sorgfältig auf dem Tisch zusammen. »Und wie wir das wissen.«

»Ach, Sonder. Klar.«

»Er hat dir was gegeben.«

»Modetipps. Hat mir gesteckt, dass nur Gauner Plaidmäntel tragen.«

»Der Gang ist leer.« Renard trat Toms Zigarette mit der

Schuhspitze aus. »Wir haben ein Schild aufgestellt, am Ende des Gangs. Was steht da gleich wieder drauf?«
»Dass da gottverdammte Wartungsarbeiten durchgeführt werden.«
»Wir sind ganz allein, Arschgeige.« Renard grinste zähnefletschend. »Und haben gute, dicke Türen.«
»Er hat mir nichts gegeben.«
»Wer ist er?«
»Ein Nachbar, ein alter Nachbar. Haben zusammen Poker gespielt.«
»Stimmt das?«
»Ich kenn ihn von den Staaten. Aus D.C.«
»D.C.«, sagte Renard. »Dann ist er also ein Yank, was?«
»So amerikanisch wie Apfelkuchen«, sagte Tom.
»Ein Apfel am Tag.« Renard holte ein Steakmesser aus der Tasche – es war zwanzig Zentimeter lang, die Schneide mit Rost überzogen. »Hab's im Rinnstein gefunden. Hier ist alles irgendwie so schmuddelig.«
»Ich kenn keinen Sonder.«
»Aber er kennt dich. Und er ist so amerikanisch wie ein verdammtes Wiener Schnitzel. Rugg.«
Rugg schlug Tom mit der offenen Hand gegen die Schläfe. Tom wurden die Knie weggerissen, fast kippte er zur Seite. Sie wussten, dass Sondegger Deutscher war, kannten aber nicht seinen vollen Namen. Wussten von der Mikrofotografie – sie musste das »Paket« sein –, wussten aber nicht, dass sie sich im Buch auf dem Tisch befand. *Falls* sie sich in dem Buch auf dem Tisch befand …
Rugg hievte ihn in den Sessel und band die Handgelenke mit den Handflächen nach oben an den Armlehnen fest.
»Was für eine Schande«, sagte Renard und sah auf den Verband. »Es sickert ja durch. Ist ja widerwärtig.« Er riss an der Bandage. »Solltest dich wirklich besser drum kümmern.«

Tom sah hin und nahm es doch nur undeutlich wahr. Seine Hand war geschwollen und von roten Streifen bedeckt. Seine Hand ballte sich zur Faust, dann lockerte sie sich wieder. *Sondegger hatte ihm einen Bleistift in die Handfläche getrieben …*

»Wirklich widerwärtig«, sagte Rugg.

»Schmerzen machen dir ja nichts aus, was, Arschgeige? Zäh wie altes Stiefelleder. Zeit, dass wir dir ein wenig Kultur beibringen. Ich geh auch ganz sanft mit der Säge um.« Renard verstärkte den Griff am Messer und hielt es über Toms Hand. »Wie ein Chirurg.«

»Halt«, sagte Tom. »Ich werd euch alles sagen.«

»Klar. Die Frage ist nur, wann.«

»Sonder ist Deutscher. Er ist in London. Er arbeitet für den COI, für die Amerikaner. Das ist ein neuer Geheimdienst. Er …«

Rugg packte von hinten Toms Kopf und drehte ihn herum. »Wenn wir mit dir fertig sind, kümmern wir uns um dein Mädel.«

Tom spürte, wie die Halswirbel gedehnt wurden. Seine gefesselten Arme zuckten; er war am Rand der Ohnmacht. Wenigstens hatte er saubere Zähne.

»Ist ihm die Schnalle nicht scheißegal?«, sagte Renard.

»Ist ihm nicht egal«, sagte Rugg. »Oder, Wall?«

Ein stechender Schmerz schoss ihm in den Nacken. Er stand kurz davor, wegzutreten. Er versuchte noch zu sagen, brauch keine Bigband …

Rugg ließ los. »Knöpf dir die andere Hand vor, Kleiner. Die Linke.«

»Die andere Hand? Oho. Recht hast du.« Renard ließ das Messer herumwirbeln, bis er den Griff in der Faust hielt. »Noch hast du ’ne gute Hand, Arschgeige, bis ich sie dir an den Stuhl hefte und sie schlimmer infiziere als das Geschwür an der anderen. Keine Hände, und die Handgelenke nur noch Stumpen. Ich geb dir sechs Sekunden. Fünf, vier …«

Harriet unterdrückte ein Seufzen, als Mr. Uphills Schatten über ihren Schreibtisch fiel. Sie hatte zu tun, sie konnte es sich nicht erlauben, Zeit zu verschwenden.

»Offiziell, Mrs. Wall, sind Sie was?«, fragte er. »Verbindungsoffizier des WIT.«

»An Tagen wie heute kann ich mich kaum daran erinnern.«

»Sie können sich in dieser Angelegenheit auf mein Wort verlassen.« Mr. Uphill klopfte auf den aufgeschlagenen Ordner, der auf ihrem Schreibtisch lag. »Sie sind hier seit … Ich glaube, Sie sind heute Morgen um fünf Uhr gekommen?«

»Doch nicht um fünf, das kann nicht sein.«

»Sie haben sich sieben Minuten nach fünf eingetragen. Jetzt ist es einundzwanzig Minuten nach fünf am Nachmittag. Zwölf Stunden Arbeit reichen an einem Tag.«

»Es gibt aber noch eine Menge zu tun«, sagte sie und wies auf das Chaos auf ihrem Schreibtisch. »Diese Meldung, die reinkam, ist alarmierend. Ich dachte …«

»Sie sollten sich wirklich um Ihren Haushalt kümmern, Mrs. Wall.«

Sie verkniff sich einen spitzen Kommentar. »Ja, Mr. Uphill. Es sind auch wirklich nur noch ein paar Dinge …«

Die Meldung war diesen Morgen eingetroffen, von einer durch ALBANS autorisierten Quelle an ausgewählte Dienststellen adressiert, die Agenten im besetzten Europa unterhielten. Es hatte sich eine ernsthafte Sicherheitslücke aufgetan: Ein Nazi-Agent sei in England auf freiem Fuß und könne alle Agenten, *ihre* Agenten, gefährden. Governess war gefoltert worden, Mathilde exekutiert, Nanette wurde vermisst. Ein einziger Nazi-Agent konnte nun alle übrigen in den Tod schicken. Die Meldung forderte Harriet auf, alle

Dokumente gemäß den acht gesondert dargelegten Richtlinien zu bewerten. Eine Arbeit, die drei Wochen in Anspruch nahm. Sie hatte drei Tage. Sie konnte ihre jungen Frauen nicht retten; sie konnte nur dafür sorgen, dass außer ihnen selbst nicht noch andere zu Schaden kamen, wenn sie aufflogen.

»Mrs. Wall?«, sagte Uphill.

»Ich bin bald fertig«, sagte sie.

»Nein, meine Liebe. Sie sind *jetzt* fertig«, sagte Uphill. »Sie nützen uns nichts, wenn Sie völlig erschöpft sind. Fehler schleichen sich ein, und wir wollen doch lieber auf Nummer sicher gehen.«

Alles in ihr sträubte sich bei seinen klischeebefrachteten Worten, aber sie wusste, er konnte nicht anders. Er sprach, wie er dachte. Und in seltenen Fällen »sprach er ein Machtwort« und ließ nicht mehr mit sich reden.

Unter seinem wachsamen Blick räumte sie den Schreibtisch auf und war bald darauf und viel zu früh zu Hause.

Das Haus war leer. In die Angst um ihre jungen Frauen schlich sich die Sorge um Earl. Er war abgetaucht aus Gründen, die sie sich noch nicht einmal vorstellen konnte, und würde wieder auftauchen aus Gründen, die sie niemals erfahren würde. So war Earl, Angst oder Misserfolge konnten ihm nichts anhaben, von Schuldgefühlen ließ er sich nicht beeinträchtigen. Ganz anders als Tom, der in den Bombenangriff hinauslief, um dort den Tod zu finden, dem er auf Kreta entkommen war.

Es klopfte an der Tür: Mrs. Turnbull von nebenan. »Ich würde Sie gern hereinbitten, Mr. Turnbull, aber …«

»Ach, ich hab ja eh keine Zeit. Mr. Pomfret kommt zum Abendessen. Aber heute Morgen war eine junge Frau da und hat mich gebeten, Ihnen was zu geben.« Sie reichte Harriet ein Blatt Papier, in dem ein kleiner Gegenstand eingewickelt

war. »Sie haben nicht vielleicht einen Tropfen Kondensmilch übrig?«
Harriet winkte Mrs. Turnbull in die Küche und faltete den Zettel auseinander. Darin lag ein Schlüssel. In sauberer, mädchenhafter Schrift stand zu lesen, dass Mr. Wall in Schwierigkeiten sei und Mrs. Wall brauche. Es sei von größter Wichtigkeit. Wenn möglich, möge sie zur folgenden Adresse kommen …
Keine Unterschrift. Die Adresse war das Waterfall. Sie war niemals dagewesen. Sie hatte es nie sehen wollen. Aber wenn Earl dort war, wenn er sie brauchte …

»Vier, die verfluchte Drei …« Renard legte die Messerspitze auf Toms Handfläche und hob den *Tristram Shandy* hoch, um ihn niedersausen zu lassen, als würde er mit einem Hammer einen Nagel einschlagen. »Pass auf, dass er nicht zu lange schreit, Rugg. Die Tür ist dicht, aber es wird …«
»Ich rede«, sagte Tom. »Verdammt noch mal, ich werde singen.«
»Der erste Schlag wird doch nicht viel Schaden anrichten, was, Arschgeige? War ich bei zwei oder drei?«
Von der Tür kam ein Geräusch.
»Polizei!«, schrie Tom. »Holt die Poliz…«
Rugg brachte ihn zum Schweigen und riss die Brandschutztür auf. »Wir hauen lieber ab. Haben hier nichts mehr verloren.«
Renard, der noch immer den *Tristram Shandy* und das Messer in der Hand hielt, fluchte und griff nach seinem Mantel. Tom hielt sich mit beiden Händen an den Armlehnen fest und trat nach Renard. Er traf ihn hinten am Bein und brachte ihn aus dem Gleichgewicht. Renard ließ Mantel und Buch fallen, ging mit wutverzerrter Miene auf Tom los und stach mit dem Messer nach Toms Hand. Tom bäumte sich im

Sessel auf, das Messer streifte ihn nur leicht am Unterarm. Wieder brüllte er, und Rugg packte Renard, zerrte ihn hinaus in die Dunkelheit und ließ die Brandschutztür hinter sich zukrachen.

Tom sackte im Sessel zusammen, dann kam ein weiteres Geräusch von der Tür. Das Schloss sprang auf, der Türgriff drehte sich, und beinahe hätte er laut aufgelacht. »Harriet?«

»Tom? Ich hab gehört ... Großer Gott! Was um Himmels willen ...«

»Waren ein paar raue Tage. Bind mich los. Nein – sperr erst die Tür zu«, sagte er und deutete mit dem Kinn auf die Brandschutztür. »So, Harry! Stell den Sessel davor ... Harriet, verdammt noch mal, mach, was ich sage! Ich hab mich nicht selbst gefesselt. Und jetzt die andere Tür. Sperr sie ab ... Gut, danke. Und jetzt bind mich los.«

Sie musterte ihn, während sie die Knoten löste, bemerkte den Schnitt an seinem Arm, sein schweißnasses Gesicht. In ihren samtenen grauen Augen lag keinerlei Ekel vor der schwärenden Handfläche. »Du musst behandelt werden, Tommy. Das sieht ja schrecklich aus.«

Er betrachtete den Kratzer am Arm. »Muss nur ein wenig ausgewaschen werden.«

»Stell dich nicht so blöd. Du weißt genau, was ich meine.«

Rugg, der mit dem Absatz auf seine Hand getreten war, Sondeggers Bleistift, dessen Mine und Holzsplitter sich in die Wunde gebohrt hatten. »Ich brauch eine Dusche.«

»Es ist entzündet, Tom.«

Er zog eine Schublade auf und nahm sich ein frisches Hemd. »Schon in Ordnung.«

»Tommy, du musst ... Das ist Earls Hemd!« Sie sah in die Schublade. »Das sind alles Earls Hemden.«

»Ich hab mir ein paar Sachen von ihm geliehen. Nachdem ich das Zimmer gemietet habe.«

»Das Zimmer.«
»Ja.«
»Es ist deins?«
»Klar. Schau nicht so – ich hab's nicht eingerichtet. Ich hab einen Platz zum Schlafen gebraucht.« Er hatte Harriet noch nie anlügen können, aber sie wollte ihm glauben. »Und was zum Anziehen.«
»Earl …«, sagte sie. »Er hat nicht …«
Tom schloss die Badezimmertür, bevor sie die Frage stellen konnte. Er begann zu zittern. Was, wenn sie es geschafft hatten? Wenn nun beide Hände infiziert waren? Das Zittern ließ nach. Er hatte endlich geschlafen. Er war okay. Nicht ganz diensttauglich, aber es würde reichen. Er wusch den neuen Schnitt aus. Hielt die offene rechte Hand unters Wasser, bis sie schmerzte. Trocknete sich, verband die Hand und zog sich an.
»Hilfst du mir mit der Krawatte?«, fragte er, als er die Tür öffnete.
Harriet hielt Renards Mantel auf Armeslänge vor sich und betrachtete den buntkarierten Stoff. Sie war weit weg. Ihre Mundwinkel hingen nach unten, die zarten Falten um die Augen hatten sich vertieft.
»Das ist nicht deine Größe«, sagte er. »Und ein Plaid mit Faltenwurf steht dir nicht.«
Sie war blasser als sonst. Fast ätherisch. Sie war seinetwegen gekommen.
»Harriet«, sagte er.
»Hmm?«
»Woher wusstest du, dass ich hier bin?«
»Ich wusste es nicht. Ich hab Earl erwartet.«
»Großartig.« Dann kam ihm ein Gedanke. »Du hast von ihm gehört?«
»Ich hab eine Nachricht bekommen. Ich hatte Angst …« Sie

legte sich den Mantel über den Arm. »In der Nachricht stand, es sei dringend.«
»Wer hat sie geschickt?«
»Mrs. Turnbull – meine Nachbarin – sagt, eine junge Frau habe behauptet, dass Mr. Wall mich bräuchte.«
»Was stimmte«, sagte er.
»Der Zimmerschlüssel war ...« Sie bemerkte seinen Gesichtsausdruck. »Wer ist sie?«
»Eine Freundin.«
Das Mädchen hatte ihm ihr Herz zu Füßen gelegt, und er hatte sie schnöde abgewiesen. Sie hatte ihm ihre Geschichte erzählt und in seinen Armen geweint, und er ... Hatte er sie Harriet genannt?
Ja, das hatte er.
Er hatte ihre Freundlichkeit, ihr Lachen und ihre Offenherzigkeit zurückgewiesen, und trotzdem hatte sie Harriet zu ihm geschickt.
Das Mädchen wusste, dass er sich schmerzlich nach Harriet sehnte, wusste, dass er Harriet wollte, nicht sie. Also hatte sie Harriet zu ihm gebracht.
Was für eine Frau.
»Eine Freundin«, wiederholte er. »Bist du glücklich mit Earl?«
»Ich wäre glücklicher, wenn er hier wäre.«
»Klar, aber – bist du, liebst du ...«
»Ich bin«, sagte sie, »Tommy, ich bin glücklich, und ich liebe meinen Mann.«
Tom spielte mit seinem Feuerzeug. »Hab ich dir schon mal vom Sommer in Maine erzählt? Er hat mir beigebracht, wie man angelt, wie man schwimmt und taucht.«
»Und was davon machst du jetzt?«
Er versuchte zu grinsen. »Ich spiele toter Mann.«
»Noch mehr neue Freunde?«

»Rugg und Renard«, sagte er. »Erledigen komische Aufträge. Waren mal Schwarzhemden.«
Sie kniff den Mund zusammen. »Politische?«
»Auf ihre charmante, ganz eigene Art und Weise.«
Sie wurde noch blasser und ließ sich in den Sessel fallen. Von Rugg und Renard zu hören nahm sie mehr mit als Earls Abwesenheit, mehr noch als der Anblick von Toms Hand. Sie war hart im Nehmen, aber etwas quälte sie. Tom wusste nicht, was es war. Er sah sie an, aber sie schüttelte nur den Kopf. Also nahm er das rostige Messer, ging ins Badezimmer und wusch den Dreck und das Blut ab.
Wieder im Zimmer, sagte er: »Wirf mir mal das Buch rüber.«
Sie warf ihm den *Tristram Shandy* zu, dessen Rücken er vorsichtig mit dem Messer aufschlitzte.
»Was machst du da?«
»Achtzehn Stunden Schlaf, Harry. Ich bin ein neuer Mensch.« Er riss den Einband ab. Nichts zu finden. Er fuhr mit dem Finger über den Rücken, ertastete eine Erhebung und kratzte am Leder. Hier war etwas befestigt. Er bekam es mit dem Fingernagel zu fassen, ein winziges Filmquadrat – eine Mikrofotografie.
»Ist das ein Mikrofilm?« Sie kam näher. »Das ist ein Mikrofilm, Tom. Was um alles in der Welt ...«
»Bin mir nicht sicher. Hat mit Earl zu tun.«
»Wir bringen ihn zu den *Inter-Services*.«
»Earl gehört zum COI«, sagte er. »Er gehört den Amerikanern.«
Sie protestierte. Er gehörte ihrem Ehemann, er war in London gefunden worden. Sie waren Verbündete. Die Vereinigten Staaten wollten zwar nicht in den Krieg eintreten, sie hingegen wusste, was ihre Pflicht war.
Das wusste Tom auch. »Meine Loyalität«, sagte er, »ändert sich nicht mit dem Wetter.«

Ihre Worte waren von schneidender Kälte. »Wenn du damit sagen willst, dass man mir nicht trauen kann – dann, Thomas, lass dir versichern, dass man mir Dinge von *Wert* durchaus anvertrauen kann.«

Er entgegnete einige harsche Worte, die sie so nicht stehen lassen wollte; sie stritten sich wie ein altes Ehepaar. Der Gedanke ließ ihn lächeln. Ihre Miene entspannte sich, sie strich sich das Haar hinter die Ohren. »Wir scheinen vom Thema abgekommen zu sein«, sagte sie.

Sie einigten sich auf einen Kompromiss. Zunächst sollte die Mikrofotografie vergrößert werden. Vielleicht kam überhaupt nichts dabei raus, vielleicht war es reine Zeitverschwendung. Oder es war der Schlüssel zu Earl, der Schlüssel zu Sondegger und dem Zwanziger-Komitee. Es könnte den Schlüssel für einen geheimen Angriff auf die Staaten sein oder das Schachmatt im Spiel bedeuten, das er mit dem Hunnen spielte – bei dem er blind agierte, während ihm die Zeit davonlief.

27

4. Dezember 1941, Abend

Das Flowerpot, ein kleines und altes Theater, hatte geschlossen; Bombenschäden. Die Treppe war abgesperrt, eine Statue war zerschmettert und lag mit dem Gesicht voran im Schutt. An der Wand hing eine verstaubte Plakette. Highcastle rieb sie mit dem Ärmel sauber und las: WIR, DIE WIR LEBEN, UM ZU GEFALLEN, MÜSSEN GEFALLEN, UM ZU LEBEN.

Der Name des Autors war verdeckt. Rupert würde ihn kennen, aber Rupert war tot – und Sondegger lief frei herum. Highcastle hatte versagt.

Er war auf dem Weg zur Metropolitan Police am Flowerpot stehen geblieben. Er hatte seine Männer die Straßen nach dem Deutschen durchkämmen lassen, hatte sie alle in Aufruhr versetzt. Keine Spur, der sie nicht nachgegangen wären, aber keinen Deut weitergekommen – denn es gab keine Spuren. Die einzigen, die Sondegger auf seinem Weg zurückgelassen hatte, waren die Leichen in Hennessey Gate – und sein Wissen um Earl Wall.

Highcastle brauchte Hilfe. Die Spezialabteilung, die Home Guard – zum Teufel, er würde sogar den *Housewives Service* und die Pfadfinder nehmen. Er würde jeden um Hilfe anbetteln. Er hatte nicht genügend Zeit und nicht genügend Männer …

Trotzdem fand er Zeit, hier stehen zu bleiben. Vergangenes Jahr waren sie zu einer Abendvorstellung gekommen, er und Davies-Frank und Mrs. Davies-Frank. Es war der Auftakt zu ihrer Freundschaft und zeigte, wie weit das Vertrauen und die Sympathie zwischen ihnen gingen.

Nun, das war vorbei. Highcastle wischte sich den Staub vom Ärmel und wandte sich ab. Tot war tot, jetzt hatte er um Rupert getrauert und um seine Männer, die in Hennessey Gate ermordet worden waren. Ihm blieb keine Zeit für Schuldgefühle. Ihm blieb keine Zeit für irgendetwas, außer Abendammer und den Deutschen zu finden und dafür zu sorgen, dass sie gehängt wurden.

Er würde Scotland Yard mit ins Boot holen – und die verdammte Heilsarmee, wenn's sein musste. Er würde selbst mit Harriet Wall sprechen. Ihr Mann war die einzige Spur, die sie hatten.

Tom und Harriet standen in der dunklen, zugigen Straße vor der Wohnung des Fotografen. Tom zündete sich eine Zigarette an, während Harriet auf den Klingelknopf drückte. Nichts rührte sich, also begannen sie an die Tür zu pochen. Sie mussten den Mikropunkt vergrößern lassen.

Ein Mädchen mit Haarnetz öffnete nebenan die Tür und sagte, dass manche hier zu schlafen versuchten. Harriet bat sie um Hilfe, ihr Ton war warmherzig, ihr Akzent so klar wie geschliffenes Glas. Das Mädchen zog den Morgenmantel enger und sagte ihnen, wo sie den Fotografen finden konnten.

Es war Mitternacht, als sie die U-Bahn-Station erreichten. Harriet erzählte Tom, dass sich in den Stationen, die während des *Blitz* als Luftschutzräume geöffnet worden waren, an den Wänden das Kondenswasser sammelte, Abwasser laufe in Rinnsalen unter ihren Füßen ab. Die Luft sei abwechselnd eisigkalt oder brütendheiß und voller schwarzer Mückenschwärme, die sich im Untergrund ungehindert vermehrten. Die Bahnsteige wären vollgestopft mit Kindern in Hängematten, die sich andauernd wegen der Läuse kratzten, weinenden Kleinkindern und Prostituierten auf Kundenfang.

»Es kam wegen der Taschendiebe und wegen öffentlichen Geschlechtsverkehrs sogar zu Unruhen«, sagte sie.

»Öffentlicher Geschlechtsverkehr«, sagte Tom. »Wie widerlich.«

Sie sah ihn scharf an, und er sagte nichts über das Picknick in Virginia, die Limonade und die Sandwiches, die Zuckerkekse ...

Sie stiegen in den Schutzraum hinab. Dreifache Stockbetten mit dünnen blau-weiß gestreiften Matratzen und grauen Wolldecken waren aufgestellt. Koffer und Weidenkörbe waren ordentlich unter Tischen verstaut, auf denen Tassen, Krüge und Trinkwasserkühler standen. In einer Ecke gab es einen Ofen, ein Grammophon, und die Damentoilette war mit Weihnachtsschmuck verziert. Zwei kleine Mädchen, die unter ihrer Decke kicherten, wurden von ihrer müden Mutter zur Ruhe gemahnt. Ein älteres Paar teilte sich unter einer fadenscheinigen Decke das oberste Bett.

Tom sah zu Harriet. Wo war das Abwasser, das Elend?

»Das war während der Luftangriffe«, sagte sie. »Es hat sich ein recht nachbarschaftliches Verhältnis entwickelt.«

Bald hatten sie Harriets Fotografen gefunden – einen drahtigen Mann mit fleischigen Lippen, der alles andere als angetan schien, dass er nun geweckt wurde. Harriet besänftigte ihn, und grummelnd kehrte er in sein Studio zurück, schloss die Tür auf, vergewisserte sich, dass die Verdunkelungsvorhänge dicht waren, und schaltete das Licht an.

»Dunkelkammer«, sagte er. »Die ganze Stadt ist eine einzige Dunkelkammer.« Er unterzog den Mikrofilm einer kursorischen Begutachtung. »Kann ich das machen? Natürlich kann ich das. Brauch aber einen Projektor, muss irgendwo in diesem Chaos noch einen Recordak haben.« Er ging zielstrebig auf eine Kiste zu und schob die Fotografie zwischen zwei kleinen Glasplatten in den Projektor. Und zeigte Harriet, wie alles funktionierte: »Nehmen Sie sich vor grellen Lichtpunkten in Acht.« Er wies auf die Birne, den Wärmefilter und den Schirm hin. »Manche haben lieber blau-weiß, aber bernsteinfarben-gold strengt die Augen nicht so sehr an. Wenn es nicht passt, können Sie hier justieren …«

Harriet dankte ihm, scheuchte ihn in das Hinterzimmer, bat ihn noch, sich bereitzuhalten, dann beugte sie sich über den Projektor. »Ja. Es handelt sich um Aufzeichnungen … in Deutsch.« Sie strich sich das Haar aus dem Gesicht und verlangte nach Papier und Stift. Tom gab ihr, was sie wollte, und sie übersetzte während des Abschreibens.

> Betr.: Ü. auf Hawaii, Insel Kushua (Pearl Harbor). Kaiserliche Japanische Marine, Admiral Yamamoto. Vizeadmiral Nagumo.

Marinestützpunkt Pearl Harbor

1. Gitternetz Bombenabwurfgebiete von fünf auf neun erweitert. Neue Zielpunkte beachten.
2. Militärhafen – Kaianlagen. Tankanlagen, Lage des Trockendocks Nr. 1 und des neuen Trockendocks.
3. Plan des U-Boot-Stützpunkts und der Einrichtungen an Land.
4. Torpedo-Schutznetze installiert? Durchschnitt-

liche Geschwindigkeitsverringerung dadurch? Einzelheiten zu ihrer Konstruktion.
5. Stützpunkt der Minensuchverbände. Schleppnetzfischer im …

»*Minensuche verboten*?«, fragte Tom, der ihr über die Schulter sah und mitlas.
»Minensuchverbände.« Harriet hob nicht mal den Kopf. Sie fuhr fort:

Schleppnetzfischer in der Hafeneinfahrt und östlich sowie südöstlich der Schleusen. Wassertiefe. Anzahl der Ankerplätze. Schwimmdock in Pearl Harbor.

Sie rieb sich die Augen. »Pearl Harbor?«
»Großer Marinestützpunkt«, sagte Tom. »Irgendwo auf Hawaii.«

1. Marine: feindliche Seetransporte, Material, Konvois. Namen der Schiffe und Geschwindigkeit. Lage der Stützpunkte für Schnellboote und Tender.
2. Hawaii: Munitions- und Minendepots. M.-Lager im Aliamanu-Krater. Militäranlagen im Punchbowl-Krater?
3. Flugplätze: der Marine, Hangars in Kaneohe, Armee, Hickam und Wheeler Fields. John Rodgers Airport. Armee/Marine. Funkstation der Pan American Airways auf der Halbinsel Makappu.

»Nach Punkt drei kommt so was wie ein Riss«, sagte Harriet. »Der Film scheint ab hier aus einer anderen Quelle zu stammen.«

»Warte ... einen Moment. Hawaii? Der Deutsche sprach von einem Überraschungsangriff. Durch die Japsen. Auf *Hawaii?*«
»Ich könnte auch ein Memorandum schreiben und behaupten, die Chinesen wollten Grönland erobern. Deswegen wird es auch nicht wahrer.«

02530-JN: ZWEI FLOTTEN- UND ZWEI LEICHTE TRÄGER. ZWEI AUS EINEM SCHLACHTSCHIFF UND EINEM KREUZER UMGEBAUTE TRÄGER, ZWEI SCHLACHTSCHIFFE, ZWEI KREUZER, EINE ZERSTÖRER-FLOTTILLE, ZEHN VERSORGUNGSSCHIFFE.
111 BOMBER, 44 TORPEDOBOMBER, 142 STURZKAMPFBOMBER, 97 JÄGER. 16 U-BOOTE VOM TYP I, 5 U-BOOTE VOM TYP A.
VERLASSEN MARINESTÜTZPUNKT KURE AM 18. NOVEMBER. ANGRIFFSSTREITMACHT SAMMELT SICH VOR ETOROFU, KURILEN.
EBENFALLS NOTIERT, DOKNR. 23A-881-UH-I: »FALLS STREITMACHT ÖSTLICH DER HITOKAPPU-BUCHT ENTDECKT WERDEN SOLLTE, LAUTET BEFEHL UMDREHEN, ALS WÄRE NICHTS GEWESEN. BEI ENTDECKUNG AM TAG X-1 ODER SPÄTER, WEITERER VORMARSCH UND ANGRIFF MIT ALLEN VERFÜGBAREN KRÄFTEN.«

»Achtzehnter November«, sagte Tom. »Was haben wir heute? Den vierten Dezember?«
»Den fünften – seit Mitternacht.«
»Wann zum Teufel ist X minus ein Tag? Wir brauchen einen Kalender. Wir brauchen eine Karte. Wie sollen wir das alles bestätigen?«
»Erst lesen wir das hier zu Ende. Noch zwei Absätze. Der erste ist auf Englisch. Der zweite auch.«

Ost Wind Regen.

Durch Botschafter Oshima. Zitat Ribbentrop: »Sollte Japan in Kampfhandlungen mit den Vereinigten Staaten verwickelt werden, würde das Deutsche Reich unverzüglich den Krieg erklären. Es ist ausgeschlossen, dass das Deutsche Reich unter diesen Umständen einen Separatfrieden mit den Vereinigten Staaten aufrechterhält.«

»Der letzte Absatz besteht nur aus einem einzigen Satz«, sagte Harriet. »Er lautet: Beweise für die vorhandenen Aufzeichnungen werden in einem beiliegenden Mikropunkt geliefert.«

»›Beiliegender Mikropunkt‹?«

»Das steht da, Tommy. Lies es selbst.«

Sie erhob sich, er nahm ihren Platz ein und las die letzten Absätze: »Ost Wind Regen« und »Beweis dieser Ausführungen zugänglich im beiliegenden Mikropunkt. 670-AT7-08597.«

Noch ein Mikropunkt, ein beiliegender Mikropunkt. Und ein Angriff auf Hawaii? Eine Zerstörer-Flottille und … Nein. Er wollte nicht an den Inhalt der Botschaft denken. Erst musste der bestätigende Mikropunkt gefunden werden. Dann war es an der Zeit zu handeln.

Er kramte in Harriets Tasche nach dem *Tristram Shandy*.

»Warum zum Teufel liefert er die Beweise nicht gleich in derselben Botschaft?«

»Das ist bei sensiblen Unternehmen nicht üblich. Keine der beiden Mikrofotografien kann ohne die andere auskommen. Damit sichert man sich ein gewisses Maß an operativer Flexibilität.«

»›Operativer Flexibilität‹. Wie klein kann so ein Mikropunkt sein?«
»So groß wie ein Staubkorn. Diese Fotografie hier ist ziemlich groß, man hat es also nicht unbedingt darauf angelegt, sie sehr geheim zu halten. Meistens sind sie kaum größer als eine Sommersprosse.«
Er erinnerte sich an Sommersprossen auf glatter weißer Haut. War es Harriets nackter Arm? Oder Audreys? »Wir brauchen eine saubere Oberfläche«, sagte er. »Und Werkzeuge, so was wie eine Pinzette.«
Harriet rief den Fotografen und sagte ihm, was sie benötigten. »Und Abzüge von dem Mikrofoto. Nichts Besonderes. Es reicht, wenn man es lesen kann.«
Der Fotograf sagte ihr, die Abzüge würden etwas dauern, und gab ihr die Instrumente und zwei saubere Blechschüsseln. Er spitzte seine fleischigen Lippen und verschwand im Hinterzimmer. Die Tür krachte nicht unbedingt hinter ihm ins Schloss.
Harriet setzte sich neben Tom. Sie schlitzten die Bindung auf und nahmen das Buch auseinander. Inspizierten jeden Faden der Bindung, jeden Staubfleck, jeden Punkt, der dreidimensional erschien …
»Wir sollten es sofort melden.« Harriet sah von dem Papier in ihrer Schüssel auf. »Auch wenn es nur eine Finte ist.«
»Es ist keine Finte.«
»Dann sollten wir …«
»Es ist mitten in der Nacht, Harry. Es hat bis zum Morgen Zeit. Ich will sichergehen. Sondegger treibt ein hinterhältiges Spiel.«
Er ging mit einer Hand einige lose Seiten durch. »Wenigstens ist es nicht kodiert. Ich hab einmal einen Gedichtcode gesehen.« ERLAUBNIS, FLUGPLATZ IN MÁLEME ZU VERSTÄRKEN, WIRD AUSDRÜCKLICH VERWEIGERT. QUELLE EULT DARF

UNTER KEINEN UMSTÄNDEN AUFGEDECKT WERDEN. »Mein Trupp – Lifton und Mann und Rosenblatt wurden geopfert, um einen Mann zu schützen, einen verdeckten Agenten. Das Hauptquartier wusste, dass der Angriff bevorstand, wusste den Zeitpunkt und den Ort, aber es hat verhindert, dass wir Unterstützung bekamen. Meine Jungs … sie sind gestorben für …«

»Wofür, Tommy? Für Earl?«

Ja. Tom rieb sich die Augen. Earl hatte ihn verraten. Er hatte ihm Harriet gestohlen. Er war EULT, der Agent auf Kreta, der auf Kosten seiner Jungs geschützt werden musste und –

Nein.

»Nein«, sagte er, was ihn selbst überraschte. »Earl hatte mit Kreta nichts zu tun.«

Der Schreibmaschinenmechaniker hatte blondes Haar und einen Klumpfuß.

Sondegger beobachtete ihn, bis er wusste, welche Rolle er spielte: eine Art Gundlach, den stolzen Krüppel, der weder bettelte noch sich beugte, eine Rolle, die mit viel Flair und einem hohen Maß an persönlicher Interpretationsfreiheit präsentiert wurde.

Der Spätnachmittag ging in den frühen Abend über. Der Mechaniker kehrte nach Hause zurück, dann ging er aus. Auf der Eingangsstufe geriet er ins Stolpern.

Sondegger streckte den Arm aus. »Soll ich dir die Hand reichen, Kumpel?«

Der Mann zuckte zusammen. »Nein danke.«

»Genau«, sagte Sondegger. »Du brauchst ja auch keine Hand, du brauchst einen Fuß.«

Der Mann starrte ihn an, dann lachte er schnaubend. »Du unverschämter Dreckskerl.«

Sie wechselten ein paar Worte, und der Mechaniker lud Sondegger auf ein Bier ein. Der Abend lohnte sich bereits, auch wenn Sondegger den Mann noch nicht über Kruh ausgehorcht hatte, den Abwehragenten, dessen Loyalität in Frage stand.

»Einen Trinkspruch«, sagte Sondegger und hob sein Glas. Es gab in der Literatur eine lange Liste ehrwürdiger Krüppel: König Lykurg, der den Dionysoskult zerstören wollte und sich beim Abhacken eines Weinstocks das eigene Bein amputierte. »Auf die heiligen Könige.«

Der Mechaniker trank, wurde aber vom Lärm in der Ecke der Kneipe abgelenkt – einem Dartturnier. Mit dem Kopf wies er auf die Scheibe. »Lust auf ein Spiel?«

Nichts, was ihm lieber wäre, meinte Sondegger, und der Mechaniker bestellte eine weitere Runde, während sie warteten. Telephos, der lahme König der Mysier, wurde als Neugeborener auf dem Meer ausgesetzt, aber er überlebte. Krüppel waren ein zäher und stolzer Menschenschlag. Stolz war ein nützliches Werkzeug – Sondegger erzählte von seinem Abenteuer mit einer Zeitzünderbombe, das er während der Luftangriffe erlebt hatte. Er gab sich bescheiden und blasiert zugleich.

Er, antwortete der Mechaniker, hätte da schon Aufregenderes erlebt als eine Zeitzünderbombe.

Natürlich, natürlich, pflichtete Sondegger väterlich bei.

»Doch, bei Gott, das hab ich!«

»Klar. Und ich kann von Glück sagen, dass die Bombe nicht …«

Der Drang zum großen Auftritt war überall gleich: »Ich war dabei, als drei Nazi-Spione vom Himmel geschwebt sind. Über mir haben sich die Fallschirme geöffnet – ich dachte schon, jetzt hat die Invasion begonnen. Hätte mich nicht gewundert, wenn sie sich als Nonnen verkleidet hätten, aber nichts dergleichen …«

»Sie trugen keinen Nonnenschleier?«
»Ich will dir mal sagen, was passiert ist. Eine Einheit vom Geheimdienst war bereits da, wie ein Fuchs im Hühnerstall. Geheimdienst oder irgendwelche anderen, die was von ihrem Geschäft verstehen.«
Sondegger versenkte sich in die Farbe seines Porters. Ägisthos, als Kleinkind ausgesetzt und von einer Ziege gesäugt, weshalb er überlebte. Hippothous, der Sohn des Poseidon, wurde von einer Stute gesäugt. Ein Gottessohn, der an der Brust eines wilden Tiers genährt wurde. War der Abwehragent Kruh, ein Sohn des Vaterlandes, gefangengenommen und am Busen der britischen Gegenspionage genährt worden?
Sondegger sah zu den Dartscheiben. »Worum geht's? Eine Garnitur Dartpfeile – von Unicorn? Hätte nichts dagegen, die zu gewinnen.«
»Ich hab's verdammt noch mal mit eigenen Augen gesehen«, beharrte der Mechaniker. »Die Sicherheitstypen haben zwei von den Nazis wie die Karnickel abgeknallt.«
»Und den dritten?«
»Den dritten?« Nun kroch doch noch matter Argwohn in die geröteten Augen des Mechanikers.
»Der dritte Fallschirmspringer. Noch eine Runde? Ach, da fällt mir ein, warum ich eigentlich feiere. Die Industriewerte sind im Eimer, aber die Brauereien so stark wie nie. Fremlins ist auf zweiunddreißig Shilling drei Pence gestiegen, und Benskins auf fünfundsiebzig Shilling ...«
Sie traten an die Dartscheibe, und Sondegger redete, bis die Zurückhaltung von den gebeugten Schultern des Mannes abfiel.
Er glaubte dem betrunkenen Krüppel kein Wort und würde lieber über die Börse reden als über Nazi-Spione: »Shanghai Banking ist stark gefallen ...«

»Wenn du nur deinen verdammten Mund halten würdest ...«
»Ich beobachte auch den Gummipreis.«
»Der dritte Nazi hat sich in die Hosen gemacht und ist in Gewahrsam genommen worden, und danach hat man von den Zeitungen keinen Piep mehr gehört.«
Sondegger murmelte etwas über die Kurssteigerung indischen Eisens und warf einen Pfeil ins Bull's Eye. Kruh war also gefangengenommen worden und schickte seine Funksprüche aus dem Gefängnis oder einem sicheren Haus ab. Gerring und Kruh waren beide umgedreht: Das Netz der Abwehr war zusammengebrochen. Der Zweck seines Englandaufenthalts war zur Hälfte erfüllt. Die andere Hälfte vielleicht auch schon. Wenn Tom Wall wie erwartet gehandelt hatte, war Sondeggers Mission ein uneingeschränkter Erfolg.

»Earl hatte mit Kreta nichts zu tun«, wiederholte Tom.
Earl war nicht EULT, er war nicht der Agent auf Kreta. Tom hatte sich wegen des Morphiums, der Schlaflosigkeit getäuscht. Zu sehr hatte der persönliche Verrat sein Denken bestimmt. Er hatte unter Drogen gestanden, war irregeführt worden, der Deckname EULT hatte für ihn wie Earl und der Gedichtcode wie Walt Whitman ausgesehen. Aber EULT war nicht Earl, und das Gedicht stammte nicht von Whitman. Tom hatte geschlafen, und er war geheilt worden; er wusste, welchen Verrat Earl begangen hatte und welchen nicht.
»Willkommen in der Wirklichkeit«, sagte Harriet.
»Ich hasse ihn trotzdem. Stiehlt seinem Bruder die Frau.« Aber Erleichterung machte sich breit. Earl hatte nicht seine Jungs auf dem Gewissen. »Der gottverdammte Earl.«
Der Fotograf kam mit den Abzügen hereingestürmt. Er wies

sie an, zuzusperren, wenn sie gingen, dann klingelte hinter ihm leise die Glocke, als er seinen Laden verließ. Plötzlich kam ihnen der Raum sehr intim vor. Leise arbeiteten sie Seite an Seite. Sie hatten immer gut zusammengearbeitet, einander ergänzt. Es hatte nicht gereicht.
Es war eine schleppende Tätigkeit, und noch schleppender, wenn man nur eine Hand zur Verfügung hatte. Toms Rücken schmerzte. Seine Gedanken stumpften ab. Als er Harriets Blick spürte, sah er auf.
»Ich finde es beleidigend«, sagte sie, »dass du Earl die Schuld gibst und nicht mir.«
»Du fühlst dich beleidigt? Du warst diejenige, die mich verlassen hat.«
»Ich rede nicht vom Verlassen, ich spreche von Schuld.«
»Er hat dich verführt.«
»Er hat seine Wünsche offen ausgesprochen. Und ich habe eine Entscheidung getroffen. Es war meine Entscheidung. Nicht seine, nicht deine. Meine.«
Tom deutete auf das zerfledderte Buch. »Keine Lust mehr auf die Arbeit?«
»Du hasst ihn, aber bin ich nur das Opfer?«
»Ich hab nicht …«
»Bin ich es nicht wert, gehasst zu werden? Bin ich nur eine Bagatelle, ein Knochen, um den sich zwei Hunde balgen?«
»Ich hab einige Zeit versucht, dich zu hassen, Harriet. Aber ich schaffe es nicht.«
Ihr Blick wurde weicher.
Er hatte Angst vor dem, was er vielleicht sagen könnte. »Bringen wir das hier zu Ende.«
Er beugte sich wieder über seine Schüssel. Kurz darauf tat sie das gleiche. Sie zerlegten das Buch mit Pinzetten und Vergrößerungsgläsern.

Er blendete alles um sich herum aus, bis er nichts mehr wahrnahm außer der Schüssel vor sich und den chemischen Geruch des Fotostudios. Er stieß auf eine Seite mit Sternchen – Reihen und Spalten mit Sternchen –, und sein Herz machte einen Sprung. Aber sie bestanden aus Druckerschwärze, nicht aus einem Mikrofilm. Harriet schlief drei Stunden auf dem Feldbett des Fotografen. Tom schlief vier Stunden. Sie setzten die Sektion fort. Seine Hand pochte. Bei Anbruch der Morgendämmerung waren sie fertig. Einen zweiten Mikropunkt hatten sie nicht gefunden.

»Spielt keine Rolle«, sagte Tom. »Du erstattest in deiner Dienststelle Meldung, ich geh zur Botschaft.« Er schlüpfte in sein Jackett. »Mal wieder.«

»Warte, erst noch einen Anruf.« Sie fand den Apparat und sprach mit der Vermittlung.

Tom las seine Kopie der Nachricht. Ein japanischer Angriff auf Hawaii? Die Philippinen, das hätte er noch glauben können, aber Hawaii? Es war verrückt. Und wenn die USA gewarnt würden, würde der Angriff dann abgeblasen? Vielleicht. Eine vorbereitete Streitmacht konnte man nicht überfallen – nicht, wenn der Plan auf das Überraschungsmoment abzielte. Ergab Sinn, wenn sie ein Datum hatten, bis zu dem sie alles abbrechen würden, diesen Tag X minus eins. Er wollte es nicht glauben, aber er musste handeln, als würde es der Wahrheit entsprechen. Zu viel stand auf dem Spiel.

Harriet legte auf. »Die erwähnten Flugplätze gibt es wirklich, auch die Krater. Die Codes passen – null zwei fünf drei null-JN und Ost Wind Regen. Pan American hat eine Funkstation auf der Halbinsel. Wenn das alles erfunden ist, dann ist es sehr professionell gemacht.«

»Stützpunkt Kure?«

»Die Kurilen liegen nordöstlich von Japan. Eine große Marinebasis.«

»Wie weit ist das von ...«

»Zwei bis drei Wochen. Hängt von einer Vielzahl von Faktoren ab.«

»Die Flotte ist am achtzehnten November ausgelaufen«, sagte er. »Heute ist welcher Tag? Der fünfte Dezember, frühmorgens.«

»Dann ist auf Hawaii noch der vierte, nachts.«

»Also zweieinhalb Wochen. Wenn das alles stimmt, bleibt uns keine Zeit mehr.«

Er packte seinen Abzug der Mikrofotografie und die Notizen. »Ich brauch ein paar Pfund, Harriet, für das Taxi zur Botschaft und ... Scheiße, sie werden mir nie glauben, nicht nach dem, was dort vorgefallen ist.«

»Sie werden erst in einigen Stunden öffnen. Wir werden zu meiner Dienststelle fahren, ich erstelle einen Bericht. Und dann gehen wir gemeinsam zur Botschaft.«

»Ja, gut«, sagte er, froh um ihre Gesellschaft. Dann wurde ihm bewusst, dass sie ihm gar keinen Gefallen tat. Es war nur Teil ihrer Arbeit: Sie wollte nach Earl und dem COI sehen und benutzte ihn, damit er ihr inoffizielle Botschaftskanäle öffnete. »Wunderbar.«

»Also, sollen wir?« Sie schlang die Tasche um die Schulter und schob Renards Plaidmantel durch den Riemen.

»Was machst du da, sammelst du für den Wohltätigkeitsverkauf der Kirche?«

Ihr Blick wurde starr. »Vielleicht.«

Drei karmesinrote Blütenblätter klammerten sich an die Blume mit dem abgeknickten Stängel. Ein Blatt lag auf dem glänzenden Schreibtisch am Fuß der grünen Glasvase, zusammengeballt wie eine winzige Faust.

»Wir haben erwartet, Bloomgaard hier anzutreffen«, sagte Tom.

Er brauchte Bloomgaard. Er brauchte irgendjemanden, egal wen, der wegen Pearl Harbor die nötigen Schritte einleitete. Selbst wenn der Mikrofilm eine Fälschung sein sollte, hatte er etwas zu bedeuten. Und er duldete keinen Aufschub.

»Mr. Bloomgaard ist noch nicht hier.« Der Mann in Bloomgaards Büro hatte einen roten Schädel mit flauschigem weißen Haarkranz. »Ich bin Mr. Palk, stellvertretender Konsul. Na ja, *einer* der stellvertretenden Konsuln.«

Er gab ein nervöses Lachen von sich, Harriet fiel in sein Lachen ein und versuchte ihn zu beruhigen. Sie sagte, es sei eine Freude, ihn kennen zu lernen.

Palk versicherte ihr, die Freude sei ganz auf seiner Seite. »Nun also, womit kann ich Ihnen dienen?«

»Wir haben Informationen«, sagte Tom. »Militärische Informationen, Alarmstufe rot ... sie müssen begutachtet werden, und zwar schnell, von jemandem, der die erforderlichen Schritte ergreifen kann.«

»Und von mir wollen Sie ...?«

»Wir wollen, dass sie weitergeleitet werden, an den militärischen Nachrichtendienst, an den COI. Wir können nicht dafür die Hand ins Feuer legen. Sieht aus, als wäre es was für McCoy, aber ich bin bei der Infanterie. Wie auch immer, es muss begutachtet werden. Es ist ... es besagt ... Ich weiß nicht, wo ich anfangen soll.«

»Es wird behauptet, dass in diesem Moment eine japanische Angriffsstreitmacht zu den militärischen Einrichtungen der USA in Pearl Harbor unterwegs ist.« Harriet fasste einige Punkte zusammen. »Allerdings ist nicht ganz klar ...«

»Ja, aber ... japanische Truppen?« Palk lächelte milde. »Ich verstehe nicht, wie kommen Sie an diese, äh, brisanten ...«

»Mein Mann ist Earl Wall.« Sie schob den Filmabzug und ihre Übersetzung über den Tisch.

Zögernd las Palk das Dokument und sagte: »Hmm.«
Sie warteten. Mehr kam von ihm nicht.
»Vielleicht«, sagte Harriet, deren Wangen sich leicht röteten, »sind die Mitarbeiter meines Mannes daran interessiert, dies zu sehen?«
»Oh, gewiss, gewiss. Und, äh, die Beweise, die hier unten erwähnt werden?«
»Wir haben den zweiten Mikropunkt nicht gefunden.«
»Dann ist das hier also die Vergrößerung einer Fotografie, die woher genau stammt?«
Tom lehnte sich auf seinem Stuhl zurück. Sie konnten den Botschaftsangehörigen nicht vom Zwanziger-Komitee erzählen, schon gar nicht in Bloomgaards Büro. Harriet hatte vor, sich noch an diesem Tag mit Highcastle zu treffen – falls sie ihn kontaktieren konnte –, aber bis das nicht geklärt war, konnten sie weder von Sondegger noch von Hennessey Gate, weder von Abwehragenten noch vom SD berichten. Sie hatten gehofft, dass es nicht notwendig wäre, dass die Dokumente für sich sprechen würden.
»Es fand sich unter den Besitztümern meines Mannes«, sagte Harriet.
»Nehmen Sie den Film«, sagte Tom. »Nehmen Sie die Aufzeichnungen. Wenn alles stimmt, haben wir keine Zeit mehr zu verlieren. Die japanische Flotte ist in diesem Moment unterwegs.«
»Die japanische Flotte, ja«, sagte Palk. »Wenn wir nur die Quelle wüssten …«
»Hören Sie mir zu«, sagte Tom. »Wenn das alles Scheißdreck ist, wunderbar – dann wird es in den Müll wandern. Aber wenn es stimmt, muss sofort gehandelt werden. Ich will nicht hören, dass Kendall sich darum kümmert. Ich will hören, dass verdammt noch mal Sie sich darum kümmern.«

Er ließ Tom einen tadelnden Blick zukommen. »Ich glaube kaum, dass es notwendig ist, im Beisein einer Lady sich einer solchen Sprache zu bedienen.«
»Sie müssen Thomas schon entschuldigen«, sagte Harriet. »Er sollte nicht so reden, als wäre er in der beschissenen Gosse aufgewachsen.«
Und bevor Tom darüber lächeln konnte, ging die Tür auf. Tom drehte sich um: Bloomgaard.
»Bemühen Sie sich nicht, Mr. Wall«, sagte Bloomgaard mit aufgesetzt heiterer Miene. »Mr. Knudson ist schon unterwegs, er wird Ihnen vom Stuhl aufhelfen.«
Tom versuchte sich an einem verdrießlichen Lächeln. »Das letzte Mal war ich nicht ganz bei mir. Die Operation ...« Er hob seine verbundene Hand, um einen Funken Mitgefühl zu ergattern. »Auf Kreta verwundet. Ich möchte mich entschuldigen.«
Harriet erhob sich und streckte Bloomgaard die Hand entgegen. »Mr. Bloomgaard, Lady Harriet Wall. Ich möchte mich nur ungern einmischen, aber ich habe Tom gebeten, mich zu begleiten ...«
»Ich hab's gehört.« Bloomgaard tippte auf die Gegensprechanlage auf dem Schreibtisch. »Alarmstufe rot.«
»Die Informationen sind äußert alarmierend. Ich bin mir nicht sicher, ob mein Ehem...«
»Wer hat den Mikrofilm gefunden?«
»Spielt das eine Rolle? Wenn Sie sich einen Augenblick Zeit nehmen und das Dokument lesen ...«
»Wer hat ihn gefunden?«
»Tom«, sagte sie, »hat die ursprüngliche ...«
»Ex-Sergeant Thomas Wall von der Infanterie des Commonwealth.« Bloomgaard zog eine Zigarre aus einem Kasten. »Vom Rowansea und der Roten Armee. Er entdeckt auf wundersame Weise ...«

Harriet wollte ihm ins Wort fallen, aber Bloomgaard redete einfach weiter.
»... entdeckt auf wundersame Weise äußerst vertrauliche Informationen und überredet die Frau seines Bruders, sie an mich zu verkaufen. Ist das richtig?«
»Nichts, was ich habe, Mr. Bloomgaard, ist verkäuflich. Überprüfen Sie selbst die Informationen. Überprüfen Sie die Codes. Der achtzehnte November ist das Datum, das erwähnt wird.«
»Von wem erwähnt wird, fragt man sich.« Bloomgaard stellte auf stur. Klar, er war ein Hitler-Anhänger – und hielt Tom für einen durchgeknallten Kommunisten.
»Mein Mann würde das zweifellos erklären können. Wo befindet er sich?«
Bloomgaard betrachtete seine Zigarre. »Woanders.«
»Ich bin nicht davon ausgegangen, dass er sich unter dem Schreibtisch versteckt.«
»Er ist nicht zu erreichen. Aus dienstlichen Gründen.« Bloomgaard drehte sich zur Tür, als Knudson und einer seiner Männer eintraten. »Ah, Mr. Knudson, begleiten Sie meine Gäste hinaus und sorgen Sie dafür, dass sie nicht wiederkommen.«
Knudson und sein Untergebener führten sie nach unten. Er öffnete einen Seiteneingang. Harriet trat auf die Straße.
Tom blieb stehen. »Knudson. Sie haben auf Haiti gedient?«
»Ich arbeite jetzt für Bloomgaard.«
»Bei den Marines – Sie kennen Franklin Berry? Er wird für mich bürgen. Alles, worum ich bitte ...«
»Vergessen Sie's, Kumpel.«
Dann war Tom draußen, blinzelte ins Morgenlicht, während hinter ihm die Tür ins Schloss fiel und verriegelt wurde.
»Wir reden mit meinen Leuten«, sagte Harriet.
»Viel Glück.«

»Sie werden sich über Bloomgaard hinwegsetzen. Sie werden die Dokumente untersuchen.«
»Ohne dazugehörige Beweise? Wann? Dafür reicht die Zeit nicht mehr. Es geht hier doch nur um ein paar Dinge, über die der umnachtete Tom Wall gestolpert ist. Der es noch nicht mal schafft, die Quelle anzugeben ...«
»Ich werde mit deinem Mr. Highcastle reden. Was anderes fällt mir im Moment nicht ein.«
Tom durchaus. Es gab noch andere Wege neben den politischen Kanälen. Er trennte sich von Harriet, die ihm versprach, Highcastle aufzutreiben, und stieg in ein Taxi. Er nannte dem Fahrer sein Ziel: Ed Murrow vom CBS. Der Chauffeur ordnete sich in den Verkehrsstrom ein und lamentierte über die Feuerwehr, die ein Drittel der städtischen Taxiflotte für ihre Pumpenwagen requiriert hatte. Tom ließ den Wortschwall über sich ergehen. Auf dem Boden entdeckte er eine zerknüllte, verdreckte Ausgabe der Zeitung vom Vortag, deren Schlagzeile sein Interesse weckte:

USA FORDERN ANTWORT

Japanische Streitkräfte in Indochina
Klare Worte von Mr. Roosevelt

Er wischte die Zeitung halbwegs sauber. Die Japaner verstärkten ihre Streitkräfte in Indochina. Auf Roosevelts Anfrage wiegelte der japanische Gesandte ab. Man wünsche nach wie vor, einen Konflikt vermeiden zu können, da mit Krieg keine Probleme zu lösen seien.
Das war Tom neu. Seiner Erfahrung nach wurden durch Kriege so einige Probleme gelöst.
Der Artikel endete an einem langen, gezackten Riss, worauf er die nächste lesbare Seite überflog. Heringe in Dosen wa-

ren den Streitkräften vorbehalten, die Kartoffelernte war gut ausgefallen, und Noël Cowards neues Stück *Geisterkomödie* war ein Riesenerfolg. Der Zeitung zufolge hatte er es in sechs Tagen geschrieben, einige Wochen, nachdem die deutsche Luftwaffe sein Londoner Büro in Schutt und Asche gelegt hatte – es war eine originelle Farce über den Tod, in der die Toten zurückkehrten und den Lebenden erschienen.

Tom schnaubte. Ihm brauchte hier keiner was von einer Farce zu erzählen. War die Mikrofotografie echt? Sein Gefühl sagte ihm, dass sie es war. Aber seine Gefühle hatten ihn schon häufig getrogen ...

Er las, dass zwei deutsche Kriegsgefangene am Dienstag aus einem Krankenhaus geflohen und am Mittwoch wieder gefasst worden waren. Lord Derbys Hengst Hyperion hatte 25 836 Pfund gewonnen. Dann entdeckte er eine Überschrift: KONKURRENZ FÜR US-ISOLATIONISTEN. Eine neue Zeitung, die *Chicago Sun*, sollte »im Herzen des isolationistischen Amerika« erscheinen, um der antibritisch eingestellten *Chicago Tribune* das Meinungsmonopol streitig zu machen.

»Das ist die Zeitung von gestern«, sagte der Fahrer. »Ist als Fußabstreifer gedacht, nicht zum Lesen. Soll ich bei einem Zeitungsstand anhalten?«

Er habe es eilig, sagte Tom. Der Fahrer zuckte mit den Schultern und setzte ihn vor dem CBS-Gebäude ab. Wenn er Ed Murrow nicht erreichte, musste auch ein anderer Rundfunkmitarbeiter genügen, jeder, der seine Neuigkeiten in die Welt hinausposaunte.

Die Empfangsdame hörte sich seine Geschichte an, war allerdings nicht sonderlich beeindruckt. Er zeigte sich von seiner charmantesten Seite, versuchte es mit Earls lässiger Überzeugungskraft, worauf sie einen Gehilfen anklingelte, um ihn loszuwerden. Er wartete, während sich die japanische Flotte ihren Weg durch den Pazifik bahnte. Vierzig

Minuten später kam der Gehilfe. Tom zeigte ihm den Abzug und die Notizen.
»Wie sehr ist dieser Übersetzung zu trauen, Mr. Walt?«, fragte er.
»Sie ist äußerst vertrauenswürdig.«
»Von wem erstellt?«
»Einer freiberuflichen Kraft.«
Der Gehilfe klopfte mit dem Finger auf die Kladde auf seinem Schreibtisch. »Wir müssen das natürlich erst durch unsere Sprachexperten prüfen lassen.«
Tom sagte, dies sei kein Problem, solange es noch heute geschehe.
»Und Sie sind natürlich im Besitz von Dokumenten, die das alles untermauern.«
»Klar. Ja. Sind unterwegs.«
Der Gehilfe nickte. »Rufen Sie mich, wenn sie da sind.«
»Wir arbeiten hier gegen die Zeit.«
»Ohne ausreichende Grundlage …«
»Bringen Sie es als Gerücht.«
»Wir sind ein Nachrichtensender, Mr. Walt, kein Klatschverein. Ohne Bestätigung durch eine zweite Quelle würden wir noch nicht mal einen Satz über die aufgehende Sonne bringen.«
So ging es noch zehn Minuten hin und her, bis Tom die Geduld verlor.
Wieder auf der Straße, schlenderte er um die Ecke, bevor noch Verstärkung eintraf. Er würde sich nicht abwimmeln lassen. Er würde nicht mit ansehen, wie Sturzkampfbomber aus Pearl Harbor eine zweite Höhe 107 machten. Aber wem konnte er trauen? Zu einer anderen Zeitung? Ohne ausreichende Beweise würden sie ihm niemals glauben. Er verbrachte einige Stunden damit, Botschafter Winant aufzuspüren, kam aber nicht an ihn heran – und falls es ihm gelingen

sollte, was würde er ihm dann sagen? Klar, Herr Botschafter, gestern war ich ein wenig durch den Wind, aber heute, heute können Sie mir ruhig vertrauen.
Er brauchte Beweise. Er brauchte den zweiten Mikropunkt. Und das bedeutete, dass er zu Sondegger zurück oder Earl finden musste.

28

5. Dezember 1941, Morgen

Sondegger fing das Dienstmädchen ab, als sie aus dem Lebensmittelladen kam. Beladen mit seiner Einkaufstüte, geriet er ins Stolpern, schwankte, und dann war es bereits zu spät. Die Zwiebel löste sich von einem Bund Karotten und plumpste dem Dienstmädchen auf den Fuß. Er beugte sich hinab, wollte sie aufheben und verlor dabei einen Rettich. Er schenkte ihr sein vertrauenswürdigstes Lächeln und achtete darauf, dass sie auch den gestohlenen Priesterkragen zu sehen bekam, den er sich umgelegt hatte.

Das Dienstmädchen half ihm, die widerspenstige Zwiebel einzusammeln. Erst an diesem Morgen hatte er herausgefunden, dass sie in der amerikanischen Botschaft arbeitete und bestätigen könnte, ob Tom die Informationen des Mikrofilms den richtigen Ohren zugeflüstert hatte.

Sie saßen beim Tee. Das arme unschuldige Ding, sie hielt sich tatsächlich für eine Sünderin. Missbilligend seufzte er bei ihrer Beichte, die sie ihm mit gesenktem Blick anvertraute. Die Bühne war bereitet, auch wenn er gezwungenermaßen improvisieren müsste. Das neue Skript war nicht weniger anspruchsvoll als das alte. Vielleicht sogar noch anspruchs-

voller: Dass die Rolle Earl Walls von Tom in zweiter Besetzung gespielt werden musste, erhöhte noch die Wahrscheinlichkeit des Erfolgs.
Sondegger richtete ernste Worte an das Dienstmädchen. Er verstehe, sie sei bei den Amerikanern angestellt, aber es obliege ihrer Pflicht, auch weiterhin ihre Integrität zu wahren. Das Mädchen verstand nicht, was er mit »obliegen« und »Integrität« meinte. Sie war noch neu in England und mit gewissen Wendungen nicht vertraut. Aber es spielte keine Rolle, was sie verstand – denn er verstand nur allzu gut, was sie ihm zu sagen hatte: In der Botschaft war keine nachrichtendienstliche Bombe geplatzt. Tom hatte sich dort eingefunden, er hatte sein Sprüchlein aufgesagt, aber die Botschaft war nicht gehört worden.
Sondeggers Mission stand auf dem Spiel.
Er schickte das Dienstmädchen seines Weges und vergewisserte sich – noch immer in der Rolle des Dorfpriesters –, dass er nicht überwacht wurde. Tom hatte ihnen die Warnung zukommen lassen, war aber ignoriert worden, weshalb die zweite Mikrofotografie gebraucht wurde. Tom würde auch sie abliefern müssen. Die einzige Schwierigkeit dabei war die Zeit.
Sie würden heute Abend den Funkspruch senden.
Sondegger kaufte sich billiges Briefpapier und verfasste eine orthografisch halbwegs richtige Epistel, so, als schriebe er einer Schwester, die ans Krankenbett gefesselt war. Er schwadronierte über das Wetter, behandelte eingehend seine sensible Verdauung und stürzte sich mit großer Leidenschaft und umso geringerer Genauigkeit auf die Rugby-Ergebnisse vom vergangenen Samstag: Westminster Bank, 9; Old Paulines, 10; Gwyn Bayliss XII, 0; Rosslyn Park, 30, mit Knapp, Steel, Ward, Huxley und Gallaher.
Im Klartext sagte er Abendammer erstens: dass sie das Funk-

gerät vorbereiten und sich um die Sicherheit des Übertragungsortes kümmern sollte. Zweitens: Für den unwahrscheinlichen Fall, dass er selbst verhindert sei, möge sie Thomas Wall ausfindig machen und ihn darauf hinweisen, wo die Mikrofotografie mit den Beweisen zu finden war.
Die Straßen des Shepherd Market erschienen Sondegger wenig erfolgversprechend. Das Rowansea Royal Hospital würde ebenso wie Burnham Chase zu viel Zeit kosten. Also in den Nachtclub. Wenn er Wall dort nicht finden würde, müsste er sich nach einem Druckmittel umsehen – Earls Frau vielleicht. Er musste Thomas Wall finden und ihm zeigen, wo die zweite Mikrofotografie steckte. Wall würde in die Botschaft zurückkehren, und diesmal würden sie die Nachricht nicht mehr ignorieren können. Sie wären gezwungen zu handeln.

»Guten Morgen, guten Morgen.« Mr. Uphill hastete zum Hutständer. »Ein Tröpfchen Tee, wär doch nett? Ich muss sagen, Mrs. Wall, Sie sehen fantastisch aus …« Er blieb kurz stehen, während er die Tür zu seinem Büro öffnete, und Harriet musste lächeln. Sie sah schrecklich aus. »Ganz wunderbar. Muss schon sagen, der Schlaf hat Ihnen gut getan.«
Harriet pflichtete ihm bei und schob das Blatt, das sie soeben fertiggestellt hatte, in die Akte – ein weiterer Fall, den sie gemäß den peniblen ALBANS-Vorgaben bearbeitet hatte. Eine weitere Agentin, deren Leben durch die gemeldete Sicherheitslücke auf dem Spiel stand.
Sie machte Uphill seinen Tee. Sie hatte mehrere Behörden angerufen und die Nachricht hinterlassen, dass sie einen Mr. Highcastle zu sprechen wünsche und sie keine andere Möglichkeit sehe, ihn zu erreichen. Mehr war im Augenblick nicht zu tun, außer Tee zu servieren, einen Tropfen Milch hinzuzugeben. Die täglichen Routinetätigkeiten – der Tee,

ihr Garten – und das Wenige an Trost, das sie daraus zog, halfen ihr weiterzumachen. Im Gegensatz zu Tom, der ihr kaum Trost spendete. Sie hatte sich daran gewöhnt, in ihm einen gebrochenen Earl zu sehen, einen schwachen oder zweitklassigen Earl. Jetzt, nachdem sie ihn wiederhergestellt erlebt hatte, wurde ihr bewusst, wie sehr sie sich darin getäuscht hatte. Wenn Earl ein Löwe war, dann war Tom ein Panther, dunkel und unabhängig und geschmeidig. Earl war der Herzkönig, ja, aber Tom war der Pikbube. Er war …

Klappernd setzte sie die Teekanne auf das chinesische Tablett. Was zum Teufel ging ihr da durch den Kopf? Sie konnte es sich nicht leisten, sich ablenken zu lassen, schon gar nicht jetzt – zumindest war es immer noch besser, als an ihren Vater zu denken.

Rugg und Renard, so hießen laut Tom die Männer, die ihn in diesem abscheulichen Liebesnest über dem Waterfall an den Sessel gebunden hatten. Der Plaidmantel, den Renard zurückgelassen hatte, lag nun diskret zusammengelegt in der untersten Schublade ihres Schreibtisches. Sie kannte sie. Einer der beiden Männer – die Bauarbeiter, die »Ruineure« –, denen sie auf dem Weg zum Haus ihres Vaters begegnet war, hatte genau diesen Mantel getragen. Sein Begleiter war ein übergroßes Kraftpaket gewesen, auf den exakt Ruggs Beschreibung passte. Und Rugg und Renard waren als Anhänger der BUF bekannt. Genau wie ihr Vater.

Bei dem Gedanken an den Inhalt der Schublade wurde ihr regelrecht schlecht. Also wollte sie sich darüber keine Gedanken machen, nicht solange sie nicht wusste, wie sie in dieser Sache vorgehen sollte.

Sie betrat mit dem Tablett Uphills Büro. »Hab soeben einen sehr seltsamen Anruf erhalten«, sagte er. »Ein Gentleman unten bittet Sie in einer äußerst dringenden Angelegenheit zu sprechen.«

»ALBANS?«
Verstimmt inspizierte er seinen Tee. »Keine Ahnung.«
Sie sammelte sich und ging nach unten. Im Eckzimmer kam ein stämmiger, kantiger Mann mit grauem Haar und einer schreienden Krawatte schnellen Schritts auf sie zu.
»Mrs. Wall«, begrüßte er sie und reichte ihr die Hand.
»Mr. Highcastle. Tom hat Sie gut beschrieben.«
Er grunzte. »Muss Ihnen ein paar Fragen stellen.«
Sie nahm Platz und strich sich den Rock glatt. »Das wollte ich auch. Sie haben gehört, dass ich nach Ihnen gefragt habe?«
»Wollte Sie sowieso sprechen. Wegen Ihres Mannes.«
»Da sollten Sie lieber in der amerikanischen Botschaft nachfragen.«
»Hab ich schon. War ein ziemlich frostiger Empfang.«
»Ich weiß wenig über Earls Arbeit, aber natürlich erzähle ich Ihnen, was ich kann.«
Erneut grunzte Highcastle, dann erkundigte er sich, wo Earl sich so rumtrieb, fragte nach seinen Freunden, seinem Verhalten in letzter Zeit und seinem gegenwärtigen Aufenthaltsort.
Sie sagte ihm, was sie wusste, was im Grunde auf nichts hinauslief. »Warum jetzt?«, fragte sie. »Warum reden Sie jetzt mit mir? Weil Earl vermisst wird?«
»Bin mir nicht sicher, ob er es wirklich ist.«
»Wegen des Dokuments, das Tom und ich gefunden haben?«
»Ist erst vor einer Stunde auf meinem Schreibtisch gelandet.« Er patschte auf seine Aktentasche. »Hab's überflogen, mehr nicht.«
»Nach allem, was Tom mir gesagt hat, stammt es aus einer kaum vertrauenswürdigen Quelle, aber …«
»Sie kennen die Quelle?«

»Nur, was Tom mir erzählt hat.«
»Sie vertrauen Ihrem Vater, Mrs. Wall?«
Plötzlich wurde ihr heiß. »Was hat das damit zu tun?«
Highcastle schwieg.
»Er ist mein Vater.«
Highcastle wartete. Durchdringend sah er sie mit seinen gelb-braunen Augen an.
»Ich … nein. Nein, ich traue ihm nicht.«
Er räusperte sich. »Jemand, den ich Sleet nenne, war Ingenieur bei einem Zulieferbetrieb der Admiralität …« Er lehnte sich gegen den Schreibtisch und erzählte ihr vom Zwanziger-Komitee und dem Doppelspiel-System, eine zwar in verkürzter Form dargelegte, aber nichtsdestotrotz faszinierende Geschichte, die er ohne zu stocken und in sachlichem Ton vortrug. »Und jetzt ist mein Kollege tot. Der Hunne läuft frei rum. Und Ihr Mann ist die einzige Verbindung.«
»Ich weiß nicht, ob ich Ihnen zustimmen kann«, sagte sie. »Sie haben einen Blick auf die Dokumente geworfen? Dass die japanische Flotte auf Hawaii zusteuert?«
Er nickte. »Es scheint sich um bestätigte Codes zu handeln. Ich nehme an, sie wurden Ihrem Mann vom Hunnen übergeben.«
»Genau. Also ist das auch eine Spur. Sondegger hat einiges Interesse an diesem Mikrofilm.«
»Ohne Earl können wir dem unmöglich nachgehen. Wir haben keine Zeit.«
»Aber Sie werden die Amerikaner verständigen?«
»Um ihnen was zu sagen? Nicht näher verifizierte Informationen, die uns von einem feindlichen Spion untergeschoben wurden? Es ist absurd – Hawaii? Rudolf Heß sitzt im Tower von London, der hat eine noch bessere Geschichte auf Lager. Mein Interesse gilt dem Zwanziger-Komitee. Es

steckt ein Grund dahinter, warum der Hunne den Mikrofilm weitergegeben hat. Ich werde erst handeln, wenn ich weiß, was er vorhat.«

»Wenn es stimmt, ist es unsere Pflicht ...«

»Ich kenne meine Pflichten, Mrs. Wall. Lassen Sie dem Hunnen freie Hand, wird er es Ihnen übel vergelten.« Er setzte sich, als wäre er plötzlich erschöpft. »Sie instruieren unsere Mädels, nicht wahr? Bevor sie abspringen.«

»Ja.«

»Wenn das Zwanziger-Komitee hochgeht, wird keine von ihnen zurückkehren. Hat Ihr Mann jemals den Namen Melville erwähnt?«

»Nicht dass ich mich erinnere.«

»Farquhar? O'Brien? Stenotypisten?«

»Von allem, was mit seiner Arbeit zu tun hatte, habe ich nie etwas gehört.«

»Ihr Mann hat ein Faible für die Oper?«

»Earl? Um Gottes willen nein.«

Er überschüttete sie mit Fragen. Dann: »Ist er Mitglied in irgendeinem Club?«

Sie zählte sie auf.

»Das ist alles?«

»Das Waterfall. Er nennt es Rapids.«

Highcastle grunzte. »Hat er dort Freunde?«

»Ihm gefallen die Komiker.«

»Die Shows?«

»Ich nehme es an.«

»Hat er Geliebte?«

Sie versuchte »Nein« zu sagen, aber das Wort wollte ihr nicht über die Lippen.

»Hat er ein Zimmer gemietet?«, fragte Highcastle.

»Ja.«

»Irgendwelche speziellen Freunde, Freundinnen?«

»Das hätte er mir kaum gesagt.«
»Sammelt er Bücher?«
»Er kommt ja kaum dazu, welche zu lesen.«
»Der Mikrofilm war in einem Buch.«
»Im Rücken, ja. Nicht mit eingebunden. Einfach auf gut Glück hineingesteckt, so scheint es zumindest.« Sie erzählte ihm alles, was sie gesehen hatte, dann fragte sie: »Haben Sie die Männer gefunden, die Tom angegriffen haben? Rugg und Renard?«
»Ich hab jemanden drauf angesetzt. Ausgebuffte Schläger, aber wir werden sie kriegen.« Er fragte, was Tom ihr vom Überfall erzählt hatte, fragte erneut, wo Earl sich so rumtrieb. Dann klopfte es an der Tür.
»Herein«, rief Highcastle.
Eine junge Frau steckte den Kopf in den Raum und verkündete, Mr. Wall sei an der Rezeption.
Harriet zog sich das Herz zusammen. Earl war endlich zurückgekommen. Dann wurde es ihr bewusst: »Tom.«
Highcastle grunzte. »Wenn man vom Teufel spricht ... Schicken Sie ihn rein.«
Die junge Frau nickte, und Harriet starrte mit ausdruckslosem Blick zur Tür. Natürlich war es nicht Earl, der endlich zurückgekommen war. Aber warum nicht? Wo hielt er sich auf? War er mit einer Frau zusammen? Versteckte er sich? War er tot?
Keine Frau. Earl hätte nicht wegen einer Frau diese Unbequemlichkeiten auf sich genommen. Konnte er tot sein? Nein. Wenn Earl starb, würde sein Ableben nicht unbemerkt bleiben; er würde nicht still und leise hinscheiden wie der Herbst, der in den Winter überging. Konnte Earl jung sterben? Gewiss. Konnte er leise sterben? Auf keinen Fall. Also versteckte er sich, aber vor wem? Warum?
Tom blieb in der Tür stehen. Er war unrasiert, eine unange-

zündete Zigarette hing ihm zwischen den Lippen. Den Hut hatte er unter den Arm geklemmt, in seinem Blick lag etwas Dunkles, Verletztes. Die Schrammen in seinem Gesicht waren verblasst. Für einen Moment sah sie ihn, wie er auf einen Fremden – auf eine Frau – wirken musste.

»Gemütlich«, sagte er und sah von Harriet zu Highcastle. »Haben Sie Feuer?«

Highcastle warf ihm eine Streichholzschachtel zu.

»Du hast es ihm gesagt?«, fragte Tom Harriet.

Sie sagte, ja, sie habe ihm alles erzählt. Alles, außer dass sie glaubte, Rugg und Renard hätten ihren Vater besucht.

Tom sah zu Highcastle. »Sie haben den Abzug gesehen?«

»Kam heute Morgen auf meinen Schreibtisch.«

»Gibt's irgendeinen Grund, warum die Botschaft mir nicht glaubt?« Mit einer Hand zündete Tom das Streichholz an.

»Es war der Hunne, der Ihnen gesagt hat, wo es zu finden ist.«

»Ja.«

»Das haben Sie nicht erwähnt. War Ihnen das zwischenzeitlich entfallen?«

»War nicht das Einzige.« Das Zündholz erlosch, bevor er es zur Zigarette führen konnte. Er warf es in den Aschenbecher und entfachte ein neues. »Hatte ein löchriges Gedächtnis.«

»Was noch?«

»Was Sondegger noch gesagt hat?« Er zündete sich die Zigarette an und erzählte ihnen, dass der Deutsche von Anfang an gewusst habe, dass er nicht Earl war. Dass er vom Rapids, von Earls Zimmer, dem *Tristram Shandy* und dem möglichen Überraschungsangriff auf die Vereinigten Staaten gewusst habe.

»Warum?«, sagte Highcastle.

»Warum er es mir gesagt hat?«, fragte Tom.

Highcastle grunzte.

»Weil Earl verschwunden ist. Weil ich Amerikaner bin. Ich weiß es nicht.«
Highcastle schloss die Augen und rieb sich den Nasenrücken.
»Ja«, sagte Tom. »Geht mir ebenso.«
Harriet verstand nicht. Fragend sah sie zu Tom.
»Ein Mann namens Davies-Frank«, sagte er zu ihr. »Ich wünschte, er wäre hier.«
Sie sah von ihm zu Highcastle. Etwas war zwischen ihnen. Von dem Augenblick an, als Tom eintrat, war klar, dass zwischen ihnen eine dieser Männerbeziehungen bestand, die nicht auf Worten oder Zuneigung basierte. Auf Verständnis vielleicht.
»Er ist entkommen«, sagte Highcastle.
Tom erstarrte wie ein gejagtes Tier. »Sondegger? Nein!«
»Hat drei meiner Männer getötet. Er ist frei.«
Tom spürte, wie der Boden unter ihm ins Wanken geriet. Er drückte die Zigarette im Aschenbecher aus, um festen Halt zu finden. Sondegger war entkommen.
»Das Zwanziger-Komitee ...«, sagte er.
»Hängt an einem seidenen Faden.«
»Und Abendammer? Keinerlei Hinweise aufgrund der Bombe, durch die Rupert gestorben ist?«
Highcastle schüttelte den Kopf. »Wir nehmen an, er ist bis zur Funkübertragung untergetaucht.«
»Wann wird das sein?«
»In einer Stunde, einer Woche – aber der Mikropunkt ist ermutigend. Bedeutet, dass er nicht nur die Abwehragenten überprüft, sondern hier noch einen anderen Auftrag verfolgt und ...«
»Das ist ermutigend?«, fragte Harriet.
Highcastle nickte. »Er wird es nicht wagen, zwei Funksprüche abzusetzen. Sie werden warten, bis beide Aufträge

ausgeführt sind. Das gibt uns etwas Zeit, es sei denn, der Mikropunkt dient nur dazu, uns Sand in die Augen zu streuen.«
»Sie meinen, es ist nur ein Ablenkungsmanöver?«, fragte Tom.
»Sie meinen, es ist die Wahrheit?« Highcastle grunzte. »Die Dokumente sind auf Deutsch verfasst und wurden von Sondegger geliefert. Wie hoch ist die Wahrscheinlichkeit, dass sie nicht gefälscht sind?«
»Die Codes stimmen, die Informationen stimmen. Ja, beim SD arbeiten Profis. Aber warum sollten sie lügen …?«
»Die eigentliche Frage lautet: Warum sollten sie die Wahrheit sagen?«
Die nächsten zwanzig Minuten warfen sie sich Fragen an den Kopf. »Vielleicht ein Ablenkungsmanöver zugunsten der SD-Untersuchungen«, sagte Highcastle. »Interne Nazi-Angelegenheiten, um die Abwehr zu diskreditieren.«
»Ein sehr aufwändiges Ablenkungsmanöver«, sagte Harriet.
»Es ist verdammt noch mal kein Ablenkungsmanöver«, sagte Tom.
»Hawaii«, sagte Highcastle. »Wozu aufregen? Die können dort keinen Stützpunkt errichten. Japanische Unterhändler halten sich noch in Washington auf, obwohl sie am Achtzehnten ihre Flotte losgeschickt haben?«
»Genau darin liegt der Überraschungseffekt«, sagte Tom.
Highcastle grunzte. »Meine vorrangige Aufgabe ist klar. Das Zwanziger-Komitee retten.«
»Ihre vorrangige Aufgabe«, sagte Tom. »Aber nicht die einzige.«
»Heute kontrollieren wir noch das Nazi-Netz in England. Morgen, wenn Abendammer seinen Funkspruch losschickt, ist das alles hinüber. Wie viele Leben hängen davon ab?«
»Mr. Highcastle hat Recht«, sagte Harriet. »Nichts ist im Moment wichtiger. Wir haben ein ganzes Agentennetz um-

gedreht – was außergewöhnlich genug ist. Es könnte der Schlüssel für Europa sein.«
Tom stand am Fenster, er sah hinaus, ohne die Straße wahrzunehmen. »Aber Sie werden den COI über Pearl Harbor in Kenntnis setzen. Was anderes können Sie doch nicht machen!«
»Worüber in Kenntnis setzen?«, fragte Highcastle. »Vor einem halben Jahr kam Rudolf Heß angeflogen ...«
»Ich kenne die verdammte Geschichte, Highcastle. Heß ist gekommen – und Sie haben die Amerikaner informiert.«
»Heß wollte eine Audienz beim König, sagte er jedenfalls. Um ein Abkommen gegen die Sowjets auszuhandeln, sagte er. Und glauben Sie, wir haben ihn beim Wort genommen und ihn zum Buckingham Palace kutschiert? Nein. Was ganz gut war, weil er ein wenig neben der Spur ist. Erst wollen wir wissen, was vor sich geht, dann handeln wir.«
»Wir haben keine Zeit mehr für solchen Scheiß.«
»Sollen wir das Päckchen des Hunnen mit einer Schleife verzieren? Ohne Beweise, nur aufgrund seiner guten Absichten?«
»Wir haben keine Zeit mehr, Highcastle. Wir haben einfach keine Zeit mehr.«
»Dann halten Sie sich ran. Finden Sie den zweiten Mikropunkt. Finden Sie den Beweis.«

Draußen blieb Tom an einer Telefonzelle stehen und ließ eine Straßenbahn vorbei. »Wenn wir an die Beweise kommen wollen, brauchen wir Earl. Zuerst sollten wir uns dort umsehen, wo er zum letzten Mal gesichtet wurde. Im East End.«
»Im East End?« Harriet überquerte mit ihm die Straße, mit ihrer blassen Hand hielt sie die Krempe ihres Huts fest. »Du hast Earl im East End gesehen?«

»Ja.«
»Wo?«
»Ich hab nicht in meinem Baedeker nachgesehen.« Vorbei an brüllenden Feuerwehrleuten, dem ausgebrannten Textilgeschäft. »Ich werde es erkennen, wenn ich's sehe.«
»Wann war das?«
»Während des letzten Luftangriffs.«
»Da warst du am Shepherd Market.«
»Ja, ich war da, als es anfing.«
»Du bist nach Osten gegangen? In den Bombenhagel hinein?« Sie konnte es nicht fassen. »Du bist dem Luftangriff gefolgt?«
»Ich bin ihm nicht gefolgt. Ich bin zufällig …«
»Was?«
»In diese Richtung gegangen.«
Sie lachte. Er hatte schon vergessen, wie ihr Lachen klang. »Du warst ein wenig durcheinander.«
»Es geht mir jetzt besser«, sagte er. »Ich hab ihn gesehen, Harry. Keine zehn Meter vor mir.«
»Du bist dir sicher, dass es Earl war?«
»Earl ist nicht so leicht zu verwechseln.«
Ihr Gesicht verfinsterte sich, ihre Miene war undurchschaubar. »Wirklich?«
»Ich hab ihn gesehen.«
»Wir werden mit dem Waterfall beginnen. Dem letzten Ort, an dem er mit Sicherheit gesehen wurde.«
»›Mit Sicherheit‹? Ich hab dir doch gesagt …«
»Meinst du, ich will dorthin? Hältst du mich für eine Idiotin, die ihren Mann nicht kennt? Gut, ich kann das verstohlene Lächeln und die mitleidigen Blicke ertragen. Ich kann seine Flittchen ertragen, weil mir nichts anderes übrig bleibt.« Sie hatte so fest die Zähne zusammengebissen, dass die Haut über ihren Kieferknochen weiß anlief. »Meine Agentinnen

sind Gefahren ausgesetzt, gegenüber denen meine Sorgen wegen eines untreuen Ehemannes Kinkerlitzchen sind.«
Er kannte Harriet gut genug, um den Mund zu halten. Sie gingen einen Häuserblock entlang, überquerten eine Straße. Sie hakte sich bei ihm unter. Sie täuschte sich mit dem Waterfall: Es war eine Sackgasse. Tom hatte Earl im East End gesehen, wo er ihm zehn Blocks weit gefolgt war.
»Wir gehen zu dir nach Hause«, sagte er. »Holen ein neueres Foto von ihm und klopfen an die Türen. Er ist in Stepney oder Wapping, vielleicht in den Docks – in den Lagerhallen, den ausgebombten Gebäuden ...«
Sie erwiderte nichts. Ihr Arm passte perfekt in seinen.
»Wenn mir die Gegend bekannt vorkommt, werden wir an die Türen klopfen«, sagte er, während sie sich an der Ecke durch eine Gruppe Soldaten zwängten. »Wir reden mit den Pensionswirten.«
Harriet zog ihn dicht zu sich heran und sagte nichts.
»Wir überprüfen evakuierte Wohnungen. Wir reden mit Lebensmittelverkäufern. Auch Earl muss was essen.«
Ihr dünnes braunes Haar bewegte sich im Luftzug eines vorbeifahrendes Busses.
»Gut«, sagte er. »Das Waterfall.«

29

5. Dezember 1941, Morgen

Das Funkgerät war in ganz außergewöhnlich gutem Zustand und lag bombensicher in Abendammers babyblauer Strohtasche, hübsch verschnürt mit einem zitronengelben Band. Das Funkgerät war bereit, Mr. Penthams Haus blitzeblank und sie selbst etwas außer Atem nach dem Tanzen.

Sie hatte in einem ganz reizenden Krimskramsladen an der Threadneedle einige Kleinigkeiten gekauft, und obwohl Mr. Penthams Grammophon nicht sehr häufig benutzt worden war, hielt es sich tapfer unter der Belastung von »You Can't Stop Me from Dreaming« und »It's De-Lovely«. Ausgelassen drehte sie sich noch, nachdem das Lied zu Ende war. Sie hatte den ganz und gar perfekten Ort für die Funkübertragung gefunden. Sie ging davon aus, dass sie heute oder morgen Abend senden würden, das hing von Buchbinder ab – und auf Buchbinder konnte man sich immer verlassen. Sie packte die Strohtasche in den Kinderwagen aus Weidenrohr und betrachtete sich im Spiegel. Sie trug eines von Mr. Penthams lächerlichen Hemden mit schreienden, klobigen Manschettenknöpfen. Allerdings war ihr gestern einer davon abgesprungen, so dass sie weitere zehn Minuten nach einem neuen Paar suchen musste, bis sie das Haus verlassen konnte.

Der tote Briefkasten, der als nächste Kontaktstelle mit Buchbinder abgesprochen war, lag am Ebury Square. Sie hatten für unzählige Tage tote Briefkästen, keiner davon wurde zweimal benutzt. Sie nahm die U-Bahn zum Sloane Square, wo sie eine entzückende Teestube aufsuchte. Ebury war nur einen Katzensprung entfernt. Nach dem Tee trat sie in den nieseligen Nebel hinaus und wurde von einem attraktiven alten Gentleman gefragt, ob sie nicht zu nass werde. Sie flirtete mit ihm, fröhlich und mit einem großen Maß an Schicklichkeit. Sie mochte die Engländer. Wenn sie nur nicht so dumm wären! Wollten nicht einsehen, dass das neue Reich im Aufstreben, während ihr eigenes Empire im Niedergang begriffen war.

Auf dem Ebury Square standen Bänke unter laublosen Bäumen mit dicken Stämmen. In der Mitte befand sich ein bescheidener Brunnen, der Park selbst war von Gebäudeblöcken umgeben, die sich den Anschein des Modernen gaben. Zwei Frauen schoben Kinderwagen vor sich her, ein Pferd, das einen Karren zog, klapperte vorbei. Abendammer prüfte die Umgebung, dann sah sie zum Brunnen.

Das Fundament war markiert! Buchbinder war frei. Ihr Herzschlag beschleunigte sich ein wenig. Er war hier gewesen.

Sie fummelte an ihrem Schuh, als hätte sie sich einen Kieselstein eingefangen, und musterte dabei die Markierung. Schließlich setzte sie sich auf die angegebene Bank und fummelte ein wenig mehr. Dann erhob sie sich und ging, nachdem sie die Notiz sicher im Absatz ihres Pumps verstaut hatte.

An einer Straßenecke las sie den Brief. Seine sensible Verdauung, ja, ja. Sie lachte. *Rosslyn Park, 30, mit Knapp, Steel, Ward, Huxley und Gallaher.* Sie verglich die Reihenfolge der Namen mit der in der Zeitung, dechiffrierte den Rest und war außerordentlich erfreut.

Sie würden heute Abend senden. Und die zweite Anweisung für sie lautete, ein Auge auf Tommy Wall zu haben. Nun, sie behielt ihn schon seit einiger Zeit im Auge, seitdem der kleine Mann mit der Weste seinen Namen erwähnt hatte. Oh, aber was für ein lustiger Ort, um den Mikrofilm zu verstecken. Wie dumm musste Tommy sich vorkommen, wenn sie ihm das verriet.

Audrey wischte in der Wohnung Staub und bemerkte dabei, dass die Möbel eine neue Politur vertragen könnten. Also polierte sie, und erst nachher fiel ihr auf, wie stumpf der Boden war, den sie dann sogleich kehrte und wischte. Darauf rollte sie den Läufer zusammen, schleppte ihn nach draußen und klopfte wild auf ihn ein. Das Zimmer sah besser aus, nur dass sich hinter den Verdunkelungsvorhängen fürchterlich der Dreck angesammelt hatte. Sie putzte die Fenster, wischte noch einmal den Boden und aß daraufhin eineinhalb Büchsen süße Kekse von Woolworth. Sie rückte den Lampenschirm gerade, reinigte die Küchenschränke, scheuerte die Spüle und den Kühlschrank. Schließlich nahm sie ihren Nähkorb zur Hand und machte sich über die Wolle her.

Die Eingangstür war zu hören, Imogene schwebte herein und zog die Brauen hoch.

»Was immer es sein mag«, sagte sie. *»So* schlimm kann's nicht sein.«

»Oder so gut«, sagte Audrey. Sie hatte Imogene seit dem Tag zuvor nicht mehr gesehen; die Rothaarige strahlte vor Zufriedenheit. »Du siehst aus wie die Katze, die …«

»Der Kanarienvogel war köstlich. Ich …« Imogene bemerkte den Nähkorb. »Du strickst auch noch, Vee? Sag mir alles!«

»Ich wohne einfach nicht gern auf einer Müllkippe.«

»Der neue Mr. Wall, nehme ich an.«

»Der Läufer starrte vor Dreck. In der Küche war's noch schlimmer.«

Imogene inspizierte das missratene Spinnennetz, das Audrey fabriziert hatte. »Was hat er bloß getan, damit er das verdient hat?«

»Ach, du ...« Audrey erzählte ihr, sie habe sich Tom so schamlos an den Hals geworfen, wie es ihr nur möglich gewesen war, und er hatte sie zurückgewiesen. Daraufhin habe sie für die von Tom trotz allem geliebte Harriet Wall eine Nachricht abgegeben. Sie habe eine ganze Büchse Kekse verdrückt ...

Imogene setzte an, um ihr ins Wort zu fallen, ließ es dann aber sein.

»Was?«, fragte Audrey.

»Dein Tommy ist in der Lobby. Mit einer Frau, die wohl die Ehefrau seines Bruders ist.«

Die Kekse in Audreys Magen verwandelten sich in Beton. »Jetzt? Ich meine – jetzt?«

»Sie fragen nach Inch. Russell ist an der Tür, er sagt, Inch müsse jeden Augenblick kommen, sie möchten doch bitte warten.«

»Wie sieht sie aus, was ist sie für eine Frau?«

»Die Sorte von Frau, die von Männern ihrer Manieren, ihrer Mutter oder ihres Geldes wegen geliebt wird.«

»Wirklich?«

»Ein Pferdegesicht. Wie von der Rennbahn.«

Audrey erhob sich, klopfte sich den Staub von ihrem ausgeleierten Pullunder und wandte sich an Imogene. »Wie seh ich aus?«

»Schrecklich. Du hast einen Dreckfleck auf der Nase und keinen Lippenstift. Du meinst doch nicht, dass du …«

»Ich schau nur um die Ecke«, sagte sie und rieb sich mit dem Ärmel über die Nase. »Sie wird mich nicht sehen.«

»Zieh wenigstens deine grüne Hemdbluse an.«

»Aber wenn sie dann schon weg ist?«, jammerte sie. »Ist doch nur kurz.«

»Wenn du unbedingt meinst, Vee, aber vergiss nicht …«

Imogene grinste. »Kerzengerade, und das Kinn hoch!«

Audrey lachte unsicher und rannte durch den Gang. Vor der Tür zur Lobby atmete sie noch einmal durch. Keines der Mädchen außer ihr und Imogene hatten eine Wohnung in dem Gebäude – weil, wie sie freudig den drei Annes mitgeteilt hatte, die Geschäftsleitung gewisse Ansprüche an die Bewohner stellte. Sie atmete aus, und bevor sie die Tür öffnen konnte, wurde diese aufgerissen.

Vor ihr stand Tom, neben ihm eine adrette Frau in einem geblümten Kleid und einem Pelzmantel. Sie war größer als Audrey, schlanker – hatte eine hübsche, jungenhafte Figur –, und sie war älter. Sie besaß ein markantes Gesicht, einen schönen Teint, strahlend helle Augen und die gewisse Haltung, mit der man einfach geboren werden musste. Lady Harriet Wall war ein eleganter Schwan. Audrey Pritchett war eine fette Watschelente.

»Aud… Miss Pritchett«, sagte Tom. Sie warf ihm einen kurzen Blick zu. Er besaß noch nicht einmal so viel Anstand, sich beschämt zu geben. Aber er sah anders aus. Nein, er sah so aus wie immer, er war nur mehr er selbst.

»Mr. Wall«, sagte sie.

»Sie gehen aus?«, fragte er. »Wir müssen Inch finden. Ich dachte, Sie könnten … Was? Ach, darf ich vorstellen? Miss Pritchett, Harriet Wall.«

Audrey gefiel es, dass er ihren Namen zuerst genannt hatte.

Weniger gefiel ihr, dass sie einen alten Pullunder und ausgebeulte Hosen trug und ihr Haar ein einziges Krähennest war. Sie sagte, es freue sie, Mrs. Wall kennen zu lernen. Lady Harriet beteuerte in ihrem piekfeinen Akzent, ihr ergehe es ebenso, und lächelte dabei, als meinte sie es ehrlich. Ihr Blick war warm und offen, aber Audrey glaubte einen Anflug von Argwohn entdecken zu können. Gut. Lady Harriet streckte ihr die Hand hin, und Audrey widerstand dem Drang, einen Knicks zu machen. Sie musste über sich selbst lachen, worauf Lady Harriets Argwohn sich zur Befürchtung steigerte: Sie hatte Angst. Angst davor, was sie bei ihrem Besuch in der Halbwelt über ihren Ehemann herausfinden würde. Der elegante Schwan hatte Angst vor der Watschelente!
»Achten Sie gar nicht darauf«, sagte Audrey. »Übermäßiges Lachen gehört zu meinen Schwächen – eine von vielen.«
»Das glaube ich Ihnen nicht, Miss Pritchett.«
»Ach, fragen Sie doch die Leute. Fragen Sie Tommy.«
Sie wandte sich Tom zu, der in sein Streichholzblättchen vertieft schien.
»Sie haben schöne Hände«, sagte Audrey. »Pflegen Sie sie sehr?«
»Sie sind das einzige an mir, was einigermaßen passabel ist, und was mache ich? Ich vernachlässige sie ganz schrecklich.«
»Na ja, manchmal« – Audrey war sehr darum bemüht, Tom nicht anzusehen –, »manchmal wird man von dem am besten behandelt, das man am meisten vernachlässigt.«
»Oder man vernachlässigt das am meisten, von dem man am besten behandelt wird.«
Audrey gelang ein freundliches Lächeln; sie war sich nicht sicher, ob Lady Harriet von Tom oder von dessen Bruder sprach, aber sie wusste ganz genau, dass sie einen verbalen Schlagabtausch nie und nimmer gewinnen würde.

»Wir brauchen Inch«, sagte Tom. »Wissen Sie, wo er steckt?«

»Ihr Mann ist hier Mitglied«, sagte Audrey im schönsten Plauderton.

»Ja.« Lady Harriets Blick verfinsterte sich eine Nuance.

»Wie glücklich Sie sein müssen! Alle Mädchen hier sind schrecklich eifersüchtig. Er ist sehr schneidig.«

»Ja.«

»Und mal was Neues. Ich meine, ein Gentleman aus Amerika. Na ja, jetzt gibt es ja zwei davon.« Audrey warf Tom einen Blick zu. »Also nichts Ungewöhnliches mehr.«

»Ich weiß nicht, ob ich dem zustimmen kann«, sagte Lady Harriet. »Tom verblüfft einen immer wieder aufs Neue.«

Audrey zwang sich zu einem Lächeln. »Ist das nicht schön, wenn man das von sehr alten Freunden sagen kann?«

»Mein Gott«, sagte Tom, »plaudern könnt ihr doch auch später noch.«

Glaubte er allen Ernstes, dass sie hier nur plauderten? Wie blöd sich doch selbst die klügsten Männer anstellen konnten. »Sie sind auf der Suche nach Inch«, sagte Audrey.

»Harriet hat mit seinem Kommandanten gesprochen. Sie wissen nicht, wo er sich aufhält. Dachten, er sei hier, aber der Türsteher hält uns hin.«

»Tom meinte, Sie könnten uns helfen.« Plötzlich war Lady Harriets Blick ruhig und sehr direkt. »Es wäre sehr wichtig für uns, wie wichtig, können wir Ihnen gar nicht sagen.«

Schön, klug und aufrichtig. Die dumme Kuh. Trotzdem, Audrey fühlte sich Inch verpflichtet. Würde er es wollen, dass man ihn fand? Wenn es nur Tommy wäre …

»Er hat erwähnt, dass er mit seiner Nichte irgendwohin will«, sagte sie. »Zur Sickert-Ausstellung? Haben Sie seine Privatadresse?«

Lady Harriet sagte, sie habe dort bereits angerufen.

Audrey kannte noch eine weitere Adresse. Sie wollte ja nicht kleinlich sein, aber die Adresse kam ihr einfach nicht über die Lippen. »Tut mir leid«, sagte sie, »aber dann weiß ich auch nicht, wo er stecken könnte.«

Der Steinbutt war ganz in Ordnung gewesen, die Ente und der Rosinenpudding allerdings ausgezeichnet und das *poulet à l'estragon* noch besser.

Chilton tupfte sich mit der Leinenserviette über den Mund. In der Regel kam er nur ungern in die Stadt, aber politische Geschäfte erforderten gelegentlich, dass er ein Opfer brachte. Leider bot der Club nur Marmeladenknödel mit Sahne zum Nachtisch – was eher dem Geschmack Harriets entsprochen hätte als seinem.

Chilton lächelte in sein Weinglas, während er an seine Tochter dachte. Sie war eine Exzentrikerin, aber es gefiel ihm, ihr Steak und Nierchen mitzugeben, damit sie ihre »niederen Gelüste« befriedigen konnte. Problematisch wurde es allerdings, wenn sie sich mit ihren exzentrischen Auffassungen in politische Angelegenheiten einmischte. Lady Chilton hatte da mehr Verstand bewiesen, und er hatte gehofft, Harriet würde in dieser Hinsicht nach ihrer Mutter kommen. Er hatte gehofft, dass sie es sein ließe, mit der Politik zu liebäugeln. Aber das war nicht der Fall gewesen, und nun hatten sie beide den Preis dafür zu zahlen.

Chilton hatte lange über die Aufzeichnungen des toten Mr. Melville nachgedacht. Herr Sonder war anscheinend ein deutscher Deserteur, der es mithilfe des Toni übergebenen Pakets darauf abgesehen hatte, das Spionagenetz der Abwehr zu schädigen. Natürlich hatte Chilton keine klare Vorstellung von den Plänen dieses Überläufers, aber er konnte nicht zulassen, dass ein antifaschistisches Vorhaben wie dieses zur Ausführung kam. Er hatte Rugg und Renard an-

gewiesen, Tom das Paket des Deserteurs abzunehmen ... um jeden Preis.
»Wenn nötig, werden Sie Tom Wall kaltstellen«, hatte er ihnen gesagt. »Um zu verhindern, dass das Paket übergeben wird.«
»›Kaltstellen‹?«, hatte Renard gefragt.
»Falls nötig, und um zu verhindern, dass unsere Interessen Schaden nehmen, muss Tom Wall sterben.«
Wenigstens das hatten sie verstanden, und ihre Mienen hatten sich vor Vorfreude um einiges aufgehellt. Eine Schande, aber die Politik erforderte Opfer. Chilton trank seinen Wein aus und erhob sich vom Tisch. Keine Zeit, sich darüber noch länger Gedanken zu machen. Er hatte seine eigenen Aufgaben zu erledigen, die keinen Aufschub duldeten.

Die Glocke über der Tür bimmelte, als Sondegger »Tudor's Dry Cleaning and Pressing« betrat, von wo er das Waterfall observieren konnte. Die Glocke hatte den gleichen Ton wie die Pausenglocke in den Münchner Kammerspielen, was er als günstiges Zeichen für seinen anstehenden Auftritt nahm.
Theater und Nachrichtendienst waren aufs engste miteinander verknüpft. In jungen Jahren war Sondegger nach Russland gegangen, um am Moskauer Künstlertheater zu studieren und einer von Stanislawskis Schülern zu werden. Bei Ausbruch des Weltkriegs war der deutsche Geheimdienst – die militärische Abwehr unter Major Nicolai, nicht die jetzige, verachtenswerte Organisation – nach einer Aufführung von Tschechows *Kirschgarten* an ihn herangetreten. War er dem Deutschen Reich gegenüber loyal? War er fähig? Und willens?
Er hatte das Potenzial sofort erkannt, und von diesem Augenblick an lebte er in zwei Welten, zwei Bühnenwelten. Nichts war lehrreicher für die Schattenwelt der Geheim-

dienste als das, was für die Bühne gelehrt wurde. Stanislawskis neue Methode war Sondegger Inspiration: Wahrheit lasse sich nicht vom Glauben trennen, und Glauben nicht von Wahrheit; der Schauspieler benutzt Worte, um das, was er vor seinem geistigen Auge sieht, anderen zu vermitteln. Wer Erfolg haben wollte, musste sich selbst völlig preisgeben und bedurfte eines leidenschaftlichen Verlangens.

Nach dem Weltkrieg und dem Zusammenbruch des deutschen Kaiserreichs wurde Nicolais militärische Abwehr für kurze Zeit aufgelöst. Aber Sondeggers Dienste waren nicht vergessen worden, und als er erneut berufen wurde, um zum Dienst am Vaterland auf die Bretter zu steigen, musste er nicht zweimal überlegen. Ein Schauspieler war nur so groß wie seine Rolle, und eine größere Rolle als diese war nicht zu bekommen.

Er trat ins Tudor's und schloss hinter sich sacht die Tür. Er machte zwei mögliche Ausgänge aus – linke und rechte Seitenkulisse – und wartete in der Schlange, um mit dem Angestellten zu sprechen. Er musste Tom umgehend finden. Kannte dieser den Ort der zweiten Mikrofotografie, würde er sie pflichtschuldig übergeben.

Im perfekt ausgerichteten Spiegel hinter dem Ladentresen bekam er den Amerikaner zu Gesicht, der draußen mit einer Frau, die nur Lady Harriet sein konnte, vorüberging. Sondegger machte sich an seiner geliehenen Aktentasche zu schaffen und verließ den Laden gerade noch rechtzeitig, um zu sehen, wie Tom das Waterfall betrat.

Er war mehr als erfreut über diesen glücklichen Zufall. Der Nachtclub allerdings war nicht unbedingt der geeignete Ort für sensible Operationen. Er würde am Ausgang auf Tom warten und dann zur Tat schreiten.

Drei Stellen empfahlen sich als Observierungspunkte. An der am wenigsten geeigneten lehnte ein Mann mit hagerem

Gesicht an einem Laternenpfahl und stocherte mit der Kante einer zusammengelegten Zeitung zwischen seinen vorstehenden Zähnen. An der besten, zwischen einem Zeitungslieferwagen und einem Weinlokal, beobachtete eine matronenhafte Frau einen Künstler, der mit Kreide auf dem Pflaster zeichnete, während nebenan ein großer Mann seine Knöchel knacken ließ.

Sondegger sicherte sich den dritten Punkt. Er würde Wall ins Ohr flüstern und sicherstellen, dass die Beweise übergeben wurden. Er würde sich mit Abendammer treffen, und sie würden den Funkspruch absetzen. Einen Bericht an den SD – um das unterwanderte Netz der Abwehr zu zerstören –, einen weiteren mit einem Code im Code, an seine eigenen Leute. Die Amerikaner würden nicht in den Krieg eingreifen. Nicht, bevor wenigstens die Briten und Russen besiegt waren.

Highcastle saß an seinem Schreibtisch, den Kopf zwischen beide Hände gestützt, und ließ seinen müden Blick über die Karte zwischen den Ellbogen streifen – Hennessey Gate, Tipcoes Pension, Melvilles tödliches Ruinengelände, die Straße, wo Rupert und zwei noch nicht identifizierte Kinder von einer Bombe zerfetzt worden waren …

Sechzehn Punkte auf der Karte, allesamt nichtssagend und sinnlos. Highcastles einzige Pflicht bestand darin, das Doppelspiel-System zu schützen. Er hatte London mit Lastwagen überflutet, die mit Peilsendern ausgestattet waren, er hatte die Sicherheitsmaßnahmen für die umgedrehten Agenten verstärkt, sogar Tom Wall und Lady Harriet ausgeschickt, um Earl zu finden, mit Ginger im Schlepp, falls sich ein Kontakt ergeben sollte. Es war nur ein Strohhalm, an den er sich klammerte, und ein sehr brüchiger noch dazu.

Eine Sekretärin klopfte an die offenstehende Tür, um ihm

sein Mittagessen zu bringen. Highcastle winkte sie fort. Irgendetwas fehlte in seiner Rechnung. Rupert fehlte ihm ebenfalls. Den Mikrofilm hatte er trotz seiner Befürchtungen an die Amerikaner weitergeleitet, Rupert zu Ehren – und die Amerikaner zeigten sich völlig unbeeindruckt. Ergab für Highcastle keinen Sinn, weshalb er Nachforschungen anstellte und herausfand, dass die Yanks bereits vor einigen Monaten den Großteil des Materials erhalten hatten.
Einer der Doppelagenten des MI-6, eine Slawe unter dem Decknamen Quadrangle, war vergangenen Sommer mit einem eigenen Mikropunkt in die Staaten geschickt worden. Auf seinem Mikropunkt fanden weder Botschafter Oshima noch die Zusammenstellung der Angriffsstreitmacht Erwähnung – noch dass diese am 18. November auslaufen sollte –, aber er enthielt einen ausführlichen Fragenkatalog zum Stützpunkt Pearl Harbor. Die Ähnlichkeit zu Tom Walls Mikropunkt war verblüffend, sie stimmten fast Wort für Wort überein.
Quadrangle war mit dem obersten Chef der Bundesermittlungsbehörde, dem FBI, zusammengetroffen – einem Typen namens Hoover –, nachdem man ihn einen Monat lang hatte warten lassen. Der Slawe, ganz Playboy, hatte es sich in New York gut gehen lassen, hatte blonde Zwillinge im Bett und FBI-Mikrofone unter den Lampenschirmen. Als Hoover sich endlich dazu herabließ, ihn zu empfangen, meinte er nur, er habe keine Verwendung für ausländische Spione. Er konfiszierte Quadrangles Barschaft, verhaftete beinahe dessen deutschen Kontakt und drohte ihn wegen Verstoßes gegen den Mann Act anzuzeigen, nachdem Quadrangle mit einer unverheirateten Frau nach Florida gefahren war. Kein Wort über Pearl Harbor. Soweit Highcastle zu sagen vermochte, mussten die Informationen irgendwo auf Hoovers Schreibtisch verschüttgegangen sein.

Highcastle konnte sich das nicht vorstellen. Wurde Walls Mikrofilm – vom Hunnen oder dessen Vorgesetzten – auf der Grundlage von Quadrangles Mikrofilm erstellt, um den Gegner in die Irre zu führen? Oder bedeutete die Duplizierung der Daten, dass diese stimmten?
Das Telefon klingelte. Illingworth war dran. Er berichtete, dass die Bombe, die Rupert getötet hatte, eine SD 2-Splitterbombe war, zweifellos ein aufgelesener Blindgänger. Und er wusste Neues über Melville zu berichten.
»Melville, der Stenotypist, der auf dem Ruinengelände ums Leben gekommen ist? Das war kein Unfall.«
»Nein, Sir«, sagte Illingworth. »In seinen Besitztümern fand sich ein Tagebuch …«
»Das wird im ersten Bericht nicht erwähnt.«
»Wurde vom Büro des Coroners übersehen. Es wurde erst letzte Nacht entdeckt.«
Highcastle grunzte.
»Mr. Melville hat anscheinend zu Sondegger eine Beziehung aufgebaut und war von ihm, äh, in nicht geringem Maße beeinflusst worden.«
»›In nicht geringem Maße‹?«
»Melville ist umgedreht worden, Sir.«
»Aus dem anderen Zimmer heraus? Nur durch die Stimme?«
»Scheint so. Anscheinend glaubte er, er würde für König und Vaterland handeln. Dass Sondegger *gegen* die Deutschen arbeitete.«
»Fahren Sie fort.«
Illingworth erzählte ihm, dass Sondegger und Wall im Tagebuch erwähnt wurden, des weiteren ein Paket für Tom und ein Treffen mit Abendammer. »Melville schrieb eine sehr eigene Form der Stenografie; wir hatten einige Probleme, sie zu entziffern. Wenn Sie sich jedoch an den Luftschutzwart erinnern wollen …«

»Der Melvilles Leiche fand?«
»Der behauptet, die Leiche sei noch warm gewesen, als er sie gefunden hatte. Keine Verfärbung. Keine Leichenstarre.«
»Und?«
»Eine junge Person hatte sich am Tatort aufgehalten, eine junge Frau.«
»Eine Zeugin? Sagen Sie mir nicht, dass Sie einen Namen haben.«
»Leider nicht, Sir.«
»Verdammte Scheiße.«
»Ja, Sir.«
»Beschreibung?«
»Von durchschnittlicher Größe, schlank, helles Haar, knielanger Rock. Wahrscheinlich Anfang zwanzig. Hübsche Beine, guter Akzent.«
Etwas an Illingworths Ton irritierte Highcastle. »Sie halten sie nicht für eine Zeugin.«
»Der Luftschutzwart meinte, ein Handgemenge gehört zu haben. Als er die Frau sah, glaubte er, sie würden es miteinander treiben. Dann sah er die Leiche.«
»Sie hat ihn umgebracht? Verdammte Scheiße, Abendammer ist eine Frau! Blond und jung, und ich wette, sie hat grüne Augen.« Es passte zu dem, was der Hunne Tom gesagt hatte. Highcastles Herzschlag beschleunigte sich. »Ich will alle Berichte über besondere Vorkommnisse, in denen eine junge Frau erwähnt wird. Es müssen alle informiert werden.« Er machte sich Notizen. »Gute Arbeit, Illingworth.«
»Ich habe mir die Freiheit erlaubt, die Berichte über besondere Vorkommnisse bereits untersuchen zu lassen, Sir. Ist natürlich noch nicht abgeschlossen, aber es gab einen seltsamen Vorfall. Eine junge Frau tauchte, anscheinend irrtümlich, in Kingsway-F auf. Sie …«
»Welches ist Kingsway-F?«

»Das Bürogebäude, Sir.«
Verdammte Decknamen. Ein sicheres Gebäude, von dem aus einige der vertrauenswürdigsten Doppelspiel-Agenten gesteuert wurden. »Und?«
»Mr. Digbys Führungsoffizier ist dort stationiert. Digby, glaube ich, steht auf der von Ihnen verteilten Liste der Abwehragenten, die höchstwahrscheinlich vom Hunnen überprüft werden. Es ist gut möglich, dass ...«
»Wie lang ist das her? Irgendwelche besonderen Kennzeichen? Ich brauche Informationen. Irgendwas.«
»Sie hatte einen Hund bei sich, Sir.«
»Was ist mit dem Hund?«
»Die Männer glauben, es war ein Pekinese.«
Highcastle grunzte. »Den wird sie sich längst vom Hals geschafft haben. Trotzdem, hängen Sie Suchmeldungen nach einem vermissten Hund aus. Pflastern Sie die Stadt damit zu, vielleicht haben wir ja Glück.«
»Ja, Sir.«
»Was noch?« Es musste noch was geben. Etwas, mit dem er sich die juckende Stelle im Nacken kratzen konnte, die ihm sagte, dass ihm irgendetwas in seiner Rechnung fehlte.
»Das ist leider alles, was ich habe.«
Highcastle stützte den Kopf wieder in die Hände. Eine junge Frau mit hübschen Beinen und einem Pekinesen, die in London herumlief. Unmöglich.

»Ich hab wirklich keine Ahnung, wo Inch sein könnte.« Audrey tat so, als wären ihre Wangen nicht flammendrot, als spürte sie nicht Toms ungläubigen Blick. »Sie könnten Jacko und Murch fragen oder seine Schwester. Inch tut immer so, als könnte er sie nicht ausstehen, aber das müssen Sie ihm nicht glauben.« Sie plapperte und konnte nicht damit aufhören. »Er ist in seine Nichte vernarrt. Er ...«

»Audrey«, sagte Tom.
»Na ja, ich hab ja keine Nichten«, sagte sie fast schon verzweifelt. »Oder Neffen. Und ich hab nicht die geringste Ahnung, wo er sein könnte, außer … Oh!«
Inch stand, auf seine Krücke gestützt, in der Tür. »Hallihallo«, begrüßte er Russell. »Sie haben angerufen und, na, wie heißt dieser Quälgeist gleich wieder, da geht einem ja der Hut hoch.«
Russell murmelte etwas und deutete auf die drei, die vor der Tür zu Audreys Wohnung standen.
Inch setzte sich in Bewegung. »Der Herzog von Wall und – na, welch göttliches Wesen sehe ich da?« Er verbeugte sich vor Lady Harriet und spielte den Kasper. »Ich hatte noch nicht das Vergnügen, die Ehre …«
»Harriet, Flight Lieutenant Inch Rivere«, sagte Tom. »Inch, Mrs. Wall.«
»Lady Harriet!«
Sie streckte die Hand aus. »Erfreut, Sie kennen zu lernen, Flight Lieutenant.«
Inch stützte sich auf seine Krücke und küsste ihr das Handgelenk. »Das Vergnügen ist ganz auf meiner Seite.«
»Wir haben ein paar Fragen an Sie, Inch«, sagte Tom.
»Was?« Inch zwinkerte. »Ein paar Plagen?«
Audrey hätte fast laut aufgelacht. Inch hatte allein schon mit Toms amerikanischem Akzent zu kämpfen, nun war er auch noch von Mrs. Wall geblendet. Sie könnten von Glück reden, wenn sie auch nur einen vernünftigen Satz von ihm zu hören bekamen.
»Fragen zu meinem Ehemann«, sagte Lady Harriet. »Zu dem, was Sie vielleicht zufälligerweise aufgeschnappt haben. Vielleicht zu einer Änderungsschneiderei namens ›Hyde Street Misfits‹.«
Bei der Lady hatte Inch keinerlei Probleme, sie zu verstehen.

»Eine Änderungsschneiderei in der Hyde Street? Gibt es natürlich gar nicht. Die Straße. Nichts weiter als die Schimäre eines sprunghaften Geistes.« Er zwinkerte Tom zu. »Und damit, alter Junge, meine ich nicht mich, sondern Sie.«

»Wir würden es gern noch mal hören«, sagte Tom. »Alles.«

»Sollen wir runter«, sagte Inch, »zu Tisch und Stuhl und Pianoforte? Nichts, was die kultivierte Empfindsamkeit verletzen könnte, Lady Harriet – zumindest nicht zu dieser frühen Tageszeit, was?«

»Eine gute Idee«, sagte Harriet.

»Ich werde dann mal lieber gehen«, sagte Audrey und deutete auf ihre Wohnung. Sie hielt es nicht mehr aus. »Schön, Sie kennen gelernt zu haben, Mrs. Wall.«

»Wir brauchen Sie auch«, sagte Tom.

»Mich?« In ihrem Aufzug, in Gegenwart von Lady Harriet Wall? Dann musste Tom schon mit einem ziemlich triftigen Grund aufwarten.

»Zum Übersetzen«, sagte er mit Blick auf Inch.

Nicht triftig genug. Sie zog es vor, in ihrem Zimmer zu schmollen.

»Reizende Garderobe übrigens, Venus«, sagte Inch. »Oliva Twist, na, Sie wissen schon, immer so bezaubernd verwahrlost.«

Immer? Verflucht sei Inch. »Ich komme gleich nach.« Sie schlüpfte in ihre Wohnung und rief nach Imogene. »Genie, ich brauch deine Hilfe! Ich brauch – *alles*!«

Imogenes Stimme kam aus dem Schlafzimmer. »Hier!« Sie hatte bereits Audreys eng anliegendes dunkelrotes Wickelkleid auf dem Bett bereitgelegt.

»Du Engel!«, sagte Audrey und zog den Pullunder über den Kopf. »Aber ist es nicht noch ein wenig zu früh dafür?«

»Es gibt keinen Mann, der sich darüber Gedanken machen würde.«

»Tom wird es noch nicht mal wahrnehmen.« Noch nicht mal diesen Fummel, der so eng war, dass sie immer nur einen Fuß direkt vor den anderen setzen konnte. »Es ist fürchterlich. Sie fühlen sich so wohl miteinander.«

»Gut«, sagte Imogene. »Nach dem Wohlfühlen kommt die Langeweile. Nicht diese Strümpfe – diese hier.«

»Meinst du?«

»Männer wollen sich nicht wohlfühlen, schon gar nicht mit einem Pferdegesicht.«

»Sie ist schön, nicht pferdegesichtig.«

»Du dummes Mädchen.« Imogene bürstete Audrey rabiat das Haar. »Sie gehört zu den Schönheiten, die nur von Frauen wahrgenommen werden, und wen kümmert das schon?«

»Inch hat es bemerkt.«

»Ich kenne keinen, der so viel von einer Frau an sich hat wie er«, sagte sie, während sie Audreys Haar hochsteckte.

Audrey lachte. »Das werde ich ihm sagen!«

»Mach das.« Imogene trat zurück, um ihr Werk zu begutachten, dann kniff sie Audrey in die Backe. »So, jetzt sieht man dir auch an, wie sehr du glühst. Und jetzt geh und verdreh ihm den Kopf. Und, Vee? Sei nur du selbst.«

Tom steckte sich eine unangezündete Zigarette in den Mund und hörte Inchs Geschnatter zu. Tee wurde serviert. Ein Komiker auf der Bühne versorgte sie mit Sprüchen, die nicht witzig waren, und Inch tat dasselbe am Tisch. Er hätte im East End sein sollen, um von Haus zu Haus zu gehen …

»Ich war oben«, sagte Inch. »Plötzlich verstummt die Sirene, und Earl brüllt in mein Ohr.«

»Vom Gang aus?«, fragte Tom.

»War nicht im Gang – sondern oben. Ich hab das Malteser-Zimmer. Man braucht ja einen Platz in der Stadt, an dem man nicht … Na ja, ein Vogel mit gestutzten Schwingen, der sich den Käfig mit …«

»Sie waren draußen im Gang«, sagte Tom. »Und die Tür war nicht ganz geschlossen, und was genau haben Sie dann gehört?«

»Hab ich Ihnen schon siebenmal gesagt.«

»Sagen Sie es mir zum achten Mal.«

»Hab Earl was von einem Herrenausstatter brüllen hören, irgendeinem Laden, *Gent's Apparel* oder so ähnlich. Er kleidet sich ja immer sehr nachlässig, dieser Earl. Der würde sogar in einen türkischen Teppich gewickelt im Mouflet's aufkreuzen.«

»Das war alles? Nichts von einem ›Hyde Street Misfits‹?«

»›Gent's Apparel‹, wie ich schon siebenmal …«

»Mit wem hat er geredet?«, fragte Harriet.

»Keine Ahnung. Nehme an, mit einem der Mädchen.« Inch erbleichte. »Der Putzfrau, meine ich.«

Harriets Blick blieb fest. »Ich weiß, warum er das Zimmer gemietet hat, Flight Lieutenant. Aber es gibt Wichtigeres als meinen verletzten Stolz. Er hat nichts von ›Hyde Street Misfits‹ gesagt?«

»Ein Späßchen unsererseits, ›Hyde Street Misfits‹, aber der Earl sagte ›Gent's Apparel‹. Dachte, er spricht mit mir. Dann bemerkte ich, dass er mit, äh, der Putze redet und hab mich an ihm vorbeigeschlichen, so leise wie eine Kirchenmaus. Tage später kommt Vee angestürmt und will ihn am liebsten im siedenden Öl kochen. Dann kommen Sie mit Ihren Fragen …«

»Warum wollte sie das?«, fragte Harriet.

»Venus? Ach, das könnte aus dem einen oder anderen Grund gewesen sein. Könnte wegen … oh!« Inch wies mit dem Kopf zur rot-goldenen Treppe. »Sie können sie ja selber fragen, wollte ich sagen.«

Audrey kam die letzten beiden Stufen herunter. Es war keine Viertelstunde vergangen, und sie war völlig verwandelt. Ihr glänzendes schwarzes Haar war eine seidene Krone, ihr Gesicht gerötet. Die Lippen waren voll, ebenso die hohen Brüste, die Taille maß nur eine Handbreit, und die Hüften schimmerten unter dem engen Kleid.
Tom ertappte sich dabei, wie er sie anstarrte, und bemerkte schließlich, dass Inch endlich den Mund hielt. Die beiden Männer erhoben sich und betrachteten das Mädchen. Das war besser als jede Aufführung auf der Bühne. Nur Harriet erhob sich nicht und starrte Audrey auch nicht an, sondern fragte sie, warum sie Earl gesucht habe.
Audrey antwortete, sie habe sich über ihn geärgert.
»Worüber?«, fragte Harriet.
»Eine private Angelegenheit.«
»Und um welche private Angelegenheit hat es sich dabei gehandelt?«
»Eine private Angelegenheit, die auch weiterhin privat bleiben wird«, sagte Audrey.
»Also!«, sagte Inch, der nervöse Blicke zu den Frauen warf. »Ich hab Earl ›Gent's Apparel‹ sagen hören. Mehr hab ich nicht aufgeschnappt.«
»›Gent's Apparel …‹« Tom klopfte mit dem Finger gegen sein Glas. »Und sonst nichts?«
»Moment«, sagte Audrey. »Einen Moment. ›Gent's Apparel‹?«
»Hat mich an Hyde Street erinnert«, sagte Inch, »wegen Pongo McCormick.«
»Erinnern Sie sich noch an meine Lektionen, Tom? Wie man in drei Tagen Amerikanisch lernt?« Audrey legte Inch die Hände auf die Augen. »Ich hab eine Idee.«
Sie beugte sich zu Tom hinüber und flüsterte ihm ins Ohr. Er brauchte einen Moment, bis er kapierte, was sie von ihm

wollte. Er schüttelte den Kopf. »Es kann doch nicht so einfach sein.«
»Und Sie müssen nuscheln«, flüsterte sie.
»Tolles Angebot, Puppe«, sagte Tom mit breitestem Brooklyner Akzent. »Aber ich hab da noch 'ne Verabredung am Regent's Canal.«
Audrey nahm die Hände von Inchs Augen. »Na, Inch, kam Ihnen das bekannt vor?«
»Hab noch 'ne Verabredung im ›Gent's Apparel‹«, sagte Inch. »Komischer Zeitpunkt, da an die Verbesserung seiner Garderobe zu denken, auch wenn ich den Vorsatz gutheiße. Würde es Ihnen nun was ausmachen, mir zu sagen, was das alles soll? Ich meine, ist mir ein Vergnügen, wirklich reizende Gesellschaft, immer sehr zu Diensten, aber Sie sind ja alle vollkommen durchgedreht.«
»Regent's Canal«, sagte Tom.

Sondegger war flüchtig mit der Gegenüberwachung beschäftigt, als Tom und Harriet Wall aus dem Waterfall auftauchten. Der Kreidekünstler war verschwunden, fortgejagt vom Regen. Der große Mann allerdings war noch da, genau wie jener am Laternenpfahl, der in seinen Zähnen gestochert hatte. Einer nach dem anderen folgten sie Wall. Sondegger folgte den Verfolgern. Er würde ihm ins Ohr flüstern und gleich wieder verschwinden.

30

5. Dezember 1941, Nachmittag

Tom zog den Verband fester, als er mit Harriet die Baker Street überquerte. Irgendwas stimmte mit seiner Hand nicht, der dumpfe Schmerz war mittlerweile zu einem scharfen Brennen geworden, aber er hatte keine Zeit, sich darüber Gedanken zu machen. Der Himmel war eintönig grau, es nieselte – ein hoffnungsloser Himmel für eine hoffnungslose Aufgabe.

Der Regent's Canal war insgesamt fünfzehn Kilometer lang, er lief durch drei Tunnels, die Straßen unterquerten, und ein Dutzend Schleusen, an deren Ende jeweils Schleusenwärter wohnten. Hunderttausende Tonnen an Ladung wurden jedes Jahr auf dem Kanal von Treidelpferden oder Dampfschleppern transportiert. Die Route erstreckte sich vom Paddington Basin zum Regent's Park. Davor allerdings teilte sich der Kanal, ein Arm zog sich nach Süden zu dem von Häusern und Geschäften umgebenen Hafenbecken des Cumberland Market, der andere verlief nach Osten, vorbei an Islington und dem Victoria Park, um dann in südliche Richtung nach Stepney und Limehouse und dem Regent's Canal Dock abzuzweigen.

»Fünfzehn Kilometer.« Tom trat vom Bürgersteig in eine Pfütze. »Es ist fast zwei Wochen her, dass sich Earl zum Kanal aufgemacht hat – wenn er es denn getan hat. Und wir sollen dort seine Spur aufnehmen?«

Harriet strich sich eine nasse Haarsträhne aus dem Gesicht. Sie hatte kaum etwas gesagt, seitdem sie das Waterfall verlassen hatten, war sehr in sich gekehrt und mehr als besorgt: Sie hatte Angst.

»Earl ist wie eine Katze«, sagte Tom, um sie zu beruhigen. »Er fällt immer auf die Füße.«

»Um ihn mach ich mir keine Sorgen.«

»Worüber dann, die Japaner?« Die durch das Meer pflügten in Richtung Hawaii – falls der Angriff erfolgte, falls nicht alles ein einziges großes Täuschungsmanöver war …

»Highcastle hat mich gebeten, dich zu begleiten, Tom, was ich nur allzu gern mache. Aus Loyalität zur dir, nicht, weil ich dem Mikrofilm Glauben schenke.«

»Du und deine Loyalität.«

»Du hast mir immer am Herzen gelegen«, sagte sie, »egal, was du zu glauben meinst.«

»So wie Kreta dem Fliegerkorps am Herzen gelegen hat.«

Der Regen wurde stärker, und Harriet öffnete ihren Schirm. Sie fragte Tom nicht, ob er auch mit darunter wollte. Ein Rinnsal floss von der Hutkrempe auf seine Schulter. Ein Bus spie eine feuchte Abgaswolke aus, während er und Harriet zum Broad Walk eilten, wo klassische Gebäude der Regentschaftszeit standen, Terrassen, die von groben Holzbalken gestützt wurden oder in Schutt und Asche lagen. Sie erreichten den Regent's Park, in dem graue Eichhörnchen in Kastanienbäumen herumtollten und Ringeltauben aufgescheucht davonflogen.

Sie kamen an Blumengärten und abgesperrten Arealen mit Sperrballonen vorbei, an Kricketfeldern, die zu Exerzierplätzen für die Home Guard umgewandelt worden waren. Harriet hakte sich wieder bei ihm ein und schmiegte sich auf der Brücke an ihn. Das Wasser im Kanal floss träge, das Grau des Himmels spiegelte sich darin. Regentropfen überzogen die Wasseroberfläche mit kleinen Pockennarben.

»Keiner kennt ihn so gut wie wir«, sagte Harriet.

»Warum also war er hier?«, fragte Tom.

»Weil er vielleicht verschwinden wollte.«

»Er hat den Mikrofilm bekommen, richtig? Er hat ihn nicht in die Botschaft gebracht, sondern in einem Buch versteckt. Warum? Nehmen wir an, er hat sich hier mit seinem Kontakt getroffen.« Er schüttelte den Kopf, Wassertröpfchen stoben von seinem Hut. »Kann nicht sein. Der Mikrofilm war noch in seinem Zimmer. Warum also ist er hierher gekommen?«

Sie bogen links in die Prince Albert Road ein, und Harriet sagte: »Um Beweise für den Mikrofilm zu bekommen.«

»Musste so sein. Earl wollte der Sache erst auf den Grund gehen, bevor er Meldung erstattete. Mit wem also hat er in seinem Zimmer gesprochen?«

»Mit einer seiner Frauen.«

»Nehmen wir an, es war Sondegger. Er hatte Earl den ersten Mikrofilm schon ausgehändigt, dann machen sie also ein Treffen aus, um den zweiten zu übergeben.«

»Warum?«

»Operative Flexibilität.«

Harriet überlegte. »Möglich. Sondegger trifft sich mit Earl, wirft ihm einen Köder hin, hält die Beweise aber zurück.«

»Ja. Earl hat den ersten Mikrofilm und kommt dann hierher, um sich den zweiten zu …«

»Falls es Sondegger war, der sich in seinem Zimmer aufgehalten hat.«

»Gut, nehmen wir an, er war es nicht. Nehmen wir an, es

war ... Nein, spielt keine Rolle. Die einzige Spur zu Earl führt hier zum Kanal.«
Also begannen sie mit der Suche. Sie zeigten Earls Bild in Lagerhäusern vor, einer öffentlichen Sporthalle und einem Ersatzteillager für Busse. Sie fragten in einem kürzlich erbauten Wohnblock. Sie sprachen mit den Frauen auf den Booten, die in den Kriegszeiten die Schiffsbesatzungen stellten. Keine von ihnen hatte Earl gesehen, aber mehr als eine meinte, nachdem sie das Foto betrachtet hatte, dass sie ihn herzlich gern kennen gelernt hätte. Sie sprachen mit einem Mann, der im Zoo die australischen Buschhühner beobachtete, und mit einem zweiten, der an den leeren Zebrakäfigen einen Handkarren vorbeischob. Am Verwaltungsgebäude des Zoos blieben sie stehen. Sie hatten sich zu sehr auf Inchs Erinnerung verlassen, weil sie sonst nichts hatten.

Ein Dutzend Mädchen saß an dem Tisch, junge Dinger mit frischen Gesichtern. Rupert hätte sie mit seinem Charme bezaubert, sie wären sprachlos gewesen, noch bevor er überhaupt den Mund aufgemacht hätte. Doch alles, woran Highcastle denken konnte, war, dass Abendammer nicht viel älter war als sie und unzählige Leben in ihrer zarten Hand hielt.
Er räusperte sich, und alle im Raum verstummten. Er deutete auf die Stapel mit den Berichten zu den besonderen Vorkommnissen. »Es ist keine ruhmvolle Arbeit. Zimmer mit abgestandener Luft, harte Stühle, Tee, der wie Teichwasser schmeckt. Keiner wird es Ihnen jemals danken.« Seine Stimme ließ das Schweigen im Raum noch eindringlicher werden. »Aber von Ihnen hängt das Leben vieler Menschen ab. Und ich bin auf Sie angewiesen. Lesen Sie jeden Bericht. Suchen Sie die Stellen, in denen eine junge Frau erwähnt wird – eine junge Frau oder ein kleiner Hund.«

Eines der Mädchen kicherte; die anderen waren sichtlich bemüht, ernst zu bleiben.

»Ich weiß«, sagte er und dachte daran, was Rupert gesagt hätte. »Es klingt wie aus dem *Zauberer von Oz*. Aber vielleicht haben Sie ja einen Bruder an der Front. Einen Vater, einen Vetter, einen Liebhaber.« Die Mädchen lachten, und ihre Vorgesetzte räusperte sich ermahnend. »Sie glauben, der Krieg findet weit entfernt statt? Heute wird er hier an diesem Tisch ausgefochten.«

Er wollte die jungen Dinger aufwecken, sie aufrütteln. Stattdessen machte er sie mit den Einzelheiten vertraut, und sie begannen mit der Arbeit. Ein weiterer Strohhalm, aber er würde nach jedem greifen, den er bekam. Irgendetwas aber fehlte ihm noch, etwas Wichtiges, das sagte ihm sein Gefühl.

Wieder in seinem Büro, wurde ihm von Illingworth berichtet, dass die Frau mit dem Hund – vermutlich Abendammer – ein oder zwei Straßenzüge weiter auf den Bus gewartet habe und dann verschwunden sei. Seine Männer befragten im Moment die Busfahrer.

»Was Neues zu Melville?«, fragte Highcastle.

»Nein, Sir.« Illingworth schob ihm die Kopie seines Berichts über den Schreibtisch.

Highcastle klopfte sich an die Taschen auf der Suche nach seiner Brille. Nichts Neues also, außer dass die verdammte Brille schon wieder kaputt war. »Fing alles damit an, dass der Hunne sich selbst gestellt hat, um die Gegenspionage zu infiltrieren. Hat funktioniert, aber er sitzt in Hennessey Gate fest. Also schickt er Melville zu Abendammer. Daher weiß sie, dass sie sich eine Bombe zusammenbasteln soll.«

»Entschuldigen Sie, Sir – Melville ist auf Herz und Nieren geprüft worden.«

Highcastle grunzte. »Auf den Hunnen konnten wir ihn nicht prüfen. Melville ist durch ein Mikrofon rekrutiert

worden. Der Hunne hat …« Ein Gedanke schoss ihm durch den Kopf. »Melville wurde umgedreht. Tipcoe wurde verhaftet. Rupert ist tot. Wer hat ihm noch zugehört?«
»Die anderen Stenotypisten?«
»Genau.« Highcastle kritzelte sich eine Notiz – Farquhar und O'Brien seien sofort und unter Bewachung herzuschaffen. »Stellt sich nur die Frage: Warum der Mikrofilm? Warum Tom Wall? Angenommen, der Hunne benutzt Wall genauso, wie er Melville benutzt hat. Um eine Botschaft zu übermitteln.«
»Welche Botschaft?«
»Wenn ich das wüsste. Dieser verdammte Mikrofilm. Bin mir noch immer nicht sicher, ob ich nicht auf das Spiel des Hunnen reingefallen bin, als ich den Yanks den Film gebracht habe. Aber mehr konnte ich nicht …« Er hielt inne. Das war es, was ihm bislang gefehlt hatte. »Verdammte Scheiße.«
»Sir?«
»Haben Sie Rupert gesehen, bevor er … bevor …«
»Nein, ich …«
»Er hat Grau getragen. Ein graues Hemd. Und der Manschettenknopf, den wir gefunden haben? Der war aus Gold!«

Tom und Harriet passierten das Blow-Up Gate, sprachen mit einem alten Ungarn, der in Begleitung eines kleinen Jungen von einem Karren Bratwürstchen und Brot verkaufte. Der Mann wollte ein Dutzend Gentlemen gesehen haben, die wie Earl auf dem Foto aussahen, der Junge hatte keinen einzigen gesehen. Harriet kaufte einen halben Laib, dann gingen sie zum Kanal, wo sie im nachlassenden Nieselregen standen und den Enten Brotkrümel zuwarfen.
Toms Hand und Gesicht begannen wieder zu schmerzen. Wenn der Mikropunkt echt war, müsste den Japanern eine

Nachricht geschickt werden, um ihnen mitzuteilen, dass ihr bevorstehender Angriff auf Hawaii bekannt geworden war. Die Japsen könnten den Angriff dann abbrechen, oder sie müssten sich darauf einstellen, auf eine vorbereitete Streitmacht zu treffen. Wenn dann noch Zeit blieb, sich vorzubereiten – wenn noch nicht der Tag X minus eins war.
Er beobachtete die Enten, die sich im Kanal um einen Brotkanten stritten. Glückliche Viecher – wenigstens sie wussten, was sie wollten.
Harriet brach das lange Schweigen. »Earl hat eigentlich nicht viel Fantasie, oder?«
»Brauchte er auch nie.« Tom warf den Enten einen weiteren Krumen zu. »Wenn wir Verstecken spielten, suchte er sich immer dieselbe Stelle aus.«
»Wirklich?«
»Im Wäscheschrank. Mit Maribeth Carlisle.«
»Keine Fantasie.« Sie neigte den Schirm nach hinten, so dass er ihr blasses Gesicht sehen konnte. »Ich hab viel zu viel davon. Ich dachte immer, ich bräuchte jemanden Solides, jemanden, der keine Zweifel, keine Ängste hat. Jemanden, der unerschütterlich ist.«
Tom klopfte eine Zigarette aus der Packung. Bevor er sie zum Mund brachte, war sie vom Regen gesprenkelt.
»Jemanden, der mir meine Ängste nimmt, der mir sagt« – fast lächelte sie –, »dass ich mir nicht meinen hübschen Kopf zerbrechen soll. Einen Anker. Earl ist so einer, aber du …«
Earl verschliss zwei Streichhölzer, als er sie mit einer Hand anzuzünden versuchte, und warf sie in den Kanal. Die Enten paddelten darauf zu und pickten danach.
»Ich liebe Earl«, sagte sie. »Für das, was er ist – und für das, was er nicht ist.«
Schließlich gelang es ihm, ein Streichholz zu entfachen. Er ließ es abbrennen, ohne die Zigarette anzuzünden, und warf

es den anderen hinterher. Der Nieselregen wollte nicht nachlassen, überall roch es nach frischer Erde.

»Aber ich frage mich ...« Eine Locke klebte ihr an der Stirn, sie strich sie weg. »Ich frage mich, was muss das für ein kleiner dummer Angsthase sein, der einen Anker dem Segel vorzieht.«

Der Regen ließ nach, dann hörte er ganz auf. Vom Kanal stiegen leichte Nebelschwaden auf.

»Er liebt dich, so gut er kann«, sagte Tom.

»Ja.«

Tom starrte auf das Wasser, das träge durch den Kanal floss.

»Es gibt Männer, Tommy«, sagte sie, »die wissen, was Liebe ist.«

»Harriet – ich bin angeschossen worden. Ich bin unter Drogen gesetzt, zusammengeschlagen und eingesperrt worden und laufe seit Ewigkeiten durch diese Stadt. Wir haben keine Zeit für Kreuzworträtsel.«

Dumpf drangen die Geräusche der Stadt durch den feuchten, grauen Dunst. Harriet senkte den Kopf und verstummte. Der Nebel hüllte sie ein. Als sie wieder das Wort ergriff, klang es, als käme ihre Stimme aus weiter Ferne. »Ich bin mir nicht sicher, ob ich die gleiche Entscheidung noch einmal treffen würde.«

Für einen Moment hing dieser Satz zwischen ihnen. »Weil Earl Geliebte hat?«, sagte Tom.

»Ich hab's nie anders erwartet.«

Nein, so dumm war sie nicht. »Ich hab immer nur dich gewollt«, sagte er.

Sie sah in den vom Kanal heraufziehenden Nebel. »Ist sie seine Geliebte?«

»Nein.« Er wusste, dass sie Audrey meinte.

»Er war hinter ihr her.«

»Ja.«

»Wir werden Earl nicht finden, Tom. Nicht hier. Nicht so.«
»Wir müssen.«
Aber der Heuhaufen war zu groß, und die Nadel war aus Stroh. Es gab zu viele Fragen, auf die sie keine Antworten hatten, während sich die japanische Flotte unaufhaltsam dem unverteidigten Stützpunkt Pearl Harbor näherte. Seeleute würden sterben, Jungs, die genauso gut zu seinem Trupp gehört haben könnten.
»Komm mit nach Hause«, sagte sie.
»Ich bin nicht Earl.«
»Ich weiß, wer du bist, Tommy.« Sie wandte ihm ihr regennasses, wundervolles Gesicht zu. »Gibt es denn jemanden, der dich besser kennt?«
Niemanden. »Dann weißt du auch, dass ich nicht kann.«
Sie legte ihm die Hand an die Wange. »Nein«, sagte sie. »Du kannst nicht.«
Sie ging. Er war allein. Ohne Harriet. Ohne Earl.

War kein Problem, den Yank zu finden. Shepherd Market, das Waterfall, und schon hatten sie ihn. Aber es brachte Rugg auf die Palme, dass Tom Wall mit der schnieken Schnecke am Arm den Platz überquerte, sich nicht umblickte, sich überhaupt keine Sorgen machte, als wäre er auf Urlaub. Hatte nicht so viel Verstand wie ein Hering. Das brachte Rugg verdammt noch mal auf die Palme.
Der Straßenmaler war eine Stunde zuvor abgezogen. Sein Bild der Kirche verblutete im kalten Regen, Farbäderchen versickerten in Spalten und im Rinnstein. Rugg stand still wie eine Statue und beobachtete Wall, ohne den Kopf zu heben. Seine Schnecke hatte ein kreidebleiches Gesicht, das sich vor dem schwarzen Schirm abzeichnete, ihre Augen waren wie Frost.
Rugg sah, wie Renard sich von seinem Türeingang löste und

lange wartete, bis Wall und die Frau die Straße überquert hatten. Sie bogen um die Ecke, Rugg folgte ihnen, und als er sie wieder im Blickfeld hatte, blieb er erneut stehen.

Schnapp dir Wall, schnapp dir das Paket, pack ihn am Genick und lass die Knochen knacken. Aber die beiden waren nie allein, erst im Zoo und in der Albert Road, dann klopften sie an Türen und sprachen mit Ladenbesitzern. Spazierten am Kanal entlang, als marschierten sie bei einer Parade mit, warfen den Enten im Regen Brot zu.

Dann ließ der Regen nach, und die Schnecke ging, und Wall war so allein wie noch nie zuvor in seinem Leben, stand an der Holzbrücke, dort, wo sich zwei Fußwege kreuzten. Auf dem Kanal war nichts los, niemand war auf den Wegen. Der Regen hörte auf. Nebel stieg vom Gras und Kies auf.

Rugg sah Renard, der dumm zu ihm rüberglotzte, dann kratzte er sich am Kinn. Renard nickte – auch er konnte niemanden sehen. Rugg sah, wie Renard am Ärmelaufschlag herumfummelte, wie er das Messer in seine zusammengelegte Zeitung gleiten ließ. In einer schnellen Bewegung würde die Klinge durch das Papier schneiden, durch Haut und Fleisch dringen und die Knochen ritzen.

Langsam nahmen Rugg und Renard ihn in die Zange.

Tom warf die Kippe in den Kanal. Sie trieb auf dem Wasser und verfing sich im abgeknickten Schilfgras am Ufer. Also würde er im East End suchen. Earl konnte sich nicht ewig verstecken. Wenn er nur wüsste, wie viel Zeit ihm noch blieb. Hawaii lag elf Stunden zurück, dort war es erst früher Morgen. Sondegger lief frei in der Stadt herum, Davies-Frank war tot. Highcastle musste den Hunnen und Abendammer aufhalten, bevor sie ihren Funkspruch absetzten.

Die Zigarettenkippe löste sich vom Schilf und trieb in einen gemächlichen Strudel. Worauf hatte es Sondegger abge-

sehen? Zum Teufel, worauf hatte es *Harriet* abgesehen? Etwas nagte an ihr, mehr, als sie offen ausgesprochen hatte. Nun, es würde warten müssen. Alles musste jetzt warten, solange er den zweiten Mikrofilm nicht gefunden hatte.
»Tommy!« Harriets Stimme schallte von der anderen Kanalseite herüber. »Tommy!«
Vielleicht konnte es doch nicht warten. Er hob den Kopf und sah am gegenüberliegenden Ufer – nein, nicht Harriet, sondern Audrey im Nebel stehen. Sie winkte oder warf etwas. Nein, sie deutete auf etwas – auf einen Mann, der schnell auf die schmale Brücke zuging, die in einem hohen Bogen den Kanal überspannte. Renard. Der die Zeitung fallen ließ, die er in der Hand gehalten hatte, und an deren Stelle eine silbern schimmernde Klinge zum Vorschein kam.
»Audrey!«, rief Tom. Wo zum Teufel war Rugg? »Hauen Sie ab! Los!«
Aber sie fuchtelte nur energischer mit den Armen, und dann entdeckte er Rugg hinter sich. Dreißig Meter entfernt, zwei Schritte neben dem Weg, mit dem Rücken zur Stadt.
Tom fasste nach dem Colt, den er nicht bei sich hatte. Hinter ihm lag der Kanal. Es gab keine Boote. Könnte er schwimmen? Nicht bei diesem schlammigen Ufer, dem kalten Wasser. Nicht, wenn er nur eine Hand gebrauchen konnte. Nicht, wenn er Audrey dabei zurücklassen müsste.
Er musste es mit einem der beiden aufnehmen. Die Entscheidung fiel nicht schwer, trotz des Messers, das Renard in der Hand hielt. Plötzlich wurde ihm warm. Er wollte sich stellen und kämpfen, sonst nichts. Er hatte die Schnauze voll davon, sich immer nur mit Gespenstern rumzuschlagen. Er warf einen Blick zu Rugg, um sicherzugehen, dass der große Mann noch weit genug entfernt war, bevor er auf Renard losging. Er hatte keine Waffe, keinen abgebrochenen Ziegel, keinen Draht. Er wollte die Sache hinter sich bringen.

Audreys Kreischen wurde lauter und schwoll an, Tom fuhr herum, sein Magen zog sich zusammen, aus Angst, Renard würde ihr das Messer an den Hals halten. Aber sie war weit von ihm entfernt, stand unter der tropfenden Krone einer Eiche, hatte die Arme eng an den Körper gepresst, die Hände zu Fäusten geballt, ihr Gesicht war gerötet, und sie hatte den Mund aufgerissen – eine wandelnde Luftschutzsirene.
Renard sah zu ihr, entschied sich wohl, dass sie zu weit weg war, um sie zum Schweigen zu bringen, und kam mit dem Messer auf Tom zu.
Die Brücke war schmal, das Geländer niedrig. Tom hatte noch nie jemanden außerhalb des Schlachtfelds getötet. Er zog sein Jackett aus und wickelte es um seinen rechten Unterarm, so fest, dass die Hand brannte. Es gab immer ein erstes Mal.
Weit weg war ein Wagen zu hören, bei dem mit Gewalt der Gang eingelegt wurde. Tom setzte einen Fuß auf die Brücke, stellte sich seitlich vor Renard und beobachtete Rugg aus den Augenwinkeln heraus.
»Du Arschgeige«, sagte Renard, das Messer in der herabhängenden Hand. »Hättest uns das Päckchen geben sollen, als wir dich danach gefragt haben.«
»Hast du auch einen Vornamen, Renard?«
»Nicht für Typen wie dich.«
Die Brückenplanken waren glitschig. Wenn er Renard in den Kanal stoßen könnte … »Hab noch nie einen Mann getötet, dessen Namen ich kannte«, sagte er.
»Ich schon.« Renard spuckte über das Geländer. »Ist genauso tot.«
Tom hob den umwickelten Arm und ging leicht in die Knie. Er hörte Audrey immer noch schreien und sah Rugg, der stehen blieb und sich mit der Hand an die Schulter fasste, als wäre er dort plötzlich verletzt worden. Auch Renard sah zu

Rugg – er war abgelenkt –, und Tom sprang mit dem ausgestreckten, umwickelten Arm vor. Er musste sich von Renard treffen lassen, musste das Messer mit dem Kleiderbündel abfangen und Renard dann ins Wasser stoßen. Würde ihn schon nicht umbringen, wenn er noch mal ein wenig aufgeschlitzt wurde.

Renard täuschte an, dann traf er mit einem Rückhandstoß Toms verbundene Hand. Der Schmerz schoss Tom in den Arm, Tränen traten ihm in die Augen, während er Renard mit der linken Hand im Gesicht traf.

Renard wich zurück. »Scheißkerl!«

»Muss schon verdammt hart sein« – Tom täuschte links an, aber Renard ging darauf nicht ein –, »gegen jemanden anzutreten, der sich nur mit einer Hand verteidigen kann.«

Renard umkreiste ihn. »Wenn ich mit dir fertig bin, hast du überhaupt keine Hand mehr.«

Tom hob den umwickelten rechten Arm, er wollte versuchen, damit Renards Messer abzublocken, und die Angelegenheit zu Ende bringen.

»Rugg hat sich 'ne Kugel eingefangen«, sagte Tom.

Renard sah zu dem großen Mann, und in diesem Moment schleuderte Tom Renard das Jackett ins Gesicht und zielte mit der linken Handkante auf dessen Hals, traf ihn aber nur hoch an der Brust. Renard fiel nach hinten, ließ das Messer durch die Luft streichen, das kaum drei Zentimeter an Toms Wange vorbeischnitt. Tom trat vor und schlug Renard mit der rechten Faust gegen den Hals. Es war, als würde ihm ein Nagel in die Hand getrieben. Renard röchelte, schlug wild mit dem Messer um sich, während Tom sich wegduckte und zu einem Football-Tackling ansetzte – und dabei auf den nassen Planken ausrutschte und zu Boden krachte.

Kurz verschwamm ihm alles vor Augen, und dann sah er Rugg, zwanzig Meter entfernt, der wie ein von Bienen um-

schwärmter Bär den Kopf hin und her schüttelte. Hörte ihn in Richtung des dunklen Unterholzes fluchen, und dann sah er etwas aufblitzen und erkannte den Umriss eines gut gekleideten Mannes, der etwas nach Rugg warf.
Renard kam geduckt auf ihn zu, Tom trat mit dem Fuß nach ihm, traf nichts Festes, aber das metallische Klappern sagte ihm, dass er Renard das Messer aus der Hand geschlagen hatte.
Er biss die Zähne zusammen. Nun würden sie ja sehen, wer die Oberhand behielt.
Er rollte sich weg, und aus dem Nichts stürzte sich Audrey auf Renard. Sie kreischte und krallte sich mit starrem Blick in dessen Gesicht fest und stach mit den Absätzen ihrer Schuhe, die sie wie einen Totschläger gepackt hielt, auf Renards Nacken ein. Er grunzte, holte mit dem Arm aus und schüttelte sie ab. Sie fiel gegen das Geländer und rutschte auf den Planken weg. Tom packte Renard am Bein, zog und brachte ihn aus dem Gleichgewicht. Renard taumelte an ihm vorbei und stürzte sich auf das Messer.
Tom rollte sich nach hinten weg, spürte im Rücken das Geländer, wollte mit dem Arm das Messer abfangen und mit den Beinen Renard in den Kanal stoßen. Aber Renard war verschwunden. Tom war mit Audrey allein auf der Brücke. Durchnässt, zitternd kniete sie sich neben ihn. Sie sagte etwas, das kaum zu verstehen war.
»Sind Sie verletzt?«, sagte er. »Sind Sie verletzt, Audrey?«
Sie schüttelte den Kopf. »Ich hab den Mann gesehen. Er ist Ihnen gefolgt. Ich bin Ihnen gefolgt … Sie bluten.«
Er sagte, es sei alles in Ordnung, und sie begann zu weinen. Er nahm sie in die Arme und hielt über ihr zerzaustes schwarzes Haar hinweg nach Rugg und Renard Ausschau. Vier Männer, die durch ihre Schreie aufgescheucht worden waren, näherten sich ihnen.

»Ziehen Sie die Schuhe an«, sagte er. »Und verhalten Sie sich ruhig. Es ist höchste Zeit, dass wir abhauen.«
Sie fasste nach dem Schuh, der neben ihr lag und mit dessen Absatz sie auf Renard eingeschlagen hatte. »Da ist Blut …«
»Ziehen Sie ihn an, Liebes. Gehen wir.«
»Den anderen hab ich verloren.« Sie weinte. »Er ist in den Kanal gefallen.«
»Wir müssen los, Audrey.«
»Ich hab den Mann gesehen – ich dachte, Sie brauchen mich.«
»Er treibt sich noch immer hier irgendwo rum. Ich brauch Sie noch immer.« Tom griff sich sein Jackett und stand auf. »Gehen wir.«
Er zog Audrey auf die Beine. Sie war so leicht wie eine Feder. Ohne Absätze reichte sie ihm kaum bis zum Kinn. Sie war auf Renard losgegangen, hatte ihn angespuckt und angefaucht und ihm dabei kaum einen Kratzer zugefügt, aber das spielte keine Rolle. Vielleicht war Renard abgehauen, weil er das Messer verloren hatte, vielleicht, weil er sich Sorgen um Rugg gemacht hatte, vielleicht wegen Audrey. Aber jetzt hatte sie dafür zu büßen – sie stand unter Schock. Er zupfte ihr einen Zweig aus dem Haar. »Schon gut, Audrey. Sie haben das wunderbar gemacht. Wir müssen los.«
»Meine Schuhe …«
»Ich kauf Ihnen ein neues Paar.«
»Ich … ich hab sie ruiniert.«
»Das passiert, Liebes«, sagte er, »wenn man zufällig jemandem den Schuh in den Nacken rammt.«
Sie lachte schwach, aber sie lachte. »Ich bin Ihnen gefolgt, weil … ich weiß, wo Sie vielleicht Earl finden können.«
Jemand trieb sich in dem dichten Unterholz herum – ein großer Mann mit einer Waffe. Tom packte sie an der Hand und lief los.

Rugg näherte sich Tom, als ihm etwas gegen die Schulter prallte und dort hängen blieb, etwas Scharfes, Spitzes. Er griff danach – es war ein Dartpfeil. Dann pikste ihn ein weiterer im Nacken – er spürte, wie er dort baumelnd feststeckte –, und dann trat ein Mann aus dem Nebel, der wie ein Schulrektor gekleidet war.

Rugg verfluchte ihn, und der Rektor, höflich wie ein Dienstmädchen, sagte, dass der nächste Pfeil in seinem Auge landen würde. Rugg zog den Kopf ein und ging zum Angriff über. So 'ne vermaledeite Dartscheibe bewegt sich aber nicht, wenn man darauf zielt, oder?

Der Pfeil kratzte ihn an der Wange, aber er hatte sich beim Rasieren schon schlimmer geschnitten. Der Rektor verschwand zwischen den Bäumen. Rugg sah ihn hinter einen verfallenen Kiosk schlüpfen und ging um die andere Seite herum. Schlich sich hinter den Kiosk und rannte direkt in eine geschwungene Schaufel. Schepperte ziemlich an seiner Stirn. Er taumelte und fiel auf die Knie.

Der Rektor holte erneut mit der Schaufel aus, und Rugg wurde kurz schwarz vor Augen. Als er wieder zu sich kam, war er noch immer auf den Knien, hatte noch nicht mal Zeit gehabt, hinzufallen. Noch mal wurde die Schaufel geschwungen, und dann hob Rugg die Hand – langsamer, als ein Baum wächst – und packte die Schaufel und schleuderte sie weg. Er bekam die Hose des Rektors zu fassen, und eine Stimme hinter ihnen brüllte: »Aufhören, ihr Schweinepriester! Schluss! Die erste Kugel trifft einen von euch beiden im Knie!«

Er sah zum Rektor, und der Rektor sah zu ihm, dann drehten beide den Kopf und sahen zu einem rothaarigen Mann mit einer beschissen großen Knarre in der Hand. Musste Polizist sein oder irgend so was, sah jedenfalls genau so aus wie einer.

»Lasst los«, sagte der Rotschopf. Die Waffe lag so ruhig in seiner Hand wie ein Kirchturm. »Hände hinter den Kopf. Auf die Knie, wenn ihr sie behalten wollt. Auf die Knie!« Und zum Rektor: »Hab dich gesucht, Kumpel. Und dich auch, Rugg. Wo ist denn dein kleiner Freund?«
Rugg legte die Hände in den Nacken. Willst wissen, wo mein kleiner Freund ist? Er schleicht in der Waschküche hinter dir rum, Rotschopf. Renard war vielleicht ein kleiner Scheißer, aber er wusste, wie man mit einem Typen mit einer Knarre umgehen muss – wenn man von hinten kommt.
Der Rektor quasselte in einem fort, so dass der Rotschopf nicht hörte, wie Renard näher kam. Rugg ließ einen Finger knacken, der Rotschopf zog Handschellen hervor, und Renard stach ihm zweimal blitzschnell unter dem Schulterblatt ins Herz.
Der Rotschopf fiel mit ausgebreiteten Armen nach vorn, die Waffe flog ihm aus der Hand. Rugg sah sie auf einen Ziegel fallen und wartete, dass sich ein Schuss löste. Sie prallte am Boden auf, ging aber nicht los. Dann stürzte er sich auf den Rektor, während Renard noch mal auf den Rotschopf einstach. Der Rektor trat einen Schritt zur Seite, bückte sich und hielt, als er sich wieder aufrichtete, die Waffe in der Hand. Er richtete sie auf eine Stelle irgendwo zwischen Rugg und Renard.
»Mit Feuerwaffen kann ich besser umgehen als mit Kneipenspielzeug«, sagte er zu Rugg.
»Geh deines Weges«, sagte Rugg. »Und wir machen's genauso.«
»Sie beide sind mir auf meinem Weg in die Quere gekommen und haben dabei einiges riskiert.« Er musterte Rugg. »Können Sie aufstehen?«
Rugg erhob sich.
»Sie verfügen über eine beeindruckende Konstitution.«

»Scheißschaufel«, sagte Rugg.

Der Rektor lächelte. »Aber über einen dürftigen Wortschatz.«

Renard trat etwas zur Seite, damit sie den Mann in die Zange nehmen konnten, aber Rugg warf dem kleinen Scheißer nur einen Blick zu und sagte: »Lass das.«

Renard blieb stehen, der Mann nickte. »Sie wissen, was Sie wollen, Rugg«, sagte er. »Ich hab Sie als den geistlosen Rohling eingeschätzt, aber Sie wissen, was Sie wollen. Trotzdem konnte ich nicht zulassen, dass Sie Tom Wall erledigen.«

Rugg ließ einen weiteren Knöchel knacken. Klar, alle waren sie hinter Wall her.

»Wenn er jetzt umgebracht würde, wäre es geradezu eine Katastrophe«, sagte der Rektor. »Er hat noch eine überaus wichtige Aufgabe zu erfüllen.«

»Er hat auch ein Paket«, sagte Rugg.

»Das hoffe ich sehr. Ich hab's ihm ja gegeben.«

»Sie sind Sonder?«

»Nahezu. Nun gut, jetzt wissen Sie, wer ich bin.« Er stupste mit der Schuhspitze gegen die Leiche des Rotschopfs. »Und ich weiß, wer dieser Kerl ist.«

»Wer er verdammt noch mal war«, sagte Renard.

»Richtig. Aber ich bin mir nicht ganz sicher, wer Sie beide sind.« Der Rektor reckte den Kopf. Schritte waren zu hören. Sie entfernten sich wieder, dann lächelte er. »Ah, Schwarzhemden? Ja, BUF.«

»Stimmt – als es die noch gab.«

»Ausgezeichnet. Sie wurden beauftragt, nach dem Paket in Tom Walls Besitz zu suchen?«

Rugg legte die Hand an die Stirn, wo er von der Schaufel getroffen worden war. Chilton hatte gesagt, Sonder sei ein Feigling und Verräter, aber mit der Stimme und dieser Seelenruhe? Nie und nimmer, Scheiße noch mal. Sonder war ein knallharter Typ.

»Ah, Diskretion«, sagte Sonder, als sie nicht antworteten. »Also, es geschah im Dienst des Führers, dass ich Tom das Paket gegeben habe.« Er steckte die Waffe in seine Jackettasche und streckte ihnen die Hand entgegen. »Ist mir ein Vergnügen, Sie kennen zu lernen.«

Rugg schüttelte dem Rektor die Hand. Hätte sie ihm mühelos zerquetschen können, aber als er ihm in die Augen sah, entdeckte er nicht den leisesten Schimmer von Angst. Hart wie ein Fels, das war er, dieser Sonder. Nicht so ein verkleideter Faschist wie Chilton, sondern ein richtiger Mann.

»Ist mir ein Vergnügen«, wiederholte Sonder. »Aber jetzt müssen wir Tom Wall finden.«

»*Wir?*«, sagte Renard.

Sonder redete weiter, aber er quasselte nicht wie Renard oder Chilton. Er sagte die Wahrheit, mit einer Stimme, die so weich und cremig war wie Sahne. Sah einem auch in die Augen, zuckte nicht zusammen und zappelte nicht herum. Aufrichtig und offen, und wieder sagte er, dass sie Tom Wall finden müssten.

»Er ist längst fort«, sagte Renard.

»Er sucht seinen Bruder. Wenn er ihn nicht findet, kommt er zum Shepherd Market zurück.«

»Und was, wenn er ihn verdammt noch mal findet?«, fragte Renard.

»Dann macht er das Gleiche.« Sonder trat über den Toten. »Wollen Sie sich mir anschließen? Es gibt viel zu tun.«

31

5. Dezember 1941, Nachmittag

Wir haben Winter«, sagte Tom. Er hatte keine Zeit für solche Mätzchen. Die japanische Flotte war vor fast drei Wochen ausgelaufen.

»Der Frühling steht fast vor der Tür, Tommy.« Audrey betrachtete die Schuhe im Schaufenster – dunkelrote Sandalen mit plissiertem Leder um die offenen Zehen –, ein Anblick, der sie mehr zu beruhigen schien als alles, was er bislang versucht hatte. »Es ist nie zu früh.«

»Sie sagten, Sie wüssten, wo ich Earl finden könnte.«

»Erst die Schuhe«, antwortete sie.

Nach dem Überfall im Park waren sie – Audrey in Strümpfen – zum St. Mark's Square und zur Princess Road geeilt und anschließend dem Kanal in Richtung Camden Town gefolgt. Alle zehn Schritte hatte sie sich halb umgedreht, hatte sich umblicken wollen und es dann doch nicht gewagt. Jetzt tat sie es wieder und riss sich vom Schaufenster los.

»Es ist keiner da.« Tom hoffte, dass es auch stimmte. »Wir haben sie im Park abgehängt.«

»Dann haben wir ja Zeit zum Einkaufen.« Sie zog ihn in den Laden. »Ich hab eiskalte Zehen.«

Drinnen packte er sich das nächstliegende Paar Schuhe. »Hier.«
Sie zog die Nase kraus. »Abscheulich.«
»Was ist mit Earl, Audrey?«
»Er würde mir Recht geben. Sie sind abscheulich.«
»Herrje, ich hab keine Zeit für solche Spielchen. Wenn Sie etwas wissen, dann raus mit der Sprache.«
Eine klapperdürre Frau fragte, ob sie behilflich sein könne, während sie missbilligend den Blick zu Audreys zerrissenen Strümpfen schweifen ließ. Mit strahlender Miene bat Audrey um ein Paar der flachen Riemchensandalen in Größe sechsunddreißig.
»Hyde *Road*, Tommy«, sagte sie, als die Verkäuferin im rückwärtigen Raum verschwand. »Der Kanal streift kurz die Hyde Road – irgendwo in Hoxton oder Islington.«
»Es gibt eine Hyde Road?«
»Natürlich. Hab ich doch gerade gesagt.«
Nicht die Hyde Street, sondern die Hyde Road. »Sie schneidet den Regent's Canal?«
»Fast, Tommy.« Sie nahm die Schuhe entgegen und schlüpfte hinein. »Zu klein. Könnte ich vielleicht noch die Schuhe mit den Keilabsätzen im Schaufenster sehen?«
»Sie passen wunderbar«, sagte er.
»Sie drücken. Ich brauche …«
»Sie passen.« Tom drückte der Frau einige Geldscheine in die Hand. »Gehen wir.«

Die Hyde Road lief südlich des Kanals auf einer großen Kreuzung mit drei weiteren Straßen zusammen und endete in einer Brücke. Sie berührte den Kanal nicht, aber man hätte vom Bürgersteig einen Stein hineinwerfen können und ihn aufplatschen gehört. Was hatte Inch wirklich mitbekommen? Dass Earl vom Regent's Canal gesprochen hatte …

und von Hyde. Hyde Park, Hyde Street, Hyde Road. Das war's. Bis dahin, und nicht weiter.
Er gab dem Taxifahrer einen Extra-Schein. »Bringen Sie die Dame nach Hause.«
»Unsinn!«, sagte Audrey. »Natürlich komme ich mit.«
»Mir wäre es lieber …«
»Tommy!«
Er half ihr beim Aussteigen und tat so, als wäre er darüber nicht sonderlich erfreut.
Zumindest in einer Hinsicht hatte Inch Recht: Ihre Stimmungen hielten nie lange an. Eine Prügelei im Park und ein Gewaltmarsch durch Camden Town, und sie hatte sich nicht darüber beschwert, noch nicht einmal, als sie am Kanal die Umgebung absuchten und ihre neuen Schuhe sie drückten. Sie folgte ihm, während er von Tür zu Tür ging, milderte sein harsches Auftreten bei den nervösen Ladenbesitzern und Lagerarbeitern – was alles umsonst war, bis sie mit einer Frau mittleren Alters sprachen, die vor einem Friseurgeschäft eine Zigarette rauchte.
Sie betrachtete das Foto von Earl und sagte: »Hab ihn nicht gesehen, jammerschade.«
»Hilft uns auch nicht weiter«, sagte Tom.
»Ihr junger Mann hier«, sagte die Frau zu Audrey, »würde gut daran tun, auf seine Manieren zu achten.«
»Sie müssen ihn schon entschuldigen, aber seine Mutter, die Ärmste, sie macht sich ja solche Sorgen um ihn.«
»So? Nun … es ist also Ihr Bruder, sagen Sie?« Die Frau unterzog das Foto einer näheren Betrachtung. »Nein, ich hab ihn nicht gesehen. Ihre Mutter, die arme Frau. Ich hab auch schon zwei verloren, und zwei weitere sind noch im Krieg.«
Audrey sprach ihr Beileid aus.
»Einer in Norwegen«, sagte sie. »Der andere zehn Straßen-

züge von hier entfernt. War noch keine vierzehn – wollte Pilot werden. Das wollen sie ja alle, nicht wahr?«

»Die Infanterie mag keiner«, sagte Tom.

Die Frau sah ihn lange an. »Wir leben in harten Zeiten. Was bleibt uns anderes übrig, als weiterzumachen …« Ihre dichten Wimpern blinzelten die Tränen fort. »Jedenfalls bin ich froh, dass ich so nah am Wasser wohne. Ich mag das Geräusch, auch wenn's nur der Grand Union ist mit seinem Schilf und seinem Dreck.«

»Der was?«, sagte Tom.

»Der Dreck, mein Lieber.«

»Der Grand Union? Das hier ist gar nicht der Regent's Canal?«

»Das ist jetzt der Grand Union«, sagte die Frau. »Wird schon seit zehn Jahren nicht mehr Regent's genannt.«

»Ich dachte, Grand Union ist ein Bahnhof.« Was hatte Highcastle gesagt, als Tom ihm zum ersten Mal begegnet war? »*… haben zwei Aushilfsfeuerwehrleute am Grand Union, hinter den Ställen, seltsame Geräusche gehört.*« Der Kreis hatte sich geschlossen. Hyde Road und Grand Union, Earl und Sondegger. »Ställe. Wo sind hier Ställe?«

»Gibt's hier nicht«, sagte die Frau. »Gibt's hier nirgends.«

»Es muss sie geben.«

Sie sagte, es gebe sie nicht, und er zog Audrey mit sich fort.

»Norwegen«, sagte die Frau hinter ihnen. »So weit von zu Hause weg.«

Harriet konnte das leere Haus am Shepherd Market nicht ertragen, noch nicht einmal ihren Garten. Also kehrte sie ins Büro zurück – dort wartete schließlich Arbeit auf sie. Mittlerweile verstand sie das ALBANS-Memorandum. Der Agent hieß Sondegger, und wenn er das Doppelspiel-System hochgehen ließ, würden auch ihre Mädchen sterben.

Sie setzte sich an ihren Schreibtisch, ohne Mr. Uphill Bescheid zu sagen. Die Tür zu seinem Büro war geschlossen, und sie genoss die Zeit, die sie für sich hatte. Sie öffnete die oberste Schublade und betrachtete Renards Plaidmantel. Sie musste ihren Vater zur Rede stellen. Morgen würde sie mit ihm sprechen. Der heutige Tag war schon lang genug gewesen, und dabei war er noch nicht mal zur Hälfte vorüber. Oh, Tommy ...

»Mrs. Wall«, sprach Mr. Uphill sie an. »Hab Sie gar nicht kommen gehört.«

»Räum nur noch ein wenig auf«, sagte sie mit etwas zu hoher Stimme.

»Ich bedaure es, dass Sie wieder hier sind. Man sagte mir, ich könne Sie erst am Montag zurückerwarten.«

»Ja, ich wollte ...«

Vielleicht, sagte er zu ihr, solle sie doch lieber nach Hause gehen. Er formulierte es nicht unbedingt als Frage. Eine halbe Stunde später betrat sie ihr Haus und hängte ihren und Renards Mantel an den Kleiderständer. Sie ließ die Schlüssel auf den Küchentisch fallen, spritzte sich Wasser ins Gesicht und trocknete sich mit einem Geschirrhandtuch ab. Setzte den Kessel auf und öffnete die Tür zum Garten. Dünne, rosafarbene Würmer lagen nackt und verletzlich auf dem Weg.

Sie stand über den frisch gepflanzten Tulpenzwiebeln und senkte den Kopf. Lass sie am Leben. Bitte, Gott, lass sie am Leben. Ihre Mädchen waren zu jung, um geopfert zu werden, zu jung für den Dienst und zu jung für den Tod. Sie gaben alles, was sie hatten, aber, bitte Gott, lass nicht zu, dass sie so sinnlos sterben. Amen.

In der Küche pfiff der Kessel. Sie ging hinein und machte sich eine Tasse Tee, konnte sich mit dem Nichtstun aber nicht anfreunden. Im Haus war es kalt und zugig. Sie setzte sich an den Tisch, und erst jetzt bemerkte sie, dass sie für Earl nicht gebetet hatte. Sie hatte nicht erwartet, dass er hier sein würde. Sie sollte noch mal Highcastle anrufen und ihm Bescheid geben, dass sie Earl nicht gefunden hatten. Natürlich nicht. Wenn er entschlossen war, sich zu verstecken, würde man ihn nicht finden.

Und die Mikrofotografie? Es musste sich um eine Fälschung handeln. Es gab keinen Grund für einen loyalen deutschen Agenten wie Sondegger, die Japaner an die Amerikaner zu verraten. Warum sollte er die Vereinigten Staaten darüber in Kenntnis setzen, dass ein Überraschungsangriff bevorstand? Warum sollte er die Mikrofotografien nach …

»Oh«, sagte sie leise. »O mein Gott!«

Es war so einfach, so offensichtlich. Sie hatte sich nicht die Zeit genommen, sich hinzusetzen und in aller Ruhe nachzudenken. Sie wusste, was Sondegger wollte, und erkannte, welchen Plan er verfolgte.

Sie griff nach dem Telefon, und zwei Minuten später war sie verbunden. »Ich muss umgehend mit Mr. Highcastle sprechen. Es ist von höchster Wichtigkeit.«

»Er ist im Augenblick nicht im Büro, Ma'am. Vielleicht kann ich …«

»Wo ist er?«

»Das kann ich Ihnen nicht sagen, Ma'am.«

»Sagen Sie ihm, er soll mich sofort zurückrufen. Mein Name ist Harriet Wall, und ich bin zu erreichen unter …«

»Mrs. Wall«, sagte der Mann. »Ich verstehe. Von wo telefonieren Sie?«

»Ich bin zu Hause.«

»Ich rufe Sie gleich zurück.«

Sie legte auf und starrte zwei Minuten lang aufs Telefon, bevor es klingelte. Sie hatte Highcastles Stimme in der Leitung: »Zu einem grauen Hemd, Mrs. Wall – welcher Mann

trägt denn goldene Manschettenknöpfe zu einem grauen Hemd?«
»Verzeihung?«
»Grau mit Gold – das tut man doch nicht, oder?«
»Mr. Highcastle, ich habe Informationen, die mir wichtiger erscheinen als Fragen des Stils.«
»Aber es geht doch nicht, oder?«
Sie seufzte. »Grau zu Gold ist durchaus angemessen und seit Beau Brummel allgemein akzeptiert. Worum geht es hier?«
»Wir haben einen Manschettenknopf gefunden ...«
»Nein – vergessen Sie die Frage. Ich will es nicht hören. Ich weiß, was Sondegger mit dem Mikrofilm bezwecken will.«
Schweigen in der Leitung.
»Mr. Highcastle?«
»Fahren Sie fort.«
»Es ist ganz einfach. So einfach, dass man es glatt übersieht. Warum sollte ein Nazi die Amerikaner vor einem japanischen Angriff warnen?«
»Weil es nicht wahr ist. Der Hunne ist verschlagen und abgefeimt. Er versucht den COI zu infiltrieren, mit oder gegen Ihren Ehemann. Haben Sie ihn gefunden?«
»Nein«, sagte sie. »Aber das ist nicht ...«
»Ist Tom bei Ihnen?«
»Er sucht noch.«
»Es geht ihm gut?«
»Interessiert Sie das?«
Highcastle schnaubte. »Den Geist von Davies-Frank interessiert es.«
»Die Informationen des Mikrofilms entsprechen der Wahrheit, Mr. Highcastle. Ich kann es beweisen, auch ohne den zweiten Mikropunkt. Warum sollte Sondegger den Mikrofilm einem amerikanischen Zivilisten übergeben? Warum benützt er nicht die offiziellen diplomatischen Kanäle?

Weil Japan dann natürlich davon erfahren würde. Tom sagt, Sondegger agiere im Auftrag einer kleinen, halboffiziellen Gruppierung, richtig? Und die glaubt, und völlig zu Recht, wie ich meine, dass ein Angriff auf Pearl Harbor ...«
»Einen Moment, ich muss ans andere Telefon.« Seine Stimme verlor sich, aber sie konnte ihn noch leise hören. »Sie haben ihn gefunden?«, sagte er. »Behalten Sie ihn dort. Gut gemacht. Sagen Sie Nichols und Filterma...«
Ein Klicken war zu hören, und die Leitung war tot. Harriet rief sofort zurück. Der Mann, der abhob, entschuldigte sich und sagte, Highcastle habe das Büro verlassen.
Sie warf ihm einen Ausdruck an den Kopf, den sie von Tom hatte, und sagte dann: »Haben Sie Sondegger ausfindig gemacht?«
»Ich kenne den Namen leider nicht.«
»Natürlich kennen Sie ihn, verdammt noch mal.«
»Nun«, räumte er schließlich ein, »wenn Sie meinen.«
»Ist er gefunden worden?«
»Nicht dass ich wüsste.«
»Sagen Sie Highcastle Folgendes: Der Hunne ist der Schlüssel für den Kriegseintritt Amerikas. Dieser zweite Mikrofilm ... ist der Schlüssel zu allem.«
Sie legte auf und schritt in der Küche auf und ab. Sie brauchte Tom. War er noch im Park? Nein, wahrscheinlich im East End. Sie musste ...
Sie spürte einen Luftzug im Nacken. Oben hörte sie ein leises Geräusch. Schritte? Ja. Sie nahm den Hörer ab und wollte telefonisch um Hilfe rufen. Die Leitung war tot.

Highcastle hielt sich am Armaturenbrett fest, als sein Fahrer eine Kurve zu schnell nahm. Der Manschettenknopf war aus Gold gewesen. Nur zu gut erinnerte er sich an Davies-Frank, der immer viel Aufhebens darum gemacht hatte, dass

man zu Grau nur Silber tragen könne. Eine Stilfrage, die er von seiner Mutter geerbt hatte. Und die war alt genug, um es zu wissen.
Der goldene Manschettenknopf, der bei der Leiche gefunden worden war, hatte nicht Rupert gehört, er war auch gar nicht bei der Leiche gefunden worden, sondern in der Tasche des Jungen. Natürlich gab es eine Vielzahl von Möglichkeiten, warum sich in dessen Hosentasche ein goldener Manschettenknopf wiederfinden konnte – ein Erinnerungsstück, ein Geschenk, etwas, was er gefunden hatte. Musste gar nichts bedeuten. Konnte alles bedeuten. Konnte die Antwort auf Highcastles Gebete sein.
Der Manschettenknopf war eine spezielle Kundenanfertigung, er war aus Gold, versehen mit zwei diagonalen schwarzen Emailstreifen. Unter dem Mikroskop war, dem Himmel sei Dank, die Signatur des Juweliers zu erkennen. Highcastle hatte Abrams damit beauftragt, den Juwelier ausfindig zu machen, was – es grenzte an ein Wunder – schnell und mühelos geschah.
Der Juwelier war ein stämmiger Mann mit Brille. »Ja, das ist ein Entwurf von mir.« Er nickte, was die Lupe um seinen Hals zum Schwingen brachte. »Sehr schön ausgeführt, wenn ich mir die Bemerkung erlauben darf.«
»Wer hat es bestellt?«
»Muss Jahre her sein.« Er zog eine dicke Kladde aus der untersten Schublade eines Glasschranks. »War zur Pensionierung, wenn ich mich recht erinnere.« Mit dem Finger fuhr er über die Seiten voller Skizzen und Gekritzel. »Mir kommt's so vor, als wäre es im Frühling gewesen …« Er holte eine weitere Kladde, daraufhin die nächste.
Highcastle wagte nicht zu atmen.
»Na, sieh an!«, sagte der Juwelier und klopfte auf eine Zeichnung. »War gar nicht zur Pensionierung. Der Kunde hat sie

sich selbst zum Geschenk gemacht. Ein freundlicher alter Herr.«
»Sein Name? Machen Sie schon!«
»Mr. Pentham. Seine Adresse habe ich hier.«

Tom sah auf die Uhr: fast vier Uhr nachmittags. Auf Hawaii war es fünf Uhr morgens, 5. Dezember. Es blieb keine Zeit mehr. Er musste die Ställe finden, Earl, den Beweis. Er drängelte sich vor und fiel anderen ins Wort, während Audrey in seinem Schlepp sich für sein Verhalten entschuldigte. Die siebte Person, die er fragte, ein alter Mann mit Schirmmütze und Stock, wusste von den Ställen. »Ställe? Schätze, es gibt im Umkreis von einem Kilometer keine drei Gebäude, die ich nicht kenne.«
»Und diese Ställe?«
»Waren früher mal Lagerhäuser für die Waren, die auf dem Kanal verschifft wurden – damals zu meiner Zeit.«
»Dann liegen sie also in der Nähe des Kanals?«
»Noch näher, und sie würden davontreiben. Sind aber eigentlich keine Ställe«, sagte er mit einem Glitzern in den Augen. »Aber Männer können sich da noch immer ’ne gute Stute holen.«
Ein Bordell. Großartig. »Wo finden wir die?«
Der Mann schob seine Schirmmütze nach hinten und zeigte ihnen mit dem Stock den Weg. Fünf Minuten später hatten Tom und Audrey sie gefunden: ein wuchtiges Steingebäude parallel zum Kanal, das in ein halbes Dutzend Läden aufgeteilt war. »Stables & Co. Automobile Repair« lag am anderen Ende, hatte saubere Fenster und einen ordentlichen Sandsackstapel, auf den Eingangsstufen döste ein struppiger schwarzer Köter.
Tom schüttelte den Kopf. *Stables?* Ställe? War Sondegger in eine Autowerkstatt eingebrochen, bevor er sich gestellt

hatte? Es passte nicht. Er ging hinten herum zum Treidelpfad am Kanal. Vor sich sah er ein wucherndes Brombeergebüsch und ein kleines Backsteingebäude, das doppelt so groß war wie eine Telefonzelle und in dem früher eine Kanalwinde gestanden hatte. Die schwere Holztür knarrte an den massiven Scharnieren, als Tom die Klinke nach unten drückte. Der Bau war leer, bis auf vertrocknete Halme, die sich aus dem festgestampften Boden mühten, eine von Steinen umgebene Feuergrube und eine Schusterbank, die umgekippt in der Ecke lag. Graues Licht sickerte durch ein rostiges Metallgitter, durch das der Treidelpfad zu sehen war.

Audrey spähte um seine Schulter. »Haben wir's gefunden?«

»Vielleicht.«

»Oh, *endlich*! Also, was ist?«

Er kauerte sich neben die Feuergrube und stocherte mit einem Zweig in der feuchten Asche. »Nichts vielleicht. Aber angenommen, Earl hat sich hier mit Sondegger getroffen – sehr viel abgeschiedener geht es nicht.«

»Wer ist Sondegger? Und wie heißt sie mit Vornamen?«

Es war, als wäre in einem dunklen Raum eine Lampe angeknipst worden. Er hatte ihr nie gesagt, warum er Earl finden musste, hatte ihr nichts erzählt, nichts gegeben, nichts mit ihr geteilt. Er sah sie an – sie wirkte begierig und aufgeregt, ihr schwarzes Haar war vom Regen zerzaust. Sie war furchtlos und schön, und er hatte sie wie eine kleine Schwester behandelt, die er nicht besonders mochte. Sie hatte Besseres verdient.

»Ich hab Ihnen noch gar nicht gedankt«, sagte er. »Ich hab Ihnen nicht erzählt …«

»O nein!«, sagte sie. »Danken Sie mir nicht. Das ist der erste Schritt, nicht wahr? Vielen Dank, und auf Wiedersehen. Sie haben gesagt, Sie bräuchten mich.«

»So ist es.«

Sie biss sich auf die Unterlippe und sah aus, als wollte sie etwas sagen, das er bedauern würde.
»Gehen Sie aus der Tür«, sagte er mit belegter Stimme. »Sie stehen im Licht.«
Er hörte auf, in der Asche herumzustochern, und untersuchte den Boden, die Wände. Er fand keine Zigarrenstumpen, keine verräterischen Blutspuren, nichts als einen kleinen Kratzer am Gitter, einen Streifen, an dem der Rost glattgeschliffen worden war. Er fuhr mit dem Finger über das Eisen, während er durch das Gitter zum Kanal sah.
Er ging hinaus. Das schlammige Ufer fiel eineinhalb Meter steil zum Wasser hin ab. Spuren waren zu erkennen. »Sehen Sie die?«
»Was?«, fragte sie.
»Die Spuren, da und dort.«
»Wo das Regenwasser abgeflossen ist?«
»Ja.« Vielleicht also doch keine Schleifspuren. Er nahm seinen Hut ab und schnippte mit dem Finger gegen die Krempe. Setzte den Hut wieder auf und sah zu dem kleinen Backsteinbau. An einer Wand war die Farbe abgeblättert, dahinter kam der schmutzigbraune Verputz zum Vorschein. Daneben zwei Bäume, die sich mühsam emporkämpften, und ein halbes Dutzend Pfähle, die entlang des schmalen Treidelpfads standen.
Eine Frau kam um das Hauptgebäude herum. Blond, einfach gekleidet, zehn Jahre älter als er, mit einem Habichtgesicht.
»Na, gefunden, wonach Sie suchen?«
»Lassen Sie mir noch eine Minute«, sagte er. »Vielleicht hab ich ja Glück. Sie wohnen hier in der Nähe?«
Ungläubig sah die Blonde von Tom zu Audrey.
»Mit der Zeit wächst er einem ans Herz«, sagte Audrey von Frau zu Frau. »Und er würde wirklich gern wissen, ob Sie hier in der Nähe wohnen.«

Die Blonde lächelte verhalten. »Über dem Geschäft.«
»Stables and Co.?«, fragte er.
»Ist nicht schlechter als anderswo auch, vielleicht sogar besser. Mein Vater ist Bert Stables.«
»Vor etwa zwei Wochen«, sagte Tom, »kam es hier zu einem Zwischenfall. Ein paar Männer vom AFS haben einen Mann gefunden und …«
»So, so, ein paar *Männer* …«
»Etwa nicht?«
»Ich bin keine Schönheit«, sagte die Frau, »aber es kommt trotzdem nicht oft vor, dass ich für einen Gentleman gehalten werde.«
»Das Gleiche könnte ich auch behaupten«, antwortete Tom. Audreys Lachen hallte über den Kanal, die Frau lächelte.
»Sie haben ihn gefunden?«, fragte er.
»Auxiliary Fire Service«, sagte sie verächtlich. »Viertausend Frauen, die nur zum Kochen und Waschen und Schrubben angestellt sind. Wenn ich die Wäsche machen möchte, würde ich zu Hause bleiben. Beim AFS wollen sie mich noch nicht mal einen Wagen fahren lassen.« Sie sah zu Audrey. »Ebenfalls dabei?«
»Ich bin Ekdysiastin.«
»Und geben dabei zweifellos eine bessere Figur ab als jeder Mann.«
»Vor zwei Wochen?«, sagte Tom.
Die Blonde erzählte, man habe was gehört.
»Geschrei von hinten. Na ja, auf dem Treidelpfad gab's immer wieder mal Probleme, ich hab mir also eine Flasche gegriffen und bin raus, die Jungs hinter mir her. Dann hör ich einen Mann singen, so schön wie ein Vogel. Irgendein Säufer, der es doch glatt geschafft hat, sich hier einzusperren …«
»*Was?* Er war eingesperrt?«

Die Blonde rüttelte am Riegel der Holztür. »War felsenfest verschlossen.«

»Er war drinnen eingesperrt?«

»Bevor wir das Schloss angebracht haben, wurde es als Toilette benutzt.«

Highcastle hatte von einem Schloss nichts erwähnt. Falls Sondegger drinnen eingeschlossen war, hatte er sich vielleicht doch nicht so freiwillig gestellt, wie Tom angenommen hatte. »Sie haben also aufgesperrt und …«

»Nein, nein«, sagte die Frau. »Der Schlüssel ist vor einigen Monaten verschwunden. Aber man kann von außen den Riegel einrasten lassen, wenn man etwas daran rüttelt.« Sie schloss die Tür und schob ruckelnd den Eisenriegel vor.

»Und der Mann war eingesperrt?«

»Der Penner? Hatte keine Papiere bei sich, dafür aber ein Veilchen, als wäre ihm eins mit einem Ziegel übergebraten worden. Ned meinte, er müsste warten, bis die Polizei eintrifft.«

»Er hat nicht versucht, sich aus dem Staub zu machen?«

»Er hätte es ja noch nicht mal bis zur Tür geschafft. Taumelte ganz fürchterlich, kam gerade mal auf die Beine, als die Polizei eintraf. Wer immer ihm eins verpasst hat, hat ganze Arbeit geleistet.«

Tom sah es vor sich. Der plötzliche Lärm vom Backsteinhäuschen, die kunterbunte Prozession, angeführt von der flaschenschwingenden Jeanne d'Arc. Sondegger verletzt …

Erneut betrat Tom den Bau und zerrte am Gitter. Es ließ sich nicht bewegen. Er ging nach draußen und dachte nach. Eineinhalb Meter über das Ufer zum Wasser. Er überprüfte das Gitter von außen. Nichts. Er ging hinein und zog die Bank ins fahle Londoner Licht. An einer Kante zeigten sich Rostspuren.

Ja. Er sah zum Kanal, zum seichten Wasser, das sich träge

und glatt bewegte. Er suchte in seinem Jackett nach dem Bild von Earl und zeigte es der Frau. »Kommt er Ihnen bekannt vor?«

Sie errötete und senkte den Kopf. Ja, Earl kam ihr bekannt vor. Er hatte ihr den Schlüssel geklaut, ihr das Herz gebrochen und sich dann aus dem Staub gemacht.

Tom starrte an Audrey vorbei zum trüben Wasser. »Wir haben Earl gefunden.«

Harriet griff sich eine gusseiserne Pfanne vom Haken. Sie hörte eine Treppenstufe knarren. Zog die Schuhe aus und drehte in der Küche den Wasserhahn auf. Sie schlich sich in den Flur. Eine missgestaltete Silhouette kam die Treppe herab.

Ihr Atem ging stoßweise. Sie presste sich mit dem Rücken in die Nische zwischen Treppe und Kommode und hielt mit beiden Händen die Pfanne umklammert. Ihre Arme zitterten.

Der Schatten zögerte. Lauschte. Das Wasser in der Küche plätscherte in fröhlicher Sorglosigkeit, und der Schatten setzte seinen Weg fort. Wenn er auf sie zukam, würde sie die Pfanne schwingen und dann sofort in den Garten stürzen. Sollte er sich abwenden, hin zur Eingangstür, würde sie in der Nische bleiben und darum beten, dass der Eindringling ging.

Der Schatten wandte sich zur Tür.

Sie wagte es noch nicht einmal, erleichtert auszuatmen. Sie spähte um die Kommode und erkannte, dass der Eindringling Anzug und Wanderschuhe trug. Als er den Stoff ihres Mantels am Kleiderständer befühlte, krampfte sich ihr Magen zusammen – seine Hände an ihrem Mantel, sie empfand es als Übergriff. Sie trat aus ihrem Versteck und schwang voller Angst und Wut die Pfanne, schwang sie zu schnell und verfehlte den Mann um einige Zentimeter.

Tennis, Harriet – Rückhand. Der Mann drehte sich halb zu ihr um und hob die Hände, um den zweiten Schlag abzufangen. Es war ihr Vater. Er hatte Renards Plaidmantel über dem Arm gelegt. Mit einem lauten Knall fiel die Pfanne zu Boden.

»Ich hab's dir schon immer mal sagen wollen«, begann er im Plauderton, »falls so was mal passiert, dass ich in der Stadt bin und kein Zimmer habe. Dass der Club renoviert wird. Ich hab deinen Schlüssel benutzt, um hier reinzukommen, um mich auszuruhen, bevor ich aufs Land zurückfahre.«

»Du Mistkerl«, sagte sie. »Du kommst in mein ... du stiehlst dich wie ein feiger Einbrecher in mein Haus, warum?«

Seine Miene wurde verschlossen. Seine Beherrschung, sein blaues Blut – das alles verachtete sie. All das, was sie ebenfalls in sich trug, verachtete sie.

»Du hast mich ausgenutzt«, sagte sie. »Meine Stellung, mein Vertrauen, meinen Mann. Wozu?« Und dann, wobei sie jedes Wort einzeln betonte: »Warum hast du dich in mein Haus geschlichen?«

Er straffte sich noch mehr – wurde noch blutleerer, noch patriarchalischer.

»Der Mantel?«, sagte sie. »Wegen des Mantels von einem deiner Gedungenen? Nein – du warst oben. Du hast dich umgesehen, du hast gelauscht. Du interessierst dich überhaupt nicht für mich, nur für das, was ich verraten könnte. Du hast mich niemals wahrgenommen, so wie du Mutter niemals wahrgenommen hast. Du verkommener Mensch.«

»Untersteh dich und sprich von deiner Mutter ohne Respekt.«

»Nimm dieses Wort nicht in den Mund. Du hast kein Recht dazu. Du hast meine Stellung ausgenutzt um deines eigenen Vorteils willen.« Sie sah ihm in die Augen, die ihren so ähnlich waren, und erkannte darin unerträgliche Selbstge-

fälligkeit. »Du hast es geschafft, dass ich alles verriet, was mir lieb und teuer ist.«
»Vulgäres Essen und schöngeistige Zerstreuung, Harriet, das ist dir lieb und teuer. Ich bin dein Vater, und ich habe …«
»Durch den Zufall der Geburt.«
»Ich habe nie meine Pflichten vernachlässigt. Ich habe dich unterstützt, selbst in deinen Albernheiten – *Mrs. Wall.*«
»Schleichst dich wie ein Dieb in mein Haus …«
»Dein Haus! Wäre nicht der Zufall der Geburt, würdest du auf dem Markt am Covent Garden Erbsen verkaufen.«
»Schlimmer noch als ein Dieb.« Sie erhob die Hand gegen ihn, zum ersten Mal in ihrem Leben. »Solltest du das Vertrauen verraten haben, das mir entgegengebracht wurde, dann, hilf mir Gott, beim Grab meiner Mutter, wirst du dafür büßen.«
»*Ich* habe nichts verraten. Ich weiß, was ich bin. Ich weiß, woher ich komme.«
Sie schob sich an ihm vorbei zur Treppe.
»Die Starken regieren die Schwachen«, sagte er und legte ihr die Hand auf den Ellbogen. »Es ist dir im Blut.«
»Nein, Vater, was in mir ist, das ist nur *mein* Blut.« Sie riss sich los. »Ich werde anrufen. Die Verteidigungsverordnung achtzehn ist noch immer in Kraft. Aber wenn es dir lieber ist …« Plötzlich wurde ihr bewusst, was er getan hatte: »Das Telefon – du hast oben gelauscht.«
Was hatte sie Highcastle erzählt? Dass Sondegger in London war, dass Tom nach Earl suchte. Etwas über die Japaner, über den Versuch, die Vereinigten Staaten aus dem Krieg fernzuhalten? Ihr Vater dürfte davon kaum etwas verstanden haben … Dennoch lag in seinem Blick ein triumphierendes Glitzern.
»Ruf an, wen du willst«, sagte er voller Verachtung und Hochmut.

Was wusste ihr Vater, und warum war er gekommen? »Renards Mantel«, sagte sie. »Nett von dir, dass du ihn für ihn abholst.«
»Du kennst also seinen Namen? Mir wurde Diskretion zugesichert.« Der Mantel allerdings interessierte ihn nicht, auch lag ihm nicht im Geringsten daran, Renards Dienste zu verheimlichen. »Setz deine Hoffnungen nicht auf die Amerikaner, Harriet. Sie wollen nicht für deinen Kreuzzug sterben. Sie werden ihre Söhne nicht in einen Krieg schicken, der sie nichts angeht. Nicht, wenn dazu kein Anlass besteht.«
Sie umklammerte das Treppengeländer noch fester. »Es wird sie etwas angehen, wenn der Krieg seinen hungrigen Blick auf ihre Küste wirft.«
»Oh, bravo, Harriet, wie schön formuliert. Aber sollten wir diese Farce nicht endlich lassen? Ich bin hier, weil mir zu Ohren gekommen ist, dass Tom anstelle deines Mannes ein Paket überreicht worden sei, ein Paket, das das Ende der Faschisten bedeuten würde. Ich hatte gehofft, es hier zu finden und vernichten zu können. Aber es scheint, als hätte ich mich getäuscht.« Er gluckste, was sich anhörte wie trockenes, unter Schuhsohlen raschelndes Laub. »Zum Glück war es mir beschieden, dein Gespräch mit diesem ungehobelten Menschen am Telefon mit anhören zu dürfen. Das Paket wird meinen Verbündeten nicht schaden, sondern nützen.«
»Du hast gelauscht?«, sagte sie.
»Herr Sondegger, der über Informationen zu einem japanischen Angriff auf die Vereinigten Staaten verfügt, ist nach London gekommen, um die Amerikaner zu warnen. Ein weiser Schachzug. Roosevelt ist gerissen – er wird sein Volk so lange manipulieren, damit es auf der falschen Seite in diesen blutigen Krieg eintritt, bis ihn jemand in seinem Tun aufhält. Es scheint, Herr Sondegger verrät sein Vaterland nicht, sondern versucht es zu schützen.«

»Ich bedaure den Mann, der sich mit dir die Zelle teilen wird.«
Ungerührt tat er die Drohung mit einer Handbewegung ab. »Du willst gegen deinen eigenen Vater aussagen? Da kenne ich dich besser. Ist das Paket hier? ... Nein? Dann werde ich dich nicht weiter aufhalten.« Er sah auf seine Uhr. »Bin etwas spät dran für eine Verabredung, die sich hoffentlich als sehr erhellend herausstellen wird.«
»Wenn du im Gefängnis bist, werde ich Burnham Chase schließen. Ich werde die Gemälde an den Wänden versteigern. Nichts wird von all dem bleiben, was dir so lieb ist.«
»Und die Gärten, Harriet? Wirst du auch die Felder niederbrennen und Salz auf die Erde streuen?«
»Ich werde tun, was nötig ist.«
»Keiner von uns kann aus seiner Haut.« Er öffnete die Tür und ging in die graue Abenddämmerung hinaus.

32

5. Dezember 1941, Abend

Die Morgue lag zwei Straßen vom Bezirkskrankenhaus entfernt im Gebäude einer ehemaligen öffentlichen Badeanstalt. Im Eingangsbereich wies ein Mosaikpfeil nach links, darüber hing ein handgeschriebenes Schild mit der Aufschrift AUSKUNFT. Tom und Audrey folgten dem Pfeil in das grün-blaue Licht der Schwimmhalle mit ihrem leeren Becken. Sie gingen an einer Reihe traurig durchhängender Feldbetten vorbei, ihre Schritte hallten von den schimmelüberzogenen Fliesen wider.

In einem kleinen Empfangszimmer fanden sie eine Frau, die unter einem reglosen Deckenventilator an einem überfüllten Schreibtisch saß. Sie erklärten ihr den Zweck des Besuchs, und sie ließ sie allein, um den Arzt zu holen.

Tom legte seinen Hut auf eine Schreibtischecke und knetete sich den rechten Unterarm. Die Schmerzen hatten zeitweilig nachgelassen, meldeten sich jetzt aber verstärkt zurück. Er drehte sich zu Audrey um, weil er sie lächeln sehen wollte. Sie hatte die Hände verschränkt, ihr Gesicht war eine ausdruckslose Maske.

»Sie sollten hier warten«, sagte er.

»Ich komme mit.« Im Flur knallte eine Tür. Sie fuhr herum.
»Bleiben Sie hier«, sagte er. »Wird nicht lange dauern.«
Sie schüttelte den Kopf. Ein Mann trat ein. Er hatte glatt zurückgekämmtes Haar und ein Muttermal unter dem linken Auge, das wie ein Blutstropfen aussah.
»Ich bin Dr. Masaccio«, sagte er. »Kein Coroner, aber derjenige hier, der dem am nächsten kommt.«
»Für unsere Zwecke völlig ausreichend«, sagte Tom und erzählte ihm, was er von ihm wollte.
»Ein Mann Mitte dreißig, im Kanal?«, sagte der Arzt. »Opfer einer Straftat, höchstwahrscheinlich. Durch den Aufenthalt im Wasser wird so manches unkenntlich gemacht ...«
Er führte sie nach unten in den kühlen Kellerraum mit einer Reihe von Aktenschränken und einer Schwingtür. Er sah in seinen Aufzeichnungen nach und fuhr eine Rollbahre heraus. Er sagte, bei dieser armen Seele seien keinerlei Ausweispapiere gefunden worden – nichts, gar nichts –, was nicht überraschen würde, da manchmal die Leiche erst beraubt wurde, bevor man den Behörden Meldung erstattete. Er schlug die Abdeckung nur so weit zurück, dass der Kopf zu sehen war. Die Haut war so weiß wie der Bauch eines Fisches, überzogen von einem Spinnennetz aus Äderchen. Die Augen waren leere Schlitze, das Haar ein steifer Drahtschopf.
Audrey klammerte sich an Toms Arm. Er schüttelte den Kopf. »Er ist es nicht.«
»Sie sind sich sicher?«
Tom sah zum Arzt.
»Gut, es gibt noch einen zweiten Kandidaten.« Dr. Masaccio zog dem Toten die Plane über den Kopf. »Ich lass ihn rausbringen.«
Er rollte die Leiche fort und ließ sie in der Kälte und dem Echo der Schwingtür zurück.

»Wissen Sie, warum ich Venus heiße?«, fragte Audrey.
»Ich hab da so eine Theorie«, sagte er und versuchte sie zum Lächeln zu bringen.
Sie lächelte nicht. »Ich war zu Hause während der ersten Luftangriffe.«
»Das Haus wurde getroffen.«
»Die Hälfte des Dachs ist weggesprengt worden. Dad wurde darunter begraben, aber er … Ich hab noch nicht mal einen Kratzer abbekommen. Die Gasleitungen waren geplatzt, alles stand in Flammen, überall war Staub. Ich hab ihn rufen hören.« Sie hielt inne. Ihre Stimme hallte in der Stille. »Es hat lange gedauert, bis er tot war.«
Tom wollte sie umarmen. Er wollte ihr Haar streicheln.
»Ich bin bei einer Familie einquartiert worden«, sagte sie. »Im West End, ich dachte, ich hätte Glück gehabt, aber es hat dann keinen Monat gedauert, bis erneut eine Bombe einschlug. Ich lag in der Badewanne in meinen zehn Zentimetern, und plötzlich wurde die Wanne umgekippt, und ich war darunter wie in einer kleinen Höhle gefangen. Als die Rettungskräfte kamen, hab ich gegen ein Rohr geklopft, und sie haben mich durch einen langen Schacht im Schutt herausgezogen. Das war in der Morgendämmerung. Inch war da. Er gab mir seinen Mantel und sagte, ich sei wie die Venus, die dem Schaum entstieg.« Kurz huschte ein Lächeln über ihr Gesicht. »Danach war ich zu nichts mehr zu gebrauchen. Ich hab's im Ambulance Corps nicht mehr ausgehalten, konnte die Toten und Verschütteten und Sterbenden nicht mehr ertragen. Sie halten mich für einen Feigling.«
»Ich halte Sie für eine wunderschöne Närrin«, sagte er. »Warten Sie oben.«
Sie sah auf ihre neuen Schuhe. »Ich will nicht mehr allein sein.«
Das Quietschen der Rollen eilte Dr. Masaccio voraus. »Ent-

schuldigen Sie, dass ich Sie so lange hab warten lassen«, sagte er. »Also. Die Leiche ist einige Zeit im Wasser gelegen und wurde wahrscheinlich von einem Boot, ähm, gerammt …«

Tom schlug die Plane zurück. Er legte die Hand auf das tote Gesicht. Ein Schauer lief ihm über den Rücken. Die durchdringende Kälte der Kühlanlage, die Kälte des leblosen Körpers. Earl war tot.

Masaccios Stimme kam vom anderen Ende eines langen, dunklen Tunnels. »… Brieftasche vermutlich gestohlen. Das ist jetzt vielleicht nicht der richtige Zeitpunkt?«

»Fahren Sie fort«, sagte Tom.

»Die Dame scheint …«

»Sagen Sie es mir.«

»Das Schlüsselbein ist gebrochen«, sagte Masaccio. »Er weist eine Stichwunde unterhalb des Rippenbogens auf, keine tödliche Verletzung, wahrscheinlich hervorgerufen durch herumfliegende Splitter. Er hat höchstwahrscheinlich Blut verloren und ist dann in den Kanal gefallen. Der Schock durch das kalte Wasser, der Blutverlust …«

»Bringen Sie mich nach Hause«, sagte Audrey. »Tommy, ich will … mir ist kalt. Es ist sehr kalt hier.«

»Wie lang ist das her?«, fragte Tom.

Masaccio zog die Plane über Earls Gesicht. »Schwer zu sagen, im Wasser, zu dieser Jahreszeit. Offizielle Todesursache ist Ertrinken, aber …«

»Es war Mord«, sagte Tom. Er konnte genau vor sich sehen, was an jenem Abend am Kanal hinter Stables & Co. vorgefallen war. »Er wurde ins Wasser gestoßen.«

Tom wusste nicht, welches Spiel Earl hatte spielen wollen, aber er hatte den ersten Mikrofilm im *Tristram Shandy* versteckt und sich dann mit Sondegger am Regent's Canal getroffen, nahe der Hyde Road. War es eine Falle gewesen? Aus irgendeinem Grund war es zu einem Kampf zwischen

Earl und Sondegger gekommen, bei dem Earl die Oberhand behielt. Er sperrte Sondegger in das kleine Backsteingebäude am Treidelpfad, um ihn dort festzuhalten.
Aber Sondegger hatte nicht vor, sich geschlagen zu geben. Eingesperrt, verletzt, lockte er Earl mit seiner Honigstimme ans rostige Gitter. Bat um Feuer für seine Zigarre, und Earl konnte nicht widerstehen. Er lehnte sich ans Gitter und entzündete das Feuerzeug. Und Sondegger, der sich nach dem Schlag gegen den Kopf kaum noch aufrecht halten konnte, rammte ihm durch das Gitter hindurch die Schusterbank ins Gesicht und stieß ihn in den Kanal. Earl schlitterte das schlammige Ufer hinunter, er war geschwächt durch den Blutverlust und konnte wegen des gebrochenen Schlüsselbeins einen Arm nicht mehr benutzen. Dann versank er in der betäubend kalten Strömung.
Ja, Tom konnte alles ganz deutlich vor sich sehen.
»Bitte, gehen wir?«, sagte Audrey.
»Mr. Wall?«, sagte der Arzt.
Earl war tot. Er war tot seit dem Abend, an dem Sondegger aufgegriffen worden war. Warum hatte Sondegger gesungen? Um Earls Schreie, das Aufplatschen im Wasser zu übertönen, um die Aufmerksamkeit auf sich zu lenken. Zu diesem Zeitpunkt, nachdem Earl tot war, wollte Sondegger, dass er gefunden wurde. Weil es die einzige Möglichkeit war, an Tom zu kommen – und er brauchte einen Amerikaner, dem er den Mikrofilm übergeben konnte. Er hatte nach Earl verlangt, weil er wusste, dass sie ihm Tom bringen würden, weil er wusste, dass sie keine andere Wahl hatten. Sondegger hatte es gewusst, noch bevor Davies-Frank überhaupt im Rowansea aufgetaucht war.
Es war schlimmer als Kreta. Tom war von Sondegger zwangsverpflichtet und für Hitlers Armee rekrutiert worden.

»Tommy, ich will gehen.« Audrey legte ihm die Hand auf den Arm. »Bitte.«
»Dann gehen Sie.«

Abendammer hatte überlegt, beide Botengänge auf einmal zu erledigen und die Batterie zu klauen, während sie mit dem Kinderwagen das Funkgerät zum Sendeort brachte. Ihre Schmetterlingsnatur hatte ihr ins Ohr geflüstert: Wenn du so vorgehst, bleibt dir noch Zeit, Tommy Wall ausfindig zu machen! Sie musste den Wunsch resolut unterdrücken. Sie sprühte eben vor Aufregung – endlich würden sie den Funkspruch absetzen –, trotzdem, die Sicherheit hatte Vorrang. Sie würde erst die Batterie besorgen und die Sicherheit des Sendeorts überprüfen, und dann erst das Funkgerät dorthin bringen.
Sie ließ den Kinderwagen in der Obhut des toten Mr. Pentham und requirierte einen Kilometer vom Haus entfernt ein Fahrrad. Sie brauchte eine Zwölf-Volt-Autobatterie. Oder Strom aus der Steckdose, doch das wäre dämlich, da die Briten mithilfe ihrer Peilsender den Sendeort bis auf einen Häuserblock genau bestimmen konnten. Dann mussten sie nur noch in jedem Haus den Strom abstellen und warten, bis das Funkgerät verstummte, um ihren exakten Standort zu ermitteln.
Sehr viel besser war es, sich dem minimalen Risiko auszusetzen, das mit dem Beschaffen einer Batterie einherging. Sie hätte auch eine gekauft, aber der Schwarzmarkt war riskant. Und außerdem war das Stibitzen mehr nach ihrem Geschmack.
Sie war dumm und dämlich geprüft worden, was ihr drahtloses Funkgerät anbelangte. Der Sender hatte einen durchstimmbaren Steueroszillator, der den Frequenzbereich von 5 MHz bis 16 MHz in zwei gewählten Bereichen abdeckte,

und verfügte über eine Triode mit Außenkontaktsockel und einem Gitter. Alles ohne viel Firlefanz, also eigentlich ganz einfach. So einfach wie das Klauen der Batterie.

Abendammer hatte zunächst einen hübschen Wagen erspäht, einen Darracq, der ganz allein unter einem Baum mit ausladender Krone stand. Darracqs hatten Zwölf-Volt-Batterien, die sich – reif zum Pflücken – in einem aufklappbaren Fach im Volant befanden. Niemand war zu sehen – allerdings gab es kein aufklappbares Fach! Stattdessen befand sich die Batterie unter dem Fahrersitz. Sie fasste in ihre Tasche, um den Schraubenschlüssel herauszuholen, und beugte sich hinab.

Sechs Volt, keine zwölf.

Hinter sich hörte sie Schritte, ein Mann räusperte sich. Sie ließ einen Zettel auf den Wagenboden fallen und blieb über den Fahrersitz gebeugt. Er räusperte sich erneut. Sie schlängelte und wand sich ausgiebig, als sie sich schließlich erhob, stammelte und errötete und gestand, dass eine äußerst wichtige Adresse – hier auf diesem Papierzettelchen – ihr entkommen und in seinem Wagen gelandet sei. Sie habe es nur aufgehoben, aber natürlich müsse er sie für eine ganz, ganz schäbige Motorwagendiebin halten!

Er erwies sich als sehr galant und nahm sie und ihr Fahrrad auf eine Fahrt durch die Stadt mit. Mit großen Augen sprach sie ihn auf seinen wunderschönen Wagen an. Ein Darracq Baujahr 1923, sagte er, was die verfluchte Sechs-Volt-Batterie erklärte. Darracqs hatten erst nach 1924 oder 1925 Zwölf-Volt-Batterien.

Sie verabschiedete sich von dem Gentleman, fuhr dann eine kurze Strecke mit dem Rad zur Gegenüberwachung. Sie würde sich beeilen müssen. In einer Viertelstunde kam sie an einem Sunbeam, einem Alvis und einem Bentley vorbei. Sie alle hätten sich wunderbar geeignet, wenn sie nur an einem etwas besseren Ort gestanden hätten.

Oh, wie wundervoll! Auf der anderen Straßenseite entdeckte sie einen Bedford-Laster, der an der Außenseite zwei Zwölf-Volt-Batterien befestigt hatte. Sie glitt hinter den Wagen und löste die Kontakte. Die Batterie benahm sich wie ein Lämmchen, sprang ihr in die Arme und von dort in das leuchtend rosarote Papier in ihrem Fahrradkorb. Sie fuhr durch die Gasse hinter dem Postamt, vorbei am Viadukt, machte einige Umwege, bis sie das Fahrrad schließlich am Bahnhof abstellte. Sie war bereits mit dem Fahrrad gesehen worden, und es wäre nicht gut, wenn sie allzu vorhersehbar wurde.

Die Batterie war schrecklich schwer, aber sie trug sie, als wäre sie federleicht, sprang in die Circle-Linie, stieg zur Northern um, presste ihr leuchtend rosarotes Paket – das sie mittlerweile richtig verschnürt und mit einer hübschen Schleife versehen hatte – eng an sich und fuhr bis Moorgate, wo sie ausstieg. Sie ging am Insurance Institute vorbei und der hübschen gotischen Fassade der Kirche, bevor sie den zerstörten Kirchhof betrat. Eine alte römische Treppe war durch die Bomben freigelegt worden.

Sie stieg die Steinstufen hinauf. Oben, von einer halben Mauer verborgen, lagen zwei Planken. Ihr geheimer Eingang. Sie schob eine der Planken in das herausgesprengte Fenster der Priorei nebenan und trippelte hinüber. Die Priorei war vollständig ausgebrannt, Fenster und Türen gab es nicht mehr – und innen befand sich lediglich eine leicht zu überwachende Innentreppe hinauf zum ersten Stock.

Sie beendete die Überprüfung, wickelte das rosafarbene Papier ab und versteckte die Batterie an einer regengeschützten Stelle. Ein letzter Blick noch. Die Ausgänge waren vorbereitet, der Eingang klar. Durch ein ausgebombtes Fenster konnte sie die Spitze der Guildhall sehen. Sie war letzten Sommer getroffen worden, auf dem Gelände standen nun

ein Wassertank und eine lange Antenne, die sich in den Himmel erhob – ein Sender, der zumindest für einige Zeit ihre eigene Übertragung kaschieren würde.
Beim Abstieg über die römische Treppe hätte sie sich fast den Knöchel verstaucht. Sie musste wirklich etwas vorsichtiger sein. Mit dem Motorbus fuhr sie zurück zum Haus von Mr. Pentham, ihrem Zuhause, in das sie allerdings nach dem heutigen Abend nicht mehr zurückkehren würde.

Highcastle bellte seine Anweisungen an Illingworth in das Telefon des Juweliers. Er hatte einen Einsatz zu planen und dafür genau fünf Minuten Zeit. Er brauchte drei Mannschaften. Jede sollte sich in zwei Einheiten aufteilen: Die Alpha-Einheiten würden alle Straßen in der Umgebung von Mr. Penthams Haus kontrollieren, die Beta-Einheiten sollten vorgehen, um Abendammer hochzunehmen, falls sie durch die erste Reihe hindurchschlüpfte.
Sie würde nicht hindurchschlüpfen. Highcastle selbst würde den Befehl über die vorderen Einheiten übernehmen.
»Alles wegen eines falschen Manschettenknopfs, Sir?«, sagte Illingworth.
»Nein«, erwiderte er. »Alles wegen so einem verdammten Gefühl.«
Er sammelte die Männer um sich, wies sie in drei Sätzen ein und übernahm das Kommando über einen Laster mit Peilsender, ein schlammbraunes Gefährt mit mattgrünen Lettern, die ihn als Lieferwagen von Pearson & Eliot auswiesen. Er wünschte sich, er hätte Ginger nicht Wall und Lady Harriet hinterhergeschickt, aber das war jetzt nicht mehr zu ändern. Er war der Einzige, der ihm jetzt fehlte.
Highcastle wies den Fahrer an, nicht herumzukaspern, worauf der Laster durch die Stadt raste, quietschend in eine Kurve ging und kreischend zum Halt kam. Vor ihnen, ein-

gehüllt von den verdammten Auspuffabgasen, staute sich der Verkehr. Um ein Haar hätten sie einen Austin gerammt.
»Zurück!« Highcastle drehte sich um. Auch da standen bereits Fahrzeuge.
Sie saßen fest.

Chilton hasste es, wenn er warten musste, insbesondere auf solche wie Rugg und Renard. Zwanzig Minuten lang war er durch die Central Hall geschlendert und hatte Interesse für den Mosaikboden vorgetäuscht. Aber das Gebäude hatte nur bis zur Abenddämmerung geöffnet, und er musste mit den beiden Schlägern reden, bevor es schloss. Er hatte das Treffen arrangiert, um zu erfahren, ob Rugg und Renard Tom das Paket abgenommen hatten, nun allerdings stand mehr auf dem Spiel. Er musste ihnen sagen, dass Sondegger kein Überläufer, kein Defätist war. Er war ein Patriot, und sie hatten ihm zu helfen.
Chilton schritt zwischen den Statuen von Street und Blackstone auf und ab, sein Spazierstock hallte durch den hohen Raum. Es war keine Zeit zu verlieren, was seinen Ärger über Rugg und Renard und ihre Unpünktlichkeit noch verstärkte. Dazu kam noch Harriet und ihre Respektlosigkeit ihm gegenüber. Es würde der Tag kommen, an dem sie ihm noch danken würde, dann, wenn sie einsah, dass er nicht für sich, sondern für sie so gehandelt hatte. Sie würde es noch bedauern, so mit ihm gesprochen, die Hand gegen ihn erhoben zu haben. Gegen ihn!
Ein Husten dröhnte durch die Halle. Chilton blickte zum Eingang und sah eine drahtige Gestalt um die Ecke huschen: Renard. Chilton verließ das Gebäude und ging in Richtung Markt. Als er an einer Telefonzelle vorbeikam, erschienen neben ihm Rugg und Renard. Vier Straßenzüge weiter zogen sie ihn unter ein Gerüst und in eine leerstehende Lagerhalle.

Es war dunkel und roch nach Moder und ungewaschenen Leibern. Chilton glaubte fast die Flöhe zu spüren, die ihm über die Hosenbeine krabbelten.
Eine Stimme kam aus der Dunkelheit: »Sucht euch eure eigene Bleibe.«
Nachdem sich seine Augen an die Dunkelheit gewöhnt hatten, erkannte er drei Jungen – vierzehn oder fünfzehn Jahre alt –, die auf umgedrehten Lattenkisten saßen. Dreckiges, halbwüchsiges Gesindel, mit schlechter Haltung und noch schlechteren Zähnen.
»Raus mit euch«, sagte er.
»Verpiss dich, alter Penner.«
Er zog dem nächsten Jungen seinen Spazierstock übers Gesicht.
Der Junge schrie auf und erhob sich, und Rugg sagte mit seiner komischen hohen Stimme: »Los.«
Die Jungen sahen mit ihren trüben Augen an Chilton vorbei zu Rugg und Renard, rutschten von den Kisten, kratzten sich und schlurften, eingehüllt in beißenden Schweißgeruch, hinaus.
Chilton schritt weiter in den Raum und trat in eine Lache mit einer schleimigen Flüssigkeit. Er unterdrückte einen Schauder, als er sich an Rugg und Renard wandte. »Idioten. Sie hätten schon vor einer halben Stunde hier sein sollen. Sie scheinen nicht die geringste Vorstellung zu haben, was auf dem Spiel steht?«
»Wir haben Neuigkeiten«, sagte Renard. »Hat ein wenig gedauert, aber …«
»Sie können reden, wenn ich fertig bin«, sagte Chilton. »Das Ideal, das wir anstreben, beruht auf Autorität. Sie können sich nicht dafür einsetzen, wenn Sie dieses Ziel gleichzeitig untergraben. Haben Sie mich verstanden?«
»Wir haben eine verdammt …«

»Haben Sie mich verstanden?«

Renard nickte, in seinem Blick schimmerte ein Funken Aufsässigkeit. »Es ist nur, Sir, wir haben Herrn Sonder getroffen.«

Chilton spürte ein kribbelndes Gefühl im Nacken. »Sie wollen mir doch nicht etwa erzählen, dass Sie ihm etwas angetan haben?«

»Keineswegs.« Renard schlug den Mantel zurück, um Chilton die Revolver zu zeigen. »Er hat uns losgeschickt, damit wir Waffen kaufen. Meinte, das sollten wir vorher noch erledigen, bevor wir uns mit Ihnen treffen.«

»Sie haben Anweisungen von ihm entgegengenommen?«

»Er ist kein Verräter, wie Sie dachten. Er steht treu zur Sache.«

»Haben Sie denn überhaupt nichts kapiert?«, sagte Chilton. »Anweisungen haben Sie ausschließlich von mir zu erhalten. Sie sind nicht ... Sie sind nicht ermächtigt, nach Lust und Laune zu entscheiden, von wem Sie Ihre Befehle entgegennehmen. Selbst meine verblendete Tochter weiß um ihre Pflichten. Selbst sie ...«

»Bringt mich auf die Palme«, unterbrach ihn Rugg.

»Selbst meine Tochter«, fuhr Chilton fort, »würde sich niemals gegen die Anweisungen eines Vorgesetzten stellen.«

Renard sah zu seinem Gefährten, dann trieb er seine Rechte in Chiltons Magen. Chilton sackte vornüber, sein Stock schlitterte über den Boden. Ein durchdringender, stechender Schmerz breitete sich in seinem Körper aus, sein Gesichtsfeld verengte sich zu einem schmalen, dunklen Bereich, in dem Sterne aufblitzten. Er rang nach Atem, hörte ein raues Röcheln und ein hohes Pfeifen.

Rugg umfasste mit eiserner Faust seinen Hals und zog ihn nach oben. »Vermaledeiter Schwätzer. Du gehst mir auf den Keks.«

Chiltons Lippen bewegten sich, aber er brachte keinen Ton heraus. Seine Knie waren wie Gummi, sein Kopf war wie ein Schwamm, er konnte keinen Gedanken mehr fassen. Rugg warf ihn durch die Halle. Er krachte gegen ein grobes Holzbrett und fiel auf den stinkenden Boden. Er versuchte aufzustehen, schaffte es aber nicht. Er hörte von draußen, außerhalb des Eingangs, Ruggs weibische Stimme, als er mit den drei jungen Herumtreibern sprach. Chilton hob den Arm und sah, wie seine Hand, eine verdörrte, weiße Klaue, an der gesplitterten Lattenkiste festen Halt zu finden suchte.
Ein Schatten fiel über ihn, und der Jugendliche mit dem Striemen im Gesicht sagte: »So, jetzt wollen wir doch mal sehen.«

Die Nachbarn waren ein reizendes altes Paar. Sie hielten Abendammer für Mr. Penthams Nichte und winkten sie heran, als sie ins Haus wollte. Eigentlich hatte sie keine Zeit für Plaudereien, aber höfliches Benehmen war ja so wichtig, weshalb sie stehen blieb. Sie erzählten ihr von dem Brand in der Fabrik in Huddersfield, während Loochie begeistert und schwanzwedelnd ihre Füße umkreiste. Sie kraulte ihn hinterm Ohr, und die Nachbarn fragten, ob sie schon von diesem deutschen Spion gehört habe. Ihr Herzschlag setzte kurz aus, ihr Lächeln aber veränderte sich keinen Deut, als sie die Frage verneinte.
»Na!«, sagte die Frau. »Die Polizei in Dublin hat einen Hermann Görtz festgenommen – fünf Jahre Gefängnis.«
»Oh«, sagte sie, »jetzt muss ich aber los«, und gab Loochie zum Abschied noch einen Klaps, bevor sie sich aufrichtete. Soll Hermann Görtz ruhig gehängt werden, solange Buchbinder in Sicherheit war.
In Mr. Penthams Haus überprüfte sie ein letztes Mal das Funkgerät. Die Kopfhörer, der Antennendraht, die Ersatz-

röhren waren allesamt sicher im Kinderwagen verstaut. Sogar das wunderbare rot-schwarze Richter-Leder war gefettet und gewienert.
Sie würden heute Abend senden. Sie fühlte sich wie eine Braut, die über den mit Rosen bestreuten Mittelgang schritt, so elegant und unnahbar, während sie innerlich bebte. Alles würde sich heute Abend entscheiden, wenn sie den Funkspruch absetzte. Natürlich kannte sich auch Buchbinder mit der Funktelegrafie aus. Er hatte einen verträumten leichten Anschlag – seine Signatur –, aber heute Abend würde sie funken.
Sie ging ein letztes Mal durch das Haus. Alles war in Ordnung. Sie dankte dem großzügigen Mr. Pentham für seine Gastfreundschaft, sagte ihm, dass sie nicht wiederkehren würde, und schloss fest die Tür zum Kohlenkeller.
Wie ein Schmetterling stieß sie ihre Puppe ab. Heute Abend würde sie fliegen.

Highcastle fluchte über den Verkehr. »Machen Sie den Weg frei.«
»Das geht nicht, Sir.«
»Doch, verdammt noch mal. Scheuchen Sie sie auf den Bürgersteig.«
»Sie sagen, es handelt sich um einen Blindgänger, Sir.«
Highcastle fluchte. Die Einheiten waren versammelt und warteten auf ihn. »Dann rückwärts.« Er dachte nach. »Wir fahren einfach quer durch, über den Rangierbahnhof und …«
»Den Rangierbahnhof, Sir? Das ist nicht …«
»Los!«
Der Fahrer stieß einen halben Straßenzug zurück. Der Laster zwängte sich durch eine Gasse und schoss mit Dauerhupton über eine Straße und dann über die Gleise. Eine holprige

Fahrt. Auf der anderen Seite gehörte die Straße ihnen. Etwas außer Atem trafen sie am Treffpunkt ein, sprachen sich ab und setzten sich in Bewegung.
Die vordere Einheit teilte sich noch im Laufen auf, Beta nach hinten, Alpha nach vorn.
Ein altes Ehepaar, das an seinem Zaun stand, riss vor Staunen den Mund auf. Ein Hund bellte – ein kleiner Köter, könnte gut ein Pekinese sein. Gott sei Dank, sein Gefühl hatte nicht getrogen, die Arbeitszeit und die zwanzig Männer waren nicht vergeudet.
Die beiden Alten sagten, ja, Mr. Penthams Nichte sei für einen Monat da, und ein reizenderes Mädchen könne man sich …
Die Männer stürmten vorwärts, alles lief wie am Schnürchen. Vier Minuten später stand Highcastle in der geöffneten Tür zum Kohlenkeller, und Abrams sagte ihm, dass Mr. Pentham tot sei. Im Wohnzimmer kratzte eine Nadel auf dem Grammophon, die Platte spielte für ein leeres Haus. Kein Funkgerät. Keine Frauenkleider, kein Geld und keine Papiere.
Abendammer war fort.

Am Shepherd Market brach Rugg die Tür neben dem Kurzwarenhändler auf. Die Treppe war schmal und so gewunden wie die Zunge des Teufels. Zwei Stockwerke hoch, dann hinein in das kleine, rechteckige Zimmer mit seinem Arbeitstisch und Fenstern, die zur Straße rausgingen. Der Straße von Lady Harriet Wall. Renard kannte jeden Winkel in der Stadt. Er hatte dieses Zimmer des Kurzwarenhändlers gefunden, von dem aus der Shepherd Market beobachtet werden konnte – genau wie Sonder es sich vorstellte.
»Keine Probleme in der Central Hall?«, fragte Sonder am Fenster mit einer Stimme wie Sirup.

»Nicht die geringsten«, sagte Renard. »Haben uns auch Chilton vom Hals geschafft.«

Genau, vermaledeite Scheiße. Chilton bräuchte man nicht, hatte Sonder gesagt, er mache alles nur noch komplizierter, und man müsse ihn sich vom Hals schaffen. Außerdem brachte ihn die alte Schwuchtel sowieso nur auf die Palme. Dieser kleine Schwächling in seinen tollen Anzügen und seinem großen Haus.

»Und die Waffen?«, fragte Sonder.

Renard öffnete seinen Macintosh und ließ ihn die Revolver sehen.

»Ah, schöne Teile aus Mr. Roosevelts Lend-Lease. Smith & Wesson, für einen Dollar das Stück.« Sonder lächelte so warm wie der Sommer. »Das hier ist übrigens ein ausgezeichneter Beobachtungsposten. Gut gemacht. Die besten Plätze des Hauses.«

Rugg stand neben dem Schulrektor und zog den Kopf ein, um die Straße unten sehen zu können. »Dann fangen wir an?«

»Dauert nicht mehr lange.« Sonder legte ihm die Hand auf die Schulter, wie es ein Vater getan hätte. »Tom Wall wird bald kommen. Aber wenn Sie so freundlich sein und dafür sorgen könnten, dass sonst niemand auf seine Ankunft wartet?«

Rugg ging hinaus, hielt sich im Schatten und starrte in die Straßen, die engen Gassen inmitten von Mayfair. Niemand, der hier nicht hingehörte, war zu sehen. An der Ecke kaufte er sich eine Packung Abdullahs – Renards Belohnung für den Wagen, den er aufgebrochen hatte, auch wenn es nur ein Riley Ascot gewesen war, ein verdammter Zweisitzer, in dem sie zu dritt wie die Sardinen eingepfercht waren. Renard meinte, ihm gefalle das Grün. Es gefiel ihm auch, Abbies zu rauchen, obwohl sie eher für die Mädels gedacht waren.

Auf dem Rückweg zum Kurzwarenhändler stöckelte eine junge Frau auf hohen Absätzen vorbei. Rugg äugte ihr nach, und sie beäugte ihn und bog dann, von einer süßen Apfelblüten-Duftwolke umgeben, in Walls Straße ab. War nicht in Ordnung, wie sie ihn so musterte. Keine junge Frau, noch dazu eine so schlanke und süße wie sie, musterte ihn so unverfroren.

Er bummelte herum, und dann kam sie, nun in der anderen Richtung, erneut an ihm vorbei. Sie war zu Walls Haus gegangen und hatte kehrtgemacht, als wäre sie nicht schlüssig, ob sie eine Verabredung einhalten sollte. Wie hieß das verdammte Wort? *Kapriziös.*

Bei zweien der Gebäude ragten die oberen Stockwerke in die schmale Gasse hinein und verdunkelten den Himmel. In dieser Passage griff er sich das Mädchen und sagte: »Oha.«

Sie drehte sich um, als wäre sie überrascht, sie lächelte mit ihren weißen, in der Dunkelheit leuchtenden Zähnen, aber als sie vortrat, wurden ihre Augen zu schmalen Schlitzen, und sie stieß ihm eine Haarnadel ins Gesicht. Er patschte ihr auf die Wange und schlug sie gegen eine Mülltonne. Sie miaute wie eine Katze, worauf er ihre Hand packte, in der sie die Haarnadel hielt, und sie anhob. Sie trat ihm gegen das Schienbein und wollte schon um Hilfe schreien.

Er legte ihr beide Hände um den Hals, in ihrem Nacken knackte ein Knochen.

Sie erschlaffte. Kein süßer Apfelblütenduft mehr. Er schob sie hinter die Mülltonnen und öffnete ihre Handtasche. Hatte noch nicht mal vermaledeite Papiere bei sich, war eigentlich überhaupt niemand. Irgendeine dumme Kuh, und alles war so schnell gegangen, konnte man noch nicht mal von Gewaltanwendung reden.

Er nahm den Krimskrams aus ihrer Handtasche an sich und ging hinauf ins Zimmer des Kurzwarenhändlers. Fand

Renard in heller Aufregung. »Er ist gerade gekommen. Tom Wall. Er ist jetzt da.«

»Dann gehen wir jetzt?«

»Noch nicht. Die Nachbarin ist noch da. Sobald sie abhaut, schnappen wir ihn uns.«

33

5. Dezember 1941, Abend

Die Abenddämmerung setzte ein. Tom wollte zum Shepherd Market, fand aber weder ein Taxi noch eine U-Bahn-Station. Am Rinnstein ragte ein schiefer Metallpfosten aus dem Boden, auf der Straße vor ihm war eine Brücke zu erkennen, eine Reihe von Bögen unterhalb der niedrigen Überdachung. In der Gasse bereitete ein Mann sein Lager unter einem zerrissenen Plakat, das verkündete: NICHT VERZAGEN, HAIG FRAGEN.

Der Mann zeigte ihm, wo die U-Bahn zu finden war.

»Hätte ja auch Haig fragen können«, sagte Tom.

Der Mann lachte nicht.

Tom war ebenfalls nicht zum Lachen zumute. Nichts, was er getan hatte, war richtig gewesen – es gab auch nichts Richtiges mehr zu tun, außer Harriet zu sagen, dass Earl tot war. Er nahm die U-Bahn und verlor sich in der Dunkelheit seines Versagens, seiner Niederlagen – er, ein Bauer in Sondeggers Spiel. Der Zug verlangsamte die Geschwindigkeit und lief in Green Park ein. Er stützte sich mit der rechten Hand ab und fluchte über die Schmerzen, die dicke Nadel, die durch seine Handfläche gestoßen wurde.

Er stieg aus und ging zum Shepherd Market. An der Ecke blieb er stehen und presste sich die Hand gegen den Bauch. Der verfluchte Sondegger. Nicht genug, dass er ihn missbraucht hatte, um davon abzulenken, dass er das Doppelspiel-System hochgehen ließ, nein, er musste ihm auch noch einen Bleistift in die Hand stechen. Blutvergiftung, winzige Spuren Blei im Blut ...

Winzige Spur? Eine Erinnerung blitzte auf.

»Heilige Scheiße.« Tom stockte der Atem. »Heilige Scheiße.«

Er rannte los. Sofort zu Harriet ... Nein, noch nicht. Was brauchte er? Einen Fotografen. Es gab hier keinen, aber vielleicht hatte der Optiker noch geöffnet. Er lief über die Straße. Hinter ihm quietschte ein Bus, ein Mann brüllte. Er schob sich an einer Schar Sekretärinnen vorbei. Der Groschen war gefallen. Winzig. Spur. Er rannte zum Shepherd Market und in das enge Gassengewirr, bog um eine Ecke. Dort war der Antiquitätenladen, der Zahnarzt ... der Optiker.

Geschlossen. *Verflucht*. Er würde einbrechen. Nein, zu viele Menschen auf der Straße. Der Zahnarzt nebenan hatte noch geöffnet. Tom stürzte an der Sprechstundenhilfe vorbei, und nach zehn Minuten Betteln und Flehen nahm er sich einfach, was er brauchte: die Vergrößerungslinse vom Anzeigefeld des Röntgengeräts.

Jetzt zu Harriet, wo er ungestört sein würde, wo es die nötigen Werkzeuge gab und er in Ruhe vor sich hin bluten konnte. Im Dauerlauf näherte er sich den kleinen Häusern und schwang das Tor auf. Harriets Nachbarin mit dem roten Kopftuch sprach an der Tür mit einem älteren Herrn. »Guten Abend, Mr. Wall.«

»Noch nicht«, sagte er. Er klopfte an Harriets Tür, erhielt aber keine Antwort. Er drehte den Knauf – die Tür war nicht abgesperrt – und rief ihren Namen. Wieder keine Reaktion.

Er ging hinein. Er war bereits in der Küche, als er bemerkte, dass er nicht allein war. Harriet saß in dem dunklen Raum und starrte auf eine gusseiserne Pfanne, die vor ihr auf dem Tisch lag.
»Harriet?«
»Sag mir, was du von Loyalität hältst, Tom.«
Er lachte hämisch. »Ich? Gar nichts.«
»Du bist der loyalste Mensch, den ich kenne.«
»Ich bin ein Trottel.« Der nach Sondeggers Pfeife tanzte. »Loyalität ist keine Entschuldigung für Blödheit.«
»Und Familie? Was entschuldigt die Familie?«
»Dein Vater? Was hat er getan?«
Sie antwortete nicht. Mit der Fingerspitze fuhr sie über den Rand der Pfanne.
Er legte die Vergrößerungslinse auf den Tisch und kramte in der Schublade.
»Was ist das?«, fragte sie. »Was suchst du?«
»Ein Vergrößerungsglas – für Röntgenaufnahmen. Wo hast du eine Pinzette? Oder ein scharfes Messer, ein Schälmesser.«
»Tommy ... Messer sind im Block. Du hast ... du bist doch nicht ...«
»Nein, alles in Ordnung.« Er fand ein dünnes Ausbeinmesser, entfachte auf dem Herd einen der Gasringe und sterilisierte das Messer in der Flamme. »Ich muss dir was sagen, Harry, und es ist eigentlich keine Zeit dafür.« Er legte das Messer auf den Tisch, damit es abkühlte. »Und ich bin der Letzte, der es dir sagen sollte.«
»Geht es um meinen Vater?«
»Nein.«
Ihre grauen Augen blitzten auf, dann verschwamm ihr Blick. »Earl. Er ist tot.«
»Ich komme gerade vom Leichenschauhaus.«

Sie wurde sehr still. »Wann?«
Er erzählte es ihr. »Brauchst du ... Gibt es jemanden, den du anrufen kannst?«
»Fast zwei Wochen«, sagte sie. »Ich glaube, ich habe es die ganze Zeit gewusst. Ich habe es schon an dem Tag gewusst, an dem er nicht zurückgekehrt ist. Es kommt mir vor wie eine Ewigkeit ...«
Tom schaltete die Deckenlampe an, legte einen Stoß Geschirrhandtücher auf den Tisch und begann den Verband zu lösen. Was brauchte er noch? Nichts. *Mach es schnell. Bring's hinter dich.*
»Hast du deine Mutter angerufen?«, fragte sie. »Die Botschaft?«
»Ich bin gleich hierher.« Seine rechte Hand lag nackt auf den Geschirrtüchern, die Haut hatte sich gekräuselt, der Einschnitt war entzündet. »Tut mir leid, Harriet, ich muss ...«
Erst jetzt sah sie, was er vorhatte. »Was um alles in der Welt soll das?«
»Das Letzte, was mir Sondegger gesagt hat, war, dass ich den Beweis fast schon in der Hand halte. Dann hat er zugestochen ... genau in die Naht hinein. Ich sehe es noch vor mir, wie in Zeitlupe. Ich sehe die glänzende Spitze seines Bleistifts.«
»Tom, hör auf.«
»Aber sein Bleistift hatte keine Mine, Harry. Sie war abgebrochen.« Tom nahm das Ausbeinmesser in die linke Hand und hielt die Luft an. »Er hat den Stift in den Mund genommen. Es ging so schnell, dass ich gar nicht wusste, was geschah. Verstehst du? Ich trage ihn seit Tagen mit mir rum.«
»Hör auf, Tom, bitte.«
»Willst du es machen?« Er sah ihr an, dass sie das nicht wollte. Er versuchte zu lächeln. »Du hast doch immer gern Doktor gespielt.«

Er stach mit dem Messer in die Handfläche und traf in dem vereiterten Fleisch auf etwas Hartes. Es war nicht der Mikrofilm. Die Messerschneide kratzte über Knochen. Er schloss die Augen. Seine rechte Hand war ein einziger, verkrampfter Schmerz.
Er stocherte mit dem Messer tiefer, dann spürte er, wie sich etwas verschob. Mit der Schneide hebelte er aus der blutigen Masse ein Plastikröllchen heraus.
Es kullerte vom Messer auf die blutgetränkten Geschirrtücher. Er legte das Messer weg, seine Hände waren verklebt und zitterten. Undeutlich nahm er wahr, wie Harriet sich erhob, Wasser im Ausguss einlaufen ließ und zum Tisch zurückkehrte.
Als sich sein Atem wieder normalisiert hatte, hob er den Kopf. Der Mikrofilm lag auf einem Wassertropfen in der Pfanne. »Der Beweis«, sagte er.
»Tom«, sagte sie. »Ich weiß, dass es stimmt. Der Angriff auf Hawaii. Ich weiß es.«
»Das ist der Beweis. Bring ihn zur Botschaft. Lies es, Harriet. Sofort … wickel ihn aus … unter dem Glas.«
»Tommy, was, wenn es wirklich wahr ist? Dann weißt du immer noch nicht, warum Sondegger ihn dir gegeben hat.«
»Morgen ist der sechste Dezember. Wir haben keine Zeit mehr. Lies es.«
Sie rollte den Mikrofilm aus und richtete die Vergrößerungslinse und eine Lampe her. Blinzelnd strich sie sich das Haar hinter die Ohren. »Es ist zu klein, ich kann kaum etwas erkennen … doch, hier. Hier wird auf den anderen Mikrofilm Bezug genommen. Es heißt … ich kann nicht … ah ja. Hier wird behauptet, der Echtheitsbeweis würde durch die Rundfunksendungen von Lord Haw-Haw geliefert.«
Tom schloss die Augen, die Schmerzen ebbten ab. Haw-Haw war Brite, hatte den *British Fascists* und der BUF ange-

hört, bevor er 1939 nach Deutschland geflohen war. Seine Rundfunksendungen verbreiteten Propaganda, der perfekte Weg, um Informationen zu senden.

Harriet rätselte über dem Vergrößerungsglas. »Ja, verstehe. Hier sind Aussagen aufgelistet, die er über Rundfunk verbreiten wird, dazu das jeweilige Datum der Sendung. Es geht bis zum Vierzehnten. Aber ich kann sie nicht entziffern, nicht hier.«

Es spielte keine Rolle. Sie würden sich von Harriets Fotografen Abzüge erstellen lassen und dann den Text mit dem Wortlaut der Rundfunksendungen abgleichen. Das hieß, der Mikrofilm kam von Leuten, die Haw-Haw Worte in den Mund legen konnten. Dennoch …

»Es beweist, woher der Mikropunkt stammt.« Schwankend erhob sich Tom und wusch sich im Ausguss das Blut von den Händen. »Das heißt noch nicht, dass die Informationen auch stimmen.«

»Es heißt, dass sie gezwungen sein werden zu handeln. Und Tommy – die Informationen sind wahr.«

Er wickelte sich den Verband um die Hand. »Warum?«

»Du brauchst einen Arzt.«

»Warum, Harriet?«

»Verstehst du nicht? Die japanische Flotte ist nur noch wenige Tage von Hawaii entfernt. Warum also sollten die Nazis die Amerikaner informieren?«

»Weil nicht mehr genügend Zeit bleibt. Der Tag X minus eins ist schon vorbei.« Tom zog den Verband fest. »Nein, Quatsch. Die Nachricht sollte über Earl weitergeleitet werden, da war noch genügend Zeit, aber dann ist etwas dazwischengekommen – es kam zu einer Auseinandersetzung … Earl wurde getötet …«

Harriet senkte den Blick, ließ sich aber ansonsten nichts anmerken. »Sondegger hat sich an den einzigen anderen

Amerikaner gewandt, von dem er wusste, dass er erreichbar war – an dich, Tom. Er wusste das, weil er sich mit Earls Familie beschäftigt oder weil Earl es ihm gesagt hat. Aber warum?«

»Um den Angriff auf Hawaii zu verhindern. Denn wenn Japan angreift, erklärt Deutschland den USA den Krieg.«

»Und warum wollen die Deutschen die Staaten im Krieg haben?«

Sie wollten es eben nicht. Genau das hatte sie doch gesagt. Die Deutschen wollten nicht, dass die Staaten in den Krieg eintraten. »Wenn die Japaner also nicht angreifen, bleiben die Staaten neutral. Roosevelt müsste schon alle Hebel in Bewegung setzen, damit die Republikaner auch nur der Verschiffung von Milchpulver zustimmen ...«

»Er hat versprechen müssen, sich aus fremden Kriegen herauszuhalten, damit er wiedergewählt wurde«, sagte Harriet.

»Aber wenn Japan angreift, ist es kein fremder Krieg mehr ...«

»Genau. Wenn Sondeggers Mikrofilm den japanischen Angriff unterbindet, wird Amerika neutral bleiben. Wenn Japan Pearl Harbor nicht angreift, werden die Staaten nicht in den Krieg eintreten.«

Im Zimmer herrschte Stille, nur der tropfende Wasserhahn war zu hören. »Wir müssen den Angriff trotzdem aufhalten«, sagte Tom. »Man sieht nicht einfach zu, wenn die eigenen Leute sterben. Man tut, was man kann, mit allem, was einem zur Verfügung steht. Das ist es, was man immer tut.«

»Du klingst wie dein Bruder.«

»Danke.«

Ihr stockte der Atem. »Er ist also wirklich tot.«

»Tut mir leid.«

Sie erhob sich und ließ den Mikrofilm in ein Tablettenröhrchen gleiten. »Wenigstens wird es ein Vergnügen sein, Mr.

Bloomgaard aufzuscheuchen. Wir fahren zur Botschaft. Und machen dir einen neuen Verband.«
»Es geht schon«, sagte er und folgte ihr in den Flur. »Das hat Zeit bis nachher.«
Sie nahm ihren Mantel vom Kleiderständer neben der Tür. »Vater ist hier gewesen, Tom. Er arbeitet für die Deutschen.«
Sie drehte den Knauf um, und Rugg und Renard stürmten mit gezogenen Revolvern in die Wohnung.
»Kein Wort.« Renard fuchtelte mit seiner Waffe. »Zurück.«
Sondegger trat ein und schloss sacht hinter sich die Tür. »Lady Harriet, welch große Freude.«
»Ich muss sagen, Dietrich«, begann Tom, »dass ich anfange, Sie nicht zu mögen.«
»Wie schade«, sagte Sondegger. »Denn ich mag Sie sehr gern. Soll ich Ihnen eine Geschichte erzählen?«
»Hören Sie sich lieber meine an«, sagte Harriet, als sie ins Wohnzimmer getrieben wurden. »Ich komme gerade von der Polizei. Und wenn Sie mit ihr nicht Bekanntschaft machen wollen …«
»Welch theatralischer Einfall«, sagte Sondegger mit warmer, voller Stimme. »Doch wie König Schehrijar seiner Scheherazade niemals sagte: Seien Sie still. Wir haben Wichtigeres zu besprechen. Ihr Ehemann …«
»Den Sie umgebracht haben«, sagte Harriet, während sie mit dem Rücken gegen das Klavier stieß.
»Ich hatte gehofft, meine Transaktion mit Earl würde im beiderseitigen Einvernehmen über die Bühne gehen. Aber er hatte sich dagegen entschieden.« Sondegger wandte sich an Rugg. »Könnten Sie so freundlich sein?«
Rugg nickte und verließ das Zimmer.
»Sie wissen«, fragte Sondegger, »dass *zwei* Mikrofilme aus Deutschland herausgeschmuggelt worden sind? Der zweite

befindet sich an einem äußerst ungewöhnlichen Ort.« Sondegger sah auf Toms bandagierte Hand. »Ah. Sie haben die Sache, die Sie in der Hand hielten, bereits gefunden? Ausgezeichnet. Die Geschichte ist im Grunde ganz einfach. Earl wurde von einem Agenten kontaktiert, einem gewissen Monsieur Galland, der die Filme gestohlen … Ach, es ist zu mühselig, hier alles zu erzählen. Von den beiden gestohlenen Mikrofilmen wurde jedenfalls einer Earl übergeben, und mir gelang es, den zweiten, der die Richtigkeit des ersten bestätigt, in Verwahrung zu nehmen.«
Sondegger ließ den Blick zu Tom schweifen, dann mit größerem Interesse zu Harriet. Sie sah ihn mit ausdrucksloser Miene an, aber der Hunne musterte sie eindringlich und nickte. Er wusste, dass sie den Mikropunkt hatte. Und Tom konnte es ihrer Miene ablesen, dass sie es ebenfalls wusste. Sie griff hinter sich zum Klavier, als müsste sie sich abstützen.
»Nachdem Earl tot war«, fuhr Sondegger fort, »gab ich meinen Mikropunkt an Tom weiter. Es war …«
»Keine Bewegung, Arschgeige«, entfuhr es Renard, als Tom nach der Zigarettenpackung in seiner Tasche griff.
»Renard, du hast es nicht geschafft, mich mit dem Messer zu ritzen.« Tom führte die Packung zum Mund. »Und du meinst jetzt, dass der Revolver ausreicht?«
Ein Messer erschien in Renards freier Hand. »Ich werd dich mehr als ritzen. Ich werd's dir ins Herz rammen und zusehen, wie du verblutest.«
»Mr. Renard«, sagte Sondegger. »Bitte!«
Wieder zuckte Renard mit der Hand, und das Messer war verschwunden.
»Danke. Ich habe Ihnen, Tom, meinen Mikrofilm ausgehändigt.« Sondegger gluckste. »Ein weiteres Wortspiel, Ihnen zuliebe. Ausgehändigt, in der Tat. Ich sah mich genötigt …«

»Aber jetzt steh ich mit leeren Händen da.« Tom zündete sich die Zigarette an. »Meinst du wirklich, du kannst es mit mir aufnehmen?«
»Warte nur«, sagte Renard, »ich werde dich aufschlitzen ...«
»Ich sah mich genötigt«, unterbrach ihn Sondegger mit einer Stimme, so sanft wie die Morgendämmerung, »Ihnen den Mikrofilm zu geben. Wäre nur einmal mein Mund inspiziert worden, wäre alles verloren gewesen. Ich wurde geschickt – wie Ihnen sicherlich klar sein dürfte –, um die Mikrofilme zu zerstören.«
»Warum haben Sie das verdammte Ding dann nicht einfach runtergeschluckt?«, sagte Tom. »Es steckte eine Woche lang in Ihrem Zahnfleisch.«
»Ich brauchte ein Druckmittel«, sagte Sondegger. »Es wäre eine unkluge Lösung für eine schwierige Situation gewesen. Ich hatte gehofft ...«
Tom sah zu Harriet. Sie hatte die Hand auf dem offenen Klavierdeckel, und ihre Augen funkelten, als sie seinen Blick auffing. Er kannte dieses Funkeln. Er nickte unmerklich – und sie knallte den Deckel nach unten.
Renard und Sondegger fuhren herum, Tom schnippte dem Deutschen die brennende Zigarette ins Gesicht und trat mit dem Fuß gegen den Tisch, um ihn gegen Renard zu stoßen. »Das Fenster! Harry, los!«
Der Mikrofilm befand sich in Harriets Tasche. Sie musste das hinter dem Vorhang liegende, mit Brettern vernagelte Fenster öffnen – das Fenster, das Tom eingeschlagen hatte –, sie musste sich hindurchzwängen und so schnell wie möglich zur Botschaft, um die Amerikaner zu alarmieren, ihnen den Beweis zu zeigen. Aber erst musste sie hier raus.
Renard hatte mit dem Tisch zu kämpfen und versuchte sich zu befreien, weshalb Tom mit dem Lampenfuß auf Sondegger losging. Er traf ihn nicht, aber der Deutsche wich vom

Fenster zurück, an dem Harriet sich hinter dem Vorhang an den Brettern zu schaffen machte. Renard stieß den Tisch weg und stürzte sich auf Harriet, bekam den Vorhang zu fassen und riss ihn von der Wand. Tom schlug seitwärts nach Sondegger und sah Rugg breitbeinig in der Tür stehen. Harriet schrie auf, als Renard sie am Mantel packte. Tom schlug Renard in die Kniekehle, fasste Harriet an der Schulter und schob sie durchs Fenster. Er hörte sie draußen aufprallen und sich hochrappeln.

Es war vollbracht. Es war vorbei. Es gab nichts mehr, was er für das Zwanziger-Komitee tun konnte. Harriets Mädchen waren tot, der Mann, der Whiskbroom genannt wurde, war tot, und seine Familie ebenso. Aber der hinterhältige Angriff der Japaner würde sich im Pazifikdunst auflösen. Es würde kein Massaker in Pearl Harbor geben.

Er blockierte das Fenster, um Harriet Zeit zu verschaffen.

»Es ist vorbei«, sagte er, als Renard seinen Kaliber 38 hob.

Sondegger lachte. »Sie haben noch immer keine Ahnung, was dieses ›Es‹ eigentlich ist.«

»Sein Vogel ist auf und davon«, sagte Renard.

»Mr. Renard, rücken Sie doch etwas dichter an Mr. Wall heran, wenn es Ihnen nichts ausmacht.«

Renard trat hinter Tom. Kurz darauf spürte er den Lauf der Waffe im Nacken, kalt und spitz wie eine Nadel.

»Ich habe Mr. Rugg gebeten, Lady Harriet entkommen zu lassen«, sagte Sondegger. »Obwohl ich gedacht habe, sie würde zu dem von mir gewählten Zeitpunkt die Eingangstür benutzen.«

»Entkommen zu lassen?«, sagte Renard. »Was soll das alles?«

»Eine kleine Motivationshilfe, Mr. Renard.« Sondegger lächelte Tom an. »Ich hoffe, Sie glauben kein Wort über Monsieur Galland und die ›gestohlenen‹ Mikrofilme. Wir mussten Lady Harriet doch dazu anspornen, die Informationen zu übergeben. Sie durfte doch nicht denken, dass ich nichts anderes wollte. Was war es, was ihr Vater gesagt hat, Mr. Rugg?«

»›Sie weiß um ihre Pflichten‹«, sagte Rugg. »Liegt ihr im Blut.«

»Sie ist wesentlich zuverlässiger als Sie, Tom.«

Tom wischte sich das Blut von den Lippen. Scheiße. Der Hunne trieb immer noch sein Spielchen mit ihm.

»Mir ist es vollkommen ernst, Tom. Ich fürchtete schon, Sie würden es um jeden Preis wollen, dass Ihr Land in den Krieg eintritt. Aber mir kam zu Ohren, dass Lady Harriet von tadellosem Ruf ist. Sie wird die Informationen abliefern. Und man würde sie nicht ignorieren können. Natürlich, falls sie …«

»Falls sie die Polizei ruft«, sagte Rugg. »Sollten wir woanders sein.«

»Geduld, mein Freund. Wir haben …« Sondegger konsultierte seinen inneren Zeitplan. »… noch drei oder vier Minuten. Wir sind gut bewaffnet und werden den Hinterausgang nehmen. Die Polizei ist für uns kaum eine Bedrohung. Und denken Sie nur an den armen Tom.«

»Machen wir ihn alle und hauen ab.«

»Er sollte nicht von der Bühne treten, ohne ein wenig von der Handlung des Stücks zu erfahren. Es begann alles, Tom, mit jenen unter uns in Berlin, die Japans Angriff für einen unerhörten Fehler halten. Die Staaten in einen Krieg einzuladen, den wir im Begriff sind zu gewinnen? Wir konnten nicht …«

»Zeitverschwendung.«

»Einspruch stattgegeben, Mr. Rugg.« Sondegger neigte den Kopf. »Um mich also kurz zu fassen, Ihr Bruder war der höchstrangige Amerikaner, zu dem wir Zugang hatten. Er erklärte sich bereit, die Mikrofilme an seine Botschaft weiterzuleiten, wie es seine Pflicht war. Aber im letzten Moment meinte er, dass er sie direkt nach Washington, über den CIO, schicken wolle. Sie sehen den Unterschied?«

Tom sah nichts, er spürte nichts bis auf die Waffe in seinem Nacken. »Roosevelt?«

»Ja. Ich hegte Sorge, Ihr Präsident würde die Informationen ignorieren. Würde den Japanern den Angriff erlauben, damit er einen Vorwand für den Kriegseintritt findet. Ich griff Earl mit dem Messer an, aber er zeigte sich äußerst widerstandsfähig und sperrte mich in das Kabuff am Kanal ein. Sie haben es gesehen? Na gut, musste dann improvisieren, um das zu erreichen, was ich wollte. Nämlich Sie. Den einzigen Amerikaner, dem erlaubt werden würde, sich mit mir zu treffen. Auf Hawaii haben wir jetzt den fünften Dezember. Bald den sechsten. Lady Harriet bleiben nur noch wenige Stunden, bis der Tag X minus eins offiziell beginnt.«

»Verdammte Scheiße.«

»Sehr richtig, Mr. Rugg. Tut mir leid, Tom. Sie waren ein guter Mann.«

Sondegger nickte Renard zu, der hinter Tom stand. »Leise, bitte – mit dem Messer.«

»Renard könnte doch noch nicht mal eine Mistgabel in ein totes Pferd stecken«, sagte Tom.

Renard zog Tom den Revolverlauf über den Schädel. Tom fiel nach vorn auf den Teppich, rollte sich ab und ging blitzschnell in die Hocke, dann legte sich von hinten ein eiserner Griff um seinen Hals. Rugg hob ihn von den Füßen, lächelnd näherte sich Renard.

»Mach ihn alle«, sagte Rugg.

Renard verpasste ihm zwei schnelle Schläge in den Magen.

»Bearbeite ihn erst noch ein wenig.«

»Keine Zeit mehr.«

Renard ließ das Messer in der Hand aufblitzen. Er sah zu Rugg. »Mach schon«, sagte er. »Nur er und ich.«

»Vermaledeiter Idiot.« Rugg rollte die Schultern und warf Tom durch die offene Tür in den Flur.

Er krachte gegen die Wand, schaffte es mit Müh und Not, sich aufrecht zu halten, sein Kopf dröhnte noch immer vom Schlag mit dem Revolver. Die Kommode neigte sich ihm entgegen, das Treppengeländer schwankte bedenklich.

»Tanz für uns, Arschgeige«, sagte Renard hinter ihm.

Tom stolperte in Richtung Küche, prallte erneut gegen die Wand und kämpfte sich aus dem Jackett, das Einzige, was er zu seiner Verteidigung hatte.

»Werde dich schön aufschlitzen«, sagte Renard. »Und zusehen, wie du ausblutest …«

Ein brennender Schmerz fuhr in Toms Schulter. Er spürte, wie sich sein Hemd mit warmem Blut vollsog. Er taumelte durch die Küchentür, das Jackett um den verletzten Arm gewickelt, stieß gegen den Tisch und schob einen Stuhl in Richtung Tür.

Renard trat den Stuhl zur Seite. Tom drehte sich zu ihm, wich am Kühlschrank vorbei nach hinten aus, während Renard das Messer vorschnellen ließ und Toms Bauch streifte. Tom riss die Kühlschranktür auf, sie schwang an Renard vorbei und knallte gegen den Schrank. Lebensmittel fielen aus den Regalen – Margarine und Dosentomaten und ein Kohlkopf –, ein Kochtopf klapperte, eine Porzellantasse zersplitterte auf dem Boden. Tom glitt auf einer Dose aus und fiel auf ein Knie, der Schnitt, der sich über seinen Bauch zog, brannte. Er klammerte sich an die Kühlschranktür, zog sie zwischen sich und das Messer, hielt das Jackett vor sich und versuchte sich mit der Tür zu schützen.

»Alles Gute«, sagte Renard, während er die Tür wegdrückte, »endet schlecht.«

Toms Rücken stand in Flammen, die ausgestreckte Hand, mit der er das Jackett zwischen sich und die Klinge hielt, pochte. Renard täuschte links an, dann trieb er die Klinge durch das Jackett. Das Messer schnitt durch den Stoff und drang in die Haut ein.
Schmerzen bohrten sich in Toms Brustkorb, er sackte nach hinten. Mit den Händen drückte er sich das Jackett an die Brust, dazwischen ragte der Messergriff heraus. Der Kühlschrank blies ihm kühle Luft an den Hals.

34

5. Dezember 1941, Abend

Zeitverschwendung«, sagte Rugg in der Küchentür.
»Spar dir deinen Kommentar.« Renard grinste breit. »Er ist fertig.«
Wall lag zusammengesackt am Kühlschrank, der blutige Messergriff ragte aus seiner Brust, er atmete stoßweise, abgehackt.
»Weiter«, sagte Rugg. »Er ist noch nicht tot.«
Renard schnupperte mit seiner Frettchennase. »Hab ihm seine Eingeweide angeritzt. Er ist tot, weiß es nur noch nicht.«
Recht hatte er. Rugg kannte den unzweifelhaften Geruch – aufgeschlitzte Innereien, an die Luft drankam. »Dann hör auf, hier rumzulungern. Wo hast du den Wagen geparkt?«
Renard drosch die Kühlschranktür gegen den Yank. »Hab ihm gesagt, ich seh mir mit an, wie er ausblutet.«
Rugg packte Renard am Genick. »Der Wagen, du Idiot.«
»Drüben bei der Hertford – der Boss meinte, nicht zu nah.«
Er war gar nicht so schlecht, der Zweisitzer, den sie geklaut hatten. Sonder saß hinter dem Steuer, Rugg vorn und Renard hinten auf dem Notsitz, eingeklemmt wie ein Korkenzieher. Sonder fuhr sehr gemächlich, er hatte es nicht eilig. Er redete

auch so, wie ein Nachrichtensprecher. Sie kamen am Ludgate Circus vorbei und dem Old Bailey und Newgate, und Sonder sagte: »... sind, glaube ich, im Pentonville und im Wandsworth zu Tode gebracht worden. Da fällt mir Titus Oates ein, der mit nacktem Oberkörper hinten an einen Karren angebunden wurde, und dann hat man ihn ausgepeischt, von Aldgate bis New ...«

Sie fuhren an Cripplegate vorbei und hielten dann an. Von hier aus, sagte Sonder, müssten sie zu Fuß gehen. Sie hörten den Verkehr in der Ferne, das betrunkene Gelächter von Soldaten, eine Wagentür, die zugeworfen wurde, den Schrei eines Nachtvogels.

Sonder führte sie auf eine Abdeckerei, einen Totenacker. Grabsteine erhoben sich wie abgebrochene Zähne, darunter, tief in der Erde, die Knochen und das restliche Gekröse. Dahinter schlossen sich eine alte, eingefallene Treppe und eine Mauer an.

»Das ist unser Tag, um den Wall zum Einsturz zu bringen«, sagte Sonder. Er schaltete eine Verdunkelungstaschenlampe an, deren Strahl so fahl war wie die Schatten.

Oben auf der Treppe lagen lange Planken, mit deren Hilfe man über einen Spalt zum nächsten Gebäude steigen konnte, einer ausgebombten Ruine ohne Dach, halbverschütteten Böden und Außenmauern, von denen kaum noch was übrig war. Sie zogen die Planken hinter sich ein. Das Gebäude roch nach feuchter Kohle, im Mondlicht waren verrußte Umrisse im Mauerwerk zu sehen. Sonder las irgendein Gekritzel auf dem schuttbedeckten Boden, und sie gingen zu einem Eckzimmer, das einst ein Büro gewesen war.

Sonder blieb an der Tür stehen, ein breites Lächeln zog sich über sein Gesicht. »Hannelore?«, rief er.

Noch nicht einmal die Asche rührte sich.

Sonder trat ein, wühlte unter einem Schreibtisch mit drei

Beinen und fand einen roten Koffer und einen Haufen gelber Blumen. Er stellte den Koffer auf den Tisch und steckte sich eine Blume ans Revers.
»Wir warten auf eine Schnecke?«, fragte Renard.
»Leider, Mr. Renard, haben wir keine Zeit zum Warten.« Sonder zog den Koffer näher und ließ die Schließen aufschnappen. Darin befand sich ein Funkgerät. »Alles in Ordnung. Sie muss zu dem Schluss gekommen sein, dass sie anderswo gebraucht wird. Das arme Mädchen – es dürfte ihr gar nicht gefallen, wenn sie das hier verpasst.«

Highcastle fuhr in einem Funkpeilwagen mit. Scheiß auf die Vorschriften. Sollte Illingworth sich mit der Zentrale rumschlagen, gab dort sowieso nichts zu tun, und woanders auch nicht. Der Mond war mattgrau. Die Peilwagen waren überall, in London schwirrte es nur so von Funkwellen – hier nach einer einzelnen Übertragung zu suchen war, als wollte man im ganzen verdammten Meer nach einem Salzkorn Ausschau halten.
Highcastle saß hinter einem Mann, der sich den Kopfhörer wie eine Hörhilfe ins Ohr gestopft hatte, der die Funkantenne hin und her drehte und an der Feldstärkeeinstellung spielte. Er war nervös oder verzweifelt. Er sollte verzweifelt sein. Ihm sollte himmelangst sein. Highcastle jedenfalls erging es so.
Die Antenne war mit einem Kompass gekoppelt, der die Einfallsrichtung anzeigte, in der das illegale Signal lag. Hatten sie zwei solcher Positionslinien, konnten sie auf einen Punkt schließen. Wenn sie verdammt großes Glück hatten, wenn sie genau den einen verfaulten Fisch in ganz Billingsgate fanden. Aber die Wahrscheinlichkeit lag bei 108 zu 1. Es gab nichts, was die Nazis von der Übertragung des Funkspruchs abhalten konnte.

Hätte Sondegger aufknüpfen sollen, als die Gelegenheit dazu bestand. Abendammer würde senden, aber Rupert wäre dann noch am Leben. So viele würden jetzt sterben müssen: Whiskbroom und seine Familie. Lady Harriets Frauen, alle Agenten, die noch im Einsatz, die noch am Leben waren. Und, schlimmer noch als der Tod der Agenten, auch das Zwanziger-Komitee würde fallen.

Bibbernd lehnte Tom am Kühlschrank. Seine Brust war blutdurchtränkt, sein Schweißgeruch vermischte sich mit dem Gestank von Verfaultem, von Innereien. Nur sein schwerer Atem war zu hören.
Sie waren fort.
Er stieß das Jackett von sich. Das Messer hatte den Stoff durchbohrt und steckte in dem von Zeitungspapier umwickelten Paket, das er sich in die Innentasche geschoben hatte – ein dickes Steak und eine schimmernde Schweineniere. Die Klinge war nur etwa zwei Zentimeter in seine Brust eingedrungen. Gesegnet seien Harriet und ihre bereits vergammelten Steaks und Nierchen.
Die Schnitte an Schulter und Bauch brannten, sein Kopf dröhnte. Er zog sich das klatschnasse Hemd von der Haut und betrachtete den Brustkorb. Ein dünner Einschnitt unter dem Brustbein, nicht zu tief, trotzdem blutete er heftig.
Er kam auf die Beine, schwankte, wurde aber nicht ohnmächtig. Im Obergeschoss wühlte er in der Schublade nach dem Webley-Revolver und dem kleinen Colt mit dem Elfenbeingriff. Endlich hielt er wieder eine Waffe in der Hand. Gleich fühlte er sich sicherer auf den Beinen.
Was hatten sie gesagt? Hertford Street. Er stolperte die Treppe hinunter und holte sich von der Garderobe die Schlüssel für Harriets MG. Hertford Street. Über die Park Lane oder den Piccadilly? Er fuhr blind drauflos. Auf den

Straßen waren nur wenige Fahrzeuge zu sehen, die Sonne war nur noch ein schwacher Schimmer unter dem Horizont. Kam er zu spät? Nein, dort – er entdeckte das Riley-Cabrio, in dem die drei wie die Clowns reingequetscht saßen. Am Steuer saß Sondegger, der langsam und sicher durch die Straßen manövrierte.

Tom fuhr langsam und unsicher. Er drehte auf seinem Schoß eine Munitionsschachtel um, überall verteilten sich die Patronen, dennoch gelang es ihm, den Webley zu laden, ohne sich die Kniescheibe wegzublasen. Das Glück war zu ihm zurückgekehrt.

Er fuhr durch die dunklen Straßen. Sah Soldaten an einer Ecke – sollte er sie um Hilfe bitten? Nein, es war keine Zeit für Erklärungen, keine Zeit für Missverständnisse. Der Riley hielt an einer Kreuzung, Tom fuhr hinter einen brettervernagelten Kiosk. Seine Augenlider wurden schwer. Am liebsten hätte er sich auf dem Beifahrersitz zusammengerollt, hätte einschlafen wollen, um nie mehr aufzuwachen. Aber Sondegger fuhr weiter, und Tom folgte und ließ den Blick aufmerksam und ängstlich durch die schwarze Nacht schweifen.

Irgendwann hielt Sondegger an. Tom hatte keine Ahnung, wie lange er hinter ihnen hergefahren war. Er fuhr an den Randstein und sah drei dunkle Gestalten über die Kreuzung gehen. Dann verlor er sie aus den Augen. Er bog in die abzweigende Straße ein und entdeckte sie erneut – wie Gespenster glitten sie über die Grabsteine. Er ließ den Wagen mitten auf der Straße stehen. Er schaffte es nicht, die Wagentür zu öffnen. Ihm war schwindlig, er verlor Blut.

Er fummelte an seinem Verband herum, umklammerte die Waffe fester und zog sich aus dem MG. Taumelnd erreichte er den Friedhof und stieg über ein Dutzend Steinstufen zu einem Treppenabsatz hinauf. Er endete im Nichts. Zurück,

andersherum, dort entdeckte er, zwei Meter vom angrenzenden Gebäude entfernt, eine Öffnung, ein klaffendes Loch, das von der Bombenexplosion in die Wand gerissen worden war. Großartig. Er klammerte sich an den Revolver. Die Schmerzen nahm er nur noch von ferne wahr. Zum Teufel, er würde sowieso nicht ewig leben.
Er sprang zum nächsten Gebäude und landete laut und vernehmlich auf dem Boden. Der Webley in seiner Linken schien mindestens fünf Kilo zu wiegen. Er kroch voran, mucksmäuschenstill jetzt.
Sondeggers Stimme hallte von den verkohlten Wänden und dem rußgeschwärzten Boden wider. »Die guten Neuigkeiten, Thomas, sind, dass Sie genau am rechten Ort sind. Die noch besseren, dass ich in diesem Moment die Funkübertragung vorbereite. Die Zeit läuft Ihnen immer mehr davon.«
Tom folgte mit erhobenem Revolver den Fußspuren am Boden. Er musste den Funkspruch verhindern. Die Spuren führten zu einem Eckraum. Er trat in das nebenan liegende Zimmer, um ihnen in die Flanke zu fallen. Das Atemgeräusch hörte er einen Augenblick zu spät, im selben Moment wurde, zwanzig Zentimeter von seinem Ohr entfernt, der Hahn eines Revolvers gespannt. Er erstarrte. Sein Webley war nutzlos. Sie waren nicht im Eckraum. Die Spuren am Boden waren eine falsche Fährte gewesen.
Renard stand links neben ihm, er hatte ein Messer in der Hand. Rugg zu seiner Rechten mit einem Kaliber 38. Sondegger stand über ein Funkgerät gebeugt.
»Legen Sie die Waffe ab«, sagte Sondegger. »Ich möchte Lärm vermeiden, aber ich habe hier meinen Part ebenfalls zu Ende zu spielen. Mr. Rugg, erschießen Sie ihn, wenn er nicht …«
Tom ließ den Webley fallen und hob die Hände. »Wo ist Abendammer?«

»Keine Sorge, ich werde selbst funken.« Sondegger klopfte rhythmisch auf das Gerät. »Es befindet sich in einem ganz ausgezeichneten Zustand.«

Toms linke Hand war so leer wie sein Kopf. Um die Rechte schlängelte sich der lose Verband. Er sah zu Rugg, seine verletzte Hand pochte und juckte und war nur knapp dreißig Zentimeter vom Kinn des großen Mannes entfernt.

»Wenn Sie mich nun entschuldigen wollen«, sagte Sondegger. »Ich habe eine Meldung zu übertragen. Vielleicht interessiert es Sie ja, sie zu hören. Es scheint nämlich, dass das Netz der Abwehr in England ...«

Tom feuerte den Kaliber-25-Colt in seiner rechten Hand ab. Es gab einen lauten Knall, obwohl er vom Verband gedämpft wurde. Das Geschoss traf Rugg im Unterkiefer und bahnte sich seinen Weg zur Schädeldecke. Tom fuhr herum, wehrte Renards Messerattacke mit dem linken Unterarm ab und feuerte zwei Mal auf ihn. Noch in derselben Bewegung sah er, wie Sondegger einen Enfield Kaliber 38 mit der Eleganz eines geübten Scharfschützen auf ihn anlegte. Tom warf den Arm nach rechts, gegen seine Bewegungsrichtung, und feuerte, bis der 25er leer klickte. Zwei Schüsse gingen weit daneben, dann erschien zwei Zentimeter neben Sondeggers Nasenrücken ein dunkles Loch.

Toms Beine verhedderten sich, ihm wurde schwarz vor Augen. Rugg stürzte sich auf ihn und riss ihn krachend zu Boden. Er feuerte weiter mit dem leeren 25er, bis ihm bewusst wurde, dass Rugg tot war.

Aber Tom schaffte es nicht, die Leiche anzuheben. Er brach zusammen, seine Beine waren unter Ruggs totem Brustkorb eingeklemmt. Das Funkgerät summte leise vor sich hin und übertrug leeres Schweigen.

35

5. Dezember 1941, Nacht

Der Himmel war noch eine Spur dunkler geworden. Toms Beine waren taub. Er rollte Ruggs Leiche von sich und versuchte aufzustehen. Seine Beine wollten ihm nicht gehorchen. Er blieb auf dem Boden liegen und zündete sich eine Zigarette an. Schließlich rappelte er sich hoch und fiel dabei fast über seinen Verband. Er riss ihn von der Hand und ließ ihn fallen. Er fand die Treppe, breit und matschig wie ein Flussufer. Dann hatte er genug vom Stehen, also setzte er sich wieder.

Die Zeit verging. Von draußen drang Lärm, Verkehr und Menschen. Tom drückte die Eingangstür auf und fand sich auf den Stufen zu einer ausgebombten Kirche wieder. Auf der anderen Straßenseite stand ein Lieferwagen. Männer rannten herum, einer entdeckte ihn und brüllte etwas.

Er versuchte einen Rauchkringel zu blasen, aber die Zigarette war erloschen.

Highcastle trat um den Lieferwagen. Er näherte sich, und sein Gesicht füllte Toms gesamtes Sichtfeld. Er fragte etwas, Tom gab darauf eine Antwort, und Highcastles gedrungener Schädel verschwand.

Dann war er plötzlich wieder da, er lächelte.
Er sagte: »Sie Schweinepriester. Sie gottverdammter Schweinepriester.« Sein Gesicht leuchtete, in den gelben Augen standen ihm Tränen. »Sergeant Wall. Das war eine gute Vorstellung.«
Tom hörte Harriets Stimme, er sagte ihren Namen.
Irgendwie war sie hier und faselte was von ihrem Wagen. Sie war angerufen worden, ihr MG sei mitten auf einer Straße abgestellt. Sie war mit der Polizei zu Hause gewesen und habe gewartet, dass ... »Oh, Tom!«, rief sie, als sie ihn sah. »Großer Gott. Ein Krankenwagen! Highcastle, wo bleibt der verdammte Krankenwagen?« Sie stand vor ihm. Ihre Hände waren weich und warm. »Mein Gott, Tommy ... du siehst aus wie der Tod.«
»Es geht mir großartig«, sagte er. »Ging mir nie besser.«
»O nein. Bitte du nicht auch noch. Das würde ich nicht ertragen.« Sie packte ihn, als er schwankte, und dann lag er auf einer Trage, sie war über ihn gebeugt, und dahinter zog der Nachthimmel vorüber. »Tommy, kannst du mich hören?«
»Der Mikrofilm«, nuschelte er Highcastle zu. »Wir haben den Beweis gefunden.«
»Sie ausgekochter Schweinepriester – Sie haben was?«
»Die Bestätigung.« Er spürte, wie seine Lippen sich bewegten, hörte aber nichts. »Harriet hat sie.«
»Den zweiten Mikrofilm?«, fragte Highcastle. »Den Beweis für den japanischen Angriff?«
»Ich glaube, das sagt er.« Harriets Stimme klang klar und hell und falsch. »Du hast was gefunden, Thomas? Ich bin mir nicht sicher, was er uns sagen will ...«
»In meiner Hand – die Nachricht.«
»Ich kann ihn nur schlecht verstehen«, sagte sie zu Highcastle.
»Der Beweis! Harriet, sag es ihm ...«

»Er redet wirr.« Sie drückte ihm die Hand. »Er muss sich ausruhen. Der Arme. Er kommt ja nie zur Ruhe, seit Kreta …«

Sie würde die Amerikaner nicht warnen. »Harriet«, sagte er. »Bitte.«

»Der arme Tommy, so todmüde …«

Dann zog der Nebel auf.

36

8. Dezember 1941, Morgen

Tom erwachte aus einem Traum, erinnerte sich dunkel an Gelächter. Das Zimmer roch nach Jasmin. Sie waren im Café Society in Greenwich gewesen, Benny Goodman hatte auf der Klarinette gespielt. Sie war mit ihrem ungeheuerlichen Lachen und ihrem rotzfrechen Blick um ihn herumgetanzt. Er sagte: »Audrey?«

»Nein.« Harriet stand an seinem Bett. »Ich bin's.«

Er wartete, aber sie schwieg. »Ich bin schon mal aufgewacht«, sagte er. »Aber man wollte mir nichts sagen.«

»Ich hab dir die heutigen Nachrichten mitgebracht.« Sie reichte ihm die zusammengefaltete Zeitung.

»Was haben wir heute?«

»Montag.«

Zwei Tage verloren. Er wollte die Zeitung nicht sehen. Er wollte es nicht wissen. »Earl? Hast du ...«

»Ich hab mit deiner Mutter gesprochen.« Sie setzte sich auf den Klappstuhl. »Er wird in den Staaten beerdigt.«

Zum ersten Mal spürte Tom die Leere des Verlusts. Auf Wiedersehen, Earl. Mögen die Fische und Frauen immer anbeißen. »Mit einem Gewehrsalut.«

»Das hätte ihm gefallen.«

»Er hätte Kanonen gewollt.«

Sie lächelte verhalten, und ihre grauen Augen verloren ihren traurigen Schleier. »Abendammer ist gefunden worden, eine Straße von meinem Haus entfernt. Sie starb an einem Genickbruch.«

»Sie haben … Abendammer ist eine Frau?«

»War. Mr. Highcastle glaubt, dass das auch auf dein Konto geht.«

»Ich?«

»Hab ich ihm auch gesagt. Es war ein Gottesgeschenk, wer immer dafür verantwortlich sein mag.«

Wieder schwiegen sie, und die Traurigkeit kehrte zurück wie ein kalter Luftzug. Er musste es wissen. »Wirst du bei der Beerdigung sein?«

Sie strich sich eine Strähne hinter das Ohr. »Nein. Sag deiner Mutter, dass es mir leid tut.«

Es stimmte also. Sie hatte die Informationen nicht an die Botschaft weitergeleitet, hatte sie nicht vor der japanischen Flotte gewarnt. Die Japaner hatten angegriffen, der Überfall war geglückt. Sie wollte nicht in die Staaten, nachdem sie für den Tod so vieler Bürger verantwortlich war.

»Vater ist verhaftet worden«, sagte sie. »Ich hab als Zeugin ausgesagt.«

Als Zeugin ausgesagt. Ihr Mann war tot, ihr Vater war verhaftet worden, und sie hatte nichts unternommen, um das Blutbad auf Hawaii zu verhindern. Was sagte sie – dass sie schon genug verloren habe?

Aufrecht und zerbrechlich saß sie vor ihm. »Es gibt keinen Grund, dass du mir glaubst, Tom, aber ich liebe dich. Earl ist … Earl war … nun, deshalb bin ich hier. Um dir das zu sagen. Und weil ich mich nicht vor dem drücken sollte, was ich getan habe.« Sie senkte den Kopf und betrachtete das

Licht, das auf ihre Finger fiel. »Ich werde mir die Hände schmutzig machen, Tom, weil wir den Krieg führen, den Amerika nicht will – weil Amerika nicht in den Krieg eintreten will, obwohl meine Mädchen sterben, obwohl ganz Europa fällt. Wie viele würden noch sterben, während ihr von der anderen Seite des Atlantiks aus zuseht? Fünfzigtausend britische Zivilisten sind tot, und du willst, dass ich um dreitausend amerikanische Soldaten Tränen vergieße?«

Er sagte nichts. Es gab nichts zu sagen.

Sie stand auf. »Wirst du mir alles Gute wünschen?«

Stille.

Sie ging zur Tür. Ihre Absätze hallten noch lange, nachdem sie fort war, durch den Gang. Als sie verklungen waren, sagte er ihren Namen.

JAPAN IM KRIEG MIT DEN USA UND GROSSBRITANNIEN

Beginn der Kampfhandlungen im Pazifik
Mehrere Marinestützpunkte bombardiert

GENERALMOBILMACHUNG IN AMERIKA

Japanische Streitkräfte haben gestern ohne offizielle Kriegserklärung amerikanische Stützpunkte im Pazifik angegriffen. Das Weiße Haus hat die japanischen Angriffe auf Stützpunkte in Hawaii und Manila bestätigt, Einzelheiten zu den militärischen Unternehmen liegen jedoch nur in Bruchstücken vor.

Die feindlichen Streitkräfte, die anscheinend von einem oder zwei Flugzeugträgern aus operierten, begannen ihre Angriffe um 7.55 Uhr und setzten diese bis 9.25 Uhr Ortszeit fort.

Unbestätigten Berichten zufolge sind 3000 amerikanische Soldaten und Zivilisten umgekommen, der Marinestützpunkt und die Stadt Honolulu hatten »unbeschreiblichen Schaden« erlitten.
Präsident Roosevelt hat an die Armee und die Marine der Vereinigten Staaten den Befehl ausgegeben, alle notwendigen Maßnahmen einzuleiten, und die Mobilmachung sämtlicher Streitkräfte seines Landes angeordnet …

Tom faltete die Zeitung zusammen und legte sie weg.
Er würde genesen. Er würde wiederhergestellt werden. Es gab jetzt einen Krieg, und er war Soldat. Er schloss seine rechte Hand zu einer lockeren Faust. Die Schmerzen ließen nach. Es gab jetzt einen Krieg und eine alte Uniform, die wieder zu tragen war.
Aber erst würde er in einem Nachtclub auf ein Bier und eine Flutlichtshow vorbeischauen. Vielleicht würde er ein wenig tanzen. Es gab dort dieses lustige großherzige Mädel. Was für eine Frau – sie lachte und liebte, und vielleicht fand er bei ihr auch Vergebung. Es würde ihm gefallen, sich mit ihr im Arm über die Tanzfläche zu schwingen, ihr den Sky Dive und den Mess Around beizubringen. Ja. Nichts lieber als das.
Die einzige Antwort auf die Vergangenheit war die Zukunft.

37

Audrey saß vor dem Spiegel und brachte ihr Haar in den angemessenen Zustand der Unordnung. Neben ihr saß Imogene, die drei Annes allerdings fehlten. Sie hatten sich geweigert, sich mit Audrey weiterhin die Garderobe zu teilen, nachdem diese zufällig einen Mülleimer über ihnen ausgeleert hatte. Einen Müll- und einen Putzeimer.

Rodolfo riss die Tür auf und klatschte in die Hände. »Drei Minuten!«

Audrey schlüpfte in die Schuhe, während Genie in ihrem durchsichtigen Hemdchen und mit einem Koboldlächeln auf dem Gesicht zum Gang schwebte.

»Was?«, sagte Audrey.

»Ach, kann's gar nicht erwarten, auf die Bühne zu kommen«, sagte sie und schlüpfte aus dem Raum.

Audrey drehte sich um. In der Tür stand Tom. Endlich einmal passte ihm der Anzug. Seine Schultern waren breit, sein Blick war warm und nervös. In den Händen hielt er ein Dutzend rote Rosen und ein Paar offene Schuhe.

Er schloss die Tür, und ihr stockte der Atem. *Er war gekommen.*

»Ich hab geschlafen«, sagte er, »und hab geträumt. Und ich hab nur von dir geträumt.«

»Du hast mir Schuhe mitgebracht«, sagte sie.

Er warf die Schuhe auf die Anrichte und strich ihr über die Wange.

»Ich will nicht mehr allein sein«, sagte sie.

»Bist du nicht.«

Anmerkung des Autors

Am 7. Dezember 1941 erfolgte der Angriff Japans auf Pearl Harbor.
Am 8. Dezember 1941 erklärten die Vereinigten Staaten Japan den Krieg.
Am 11. Dezember 1941 folgte die Kriegserklärung Deutschlands an die Vereinigten Staaten.
In den folgenden drei Jahren blieb das deutsche Spionagenetz in England unter der Kontrolle des Zwanziger-Komitees. Durch die Arbeit des Zwanziger-Komitees und der umgedrehten Agenten konnte im Atlantik ein Bereich von 3500 Seemeilen von U-Booten frei gehalten werden. Sie untergruben die Zielgenauigkeit der deutschen V-Waffen und konnten die Deutschen davon überzeugen, dass die nächste Landung der Alliierten nach der Befreiung Nordafrikas entweder auf dem Balkan oder Sardinien erfolgen würde statt dem eigentlichen Ziel, an den Küsten Siziliens.
1944 schließlich bestärkten sie die Deutschen darin, dass der Aufmarsch der alliierten Invasionstruppen in Südengland, gegenüber der Normandie, nur ein Scheinmanöver sei, um von dem eigentlichen Angriff an ganz anderer Stelle abzu-

lenken. Die Deutschen, die den Hinweisen der Doppelspiel-Agenten folgten, verschoben eine beträchtliche Zahl von Truppenteilen erst nach Norwegen, dann ans Mittelmeer, dann zur Meerenge bei Dover und zurück.
Am 6. Juni 1944, nach Mitternacht, landeten britische und amerikanische Fallschirmspringer an den Stränden der Normandie. Es war der Beginn des D-Day. In den drei Wochen darauf folgte ihnen fast eine Million weiterer Soldaten. Die Alliierten stürmten die Außenwälle von Hitlers »Festung Europa« – und die Falschinformationen des Zwanziger-Komitees waren so überzeugend, dass die Deutschen noch etliche Tage nach dem D-Day den »richtigen« Angriff in Norwegen erwarteten.
Am 8. Mai 1945 kapitulierte Deutschland.

Danksagung

Der Autor dankt Henry Morrison, Phyllis Grann, Kevin Morrissey, Kara Kugelmeyer, Chris Wagoner, Peter Prictoe, Lynn Nichols sowie Mark und Helen Ross.